红色长篇小说经典

古城春色

第一部

张东林 著

人民文学出版社

图书在版编目（CIP）数据

古城春色：全2册 / 张东林著. —北京：人民文学出版社，2017（2023.9重印）

（红色长篇小说经典）
ISBN 978-7-02-012787-0

Ⅰ.①古… Ⅱ.①张… Ⅲ.①长篇小说—中国—当代 Ⅳ.①I247.5

中国版本图书馆CIP数据核字（2017）第101210号

责任编辑　刘　稚
装帧设计　陶　雷
责任印制　王重艺

出版发行　人民文学出版社
社　　址　北京市朝内大街166号
邮政编码　100705

印　　刷　三河市博文印刷有限公司
经　　销　全国新华书店等

字　　数　663千字
开　　本　880毫米×1230毫米　1/32
印　　张　26.5　插页6
印　　数　14001—17000
版　　次　1965年10月北京第1版
印　　次　2023年9月第5次印刷

书　　号　978-7-02-012787-0
定　　价　69.00元（全二册）

如有印装质量问题，请与本社图书销售中心调换。电话：010-65233595

一

　　一九四八年初冬,中国的北方平津地区,一连下了三天大雪。那辽阔无垠的大平原,冰封霜冻的永定河,宫殿林立的北平城,以及那自古鏖兵的居庸关和八达岭,银光四射,晶莹耀目。冷风从长城外卷来,虽然凛冽砭肤,却清新宜人,真是:"瑞雪兆新春,干戈扭乾坤。"好雪,好雪!

　　十一月十四日下午,大雪忽然停了,西北风吹裂遮天蔽日的乌云,从金黄色的缝隙里,射出粗大的光柱,照红了整块整块的大地。这天,在冀东燕山南麓的公路上,行动着一支庞大的军队。这支铁军洪流,蜿蜒几百里,一望无际。枪筒像森林一样,在人流的头顶上闪烁着光芒;用松枝伪装着的大炮和汽车,超越过步兵的行列,碾开积雪,隆隆而过。又长又粗的炮筒,威武地伸向寒森森的天空,随着汽车的颠簸,发出沉重的铿锵声。

　　公路上满是步兵,汽车走走停停,着急地鸣着喇叭。

　　"部队靠右边走,靠右边走!"指挥员站出队列,大声地下达口令,给炮兵让路。

　　公路闪出来了,汽车一辆接着一辆开过去了;车轮扬起了带沙土的雪块,飞溅在步兵战士的身上。

　　"当炮兵不坏啊,屁股上冒烟哩!"一个满脸汗水、扛着机枪的战士,仰起滑稽的笑脸,向汽车上瞧了瞧。

　　"对不起,同志,这玩意我们不能扛着走啊。"炮兵战士把钢盔向脑后移了移,露出一排白牙,用手指了指身后的大炮。

　　说话间,汽车小心翼翼地拐了弯,下了公路,向远远的村庄

1

驰去。

不知在哪条公路上,战马长嘶了一声,透过晴空,向旷野里飞去。

这是中国人民解放军第四野战军的一支先遣兵团,从东北开进了冀东根据地。战士们,这些仿佛精选出来的壮实小伙子,个个精神充沛,红光满面。十天以前,他们还在东北的辽西战场,鏖战了五十多天,消灭了蒋介石锦州地区的全部精锐军队。炮筒还发热,步枪还烫手,战士身上还带着辽西战场的泥土,就又跋山涉水,越过长城,行程一千二百多里,浩浩荡荡开到华北来。可是他们还穿着单军装,冬装还在东北远远的后方。后方,野战军的后勤部队也在兼程前进,日夜奔忙。中国的解放战争已到了决战阶段,形势发展得是这样快!

军队像暴雨后的江河一样,那无尽的钢铁、人流,沿着新修的公路,向长城山区的西方,汹涌澎湃地挺进着。

公路旁,每一个村庄,每一条街道,都聚满了欢迎入关队伍的老乡,挤得像人海一样。人群的前面,桌子上摆满了茶水;人群里,沸腾着一片锣鼓声,爆发出一阵阵激动人心的口号,像春雷滚动,响彻天空。墙上,树上,还有路口新扎的牌楼上,贴满了红红绿绿的大字标语:

"欢迎第四野战军进关打胜仗!"

"消灭蒋匪帮,解放全中国!"

"共产党万岁!"

"毛主席万岁!"

小伙子们轰的一声,挤进了队伍,抢着帮战士扛机枪、背背包,非送一程不行。他们着迷地抚弄着机枪、大炮:

"同志,这都是打仗得的?"

"当然啦,谁不知道蒋介石是我们的'运输大队长'!解放战争才打了三年,就给我们全部换了装。"

姑娘们取下毛茸茸的头巾,给战士们擦脸。战士们面红耳赤,腼腆地笑着,躲闪着,不知怎么说才好:"谢谢同志,不用……谢谢,我自己来……谢谢。"

"不用客气,同志……瞧您多辛苦啊!"

步兵、骑兵、马车、汽车,不断地从乡亲们面前通过。机器的轰隆声,武器的铿锵声,战士的脚步声,老乡的欢腾声,汇成庄严雄伟的交响曲,向着平津战役的前方流去。

一小时后,晚霞返照,军队宿营了。在遵化、蓟县、三河、玉田一带,差不多每个村镇都住上了军队。

靠山镇住着一个步兵团,大街上人来人往,战士们和老乡抬铺草,背马料,到处是一片亲切的喧笑。团司令部里,通讯员、警卫员在忙着打扫院子,帮房东担水;参谋们忙着挂地图,给各营下达宿营命令。

团长周国华正在阅读师部发来的通报:

> ……我野战军主力上月二十七日于新立屯、大虎山、黑山一带,全歼敌廖耀湘兵团,本月二日又乘胜攻占沈阳,至此,东北全部解放……

"报告!"师部电话员冒里冒失地走了进来。后面跟着一个农民打扮的小伙子,背着一捆电话线。

"才来啊!"作战股长不高兴地看了他一眼。

"就我一个人干……"电话员边架电话边说,"要不是这位老乡帮忙,现在也来不了。"

作战股长没说什么就忙别的去了。作战参谋却急急忙忙地走过来,抓起听筒,迅速地转动摇把,电话机发出细微的吱咂声。

"喂!你是鞍山部吗?……好——请等一等。"他用手捂着送话器,抬头向团长请示,"师部电话接通了,团长有事吗?"

"报告师部,我团全部到齐,现已宿营完毕,详细报告随后送去。"周国华说到这里,一扭头发现站在门旁的那个年轻的老乡。

"他是谁?"团长走过去向电话员问道。

"这村的民兵。"电话员立正答道,"帮我拉电线来的。"

周国华把两道黑而秀气的眉毛微微一皱,用责备的目光瞪了一下电话员,仿佛说:你怎么把一个不认识的人带到作战室里来!

"你姓什么?"团长用盘问的口气向那个年轻的老乡问道。

"姓孙,我叫二宝。"

"是民兵吗?"

"是。"

"家里有什么人?"

"妈,我,还有哥哥,他参军了没在家。"

团长周国华闪动着一双智慧的眼睛,一直在打量着二宝;见他那朴实的外表、聪明的脸庞,觉得这小伙子挺惹人喜欢。周国华脸上立即平静而温和了:"你哥哥叫什么名字? 在哪一部分?"

"他叫孙大宝,在哪一部分我可不知道。"二宝答道,"反正他四二年参的军,四五年随部队到东北去了。那时候他当排长。也许这次会和你们一块回来。我妈妈想得要命,整天叨念。"

"你想不想?"团长故意问道。

"我?"二宝的两只大眼睛眨了眨,像是没听明白,又像是千言万语不知从何说起,"那还用说。"

"唔,原来是这样。"团长的嘴角上含着一丝微笑,回头对作战股长说,"老杨,你看他像不像四连长?"

"有点像,可是四连长不叫这个名字。"作战股长端详着二宝笑了笑,"我们这里的干部有不少是冀东人,可以打听一下。"

"对,你想办法给他查一查。"团长说着从大衣口袋里取出烟来吸着,然后对二宝说:"不用着急,小伙子。要是一块来了,一定给你查着。你在哪里住?"

"就在村东头第一个胡同里。"二宝睁大了眼睛,他那圆圆的脸上显得特别开朗,"谢谢团长,要是你真给查着,那我妈该多高兴……"

二宝和电话员一块往外走时,回头用感激的目光看了看团长,然后愉快地走了。

周国华站在地图前,大口地吸着烟,一缕缕的青烟在他的头顶上缭绕着。他的目光一会儿在北宁沿线上打转;一会儿又在塘沽地区掠过;最后他的注意力集中在北平附近,用手量着靠山镇到北平和天津的距离。显然,周国华在猜测着上级下一步的行动计划。他伏在地图上静静地观察了许久,把吸剩的烟头扔到地上用脚踏灭。

"杨股长,"他离开地图走向作战股长,"你派个参谋,把地图上所有敌人占领的地方都标一下。今后我们就要在这些地区作战,这件工作最好今天晚上就完成。还有,北平西北方向到张家口这一带的地图,什么时候才能发来?"

"师司令部指示,那一带地图我们没有。他们和军部联系过,据说这几天华北野战军要派人送来。"

"再请示一下,必要时我们可以派人去拿。"

傍黑,室内光线渐暗,窗纸忽然发出沙沙声。

"外面又下雪了?"团长推开风门一看,院子里雪花飞舞,风吹树梢呼呼作响。他回头问:"冬装怎么样,有消息没有?"

"我们在锦州出发时,听说军后勤的汽车连已经到后方拉去了。"杨股长回答说。

军部的汽车连到后方去拉了冬装,回到锦州,部队已经走了五天了。他们当天晚上就又出发赶部队,在公路上跑了一夜,天亮时汽车停下来检查机器,准备白天继续前进。这时,从公路旁的大路上走来一个军人,中等个子,长得挺棒实,帽檐底下露着绷带,左胳膊用三角巾吊在胸前。他昂首挺胸,迈着大步,走得挺快,朝着汽车急急地走来。为首的那辆汽车上的司机,老远就认出他是连长乔震山。

"乔连长,你怎么在这里?"

"昨天从医院出来,天黑在村里宿了。"

"你好啦?"

"好啦!"乔震山乐洋洋地说,"你们到哪去?"

"还用说吗,进关,赶队伍去。"司机同志一面摆弄机器一面答着。

"什么时候走啊?"

"马上就走,上车吧!"

"我给你开吧,同志?"乔震山一见汽车,手就发痒。在东北作战的初期,每逢打了汽车,由于没人开都烧了,当时他心里真不舍得。后来就决心学开车,最后到底学会了,不能说开得顶好,反正可以开着在公路上跑。

"算了吧,我的连长。"司机同志打着哈哈说,"你那两手留着打仗用吧,开长途可不是闹着玩的。"

汽车开动了。乔震山爬上车厢,见一个战士背靠驾驶室坐着,低着头在打瞌睡。

汽车奔驰在辽西大平原的公路上,银灰色的山峦、寂静的村庄、白皑皑的田野,不断地从乔震山眼前掠过。几天以前,这里还是炮火连天的战场,现在却变成了大后方,永远属于人民了。乔震山未来的里程,也将像现在一样,眼看着永定河、黄河、长江、珠江从他的面前掠过。他想到这里,不禁心旷神怡,亮开嗓门唱起西皮倒板来:

　　催马加鞭,往前奔……

"喂!同志,小点声好不好?"同车的战士被惊醒了,没等他唱完,就不耐烦地瞟了他一眼。

"怎么,你不愿听么?"

"不能说不愿听,反正心里不大舒服。"

"原来这样,"乔震山笑了笑,"真有意思。你叫什么名字?"

"温明顺。你笑什么?"

"多会儿参的军?"

"去年冬天。你问这干啥?"

"我说你呀,既不明也不顺。进关作战,解放全中国嘛,谁不高高兴兴,可你呢? 还心里不大舒服,我看你啊,嗯,……很危险。"

"干吗这么说?"温明顺不高兴了,"危险什么? 我温明顺从参军以来,哪次作战含糊过?"说着把裤腿一扎,"难道这是狗咬的? 可不能从门缝里看人!"

乔震山瞧了瞧他,有趣地笑了,摇摇头没说什么。

车上的乘客,随着里程的增加越来越多。这天下午,上来一个身材不高的小伙子,刚放下背包,车子开动了,他一个屁股蹲儿坐在背包上,一闪眼失声喊道:"是你呀,连长?"他紧紧地抓着乔震山的手,"你怎么出院了,大夫同意吗?"

"他不同意我可同意!"乔震山得意地笑了笑。

这小伙子是四连的一班长刘吉瑞。他的家离这里不远,前天部队从这里经过,指导员把他找去说:"刘吉瑞同志,家去看看吧,代问大爷、大娘好!"今天他要去赶队伍了,碰巧,遇上了汽车连。

刘吉瑞和连长一见面,兴奋无比,纵声畅谈起来。同车的人受了他们的感染,也开始了轻松的谈笑,充满了欢乐和幽默。惟有温明顺,用惊讶的眼光不断地瞟着乔震山,一言不发。

"他是连长?"他想,"糟糕,我先头对他说了些什么? 嘿! 像个傻瓜似的。"

"不过,我可不是和大夫吵嘴出院的,刘吉瑞。"乔震山又接着说,"前天总部有一位首长到医院去看我们,他给我们做了一个振奋人心的报告。"

"那位首长怎么讲?"大家哄的一下把乔震山围了起来,每一双眼睛都盯着他。

"别急,同志们,听我讲嘛。"乔震山推开伏在他肩上的人,"首长说,蒋光头锦州战役一结束,他从葫芦岛跑回南京,情绪非常不高,忽然,他想到,不好!"

"咋的?"战士们齐问。

"咋的?嗨——"乔震山接着说,"这一点嘛,他算猜对了。我们消灭了东北敌人后,下一步该轮着华北了。这一百来万军队一进关,那就够他呛的!所以蒋光头就慌了。他想不如趁我们还没进关,把华北他那六十来万军队撤回江南,保存实力,以后重打锣鼓另开戏,下一步再说。"

"呀!北平敌人要跑吗,连长?"

"我们要赶快进关去挡住,消灭他。"

"首长怎么说?"

"对,当时我们也是这么说,可那位首长却劝我们说:'不要着急同志们,把伤养好,打仗的机会今后多着哪。敌人还不会跑得那么快。因为,他们有个错误的估计,估计我们完成了辽沈战役以后,起码要整训三个月才能进关。岂不知,我们党中央毛主席早就计划好了,在山东、河北战场已布下了天罗地网,又命令西北野战军、华北野战军、还有我们,赶紧向平、津、张地区靠拢。因此我们东北野战军抽出两个军组成一个先遣兵团,先一步进关,后面野战军主力现正在收拾辽沈地区的敌人,不久也要进关……'"

战士们没等乔震山说完,情不自禁地喊:

"好!英明,伟大!"

"对,当时我也这么想,"乔震山说,"伤病员都急着要出院,大夫批准了不少,可就是不同意我出院,后来我就不理他了。就这么着——来啦。"

"嘀,连长开小差出院的。"战士们哗的一声笑了。

"别瞎说,干吗开小差。"乔震山笑着说,"紧跟毛主席的战略决策嘛,谁不举双手赞成,可有的人就不咋的。"说着,笑眯眯地瞟了温明顺一眼。

温明顺听得入迷,忽然被乔震山最后这句话所触动,刷的一下,脸红了。

"你是哪部分的?"刘吉瑞见他面色忧闷,随口问道。

"暂时没有部分。"温明顺把脸一沉,咕噜了一声。

"这是什么话?"刘吉瑞觉得奇怪了,"闹了半天连个部分都没有哇!那你这身军装哪来的,偷的?"

全车人哄然大笑,也随着开起玩笑来:

"准是个混子,要不也是个开小差的。"

"也许有点精神病,找卫生员治一治吧!"

"掉队的吧?难怪情绪不高。"

温明顺可认起真来,他怒不可遏,板着脸,赌气似的一声不吭。他回想起这几天的经历,心里充满了烦恼。

他在锦州战役中受了伤,出院后,部队刚好在前一天晚上从这里出发了。他怎么也打听不着自己部队在哪里,有的说往东开拔了,有的说进关了,谁知道往哪里走了?这时,迎面开来一辆汽车,他伸手挡住了,问道:"同志,你是哪部分的?"司机同志从驾驶室里伸出头来:"军部的,上来吧同志,咱们进关了。"他没问三七二十一就爬了上去。"好啦,我们军部的汽车,到军部再说吧。"心里一痛快就睡着了。醒来和司机一谈,才察觉这不是自己军的车子,要下车吧,已经走了这么远,下去怎办?不下车吧,没有介绍信到别的单位,人家不要又怎么办?他哑巴吃黄连心里苦。

温明顺把全部心事告诉了大家,长叹一声,又把头低下。

"喂,别难过,伙计!"乔震山笑眯眯地碰了他一下,"没地方去跟我走,到我们连里,大伙准欢迎你。"

"对,"刘吉瑞接上说,"咱们那连,不是对你吹牛,谁不知道英雄第四连!"

温明顺仔细看了看连长乔震山,他的脸是那么纯朴憨厚,两道黑眉毛底下的大眼睛严肃而又闪露着智慧。温明顺转悲为喜,"行,就跟你们走吧。反正都是自己的军队,在哪里也是干革命。"

刘吉瑞高兴了,凑到温明顺跟前,拍着他的肩膀:"小伙子,到了目的地,你就到我们那个班好啦。我这班长当不好你尽管批评,没问题。以后到连部,请连里写封信给你们单位,把情况说明就得啦。"

两天以后,汽车沿着弯曲的公路奔驰在高山峻岭上,机器吃力地吼叫着,转眼间汽车在两山之间的一个豁口上停下来。乔震山转头一看,两侧的山上,屹立着古老的城堡。大家跳下车,直向山上奔去。他们站在长城上,手扶着城垛口,眺望着这两千年前祖先们建成的奇迹——万里长城。举目所及之处,黑黝黝的长城起伏在群山之上,耸立于云霄之间,连绵不断,消失在天陲线上。

乔震山在抗战时期,曾随部队在长城内外和敌人周旋。长城,在他的眼里也不算陌生了。一瞥之后,他向大家说:"同志们走吧,赶路要紧,不然人家打北平,我们就赶不上了。"

大家正要下山,忽然一个战士喊道:

"嘿!谁在这里写的标语哎!"

大伙扭头一看,果然发现城墙上用石灰水写了几行字。

"这哪里是标语,净瞎张罗!"几个战士同声说。

刘吉瑞看了半天也不明白,反正不是标语。他着急地说:

"走吧,不懂看它干啥!"

"哎,别忙,这字像是我们团长写的。"乔震山站在一块卧虎石上,不眨眼地瞧着。

"对,"刘吉瑞说,"团长当年是北平的大学生,他写的准有道道。连长,你念来听听!"

"念是可以，就是讲不大透。"乔震山微微一笑，清了清喉咙，慢慢地念起来：

> 巍峨燕山岭，
> 岭岭舞长城；
> 叠嶂插青天，
> 蜿蜒西南行。
> 南瞰平津原千里，
> 北眺冀察山万丛。
> 山万丛，起劲风，
> 扫尽千年坐地虎，
> 斩绝万代恶苍龙。

念完，战士们不讲自明，纷纷嚷道：
"嗬，这诗到底比标语味道厚实。"
"咱们团长还真有两下子哩！"

汽车又轰叫起来，向山下开进了。当乔震山他们到达师部驻村时，暮色已笼罩着大地了。

师部在这个村里刚设营完毕，空场上停着不少的马车。饲养员在忙着铡草喂牲口。

乔震山在师司令部报到时，给指导员郝平打了个电话，郝平告诉他：连部和团部都住在靠山镇。

"靠山镇？"乔震山心里一怔，"真巧，住在我的老家！"

二

乔震山带着刘吉瑞、温明顺离开了师部，刚巧碰上团后勤的运输马车,便一起搭车向靠山镇奔去。

几年来的战争生活,乔震山从没认真地想过家。现在,前面的宿营地就是靠山镇了,亲人的影像不由得浮现在眼前。他捏着指头暗暗地给父亲计算着岁数,"嗯!已经六十岁了。"他想到妈,又想到弟弟。弟弟多么可爱啊!圆圆的脸,黑黑的皮肤,两道黑眉底下闪着一双大眼睛,他天真纯朴、聪明伶俐……乔震山的脸上现出了平静的笑容,眉间那两道皱褶舒展开了。

"还有姐姐,"他继续想着,"唉!她现在死了还是活着?要是现在还活着,该……"他不禁深深地叹了一口气,心里充满了愤怒和痛苦。他这突如其来的长叹,引起了身边战士们的惊异。

"连长,伤口痛吗?"刘吉瑞关怀地瞧着乔震山,"到了连部叫卫生员换换药,找个热炕头一睡,准能好。"

是的,他身上曾受过无数次的伤,旧疤新创,每逢阴晴无常的节气,常常隐隐发痛。

"唔……"乔震山漫不经心地答应着。他环视着原野,故土的香气,使他忆起更远的往事……

乔震山原名孙大宝,一九四二年参军后当过侦察员,为了工作的便利才改名乔震山。他的老家是山东惠民县,有父亲、母亲、姐姐和弟弟。父亲是个庄稼人,靠当长工养活孩子老婆,日子过得挺累。大宝十五岁那年,倾盆大雨一直下了五天五夜,黄河决口了,大水像猛兽一样淹没了村庄和田野。大宝一家五口借着一张破床的浮力才逃了出来。逃出来又怎样?倾家荡产了!连个破瓦盆都没带出来。吃什么?穿什么?父亲仰面长叹,母亲垂头落泪,弟弟二宝哭着要吃的。大宝心里很难过,对父亲说:

"爹,不是二叔在天津吗,不好去找他?"

一句话提醒了父亲,于是一家五口向天津出发了。

秋天,大宝一家要着饭来到天津市,按过去写信的地址找了多少地方也没找到。后来听人说,二叔去年因为生活过不下去,和一帮人到蓟县靠山镇扛长活去了。这一下把大宝爹难透了。去还是不去？一时拿不定主意。大宝说："去！爹，咱一家五口在这里非饿死不可。"爹同意了。

路上，小弟弟实在可怜，扯着母亲的衣襟嚷脚痛。痛也要走呀！大宝把弟弟背在身上走着，哄着。

秋去冬来，西北风越过长城，飘来了冰冷的雪花。

他们总算来到了蓟县的靠山镇，在街东头三间小草房里找到了二叔，但是，他躺在没有席子的土炕上，身上盖着一块破麻袋，已经瘦得不像人样了。

"老二！"大宝爹轻轻地叫了一声，"你还认得我吧？我是你哥！"

二叔微微转头，有气无力地颤动着嘴唇：

"哥……我……不行了……财主逼租，打……打了我，好……你来吧，种地，还……还他租子。"

全家人，便在二叔的小草屋里住下。不几天二叔就死了，全家人一片哭声。就在这时，一个瘦长个儿走进屋来。这人二十多岁，留着分头，瞪着一对猴子眼，身穿黑大袍，哈着腰，袖口挽起一块，露着雪白的一截，手里拿着鞭子。

"哭什么！"他尖着嗓子大咧咧地叫了一声，然后，看看炕上的死人，又看看他们穿的破衣烂衫，"你们是干吗的？"

大宝扭头说了一声："从山东逃荒来的，这是俺二叔。"

"那好，"那人凶声凶气地说，"十八斗租子，他死了你们还吧！"

"啊？怪事儿！"大宝爹大吃一惊，"这……这关我们啥事啊？"

"弟欠兄还，理所当然，有什么奇怪的！没有租子有钱也行。"

"逼死人，要偿命，要什么钱！"大宝气冲冲地瞧着来人，小拳头捏得绷紧，看样子要打架。

"嚯！小猴崽子，胆子可不小，敢顶冲老子！"来人骂了一声，扬鞭就打。

"住手,你敢打人!"大宝一伸手把鞭子夺了过来,往地上一丢,"告诉你,我们人穷骨头可不穷。"

"对,逼死人要偿命!"大宝爹把袖子一挽,"走,上街说理去。"

那人转动着一对猴子眼,环视着屋里的人们,最后,目光在大宝的姐姐桢英身上停下了,这山东姑娘,虽然穿得破烂,但她那俊秀的脸蛋,匀称的身材,在靠山镇来说,要算是顶天的美人了,若把她献给五爷,准能捞一笔不小的款子。这使他满脸的怒火霎时烟消云散,立即变成嬉皮笑脸了。

"咦!你这姑娘……"他伸手去摸她的下巴颏。

大宝眼疾手快,啪的一声把那人的手打开了。那人吃惊地摸着被打红的手背,倒退了一步,改口说道:

"算了,算了!人死了嘛,埋了就算了。至于租子,不要紧,还不起以后再说。你们既然千里迢迢地来了,那就在这里住下吧,有房子住,也有地种,这都是我们五爷给佃户的。噢,你们大概还不认识我吧,我叫鲁青,大家都叫我二东家。其实我哪里是东家,不过是遵五爷的嘱托,在这里看看房产、收收租子而已。佃户们哪个不说我是个好人。"鲁青说话时,不断地转动着两只贼溜溜的眼,瞟向大宝的姐姐。这时的鲁青和才进来时完全变成了两个人,是那样的和气、殷勤。临走时还答应送他们一斗粮食过冬。下午,果然照办了。

大宝爹有心不收吧,隆冬数九,远道他乡,粮无一粒,钱无分文,一家五口可怎么过呢?万般无奈,只好收下了。

大宝虽然才十五岁,却看出鲁青的诡计贼心,他说:

"爹,这粮食咱不能要。我看这人鬼头鬼脑,准没安好心。"

大宝爹点点头,长叹一声:"先这么办吧,孩子,总得活下去啊!"

就这样,他们一家算是在靠山镇落户了。

不料生活折磨,远途操劳,大宝爹又得了重病,全家的生计,全部落在这少年身上。一家五口靠一斗粮过冬,怎能过得去呢?明年的种子由何而来?左算右算还是过不去。于是大宝冒着严寒,穿着单衣,进山打柴,朝出晚归,有时深夜不回,全家的吃食,就靠他的一柄斧子、一条扁担来负担。

第二年秋天,大宝爹拖着个病身子,带着一家大小拼死拼活种的地,长得还算不错。谁知,粮食刚打下来,鲁青拿着账本、算盘,带着人就来了。

"老孙啊,今年你的收成好,咱们好账好算啊。"

"是啊,二东家,算算吧。"

鲁青打着算盘叨念着:

"你家老二原该十八斗,今年租子是每亩三斗,不算多吧。三三倍九,九斗加十八斗二十七斗,去年借给你一斗,本息合共二斗。这样,老孙啊,总共你要交二十九斗粮食。"

"啊?"大宝爹惊叫了一声,"二东家,你要了我的老命也交不起这么多啊!"

"别忙,别忙,没有粮,想别的办法。"他鬼态十足地瞟了一下桢英和身强力壮的大宝,"这样吧,我给你想个好办法,没有租子拿人顶也行,把你大宝和姑娘送到东家当三年长工。小子干活,姑娘给五爷侍候太太。"

大宝爹看看站在身旁的大宝和闺女桢英,心里像刀戳的一样。不答应吧,租子还不上怎么办;答应了吧,实在舍不得,如果出了三长两短可又怎么办!

"儿子行,闺女可不中,留她帮我种地。"大宝爹一口拒绝了。

"什么?"鲁青把眼一翻,"给甜的不吃,专吃辣的。来,拉着走!"他把手一挥要抢人。身后那两个歹徒,恶狠狠地扑向桢英。

大宝一看性起,回身抄起一根扁担,朝着两个歹徒打去。

院子里吵吵嚷嚷,大宝娘亮开嗓门喊起来:"救命啊!龟孙子们要抢人啦!这些婊子儿要抢俺闺女啦!"

村里跑来了许多人,有的看热闹,有的上前劝架。

正在这时,一辆小卧车从村外开了进来。车上下来一个穿西装大氅的人,三十多岁,大高个,手上戴着雪白的手套,提着一根精致的小手杖。身后紧跟着四个武装警察。派头挺大,朝这边走来。

嘈杂的人群里扬起了一阵惊惧的喧哗声。

"五爷来了!大宝,快跑,快跑!"三四个小伙子,护着大宝,从人空里钻出去了。

这时人群中,喊喊喳喳,为这场祸事担心:

"这下糟了,他一家打了二东家,非带到北平去吃官司不可。"

"吃什么官司!大白天抢人家的姑娘,还讲理不?"

"不信你瞧着,有名的五蝎子,比鲁青还毒!"这人说完,悄悄地溜走了。

被称为五爷的,来到跟前把两手向后一背,铁板着面孔,朝人群里扫视了一周:鲁青和两个歹徒被打得鼻青眼肿;周围的人们用愤怒的目光瞪着鲁青。忽然,大宝娘闯到五爷跟前,连哭带说,把刚才发生的事倾诉了一番。

"不行,为什么抢人家的姑娘,欺负外来户!"人群里有人高喊。

接着起了一阵骚动。

"叫鲁青给人家赔不是!"

"到城里说理去!"

"太不像话了!"

这位五爷没有理会大宝娘,也没有理会人们的喊声,走到鲁青跟前二话没说,张开巴掌打了鲁青两个耳光。回身喊了一声:"打!"

四个警察跳出来,把鲁青按在地上抽了十几鞭子。鞭子抽在鼓胀胀的棉袍上,根本没动着他一根汗毛,鲁青却尖着嗓子爹一声、娘一声地连连讨饶。

打完了,五爷往高处一站,讲话了:

"乡亲们,诸位父老兄弟姐妹们:我王经堂素来奉行蒋委员长的新生活运动,廉洁奉公,以仁义道德为本。不料想,由于兄弟一时疏忽、教育不当,鲁青办错了事,兄弟我——自当严责。但是鲁青是我的人,打狗要看主人,只许我打而不许你们乱来,尤其借故闹事,更为不当。奉劝诸位下次不可。"他说到这里,目光一闪,威风地咳嗽一声,"这次——兄弟回来,一来扫坟祭祖,二来收收地租。地租嘛——乃祖传法则,哪有不交之理?奉劝诸位再思再想。"

人们渐渐散去,一场风波就这样过去了。

王经堂回到家里,恶狠狠地骂了鲁青一顿。他说:"谁叫你这样干的,嗯?你没听说这几天城里的学生们,正在以抗日为名打算着闹事吗?要是你在这里再把这些穷小子给激起来,我就先杀了你!"说着,就地转了一圈,忽然把头一仰,"这样吧,你去把老孙叫来,这事由我亲自来办。"

晚上,雪花纷飞。老孙夫妇因为大宝逃出未归,桢英和二宝单独在家,老两口放心不下,便也带了来。一进门,王经堂满脸笑容,和颜悦色地接待着他们。

"怎么样老孙,日子过得挺困难是不是?"

"是啊,五爷。"大宝爹答道,"求求五爷,可怜我这病身子。今年的租子我可实在拿不起啊!要不,叫我儿子大宝来给您扛活顶了吧。别看他人小,是我一手教出来的,干庄稼活还能顶个人。"

王经堂仰面笑了笑,一字一板地说:

"是啊,我王经堂从来对穷人是宽大为怀,怜悯备至,瞧你们这身穿戴,唉!真也够可怜了。可是,人穷嘛,就应该老老实实地给我种地,多打粮食早交租,可不能动手打架啊。"说到这里走到桢英跟前,仔细地打量了一下,接着说:"姑娘倒很温和,是嘛,女子应以'三从四德'为本。可你那个小子,竟那样野蛮。"他又仰面笑了笑,"也难怪,你们山东人天生的野性,三句话不合就要打架,在我们京

17

都地方可不兴宜啊！以后不能再这样啰！叫他回来吧。"

王经堂说说笑笑，看样子真像个大善人，可是对鲁青抢人的事竟一字不提。最后，他一转身说：

"这样吧！我也给你爷们想了好多，你的大宝留下顶账是可以，即便这样，你的穷日子也还是过不去呀！再把你姑娘交给我，让她到我北平公馆里干个零活，每月挣个十元、八元的，捎给你们，日子不就宽裕了嘛。至于桢英本人，你放心，每年叫她来家看看，不是很好嘛。桢英混好了，你一家就不用在这里遭这份罪了。"说着，他回头对随从兵说，"来，先给她发一个月的钱，省得他们不放心。"

随从立即拿出十元现大洋，在手里一掂，走过来就往大宝爹的手里塞。

大宝爹还没来得及考虑，手里早已塞上沉甸甸的十块银元。他全身打颤，两腿发抖。十块现大洋啊！这是个不小的数字，可是，天底下哪有这样好心的老爷啊？"不，不能收他的。"他困难地向前挪了一步，"这……这不行啊五爷，我这身板有病，靠闺女帮我种地……"

"哎——老孙，这就是你的不是了。"王经堂把脸一沉，"你要不是我的佃户，跪着磕头我也不管你，穷死干谁事？这样办，既能按时给我交租，两个孩子又能孝敬你们老两口，这全是一片好意，你可别不识抬举啊。"

大宝爹低头不语了。

大宝的姐姐桢英，眼看不答应是不行了。心想：为了给爹治病，养活妈妈和两个弟弟，去就去吧，如果王经堂说的是真的，也算尽到女儿的孝心了。要是骗她，就凭这身力气和他拼了，死不了再想法逃回来。桢英主意拿定，就说："娘！让我去吧。"可是，眼前即将和爹娘分离，心里一阵绞痛，眼泪盈眶，转身扑向妈妈怀里。

当天晚上，大宝的姐姐就被留在王经堂家里。老两口带着二宝,洒着眼泪,一步一回头,离开了王家。

拂晓,大宝偷偷回到家里,见姐姐不在了,急忙问:"我姐姐呢?"

"在五爷家里。他要带她去北平给他做杂工,给……给了十……十元钱。"妈妈说着流出眼泪。

"还答应他,你去给他家当长工……"大宝爹又补充一句。

"什么?"大宝一听炸了,"狼肚子里能长人心?别听兔子叫!爹,把钱给我,我去要回姐姐来。我给他当长工?不干!自己做活自己吃饭,宁肯累死饿死也不给他干!"

这时天已大亮,大宝把钱往腰里一揣,来到王家。刚到门口,碰着鲁青出来了。

"姓鲁的,五爷起来了吧?"他劈头就问。

"怎么,有事吗?"

"来领我姐姐。"

"好吧。"鲁青一口答应了,一伸手说,"拿钱来。"

大宝急于见姐姐,掏出钱来就给了鲁青。鲁青接过来数了数,往怀里一揣,奸笑了两声:

"是这样,小伙子!五爷昨晚有公事,带着你姐姐回北平了。钱,算今年的租子,我收下了。"

"咹?"大宝一听火冒三尺,"你……你们还讲不讲理?不行!不给人不行!"

"关我啥事?"鲁青两手往胸前一抱倚着门框,仰面看天,逍遥自在地说,"这是你爹自己愿意,再说,五爷也是一片好心。"

"你们骗人!"大宝还要争辩,鲁青砰的一声关上了大门。

大宝在门外破口大骂。不管怎样骂,门仍然紧闭,毫无声息。他愤怒得全身将要爆炸,挥拳向大门一连擂了十几下。

就这样,姐姐像石沉大海一样,从此杳无音信了。

19

桢英到了北平以后,在王经堂公馆里,处处小心,事事警惕。开始王经堂对她还不错,也没有什么不规矩的行动。王经堂的太太每逢出去打牌就带着她,教她如何接待客人,如何侍候那些官老爷们,甚至连如何坐汽车开车门,一些细小的事情都教给她,说女人家就是学会这些才能讨得老爷们的欢心。桢英听在耳里,恨在心里,真想啐她一口。尤其使她厌恶的,是她接触的一些老爷们,那种装腔作势的派头,见了女人那嬉皮笑脸的下流气……她恨不得立即插翅飞掉,可是,想到家里欠下了王经堂那还不完的租子,爹娘弟弟受着饥饿的折磨,就只好耐着性子待下去。

一个月过去了。有一天,忽然王经堂的太太告诉她,要她和一个五十多岁的老爷结婚。她笑眯眯地恭喜她,说她过去后,享不尽的富贵荣华,别说她爹妈跟着享福,就是五爷也跟着沾光……桢英没等太太说完就火了,捏紧拳头把桌子一擂,茶壶茶碟一齐跳起来。

"原来你们安的这号心啊!"她怒不可遏地说,"我不去,要去你去,我要回家!"说完转身就走。

"哟——脾气可不小!"太太把眼一翻,"你认为五爷花那么多的大洋,把你弄来当太太养活的?告诉你,趁早给我乖乖的,要是不识抬举,哼!五爷可不是好惹的。"

桢英气得一句话也说不上来,她找不出更出气的字眼来骂她一顿。她把太太往旁边一推,抬腿向门外走去,刚到门口,王经堂一步闯了进来。

"往哪走?回去!"他脸上的假慈善完全不见了,摆出一副凶恶狰狞的面孔,手里握着小手杖,直逼向桢英,"回去!给我回去!不然老子揍死你。"

"打?好哇!"桢英心里一动,闪出一个绝望的念头,"逃不出去了,好吧!拼了这条命和他痛痛快快地打一场,死了倒也落得痛快干净。不过,苦了爹娘和弟弟了……"想到这里,桢英的眼泪,刷的一下流了出来,暗暗哭道:"爹娘啊!闺女不能孝敬您了,望您二老多多保重,养活两个弟弟长大成人,给女儿报仇吧。"她后退了几步,对着王经堂恨恨地骂道:"骗子!狼心狗肺的下流胚,闪开,让我出去!"

王经堂是保定军校的学生,毕业后在汤玉麟属下当过排长,是个非常善于奉承上司、迎合潮流的家伙。有一次他发了一笔洋财,带了一包大洋回家去给他父亲祝寿,可是老太爷却把大洋丢到天井里:"我要你这点钱吗!要你做高官,要你发大财,几辈子享用不尽。"王经堂接受了老子的遗训,想尽办法钻营。可是干陆军有生命危险,必须想法既做官又丢不了脑袋。他四方奔走,挖空心思,上司喜欢钱给弄钱,喜欢女人给弄女人。如此,他官运来了。少尉排长当了北平的上尉警官,警官一跃而为警察局分局长了。在这期间,他参加过蒋介石的庐山集训,参加了国民党特务组织"CC",成了国民党的亲信。给上司弄女人他不止一次了,那些可怜的姑娘要是不从,就往妓院里一卖,捞一笔不小的款子。这次他把桢英千方百计地弄到手,满想送给上司取得欢心,又可以官升一级,不料想,却碰着这样一个倔强、野蛮的丫头,竟敢放肆地骂他。他恨之已极,举起手杖朝桢英劈头打去。桢英一闪身用左手将手杖接住,趁势往怀里一拉,当胸给了他一拳。王经堂做梦也没料到,这个姑娘竟能动手打人,而且这一拳又是那样的沉重,打得他连连后退,跌倒在墙根下,连茶几子都被压倒了。才想挣扎着爬起来,一把椅子又从桢英手里飞了过来,击中了脑袋。

"来人啊——这野丫头打老爷了。"太太躲在沙发后面,撕破嗓子喊起来。

桢英拔腿要跑,门口冲进两个警察挡住了去路。她急转身,抓起茶壶、茶碗、花瓶……所有屋里的摆设都成了她的武器,像流星一样飞向门口,打得两个警察抱头护脑,干着急进不来。霎时间,陈设考究的房间打得桌仰椅翻,乱七八糟。就在这时,王经堂醒了,偷偷地爬到桢英身后,抓起一个酒瓶子,朝她的后脑一击,桢英昏倒了。

不知过了多长时间,桢英醒了,觉得身子乱晃动,像驾了云似的。睁眼一看,自己躺在一辆卧车里,马达呜呜地叫着,车外的路灯,一闪一闪地向后退去。身旁坐着一个黑兵,正在和前面一个不认识的女人低声说话:

"你可要小心,这野姑娘好看不好吃,她会把你的嫖客们打得不上门了。"

"我才不怕呢,趁她没醒就捆起她来,先揍她个腿瘫胳膊折,叫她知道老娘的厉害,然后给我乖乖地接客。"

桢英明白了,他们把她卖到妓院里了,心想:"跑吧!跑不了,摔死也好!"她望了望车门,偷偷握住门把手,格登一声车门开了。桢英纵身一跳冲出车去,身子在地上滚动了两下,四肢一摊,不动了。那个黑兵一伸手没拉住,急忙命令司机停下车子,钻出车来,跑到跟前一看,见她七孔流血,嘴里冒沫,看来是死了。

深夜,北平的一条阴暗的马路上,静得使人恐惧,那辆黑色的卧车,掉过头来驰过尸体,消失在黑影里。

光阴似箭,卢沟桥事变那年,大宝十八岁了。这年冬天,共产党八路军来到了冀东,也来到了靠山镇,发动群众,建立抗日根据地。大宝和父亲参加了抗日自卫队。因为王经堂在北平当了大汉奸,政府没收了他的房屋和土地。王经堂恨透了靠山镇的人民,一九四一年秋天,他带着二鬼子跟随日本兵洗劫了冀东根据地,也洗劫了靠山镇,惨杀了成千上万的大人和孩子。第二年大宝参军了。

往事似流水,记忆犹新。乔震山在即将和亲人见面之前,心里悲喜交集。

靠山镇里的灯光,从树林的枝条间透出来,像萤火虫一样跳动着。街道上传来人们的喧哗声。大车进了村子,街道的侧面跑出四连的通讯员小李。

"我们连长在哪里?"他迎着为首的一辆大车高声喊着。

"哪个是你们的连长?"

"我问我们乔连长。"

"那不是吗!"赶车的同志把头一歪,"瞪着眼瞎张罗!"

小李听他一说,才发现连长从后面车上跳下来,赶紧跑过去,接过乔震山的背包,"连长,好些了吧,指导员老早就要我在这里等你。"

"部队住下了?"乔震山边走边回头问小李。

"早就住下了,我们已经开过晚饭。"小李说话挺快,乔震山几乎没听明白。

"连部住在哪里?"

"不远,就在东头一家姓孙的老大娘家里。她家还有一个小伙子,挺好,给我们把炕烧得挺热乎。"

"房东家里还有什么人?"乔震山又问。

"没啦。"小李瞪着两只机灵的眼睛,摇了摇头。

"还有一个老头,是不是?"

"老头?"小李想了想答道,"没见呀!"

"连长,我们回排里去吧?"后面上来刘吉瑞和温明顺。

"去吧,把温明顺交给你们排长,好好休息。"乔震山说着和小李走了,没走几步迎面碰着团司令部作战股的杨股长。

"老乔,怎么回来了,你的伤好了吗?"

"好啦!"乔震山笑眯眯地说,"不好咱能出院?"

"你这是好啦?"杨股长指了指他的绷带。

"别打烂砂锅问到底啦,说真的,杨股长,我们任务明确了没有?是先打北平吧?"

"好家伙,开小差回来的,团长知道了,不叫你再回去才怪呢!"

杨股长笑着指了指他的鼻子,打着哈哈走了。

乔震山在前面拐弯抹角地一直朝他的家走去,越靠近家,心跳得越厉害,步伐也越快。小李在后面紧跟着,觉得很奇怪:连长来到这么个新地方,天黑得对面不见人,怎么竟能像熟路一样径直向连部走!他诧异地问道:"连长,这地方你来过?"

乔震山没放声,只管低着头走。

小李非常知道连长的脾气,问头一句他不回答,要再问第二句呀,准没好话讲。小李要看看他到底能走到哪里去。真怪呀!连长毫不犹豫地进了大门,来到院里,一直朝北屋西间里走去。

"妈,你好?"连长跨过门槛,朝着坐在炕头上的孙老大娘问了一声。

小李愣住了。正在屋里说笑的通讯员、司号员也愣住了,老大娘的笑脸刷的一下板起来,瞧着进来的人,老半天才梦呓似的说:

"你,你是……"

"我是大宝,妈!你,你好!"连长的声音有点颤抖了,最后的几个字几乎听不见。

"大宝!"老大娘忽然叫了一声,两眼直勾勾地看着连长,一动不动,"大宝,我的孩子。过来,娘好好地看看你。"

乔震山抢前一步,老大娘两手扶着他的肩膀,仰着脸,泪包着眼珠,左看右看,哇的一声伏在连长的胸前哭了,"我的孩子!你,你可……回来了。"

小李这才明白了,他向还在发呆的通讯员、司号员打了个手势,就悄悄地一起溜走了。

"妈妈,不要哭,我这不回来了吗。"声音很激动,"这回穷日子快过完了,应该高兴了。"

大风雪在屋外呼啸着,窗户纸哗啦哗啦作响。

孙老大娘仰脸看着儿子,心里悲喜交织,千言万语不知从何说起,只是一个劲地掉眼泪。她伸手摸摸儿子的脸,摸摸包着绷带的头,还有那吊着三角巾的胳膊。

几天来,孙老大娘听说在东北作战的第四野战军要进关,老人家的心,多么盼着这一天啊!这天果然来了,而且她家里住上了解放军,心里高兴得不得了。吃晚饭时,二宝跑回来说:"娘,秀珍家里住着一位团长,这人挺和气,他应着给我找哥哥,还说我的模样活像四连长,——就是小李的连长。"孙老大娘半信半疑地说:"别瞎说,那么巧。"口里虽这样说,心里可盼着。她想:"也许是真的?"现在,儿子真的站在面前了,像做梦一样。说什么?只有用喜悦的眼泪、激动的静默来表达她满腹的辛酸、无限的悲痛和六年来对儿子的思念。

乔震山紧挨着妈妈坐下,借着灯光端详着老人,只见她鬓发皆白、满面皱纹了。然后他又环视着屋子,看样子是重新盖过的:新糊的顶棚显得特别光洁,墙壁粉刷得雪白,上面贴着两张"年年有余"的年画。屋里的家具虽然很简单,但是不太旧,不用问,这是土改后分到的。

"妈,姐姐没消息?"

"没有,十多年了,一直没个信。"妈妈悲痛地长叹一声,"现在要是你姐姐在,说不定我早抱上外孙子了,可偏偏姓王的那个婊子养的给弄没了!"

"二宝呢?"乔震山为不使妈妈过分伤心,改口问道。

"和秀珍上夜校去了,要很晚才能回来。"老人家用袄襟擦擦眼,脸上露出一丝笑容,"二宝这几年可真出息了,你记得不?他今年十八了,还是个民兵小队长呢。"

"秀珍是谁?"

"噢!她是西头老李家的姑娘,你弟弟的对象,还没过门呢。这姑娘的脾气有些像你姐姐,常到咱家来照顾我,我一直拿她当亲闺女待。以前,你爹多么喜欢这姑娘啊……"说到这,忽然住口了,长叹一声,瞧了瞧儿子,好像有什么事怕儿子知道。

乔震山琢磨着妈妈的言词和表情,忽然一个不祥的念头在脑子里闪过:"莫非父亲……"他真不敢再想下去,生怕他的猜测成为事实。

"爹呢?"乔震山终于脱口问道。

老人家再也忍不住了,嘴唇忽然严峻地紧闭着,眼睛里充满了泪水,终于声泪俱下地把老头子被杀害的经过告诉了儿子。

一九四五年秋天日本投降后,北平城的汉奸队伍原封没动地被国民党反动派改编成"国军",王经堂不但没受到应有的惩办,反而摇身一变,成了蒋介石驻北平部队的少将处长了。这年冬天,王经堂乘蒋介石的精锐部队——新一军、新六军、五十二军向东北大举进攻之际,乘华北人民解放军主力正在张家口一带作战之际,乘冀东人民解放军出关作战之际,他带着北平的反动军队也穷凶极恶地向冀东进攻了。他继承了日本强盗的"三光政策",在蓟县、遵化、玉田一带放火烧了八十三个村镇,方圆几百里大火熊熊、烟雾弥漫,一直烧了三天三夜,连燕山岭上的长城都被烟气遮得雾沉沉的。

那时二宝当民兵,和村支书李大叔带着民兵配合着县大队,掩护乡亲们向北山里撤退。乡亲们满山遍野地跑着、喊着……敌人一队骑兵,向逃难的人们迂回过来。

"爹——快走!"二宝一面射击掩护,一面向正在大路上埋地雷的父亲高声地喊着。

"往哪跑!就在这里和狗日们拼了!"二宝爹用愤怒的目光望着被子弹打倒的乡亲们,望着被滚滚的烟火吞没了的村庄。

"爹——唉!你啊!"二宝喊声未落,敌人的炮弹在他的周围爆炸了,霎时间一堵厚厚的烟墙把他和父亲隔开了。

正在这时,李秀珍持着枪,穿过炮火的浓烟跑了过来,她满脸是汗污,趴在地上,气喘喘地说:

"二宝,快走!李大叔叫你撤退。"她看看二宝还在一枪一枪地射击,她急了,一把抓住二宝的肩膀,往身前一拉,两个人一块滚下了山坡,顺着山沟爬上了另一个山头。

天近黄昏,敌人停止了进攻。二宝和秀珍在逃难的人群里找到了两家的妈妈,可是两个人的父亲却都不见了,他们找遍了人群,找遍了民兵的队伍,连个影子也没有。

"爹准是……"二宝呜咽着说,"我亲眼看见他被敌人骑兵圈了进去。"

"我爹呢?"秀珍把短发一甩,愤愤地说,"从家里跑出来压根儿就没见!"

两个人,往满盖着雪的山坡上一坐,谁也不说话了。

夜间,西北风吹着黑压压的山林,呼呼乱响。黑影里逃难的人们点火取暖,一个个泪痕满面、披头散发,时有凄厉的哭声传出——大人在哭着失散了的亲人,小孩哭着喊冷:"妈!冷,冷啊——回家吧……"

二宝的妈妈全身哆嗦着,搂过坐在身旁的二宝,眼望着被大火映红的半边天,"回家?"她想,"回哪个家啊?孩子们的家都没有了,畜生们把它给烧了……"于是,天边的红光在老人的泪眼里模糊了。

三天以后,冀东军区的部队在遵化一带消灭了敌人一个团,在靠山镇行凶的王经堂大概也察觉了不妙了,带起队伍惊慌地滚蛋了。

逃难的人们抱着冻僵的孩子,扶着奄奄一息的老人回家了。天哪!靠山镇烧了整整一条街,屋框里的余烬还在吱吱啦啦地燃烧着,冒着缕缕的白烟,发散出刺鼻的焦臭气味。

"这是什么!"有人惊叫了一声。在街南头东侧的一间烧塌了的房子里,发现满屋子都是横七竖八的尸体,人们哄的一声围了上去,放开嗓子哭了。

二宝和秀珍各自扶着痛哭着的妈妈,满街走着找父亲,最后,在王经堂的大门前,四棵白杨树上找到了秀珍的父亲,他被一把刺刀当心钉在树干上,没有了眼睛、鼻子和耳朵,只剩下几个血窟窿。秀珍的妈哭得死去活来。其他的树上也用铁丝串着四五个人,这些人被火烧得焦头烂额了。可是,就是没有二宝的父亲。

"他到哪去了?也许逃出去了。"二宝高声喊着,"爹!……爹!……"到处寻找。

一个幸免于死亡的老大娘迎着喊声走来,她那满是皱纹的脸上,交织着悲伤和愤怒。她亲眼看见王经堂把二宝爹杀害了。她说:王经堂狞笑着逼着二宝爹招出共产党员和军属在哪儿,二宝爹吐了他一脸血唾沫,破口大骂了他一顿。王经堂掏出手巾来擦了擦脸,把手一挥,二宝的爹就被拴在马后,活活地给拖死了。二宝听完,一句话没说,撒腿向村南的公路上跑去。开始发现了父亲的鞋子、帽子,然后发现一条腿,接着就是身子和头,最后找到两只捆着绳子的血胳膊。

二宝背着哭昏了的妈妈向村里走去,走进了王经堂大门前广场上的人群里。人们的哭声,立即变成愤怒的吼声:

"消灭地主头子蒋介石!"

"逮捕王经堂——报仇!"

"告诉我们子孙万代,永远记住这笔血债!"

大风雪之夜,孙老大娘向乔震山哭诉了伤心的往事。最后她说:

"大宝,乡亲们说得对,要永远记住这笔血债呀!"

乔震山紧皱着两道浓眉,一声不吭地听着。

这一夜他毫无睡意,双目炯炯,闪动着仇恨的亮光。最后,捏紧拳头发誓似的说:

"狗养的,王经堂!这回打进北平去,老子不能轻饶你!"

"真的?"

"真的!"乔震山随口答应着。但是,他听这声音不像妈妈,扭头一看,呀!炕下站着一个十七八岁的小伙子,笑眯眯地望着他,还没等认清,两只粗壮有力的手早已把他紧紧地抱住了。

"哥哥!"

被闹声惊扰的妈妈,在炕上转动了一下。乔震山摆摆手说:

"轻点……走,咱俩到那头睡……你什么时候进来的?"

"刚才。"

哥儿两个亲热地盖着一床被,高一声低一声,悄悄地说起话来……

二宝和哥哥说了半宿话,可以说什么都说了,就是有一件事,他试探了几次没有说出口,那就是他和未婚妻秀珍秘密约定参军的事。他为什么没说呢?因为他每次打算参军,都被妈妈的眼泪阻止了……可也是啊,没有父亲,哥又不在家,他参了军剩下妈妈孤单单的谁来照顾呢?秀珍更是这样,既没有父亲也没有兄弟姐妹,一个独生女怎么忍心丢下妈妈走了呢?不过这也不是最主要的,为了革命,为了打倒蒋介石,给父亲、姐姐报仇,妈妈又有邻居、亲属的照顾,倒也过得去。可是最最不好办的还是村支书李大叔,村里多少青年都参了军,他谁都同意,就是不同意他和秀珍。他不但不说服妈妈,反而一发现他们要参军,就告诉妈妈。于是二宝的妈就严厉地责备说:"你们哪里也不要去,给我安安生生地在家里待着,不然,我不管你们是民兵还是妇女主任,一样地打屁股!"其实,二宝的妈妈从来也没动过二宝一指头。尤其秀珍,妈妈每逢见了她,恨不得放在口里含着。现在哥哥回来了,他想求他说服李大叔和妈妈,可是妈妈老翻来覆去地喘粗气,好像没睡着,怕她听见不高兴。

三

天刚亮,二宝就起来给哥哥烧水洗脸,虽然一夜未睡,脸上却毫无倦意,干起活来轻快利落,全身都是劲。乔震山起来洗脸时,他老是一声不响地用羡慕的目光瞧着哥哥,围着他转来转去。一直看他到东间里和指导员说话,才在外间里站下了,"该去告诉秀珍了。"他这样想着,抬腿向外面走去,一口气跑到秀珍家里。

"秀珍!"他把秀珍叫到一边说,"我哥哥回来了。"

"是吗,在哪里?"

"在我家。"二宝笑着说,"昨晚回来的,还是个连长呢。他们的连部就住在我家!"

"妈高兴吗?"

"嗯,高兴得直流泪。"

秀珍再没说什么,回头到屋里取了围巾往头上一蒙,就和二宝跑了。

"二宝!参军的事和哥哥说了没有?"秀珍边走边问。

"没说,妈妈在跟前,不好说。"

"要赶紧说呀,不然队伍一走,咱们的事就又吹啦。"

"要不,你见他时和他说说吧。"

"亏你说出口!"秀珍不高兴地说,"又不认识,乍见面,我才不说呢。"两人正说着,一抬头,见乔震山迎面走来。

"嘿,那不是吗?"二宝向东面一指,和秀珍跑了过去,并排在乔震山跟前站下了。他介绍说:"哥哥,这就是秀珍。"

乔震山目光一闪,见站在身前的姑娘真有点像姐姐,身材虽然没有姐姐高,但和姐姐一样灵巧、秀气、结实;她皮肤微黑,两道细眉直插鬓间,一双水汪汪的大眼睛,闪烁着天真和聪明。当她的眼光和乔震山的视线相遇时,脸上浮起一层红云。

"哥哥,你好!"李秀珍羞涩地问候道。

"哦!你有事吗?"

这一下可把秀珍问窘了,她镇静了一下说:

"来看看你呀。你要到哪去?"

"到团部去,团长找我有事,回头见。"乔震山一招手快步向前走去,边走边回头说,"到家去玩呀!"

乔震山进了团部。在院里遇着作战股长,笑嘻嘻地向他打招呼:"老乔,你来干啥?"

"你是明知还是故问?"乔震山打趣地说,"不是你打电话叫我来的?"

"我叫你来的不错,不过,团首长听说你的伤还没好,又不想叫你了。"

乔震山端详着杨股长那满含神秘的眼睛,觉得他的话里有话,看样子,准有什么任务不肯说,故意开他玩笑。

两人一前一后跨进上房,撩起门帘走进团长的屋里。屋里暖烘烘的,地上炉火正旺。迎门,挂着军用地图的墙跟前,站着团长周国华和政委李治中,两个人好像正在研究什么事。

"报告!"乔震山雄赳赳地敬了个军礼,"首长同志,有任务吗?"

周国华闪着敏锐的目光,打量着乔震山吊在胸前的左手,和帽檐底下露出的绷带,微皱下眉头又开朗地笑了说:

"嗬!吊着胳膊来要任务。任务是有,就是不能给吊着胳膊的人去执行。"说着,转向团政委李治中,"你说呢,老李?"

团政委嘴唇闭成一条线,微笑着点了点头,眯着眼睛打量着乔震山。

"是啊。"政委向前跨了一步,关怀地说,"你的伤到底好了没有?为什么住院半个月你就跑了回来,是医生批准的,还是你自己批准的,唉?怎么不报告这些,一进门就要任务。你认为当首长的只管着分派任务?"

乔震山那勇敢、刚毅的脸,一时变得羞怯、腼腆了。两只手好像没处放,捏弄着胸前的纽扣。口吃地说:

"首长,我……我这伤……"他的话没说完,团长又开口了:

"又是伤不重,擦破点皮,对吧!我听说为出院的事你和医生闹了别扭!这可不行,你要马上写信道歉承认错误。至于任务嘛……"他转身向团政委说,"老李,你看呢?先叫别人去执行吧!"

乔震山一听,急得脸都红了,他把三角巾往下一摘,说:

"团长您看,真的好啦,有任务交给我吧!再说,全军有多少同志带着绷带打仗啊!"

乔震山直挺邦硬地站在团首长的面前,以孩子般恳求的目光固执地望着团长和团政委。这使两个人的心里同时翻起一股喜爱的感情:真是铁打的汉子,党培养出这样的干部,中国革命战争还有不胜利的?而这样的干部在我们队伍里又何止万千?他们为了党的事业,赴汤蹈火、流血牺牲在所不惜。李治中先发言了,他激动地向周国华说:

"我看叫他去吧,老周,好在又不是什么战斗任务,只是走走路,背背东西,那一带的地形他又挺熟,完成任务也有把握。不过,乔震山你过来看看,"团政委走向地图跟前,指着地图说,"从这里到这里,地图上水平距离,来回有三百多里,走起来恐怕要有四百多,这中间还有八十里的敌占区。今夜十二点,有华北野战军的一个参谋给我们送地图。他在那里等着,我们想派你去,拿到地图后就立即向回赶,最晚要在明天晚饭前返回来,因为明天晚上部队可能有行动。时间紧、路程远,任务可不轻啊!你考虑一下,你的伤还没好,能不能坚持下来?"

乔震山高兴极了,他把胸脯一挺,答道:

"放心吧,政委,一定完成任务。我回去就出发,天黑以前就接近敌占区,五点钟过铁路,十一点准能到达。拿到地图我就往回蹽,拂晓前出不了敌占区也差不多,没有问题,政委。"

"瞧你说得多轻松,要是路上碰着敌人呢?"团长插口道。

"大情况绕过去,小情况能捎的捎着,反正不耽误时间。"

"你的伤不会碍事?"

"腿好好的,一点也不碍。"

团长笑了,点点头说:

"好吧,你算把我说服了,回去带上一个班,为了保险,再找个向导,马上出发吧!"

"是!"乔震山转身要走,周国华又嘱咐说:

"去的人全部轻装,准备背地图,地图是二十张一份,共八百份。这部分地图是我们全军用的,可不能出问题啊!而且一定要按时回来,否则,如果明天军队有行动就会误了大事,懂吧?"

"懂啦!"

乔震山回到连部,又和指导员郝平、副连长王德研究了一下,立即派人去通知一排长,命令一班集合。又去找二宝,打听找向导的事。

"二宝,咱这镇上谁对去平西杨树屯的路最熟?"

"干啥?"

"请他当向导。"

"我去吧!"二宝忙说,"这几年给部队当向导、抬担架、送信、接干部都是我去。那一块,大路小路我闭着眼也能摸,可熟啦!"

"你去干什么?"乔震山把眼一瞪,"路远,急行军,部队走得快,你能跟上?"

"别的部队走路也不慢,我还不是一样走。"

"让他去吧,连长。"副连长王德在一旁插言说,"这向导准可靠,比另找强。"小李听说要二宝去,在旁边急得直咬嘴唇,瞪着眼瞅着副连长。接着,副连长又说:"叫小李也去吧,路上跑跑腿,传个信,保险挺利落。"

小李一听心里那个高兴劲啊,就甭提了!他从心窝里感激副连长的建议,心想:别看副连长平时好剋人,这一点嘛,倒挺带劲。但是,他没吱声,仍然眨着眼睛瞧瞧连长,又瞧瞧指导员,惟恐他俩不答应。不料想,指导员首先点头了,接着连长也同意了。小李一高兴,扯着二宝跑了出来。

"二宝,你可真走运,走走路蹓蹓腿,为打北平做准备,你那参军的事嘛,我看有门儿。"

"你可要帮我说说啊!"

"行!没错。"

乔震山带着第一班,七点半就从靠山镇出发了。这支精悍的小队伍行走如飞,像支脱了弦的箭。太阳刚落山他们就来到了顺义城的东面,在一条深沟里隐蔽起来。战士们有的擦枪,有的喝水吃干粮。温明顺边磕打着鞋里的沙子,边自言自语地说:

"一天不到黑就蹽了八十多里路,今晚上再蹽回来没问题。"

"先别乐,到目的地还有百多里,在敌占区碰上敌人再打一仗,那就很难说。"一个新解放的战士反驳了一句。

"怕啥?碰上多少就干他多少,连打三仗也误不了回来吃早饭。"班长刘吉瑞擦着刺刀乐洋洋地说。

"这话我信,你不看谁领着我们?是连长!跟着连长打仗走路保险不含糊,不信瞧着。"

乔震山扭头瞅了瞅战士们那些可爱而结实的笑脸,心里热乎乎的。但是他觉得战士们对任务的艰巨性还认识不足。轻敌麻痹,路上就会出乱子。他想趁机会再把任务和战士们聊聊。忽见二宝面色不悦,低着头一声不吭。

"二宝,你累了?"

"五尺高的汉子,走这么远就累?"

"那么为什么不高兴?"

"你叫我来当向导,连支枪也不给。"

"碰着情况有我们,怕什么!"

"你们打仗叫我看着呀?"二宝把头往旁边一扭,赌气了。

"嗬!"乔震山笑了笑,"人不大脾气可不小,以前你当向导,人家都是给你枪啊!"

"不给枪也给个手榴弹,可你,走了一天,什么也不给,还是哥哥呢!"

乔震山想了想,可也对呀,二宝虽然还没参军,可他是从小生活在战争的磨炼中,对付敌人也有不少经验。现在,在这支小队伍里也算是一个不错的战士,大家都有枪,他能不馋？想到这里,命令道:"小李,把你的手榴弹给二宝一颗,你们两个到沟沿上瞭望着,有情况马上报告。"

乔震山派哨以后,向战士们讲述了任务的重要性和艰巨性,又详细阐明了完成任务的条件。战士们听了都信心百倍。最后,他说道:

"同志们!从现在到明天拂晓,十二个小时内要走一百六十里,再回到这里,每小时要走十四里啊,大家有信心没有？"

"有!"战士们齐声应道,"走十五里也行!"

冬季的太阳,五点多钟就被北平的西山遮没了。乔震山带着战士们,从顺义城南的公路上绕了过去。

"哥哥,过了顺义城走大路还是走小路?"二宝问。

"走大路。"

"大路平点好走,就是怕有情况。"

"有情况怕什么？路远时间紧。走得越快越好。"

二宝不吱声了。

冬夜,无比的寂静,西北风吹着枪口发出细微的哨声。天,像一个大冰盘,上面缀满了星星,闪着清冷的寒光。战士们默然不语,顺着大路沙沙地向西行进……

乔震山迈着稳实的大步走着,天寒衣服单,伤口在绷带底下阵阵发痛。出发前,卫生员还嚷着要给他换药,可他,嘴里答应,人却忙得不行,最后还是忘了。现在这伤口咬着他全身的神经火辣生痛,头昏眼花,他想:"要坚持,在执行紧急任务中,指挥员的任何不正常的表现,都会影响战士的情绪。"乔震山满脸平静。这时,在南面的什么地方,远远地传来了几声火车的汽笛响,像是悲痛的呻吟,又像是愤怒的呐喊。乔震山转头向南看,见地平线上露出一线惨淡的夜光,那就是北平,黑森森的上空盖着一层铅样的乌云,把北平的万家灯火压得一片昏暗。古城沉没在黑暗的冬夜。这儿的人民多少年来生活在水深火热之中,忍受着种种凌辱。抗战八年,解放战争,中国广大地区已经解放。地主、恶霸、军阀、土棍,像被戳了窝的狼一样,逃进了北平,他们穷凶极恶地又在这里欺负人;还有美国狼——那些醉醺醺的洋兵,开着吉普车满街横行,压死中国人,奸污中国姑娘,国民党反动派不但不问,反而为虎作伥,狐假虎威,残杀了多少爱国青年和进步人士!真是"国仇尚未报,家恨记犹新",他那老父亲已经牺牲了,他那不幸的姐姐已经十年多杳无音信;王经堂还在逞凶作恶。乔震山越想越恨,他想立即把这些心里话告诉战士们,使他们知道:我们的任何一个行动都在打击着敌人,都是直接在为中国人民报仇。可是,现在大家正在行军。他眼睛喷火、脚底生风,甩开大步急急地顺着大路向前走去。

半夜十一点,他们越过公路,跨过平绥铁路,来到了山区,在预定地点,顺利地遇到华北野战军的同志。两个野战军的战士们,天南地北从不相识,可是伟大的革命事业却早已使他们心连着心,一见面就好像旧友重逢、兄弟相会,抱的抱,亲的亲,问寒问暖,一片欢笑声。

乔震山和华北野战军的参谋交换了文件,开了收条。五万分之一的作战地图,整十四大捆,每捆二十多斤,十五个人差不多每人背一捆,大家一招手说:"同志们,再见!"

向送图同志们告别的时候,夜光表的指针已经正对十二点。乔震山的眉头隆起老高,"呀!到天亮只有六个钟点了,可是八十多里的敌占区,必须在天亮以前通过,这就要每小时以十四华里的行军速度才能办到,可是战士们已经走跛了脚,他们一天半夜十八个小时内,已经走了二百里,就是铁铸的腿也会磨去半截啊!往后速度怎么保证呢?"他沿着队伍来回走了好几遍,对每一个战士进行了动员。战士的回答是:

"连长你放心,就是跑断了腿,我爬也跟你爬回去。"

"连长,天亮了怕什么?这里的敌人全是些吃糠长的,厌货,我一个人也打他千把多。"

乔震山听着这些话,心里十分激动:勇敢的人民战士,为了党的事业,就是牺牲了也不会说一句孬种话呀!他想起每人脚上的大血泡,走一步,咕唧咕唧地冒血水,心疼得他火烧火燎的。来到排头时,见小李个子不大,走得还满带劲,说:"小李,你的'十一号汽车'还能行?我给你背着吧。"

"哈,连长,你可真能开玩笑。"小李把小脑袋一歪,"再走二百里也没事儿。要不是夜行军,我真想唱个歌给你听。"

"行!小家伙,这回回去我建议支部给你立一功。"

"这算啥功?要说有功就数你。连长,你伤那么重,除了和我们一样背地图,还要操心指挥,这担子可不轻!"说话间部队来到平绥路边,小李忽然一愣,"连长你听,汽车响!"

乔震山全身一紧,侧耳细听,果然,前面传来了隆隆的汽车声。正在这时,班长刘吉瑞也跑回来报告:

"连长,铁路那边公路上过汽车。我们经过的那个小村庄也已经有敌人,怎办?"

"走,往前靠一靠,看看再说。"乔震山带着队伍鹤步前进,鱼贯而行。越过铁路,靠近公路,在小村庄的西南上找了个地坎卧倒了。公路上的汽车开着通亮的电灯,一辆接着一辆通过村庄,由北向南络绎不断。"他妈的！倒霉,时间越紧越出问题!"他看看表,下三点了！要是在这里再磨蹭上一个钟头,就成了大问题。汽车仍然继续过着,看样子没有个完。

"连长,我看找个空子钻过去吧,这样等到多咱算个头?"刘吉瑞伏在连长的耳朵上着急地说。

"别忙!"乔震山把手一伸,"再等等看,瞎碰乱闯被敌人发觉了更不好办。情况越紧越要沉着呀!"乔震山嘴里虽然这样说,可心里比谁都焦急。看看天,冷冰冰亮晶晶的三星,已经偏向西天边。又看看表,表针指向三点半,"糟糕啊!时间已经过了一多半,前面的路程还有五十多。怎么办!"他全身的神经几乎要绷断。战士们焦急地、目不转睛地瞅着,只等着他拍大腿。在过去,不管情况多么紧,只要连长他一拍腿,什么困难也就解决了,可是现在,他老是瞪着眼睛,皱着眉头。看样子问题挺严重。

几十只眼睛转动着,许多颗心同时跳动着。不一会儿大家悄悄地发言了:

"连长,管他呢,打的打冲的冲,来他个金蝉脱壳计。"

"连长,咱们再往前靠一靠,隐蔽起来,汽车过一辆我们过一个,次数多了,不就都过去了。"

七嘴八舌,活像些诸葛亮。战士们的意见给乔震山启发不小,但是想了想,都不太妥当。

公路上的汽车忽然断了,前面的车子轰轰隆隆地走远了,小村庄沉浸在静谧里,可是仍然灯光闪闪,"莫非这村里有敌人宿营?"才想派人去侦察,前面黑影里跑来两个人,原来是二宝和温明顺。他俩一直卧在村边上,把敌人的情况早已看了个一清二楚。

"连长,"温明顺报告说,"汽车已经过完,村里还有敌人宿营,公路上放着一辆中吉普,旁边有个哨兵。"

乔震山听完温明顺的报告,眼珠一转,忽然一个大胆而生动的光影在脑子里闪过,他把大腿一拍,说:"有了!"

这一声不要紧,战士们哄的一声围了上来。

"连长快说,快说,怎么办?是不是绕过去?"

"不!"乔震山把驳壳枪一抬,"敌人半夜三更,这么大的队伍行动,一定和我们进关有联系。反正我们天亮也走不到了,不如来他个顺手牵羊,把这帮敌人解决了,捉几个俘虏回去了解情况。同志们的腿不是走得又痛又累吗?我们夺得那辆汽车坐上,我开着,保险用不了一个小时就踅到解放区,你们说好不好?"

"好!妙!"大家齐声赞成,"快干吧,连长。"

"去,刘吉瑞,你先把那个哨兵摸来,了解了解再说,成功失败就看你的了。"

"没错!"刘吉瑞放下背上的地图,三蹦两跳在黑影里不见了。

刘吉瑞身材不高,挺敦实,满身都是使不完的劲,行动起来脚轻手快,活像个大狸猫。他挎着冲锋枪连蹦带跳来到村庄边,贴墙角一站,瞅见公路上那辆吉普车,哨兵在旁边来回地踱着。夜风吹起沙土,顺着公路旋了过去,哨兵放着帽耳朵缩着脖子,看样子什么也不想听见。是啊,这里是敌占区,离北平不远,他们心安理得毫无顾虑。看!这个混蛋,揣着手、抱着枪,走得多安闲!刘吉瑞乘他没转脸,纵身一跃就到了车后面,慢慢地、轻轻地顺着汽车往前摸。不好!敌人哨兵回来了。刘吉瑞隐身蹲在车下边,把冲锋枪一端准备着干。可是,哨兵转身又向北走了。刘吉瑞把枪往身后一背,伸手从腰里摸出了绳子,轻步跟在哨兵身后。说时迟那时快,他一纵身像猫捕老鼠一样,把绳子一抖就套在了哨兵的脖子上,没等那家伙喊出声,刘吉瑞早已转身把绳子背上肩,屁股一撅、腰一弯,哨兵像条死狗一样,仰面吊在刘吉瑞的背上。刘吉瑞怕时间长了把他勒死,紧跑几步,来到连长跟前,扑通!把他放在地上,伸手一摸,除去微弱的呼吸外,管哪里都像个死人。

"死了?"乔震山急问。

"没有。"刘吉瑞答道。他给哨兵摘下枪,捶捶胸,拍拍背,不一

会儿,哨兵哇的一声醒了,才要喊,乔震山用枪口一顶:

"别喊!喊枪毙你!"

"啊——噢——我不敢……不敢。"哨兵一看,眼前又是枪口又是刺刀,明晃晃地对着他的心窝。

"说!过去的是哪部分?后面还有没有?你们是哪部分的?为什么在这里住下?撒半句谎就要你的命!"乔震山把枪一掂问道。

"啊……我说。"哨兵全身一哆嗦,"前面走的是十六军,从康家集调防到北平。后面还有一个团,车坏了,没跟上来。我们是长官司令部的宪兵团,连长带着一个排跟十六军督战,在这里住下:一方面是留在这里等后面那个团,主要是这村有我们连长的姘头,他在路东房子里和姘头已经睡啦,部队住在对门路西房子里,也睡了。"

"都有什么武器,多少人?"

"两支冲锋枪,两挺机枪,其余都是步枪。"

"不撒谎?"

"撒谎叫我碰枪子儿。"

情况已明,事不宜迟。乔震山立即召集战士们拟定好作战计划,"马上出发!"

乔震山提枪阔步走在头里,瞬间,村庄就在眼前。宽阔的公路上,一辆中吉普静悄悄地停在路西边。路东面,家家街门紧闭,只有一家的大门敞开着,里面隐隐约约传来女人的笑声。他想:"这是敌人连长的姘头家了。"乔震山把手里的驳壳枪向空中一挥,部队展开了,各奔目标。

乔震山三步两步来到了路东,靠近了大门,把两个战士留在门口,自己嗖的一下进了大门,靠近窗前,用舌头舔开窗纸往里一看,嚯!一个挺肥的军官坐在椅子上,这家伙胖得头和脖子一般粗,嘴角上叼着一支香烟,笑眯眯地瞧着身旁的女人。那女人柔声柔气地说:"你说,东北的共军进了关,咱在这里不要紧?"胖军官把嘴一撇:"哼!穷八路,有什么了不起,打到这里也得三年。不要紧,明天随我到北平,好好儿地玩几天。"正说着,突然街西面发出了雄赳赳的喊声:

"都起来,集合了!"刘吉瑞的声音。接着,一阵机枪声冲了过来。霎时间,手榴弹、冲锋枪也一齐开了火……

屋里的胖军官,呼的一下跳了起来,把手枪一抽,骂道:"他妈的!谁打枪?"说着推开女人就往外闯。乔震山抽身来到门旁边,右手拿枪,背紧靠着墙,来了一个骑虎登山式,专等那个家伙出来抓活的。果然,门哗的一声开了,胖家伙一出门,乔震山的右腿轻轻一抬给了他个绊脚,扑通一声,胖军官一头栽了个嘴啃泥,才要爬起来,乔震山一脚又踢在他太阳穴上,胖军官就趴在地上一动不动了。乔震山把敌人连长五花大绑捆了起来,用手一提,嗬!没提动,看样子足有二百来斤。这时,门外两个战士跑进来,连拖带抬地把他拉了出去,往车上一扔,哼的一声,像个死猪。

乔震山来到当街,一看表,全部战斗结束只用了一刻钟。战士们有的七手八脚地往车上扔着缴获的子弹和枪,弄得稀里哗啦乱响;有的已经跳在车上等着走了。刘吉瑞跑过来报告说:

"连长,连死带伤全都收拾光了,走吧!"

"把监视哨收回来,快!"乔震山刚说完,忽听村北头轰的一声,接着啪、啪的枪响。更远的地方传来隆隆的汽车声,灯光闪闪发亮。敌人后面那个团赶来了。"快!刘吉瑞把监视哨收回来上车!"说完,见刘吉瑞向北跑去,他这才急忙跳上汽车,扭开电门,蹬着马达。"轰"的一声,机器转动了,车身随着机器的轰声而颤动了,好像汽车也为战斗的胜利,高兴得嚯嚯欢笑了。

二宝、小李、温明顺跟着刘吉瑞一块跑了回来,直蹦欢跳地上了汽车。查了查人数,十五个人外加两个俘虏,一个不少。刘吉瑞喊道:

"连长,快走,北面发现敌人的汽车,第一辆叫咱们埋设的手榴弹炸翻了,后面的也停下了,敌人很快就会赶来。"

"有多远?"

"一里多地。"

乔震山开别的车没把握,开中吉普可挺内行。他挂上挡,抬离合器,加油!汽车一跳,"啪!"机器闭了。原来由于情况紧急,他心慌着急,离合器松得太快,油门蹬得太急,把机器憋死了。糟糕!眼看着村北头照来了瓦亮的灯光,子弹带着哨音在村庄上空飞过,敌人靠近了。乔震山急得满头是汗。车上的每一个同志都在为他着急,端着枪面对着敌人,眼睛却不断地瞅连长:"能行吗?连长!"每个人都铁板着面孔,紧闭着呼吸,侧起耳朵静听着敌人的动静。发现敌人就勾扳机。情况紧急,千钧一发。忽然,汽车一下子又轰响了,车身一跳,慢慢地开动了!

"加油,连长!"刘吉瑞心里一高兴脱口喊道。

"呜"的一声,乔震山换上了挡,把方向盘向左一转,汽车下了公路,顺着大车道向东方开去。

战士们,这些胆大无畏的人民子弟兵,每一个心里乐得不行。有的说,连长真是个英雄,既能打仗又能爱兵,怕我们走路累,还请我们坐汽车。有的说,不仅是坐汽车,这任务起码也提前三个钟头完成。有的说,任务完成得漂亮不说,还消灭了敌人、缴了枪,一举两得。有的说,一举三得,还有汽车。汽车颠簸地奔驰着,战士们的心喜悦地跳动着。忽然一个战士向后一看,喊道:

"敌人!"

大家全身一紧,急忙扭头往后看,有两辆敌人的汽车从屁股后边追来了,车灯忽闪忽闪的通亮。

"刘吉瑞!准备机枪,连缴获的两挺都架上!"乔震山没回头命令道。

"没错,连长,你尽管掌好舵,加油开吧,打仗有我。"刘吉瑞答道。他又说:"二宝,你到前面坐,给连长指着路。温明顺,把机枪架好;小李看俘虏。大家注意,没有命令不准开枪,叫谁打谁打,不准乱放。"

汽车呜呜地奔驰着,急促地颠簸着。乔震山看了看速度表,表针指向三十,太慢了!可是这大车道比不得大公路,开得太快会把汽车颠坏,再说,他的驾驶技术不太熟练,在这节骨眼上坏了车可就糟了!乔震山边转动方向盘边问道:

"二宝,路没错吧?"

"没错,走到前面那棵大柳树就往左拐。"

忽然一种闷声闷气的声音在后面黑影里咕噜道:"跑不了啦,黑八路,后面我们的车子马上会追上你们,有胆量的把老子枪毙吧!"

乔震山扭头一看,原来那个胖连长醒过来了。"枪毙你?想得倒美。"他想,"老子还要留着你回去了解情况呢!"他把牙一咬,命令道:

"给他把嘴堵上!小李。"

小李在黑影里摸了一只敌人丢的臭袜子,掐着脖子给那个胖家伙塞在嘴里。胖家伙腰肥肚子鼓,把头一仰匀,两头不着地,趴在车底板上,闷得呼哧呼哧直哼喘,看样子挺难受!

"受点委屈吧,胖猪。"小李瞧瞧他说。又转头看了看在身旁坐着的那个俘虏哨兵,把小脸一板,问道:"你呢,需不需要?"

"噢!我——我什么也没说呀!长官,饶了我吧,我一定跟你们走,决不捣乱。"

这时,后面通亮的灯光已经照在车身上,大路旁、野地的积雪上什么都看得清清楚楚,看样子距离敌人的汽车也不过一里多了。"叭"的一声,忽然一颗枪弹紧擦着乔震山的耳边飞过,穿透了前面的风挡玻璃。他眉毛一竖,把眼一瞪,轻蔑地看了一下玻璃上的弹痕。

"对准敌人的汽车,射击!"他大吼一声命令道。

刘吉瑞立即勾动了扳机,轻机枪直蹦欢跳地射出了无数的曳光弹,划过夜空,构成一条鲜红的虚点线,像条凶猛的火龙一样直奔敌人的汽车。霎时间,敌人的汽车忽闪了两下灭了灯,不一会儿,呼隆一声,在后面远远的路旁,炸起一片耀眼的火光,随着,大火熊熊地燃烧了起来。敌人的第二辆汽车,大概看事儿不妙,也把灯一闭不动了。

"怎么回事?"乔震山在玻璃上看着反射出来的火光想:"兴许是敌人的司机被刘吉瑞击中,把汽车撞在沟里,由于碰撞过猛,压着了油箱?也许是曳光弹击中油箱引起了燃烧?管他呢,反正这些兔崽子是粉身碎骨了。"他一蹬油门,汽车嗡嗡地吼叫着奔驰在北平北郊的旷野上。二宝对这里的地形滚瓜烂熟,一会儿说:过去岔道往南拐;一会儿说:过去村庄顺左边的路开;一会儿又说:过了这条小河就是王村。就这样穿越了无数的树林和河流,闯过了无数不明情况的村庄。忽然前面出现乌黑的一大片,把去路挡住,二宝急忙喊道:

"哥!快往南那条大路拐,前面是顺义城,那里住着敌人的保安团。"

好险!差一点把汽车开到敌人窝里去。汽车向南拐,走了七八里,拐弯再往东,跨过平古铁路,又越过公路,顺着大道进了冀东。

天亮了,火红的太阳从山峦的后面冒出来,照着洁白的大地,也照着人民战士们疲倦而英勇的笑脸。小李忽然指着车头上那个国民党的党徽,喊:

"连长,停下,快用刺刀刮掉机器盖上那个脏家伙,别让它玷污了我们根据地的空气。"

四

乔震山开着缴获的汽车回到靠山镇,部队还没吃早饭。他站在团长跟前,把完成任务的情况报告了一遍。

周国华从头到脚仔细地把乔震山打量了一番,好像从来不认识一样。昨天晚上,他和李治中还估计,他们顶早也得上午十二点才能回来。不料想,他竟在二十四小时内走了三百多华里,在路上还打了一个胜仗。这件事要不是出自亲身经历者之口,谁说他也不信。现在乔震山挺着胸脯站在他的跟前,那魁梧的身材,纯朴的面庞竟看不出疲倦之意。不过,尽管他隐藏过一昼夜的疲劳,但那受伤的胳膊却不给他作美,阵阵的剧痛直往脑子里钻,他一会儿耸耸肩膀,一会儿又咬咬牙,伤口的痛苦不由自主地浮现在两道浓眉之间。

周国华看着乔震山这种顽强的忍耐力,心里又疼爱又激动:这个穷孩子出身的干部,从小吃了多少苦,现在党把他培养成为一个顶天立地的英雄,为了党的事业,他是这样奋不顾身。周国华对他产生了一种特别的感情。那就是阶级之爱,世界上再没有比这种爱更诚实、纯正、清白无瑕的了。他用手按着乔震山的肩头,关心地问道:"乔震山同志,你怎么的,伤口痛吗?"

"不,团长,不痛。"

周国华的目光立即严肃起来,在乔震山脸上转动两下,说:
"我不管你痛不痛,乔震山同志,从今天起你得给我好好地休息。你不要把身体单纯看成是自己的,它是党是人民的,不爱护身体就是不爱护党的利益。"他把手向身后一背,在地上转了一圈。显然他觉察由于对乔震山的疼爱而言词过重了,因此又平静地说:

"我们昨天晚上接到师部的指示,部队在这一带要进行短期休整,等待野战军主力进关。在这期间,我看你什么工作也不要做,专门养伤,这是团党委给你的任务,要坚决执行啊!同志。"

乔震山从团长屋里出来,低着头在院子里慢慢地走着。短期休整,不正是为了平津战役做准备吗,怎么能休息呢,部队有多少工作要做啊……

"老乔,怎么,又挨剋了是不是?"作战股长从外面走进来,开玩笑地问道。

"这号剋每天挨我都高兴。"乔震山笑呵呵地说,"俘虏你问过了吧?"

"问了。目前,敌人在平津地区的兵力部署基本全都弄明白了。老乔,这件事你干得真漂亮,要不,我们从哪里能了解得这样详细。"

"什么时候往师里送,我去吧?"

"对不起,同志,我已派侦察班长押着俘虏连汽车和地图一块送走了。"杨股长说完仰面一笑,就向团长屋里走去。他把审问俘虏的情况一五一十地向团长做了报告。他说:"北平的敌人已发觉我们军队进关了,非常恐慌,十六军从康家集调丰台,就是为了加强北平的防御,家属也开始向天津集结,看样子敌人有从海上向南方逃窜的可能。目前平、津、张敌人的兵力共有十六个军、三个骑兵旅、一个独立师、一个交警纵队、三个保安团,还有一些宪兵团和特种部队,连后勤运输部队算在内,共约六十多万人,其中百分之七十的兵力都集中在平津一带,光北平地区就有六个军、两个骑兵旅和一个独立师,看来敌人的战役防御重点是放在平津地区。这样对我们寻找敌人主力决战倒起了个方便作用。"

周国华吸着烟,看着地图,静静地听着,不住地点头。他根据作战股长的报告,从平、津地区一直看到张家口和归绥,敌人头大尾巴长,摆着个挨打的架势,但是未来的战役将怎么个打法,他可一时想不出来,不过他十分相信,敌人要想跑那是痴心妄想。最后他说:"把这些情况马上报告师部。今天吃过早饭召开连以上干部会议,把行军总结和短期整训计划一块传达下去。"

"是!"

"棉军装发了没有?"

"今早上刚发完。"

"命令部队今天洗衣服、整理内务,把棉军装换上。"

"是!"

早饭后,四连指导员郝平和乔震山到团部开会去了,副连长王德留在家里掌握部队洗衣服、整理内务。

二宝家的上房里,锅灶上冒着滚滚腾腾的水蒸气,弥漫了半个房间,锅底下烧着半干半湿的木柴,冒着黑烟的火舌舔着灶门,吱吱啦啦地乱响。

小李用瓢从锅里一瓢瓢地向盛满衬衣的盆里倒着开水,准备洗衣服。

二宝非常喜欢小李,从前天部队一来,两个人就立即混熟了,搞得挺热乎。小李尽和他说一些战斗故事,他听得简直着了迷。什么三下江南,四保临江,零下四十度……嗬,二宝把小李真的看成个了不起的英雄了。这次去平西,一路上小李又是那么机灵勇敢,不过最使他倾心的还是小李的那支马枪;他第一次看见那样的小马枪,乌黑通亮,枪口上还带着一把刺锥呢!"这枪一定很准!"二宝羡慕地瞧着小李的枪,多么想亲自试试这枪的准头啊!可是小李连摸也不让他摸一下。昨天去执行任务时,原打算在路上问哥哥也要一支这样的枪,可是只给了他一颗手榴弹,就连这颗手榴弹,今早上一回来也被小李要了回去。

今天早晨回来以后,本来很疲倦了,他见小李不但不休息,一回来就烧水洗衣服,干得满欢,嘴里还不住声地哼着东北民歌,由于打了胜仗、完成了任务,心里就高兴得什么都忘了。二宝受到小李的感染,本想去找秀珍排节目,可是他又不想离开小李,老在小李跟前磨蹭,帮小李干点这弄点那,想再听听小李说点什么故事,甚至说不定小李还可能允许他把小马枪拿在手里仔细地看个够呢!可是小李总是忙着往盆里倒开水,说着连长过去的英雄事迹,再不就是谈论昨晚上打仗的经过。

正在这时,副连长王德从屋里出来了,像是才换过了衣服,皮带扎得绷紧,绑腿捆得溜直,端端正正的帽檐底下,显出一副恬静的方圆脸,两道淡而秀气的眉毛紧压在帽檐底下。眉间宽而发亮,一双大眼睛黑白分明、闪闪有神,嘴不大,薄薄的嘴唇带着严厉的表情,说起话来露出一对虎牙,倒也挺惹人喜欢。他两手扣完了脖子下的领扣,又扯了扯衣襟,然后拍打了两下,低下头端详了一番,看样子,他把自己的军容收拾得挺满意。

"二宝,"王德问道,"你姓孙,为什么你哥哥姓乔?"

"不知道。"二宝莫名其妙地答道。

"那么你家里到底姓孙还是姓乔?"

"姓孙也姓乔。"

"嚄!"王德取笑地说,"干吗还两个姓?"

"我妈姓乔。"二宝凑到王德身旁坐下,认真地说,"副连长,你问这干吗?"

"不干吗。假设你也参军了,应该姓什么?"王德对二宝蛮喜欢,所以故意逗他。

二宝一听到参军这个词倒认真起来,于是他又向王德身旁凑了一下,说:

"说真的,副连长,你说我参军行不行?"

"当然行啦!"王德看到二宝这副天真的样子,他满口答应,"不过这事情可不是那么简单,必须经上级批准才行。"

"还这样麻烦啊!"

"是啊,现在不是过去了,随便吸收新战士要受批评的。"王德说,"你为什么不和你哥哥说呢?"

"明天行军打仗,今天他又挺忙,老没空。"

"行!没关系。"王德蛮有把握地说,"我给你请示一下。你读过几年书?"

"三年。"

"要是你有中学程度就好啦,像你这样小伙子,再有文化,出身成分又好,用不了几年就赶上你哥哥了。"

"你说得真玄,咱这样的还行啊!不过打仗还没问题,你看多棒。"二宝说着把两只硬邦邦的胳膊一伸,"说真的,副连长,一言为定,你给我请示一下吧,这回你们解放北平时我就跟着走。"

"一点不假。"小李插口说,"昨晚他和我放警戒时埋手榴弹既快又利落。"

"你妈同意吗?"

"只要你们叫我们村支书动员她就行。"

"好!"王德欣然答道,"可不能着急啊,要慢慢来。"

二宝点了点头,高兴得心里像是开了花,马上跳起来,去帮助小李洗衣服,心想:"这回参军的事不用犯愁了。"一抬头见李秀珍带着满脸的不高兴,脚步挺快,急急地走了进来。

"二宝,你回来了?"

"回来了,干吗,有事吗?"

"还干吗呢,回来也不告诉我一声,叫人家到处找你。"

"我知道你来干什么!"二宝一只手伸在盆里笑嘻嘻地瞧着秀珍,"你是不是找我排节目?"

"还有脸说呢!"秀珍把脸一沉,"人家都在等着你,老说你的怪话,什么这下行啦,二宝去当向导,准参军了,这节目嘛,算吹啦!我听着心里真不是滋味。"

二宝听秀珍这么说,心里有点着急了,马上站起来,垂着两只

49

湿漉漉的手,"是么?那么我们走吧。"

"瞧你,要不你就慢悠悠的,现在你又着起急来了,干脆洗完了再走吧。"秀珍一边说着,一边拉二宝又蹲下,自己也挽起袖子帮着洗起来。

"同志,"小李却有点不过意了,"我看你们工作忙,还是走吧,这点衣服我自己很快就洗完了。"

"甭急嘛。不差这么一会儿,反正都是支援军队,干什么都是一样。"

副连长王德两手抱着膝盖坐在铺上,从秀珍一进门,他就觉得这位姑娘的外表既聪明又大方,与众不同,和二宝说起话来,又是那么热情、自然,一点也不拘束,不由得猜测起来,"她是什么人呀?"

忽然,门口出现两个姑娘。

"哟,看哪!公羊吃麦子,叫母羊去赶,结果,母羊也吃起来啦!"一个十五六岁的姑娘调皮地格格笑着指着秀珍。

秀珍的脸刷的一下通红了,笑着骂道:"瞧你!'德性'样,又胡说八道,我打你的嘴。"

"哎呀,不羞,不羞。"那小姑娘弯着腰用手指点着自己的脸,大声地笑了。

秀珍可真的沉不住气了,站起来扬着手就向那小姑娘追了出去,两个人在院里兜着圈子跑着,格格地笑着,笑得上气不接下气。鸡在院子里刨着雪找食吃,被她俩吓得连飞带跑,伸着脖子莫名其妙地嘎嘎直叫。最后,小姑娘跑得没劲了,停了下来说:"瞧你,还是主任呢,那么封建,给,你打吧,你打吧!"她装模作样地噘着小嘴把膀子凑在秀珍的怀里。

秀珍并没有打她,喘着气把姑娘抱起来,在她耳朵上低声地说了几句话,然后又回头向屋里大声说:"我们走吧,村支书在等着呢!"二宝和另外一个姑娘走了出来,他们一块向门外走去,低语声,格格的笑声,消失在院墙外的街道上。

　　副连长王德,从两个人的玩笑中才理解到这姑娘是二宝的未婚妻。他凝眸注视着眼前的一切:锅里冒着滚滚腾腾的水蒸气,锅底下烧尽的劈柴,灰烬带着火星掉了出来。小李扭绞着衣服,溅起了无数的水泡,旋转着、颤抖着又消失了;院子里的雪地上满是姑娘们踏起的乱七八糟的脚印;一群麻雀从大槐树的枯枝间,扑索索地飞了下来,和鸡一块在脚印上刨着找吃的,大槐树枝丫间的积雪受到震动纷纷落在地上,麻雀受惊了,啾啾地叫着,飞向院墙外去了。

　　王德信步出了屋门,蛮有兴趣地欣赏着眼前的一切,他从心眼里喜欢二宝、秀珍、小李这些生长在新时代里的少年,为他们那种纯朴、天真、活泼、诚实、坦率、爽直的品性而感到羡慕。王德不由得想起自己的过去和现在。

　　王德,东北抚顺人,父亲是个老煤矿工人。他参军前曾在伪满的国高读过书,人聪明,说一口流利的日本话,每次考试都是名列第一。那时,他认识了一个姑娘叫满丽英,长得很标致,是当铺经理满金城的女儿,虽然两人的家庭经济情况相差悬殊,但是满丽英因为王德是全班高材生,小伙子长得又挺秀气,两个人成了朋友,慢慢地又产生了爱情。王德的妈妈为儿子能攀上这么个当铺经理的姑娘而高兴,她想找人去满家给儿子求婚,可是父亲却不以为然,说:"算了吧,别傻心眼了,人家会和我们成亲?"就这么着,这事就丢下了。后来,满丽英亲自向她的妈妈商议,并且带着王德到她家去玩。满丽英的妈妈一见王德长得挺俊,功课又好,觉得将来准有出息,有这么个养老女婿也不错。于是就默默地答应了。

　　一九四五年夏天两个人毕业了。满丽英升入了奉天大学;王德呢,因家庭经济困难在家待下了。王德的心情不免有些伤感,平时除去读点书而外,就是帮家里干点零活、种点地。在这期间,差一点没被征去当了国兵。幸好这年秋天"八·一五"东北解放了,王德在抚顺参了军,从那以后两人就断了联系,消息全无。

现在想来已经四年了。在这期间,他曾听说奉天大学已经搬到北平了,解放了北平,说不定还会碰到她呢。想到这里,王德忽然又觉得,在此时此刻想这些,未免太荒唐了。

新的环境给人新的熏陶,王德参军后,工作积极,作战勇敢,进步很快,由一个普通战士很快升为排长了,锦州战役结束后,调到连部当了副连长。可是,战争的节节胜利,工作上的一帆风顺,使他不自觉地滋长着一种骄傲情绪。尤其进关行军以来更有所发展。

这种不正确的表现,指导员郝平曾提醒过他,"老王同志,你当副连长以后责任心很强,工作也很积极,这是很好的。但是,我觉得自从连长不在,有些事情你和我联系得太少了。"

"啊,指导员同志,"王德怫然问道,"都是哪些地方联系得太少?"

"比如,对解放战士的管理方式问题,排里战斗小组长的调动问题,连里的月终统计问题。"

"就这些吗?指导员同志,"王德泰然地说,"那是军事指挥员的职责,不一定都和你联系。"

郝平笑了笑说:"你的职责是团结广大战士,自觉自愿地执行党的任务——进军华北,解放平津,把革命进行到底。可你,王德同志,由于你的管理方式粗暴,战士们渐渐地和你疏远了。"

"那是他们觉悟不高,思想落后。"王德骄声傲气地顶了一句。

指导员没有因此而动气,他面色严肃,语气庄重地说:"假定你说的是对的,那么我们作为一个共产党员、革命干部,党把这一百多号人交给我们带着,而我们却把他们带成一些'觉悟不高、思想落后'的人,这责任怎么交代?我看问题不在这里,最大的问题,是有一种情绪值得你注意,老王同志,它正在使你故步自封啊!"

王德从那次以后,虽然有所警惕,但总觉得自己无论作战和工作都没有毛病,对战士要求严格是指挥员的职责。他把管理上的严格和态度的生硬,甚至粗暴混淆不清了。

王德在院子里溜达着,雪在脚底下发出轻微的吱咯声,屋里小李一边洗衣服,一边哼着东北民歌。

"报告!"一排长赵文江从外面进来,他雄赳赳的个子比王德还高一个头,"副连长,冬装发来了,我们连分了一百二十套,还有毛皮鞋,怎么分法?"

"告诉管理排长,按人数分给各排。"

"多余的怎么办?"

"叫管理排长保存,等新战士来了就发下去。"

赵文江犹豫了一下,还想请示:"假设有行动怎么办?"但是他见王德面色不悦,转身要走,正在这时,小李从屋里一蹦,跳了出来,"一排长,有小号的没有?"

"有啊。"一排长回头打量了一下小李,他装模作样地笑着说,"当然有啦,我们总后勤部早知道四连有个小通讯员,长得身材不够尺寸,所以特别给你做了一套小号的。不信你去看看。这回么,小李同志,再不用担心了。"

"去你的吧。"小李见一排长又在拿他开心,把嘴一噘转身走开了。

每一次发新军装,别人都高兴,小李却成了负担。一般的军装穿在他身上既肥又大,纪律规定又不准改,所以他只好把袖子和下脚折起一大块,再用线缝上。这样一来,大的问题虽然解决了,肥的问题却没法处理。领子太大,别说脖子遮不住,差一点连胸腔都露出来了;鞋子呢? 在他脚上都是嫌大,没法子,他把鞋后跟缝起一块,行军时鞋后跟老往裤子上甩稀泥,再加上衣服肥干活不利落,弄得挺脏。因此到了热天行军时,他索性不穿鞋。别人的鞋子不够穿,而他却经常背着三四双,最后还是把这些鞋子送给别人穿了。这还不要紧,最使他难为情的是,每逢连里检查军风纪,他总是因为不及格而受批评。

这次他听了一排长这些半真半假的话,心里又在发愁,"大冬天,穿着那么大的棉军装和那么大的毛皮鞋,增加完成战斗任务的困难不说,将来打开北平怎好意思到街上走啊,再说,我穿得那个笨样,二宝见了不笑我才怪呢!嗨!我这个子到啥时才能长得够尺寸啊。"小李边往绳子上晾着衣服边不住地想着。忽然,通讯员小张从外面抱着冬装走了进来。

"小李,"他边走边嚷嚷,"真棒啊!这次发的军装有五个号,你穿着准合适,快去领吧。"

小李一听,二话没说,丢下湿衣服撒腿就跑,不料想,一出门口和指导员郝平碰了个满怀。

"干吗把你慌成这个样子?"

"领军装去。"小李说着敬了个礼就跑了。

"小李,"郝平回头笑着叫道,"把我和连长的也领来啊!"

"知道了。"小李远远地答应了一声,早已跑得没影了。

不一会儿,他用绑腿捆着一大捆军装,呼哧呼哧地喘着气背回来了。往草铺上一放,用手巾擦了擦脸,什么也不顾,就忙着往身上穿,看他那忙劲,生怕别人抢走了似的。他先穿裤子,再穿上装,蹬上毛皮鞋,扎上新绑腿,捆上皮带,戴上剪绒皮帽,然后站起来拉了拉衣襟,摘了摘粘在衣襟上的那些零星线头和棉絮,拍打了两下。嗬!这军装确实棒:咔叽布,里表新,铜扣子排在胸前直闪亮,小李穿在身上不大不小、不宽不瘦正合身,显得他那灵巧而敦实的身材更加英武而漂亮了。他高兴地扭动着身子,左看右瞧,在地上直转圈。这时郝平和王德从房里正走出来,他把脚后跟噗地一靠,挺着胸脯敬了个礼,大声报告说:

"报告!通讯员小李的身子已经够尺寸了!"

全屋的人轰的一声笑了。

"小家伙,又出洋相,"郝平笑着问道,"我们的在哪里?"

"哎,在这里。"小李把舌头一伸急忙答道,"差一点忘了。"

五

团政委李治中听说乔震山昨天晚上病了,心里老是惦着。今天吃过早饭,他放下饭碗就向四连连部走去。

靠山镇的空场上,团部饲养班的同志在用扫帚给马打扫身上的尘土,马背发着闪闪的亮光,马懒洋洋地垂着头,舒服地甩打着长尾巴。

"扫帚总不如铁刷子好,用那玩意刷出的毛通亮!"团政委的饲养员老李一边给马扫着,一边自言自语地说。

"你的铁刷子哪里去了?"一个年轻的饲养员问道。

"进关的时候丢了呗。"

"那玩意有的是,哪里不能找一把。"

"到哪里去找?"老李带着埋怨的口气说,"要是在东北,当然了。可是这块地方,土墙土屋的找点铁丝都不容易!还找铁刷子,哼!"他说着转头向四周看了一下,忽见政委李治中满脸笑容,嘴唇闭成一条线,从街道上溜达着朝这边走来。

"老李同志啊,"政委走到跟前,倒背着手,上下打量着他那匹高大肥胖的洋马,"我的马怎么样,没有什么毛病吧?"

"瘦多啦,政委。"老李操着东北口音,拍打着光溜溜的马背,"比在东北瘦了整整有一巴掌!"

"为什么?"李治中把头一抬,怀疑地问道。

"水土不服,不大爱吃草呗!"

"噢?"李治中笑了笑,"你怎么样啊?是不是也有点不习惯?"

"我?"老李惊异地说,"咱到哪都行。说真的,政委,咱们不能昧着良心说话,打蒋介石和斗地主是一回事,有他们,我们就不能好,这件事我早就通了!"

"你守着政委说得这么好听啊?"另一个饲养员插嘴说,"你刚才说什么来着,难道不是在发牢骚吗?"

"这是什么话,"老李着急了,脖子上的血管鼓了起来,"母马和儿马,根本两码事。嘿!你这人,怎么好这样!你看,政委,我跟你喂马三四年了,你还不了解我!"

"你说得对啊,老李同志,我们革命军人,为了打倒地主头子蒋介石,解放全中国,使天下的穷哥们永远不受压迫,所以毛主席才命令我们,很快地进关嘛……"

"是嘛!"没等政委说完,老李把两手一摊,板着脸认真地说,"这些王八犊子,不能让他们喘气,要趁热打铁,快点消灭他们。我说嘛,听毛主席的话就没错。"

"不过你得想法叫我的马很快地服水土,好好地吃草,不然它会对你有意见。"

"那还用说……"

李治中不禁仰面大笑了,他迈着稳实的步伐向大街上走去。当他来到四连连部时,一进门,见通讯员小李和小张坐在孙老大娘的窗台下擦着枪,尖着嗓子在谈论着什么。暖煦煦的太阳照在他们身上、脸上和反着光的枪零件上。阳光也照在孙老大娘窗前那棵脱了叶的石榴树上,枝条上站着几只麻雀,叽叽喳喳地叫着,用嘴啄弹着翅膀。

"……一排长说,关里的大白菜一个驴只能驮两棵,其实还没有我们东北的青萝卜大,净瞎聊!好像我们进关就是为了吃大白菜。"小李几乎有点生气似的,小脸涨得通红。

"是吗!还有的说,关里的兔子比东北的驴还大呢。"

"哎!小点声。"小李向屋里指了指,"连长病得邪乎呢!"

"嘀!有意思。"李治中走了进来打趣地说,"你们两个小家伙又在吹牛啊,嗯?"

小李和小张见团政委来了,急忙站起来,心想:"糟糕!准得挨批评。"因此,两个人互相看了一下,"没啥,闲聊呗!"

李治中用手按着小李的肩膀,两只眼睛有力地盯着他的脸:"你们连长呢?"

"在屋里炕上躺着。"小李答道,"从昨天执行任务回来就不大舒服。"小李怀着不安的神情看着团政委,满以为他一定要问他刚才说的话。可是李治中朝着他笑了笑,就向屋里走去。小李把脖子一缩,伸了一下舌头,顽皮地笑了笑,又坐下继续擦枪,并且低声地说:"政委可能没听见呢。"

"不见得。等他搁出空来才剋你哪!"

乔震山,从昨天早晨完成任务回来,并没有休息,换了衣服就和指导员郝平去团部开会,开完会,又忙着到各排了解情况,找战士们谈心,心里老是惦着各种各样的工作,因而把自己伤口的恶作剧给忽略了。卫生员催他换药,他总是说:"不用急,等会儿吧。"

下午,他正在和一排长谈着战士们的思想情况,忽然觉得全身发冷,脑袋发胀,眼前直冒金星。他一直坚持把事谈完,才回连部。一进门说了声:"卫生员,换药吧。"声音小得几乎连自己也听不清楚。

卫生员提着药包急忙走了过来,他边上药边偷眼瞧了一下连长,见他面孔呆板,呼吸粗急,眼珠包着红丝,还以为和谁生了气。他上完药,一声没吭悄悄地走开了。

乔震山自己觉得身子支持不住,晃摇着来到了妈妈房里,一动不动地躺在炕上。吃晚饭时妈妈给做了碗疙瘩汤,他一口也没喝,这使她很生气。

"还是那个别扭劲,一点也没改,工作忙也不能连饭都不吃啊!"说着伸手摸了摸儿子的脑袋,"哟!你有病了孩子,我去告诉同志给你瞧瞧吧。"老大娘说着就往外走。

"妈!"乔震山一把拉住了妈妈,"不用告诉,我一会儿就好了。我小时候不是也这样吗? 不要紧,您歇着吧,您看,我不是好些了吗?"他强忍着身体的痛苦,笑了笑。

老大娘看看儿子微微发笑的脸,信以为真了。因为她想起了少年时代的乔震山,当他病了时,就给他熬一碗稀粥放上点大姜,呼噜呼噜地喝下去,出一身大汗,第二天就好了。因此她急忙在汤里放上了姜,逼着乔震山喝下去,然后给他盖上被子就放心地走了。可是乔震山这次喝了姜汤不但没好,反而更加觉得全身无力,舌根发硬,连说话都困难了。虽然炕头热乎乎的,却总觉得身上一阵阵地发冷,浑身直抽筋,"怎么搞的,真的病了吗?"他苦恼地想,"唉!这倒霉的伤口,尽给我找麻烦。"他不愿意让同志们知道他病了,他怕解放平津的命令一来,就捞不着参加了。

今天早晨,他本来还想和副连长王德一块去参加早操,可是他的身体比昨天还坏,眼前一阵阵地发黑,浑身还是直抽筋,早饭也没吃,躺在炕上没起来,甚至,连卫生员什么时候给换的药都不知道,脑子里老是昏沉沉的,想问题一点也不系统。孙老大娘看儿子的病越来越重,急忙去找卫生员,卫生员给打了退烧针,热也不退。大家正在焦急,李治中走了进来。向孙老大娘问了好,做了自我介绍,问卫生员:"你们连长怎么样?"

"热不退!今天早上更重了。"

李治中再没说什么,伸手在乔震山头上摸了摸,热得像个小火炉。

"政委来了。"乔震山翻身要起来。

"不要起来,躺着吧,我来看看你。"李治中按住他的肩膀。

"没什么,几天就好了。"

"郝平和王德哪去了?"

"到排里去了。"

李治中审视了一下乔震山的脸,不禁大为吃惊,见他面色发黄,眼窝深陷,两腮紧贴,人几乎变了个样,团政委关怀地问道:"你怎么样?乔震山!"

"没……"乔震山一句话没说出口,头一偏,眼睛一翻,全身痉挛起来。

"老乔!乔震山!"李治中惊叫了两声。看看乔震山不答应,他急忙抬头向窗外喊道:"小李!马上到团部叫卫生队长来——叫他跑步来。"

"是!"小李在外面应了一声,往起一跳撒腿就跑了。石榴树上的麻雀,轰的一声飞上了房檐。

孙老大娘听李治中这一喊,急忙走过来,见儿子昏迷不醒了,急得直流眼泪。

"大宝!大宝!"她用袄袖擦着眼泪转向政委,"我的大宝不行了……"

"不要紧,老大娘,一会儿医生来看看就好了。"

卫生员手里拿着茶杯,想给乔震山喝水,李治中摆摆手,说:"不要动他。"

半点钟以后,院子里传来一阵急促的脚步声。卫生队长,带着一个卫生员,后面跟着小李走了进来。

"你看看他怎么的!"李治中指了指乔震山。

卫生队长什么没说,把乔震山全身端详了一遍,然后用手翻开眼皮看了看,又解开他胳膊的绷带,见伤口周围红肿。他紧皱眉头,又伸手诊脉,静静地看着表。

"怎么样?"李治中焦急地问。

"政委,"卫生队长放下乔震山的手,"看样子是破伤风!这病很危险!"说着回头问连部卫生员,"他发热多久了?"

"从昨天,以前不知道。"

"你干吗早不报告?!"卫生队长用严厉的目光瞪着卫生员。

59

"我认为……他是感冒了……"

"你认为什么!"卫生队长气呼呼地埋怨说。

"不要说啦,现在治病要紧。"李治中制止了他,"能治吧?是不是要送医院?"

"现在要马上注射破伤风血清和镇静剂,但是……"卫生队长为难地说,"我们团里没有这种药,也许师部里有,不过,从病情和发病时间来看,两三个钟头以内再不注射就有生命的危险。"

"同志,我的大宝能好吗?"孙老大娘着急地插口问道。

"能好,老大娘。一会儿拿药来打上就好了。"卫生队长转头答了一句,然后对李治中说,"我的意见马上派人去拿。"

"不行,那就晚了,你去打电话报告师部,叫他们快点送来吧。"

"好!"卫生队长答应了一声向外走了。

乔震山全身每一条血管都受到了破伤风菌的袭击。他从医院里出来坐了三天两夜汽车,一路上草里睡,土里滚,没有换过药;前天又去平西接地图,急行军一天一夜,回来时情况紧急,精神紧张,从来也没考虑他的伤口会给他找这么大的麻烦;一直到全身发烧时,还认为"头痛感冒"不算病,他想扛过去。在旧社会穷苦人都是这样,"小病扛过去,大病等着死"。因为没有钱,求医难。这是乔震山从小养成的习惯看法。现在这病,在无情地折磨着他。

革命友谊比任何友谊都深,阶级感情比亲兄弟还亲。乔震山的病使李治中惴惴不安起来,他坐下又起来,起来又坐下,一会儿看看乔震山的脸,一会儿又看看表,他多么希望时间能过得慢一点呀!可是表针走得竟是那样的快,他觉得卫生队长好像才走了几分钟,而表针却已经跑过一个小时了。他想:"乔震山这个经过党培养了八九年的青年干部,为人民的事业在枪林弹雨中拼出来的战斗英雄,难道真的就这样轻易地完了不成?"他不禁倒吸了一口凉气,"也许卫生队长很快会带着药针回来。"可是,时间一分一分地过去了,卫生队长却毫无消息。虽然他心如火焚,但他还用宽心的话,安慰正在伤心的孙老大娘:"不要紧,老大娘,你儿子会好的。他的身体结实,能顶得住。不一会儿医生来了,打上针马上就好。"

孙老大娘擦着眼泪刚强地说:

"政委,我知道我大宝不会死,因为他还没给他爹和姐姐报仇呢!畜生们都跑到北平去了。他说,要打开北平去挖那些龟孙们的眼睛。"老人家说是这么说,儿子的病终归是不轻的。乔震山每次的呻吟声都刺痛着母亲的心,心在激烈地跳着,大量的血液涌上她的脸,眼睛模糊了,屋子里仿佛充满了浓雾,而在这浓雾里现出了儿子痉挛的脸,她的心像刀戳似的绞痛。儿子,从小吃了多少苦啊!饥寒交迫,还没长大就给担上了生活的重担,受尽了折磨,挨尽了饿,现在长大了,而且随着他的成长,这苦日子也将要过到头了,可是他竟一病不治了!老大娘终于抽泣着哭起来。

"哭吧,老人家,也许哭一哭会轻松一些。"

李治中默默地看着孙老大娘悲哀的表情,揣度着她那颗历尽人间痛苦的心灵。他想安慰她,但是,却连一句安慰的话也找不到,他知道惟一可做的,就是想法挽救乔震山的生命。

这时,门外传来了均匀的脚步声,他急忙向窗口望去,见是王德迈着方步从外面走了进来。

他一进门,见小李和其他几个通讯员呆坐在草铺上一声不响,卫生员愁眉苦脸地站在门旁,好像和谁吵过架。

"干吗,你们又吵嘴了?"他说着一转脸,见团政委面色不悦,在老大娘房子里来回地踱着,看样好像在生谁的气。孙老大娘在炕沿下直抹眼泪。他来到屋里,两腿一靠给李治中敬了个礼,"政委什么时候来啦?"

李治中点点头没放声。

王德又一转脸,见连长躺在炕头上,面色煞白,紧闭双目,嘴里急促地喘着气。他才要去叫他,被李治中的手势阻止了,"不要叫他,正昏迷着。"

61

王德这才意识到连长的病重了。

"医生看过没有?"他向站在门旁的卫生员问道。

"团部卫生队长已经打电话要药去了。"

王德再没说什么,站在那里目不转睛地瞅着乔震山。

时针一刻不停地走着,李治中不时地看表,半个小时又过去了。乔震山在炕上用窒息的声音哼了一下,然后翻了个身。王德急忙伸手摸他的脑袋,然后,赶紧拿来毛巾,在冰凉的水里浸了浸,敷在乔震山的脑门上。乔震山的呼吸更加粗重了。

屋里除去乔震山急促的呼吸声外,静极了,空气好像是凝滞的,但每个人的心却火烤一样,在焦急地等待着卫生队长的到来。

天,阴得使人发闷,李治中望着门外。卫生队长去了这么久还没有消息,"是不是药……"他正不安地沉思着,忽然,西方的天空隐隐约约传来一阵隆隆声,"飞机?"他抬头向空中看了看。这时,团部作战参谋急步走了进来。

"政委同志,"他报告说,"敌人有一个营的兵力,从通县出来,向一营驻地靠近。"

"团长知道吧?"

"他正在一营。"

"把这情况报告师部!"

"是!"参谋敬礼后转身要走,又被李治中叫住。

"看见卫生队长没有?"

"没有。"

"好,你去吧。"

李治中看着走去的参谋,焦急地皱起眉头。

卫生队长离开四连,回到卫生队,叫了半天电话也没叫通,因为前面发生情况,各处都在向师部报告,电话占着线。急得他满地直打转,"不能再等了,"他想,"趁早骑政委的马亲自去,政委的马快,八里地一会儿就回来了。"于是,他匆匆跑到饲养班。

62

卫生队长骑着马,飞快地奔驰在公路上。他还觉得马跑得太慢,不时地用缰绳头抽打着马屁股。那马的四蹄腾起,肚皮几乎擦着地,拼命飞跑,真是"扬鬃赛蛟龙,挥尾似飙风",掀起一股尘烟。八里地不到十分钟就到了。

卫生队长一踏进师卫生处的门,就朝司药说:

"快,同志,我们乔连长得了破伤风,眼看不行了,有破伤风血清没有?"

"有!"司药同志一面回答一面起身去找。

有药,乔震山的病有救了,卫生队长心里多高兴啊!可是司药同志翻遍了药箱药柜,找了足足有一个多小时,好不容易找到十多瓶,一看都是过期失效的。真糟糕啊!卫生队长和司药都明白:找药的时间越长,乔震山的病就越危险,两个人急得团团转,怎么办呀!最后司药提议说:

"队长同志,打电话问问各团和军部吧,兴许能有,我记得打锦州时,缴获了不少。"

"好,快点!"

司药同志在电话上问了三四个单位,得到的回答都说没有,最后电话打到军部卫生处去才算问到了。他们叫卫生队长先回团部,随后他们用汽车派人送去。

卫生队长回到靠山镇时,见四连门口停着一辆吉普车。知道是军部送药来的,悬在半天空的心,才算落了地。他一进门,见军部的军医正在忙着给乔震山治疗呢。一会儿做静脉注射,一会儿又做皮下注射,一会儿又在脊椎骨上注射,最后给他清洗了伤口,换上药。一直忙了一个多小时,治疗工作才算结束。

"就这样吧,以后四个小时注射一次。"军医嘱咐说。

半小时以后乔震山的呼吸渐渐地平静而均匀了。

李治中见乔震山痉挛现象已经过去,由于心里还记挂着刚才作战参谋报告的情况,看完注射以后,就向团部去了。临走时他嘱咐王德说:"下午把乔震山的情况随时报告我。"

李治中回到团部时,作战股杨股长正在和团长打电话:

"团长吗?……师长命令,敌人不到跟前不要理他,叫进入阵地的一营部队,马上撤出阵地,只留少数监视就行了。他说昨天北平敌人曾向我军驻地派来三个便衣侦察,都被我们的侦察员逮捕了,估计今天来的敌人可能是进行武装侦察。……啊……是……是!"作战股长放下电话听筒,又把刚才的情况向政委报告了一遍,并且报告说:

"师政治部来电话,决定补充给我们二百名冀东参军的新战士,叫我们明天上午派人去领。现在我们需要决定如何给各营分配。"

"太少了……"李治中考虑了一下说,"各营六十,团直留二十名就行了。"

正说到这里,忽听远远地传来一阵重机枪的射击声,这声音沉闷而连续,然后突然停止了。半小时以后接到一营的报告说,敌人漫无目标地打了一阵机枪后就撤走了,前面师部的便衣侦察员和民兵正在追踪监视中。

六

辽沈大捷频传,淮海鏖战正酣,平津张正酝酿着又一场震惊世界的大战。

东北野战军的先遣兵团,奉命在冀东的蓟县、遵化、玉田一带进行休整,等待野战军的主力到来。这里,呈现着一片平静气象。

但是,就在这胶着状态的日子里,中国人民解放军有两支强大的主力军正在深远的后方——东北的辽西大平原和西北的长城边,沿着公路、铁路、崎岖而蜿蜒的山路,日夜不停,滚滚腾腾,像山洪暴发似的开进着,矛头都是指向平、津、张。

步兵团在靠山镇住了七八天。乔震山的病,自从卫生队长给他打针吃药以后,身体渐渐地恢复了健康,又开始每天和王德研究工作,掌握部队的军事训练;郝平分工掌握部队的阶级诉苦教育。

这天晚上,部队和靠山镇里的老乡们联欢,师部的宣传队也特地赶来参加,民兵演的是《白毛女》,师部宣传队演出《杨勇立功》,闹腾了半夜才散了会。

夜里,天幕上满布着晶莹的星辰,大地布满了寒森森的严霜,战马在黑影里大口吃着草料。四连连部门外的哨兵,挎着上了刺刀的步枪来回地走着,有时停下来侧耳向四周听听,四周仍然是一片寂静。

突然,一个黑黑的人影,匆忙地从黑魆魆的街道上走来。

"谁?"哨兵警惕地两手持枪,做着射击和刺杀的准备。

"我,营部通讯员。"

"口令!"

营部通讯员走到哨兵跟前低声答着口令,匆匆忙忙跨进了连部门口。

四连连部黑洞洞的,屋里充满了此起彼落的酣睡声。

"报告!"营部通讯员清脆响亮地喊了一声。

"谁? 进来!"乔震山翻身起来,问道。

"报告连长,营长命令,马上到村北头集合,准备出发!"

小李听说集合出发,他急忙起来,东摸摸西摸摸,哪里也摸不到火柴,正在着急,屋里乔震山喊道:

"小李把灯点上!"

"是!"小李口里虽然答应,两手却还在到处乱摸,火柴不知放哪去了,急得头上直冒汗,最后还是在自己的裤袋里找到了,他自怨自恨地骂了一声:"他妈的,骑着驴找驴!"

65

灯点着后,屋里亮了起来,各人忙着收拾自己的东西,人影在屋里到处晃动。

"通讯员!"乔震山边穿衣服边命令道,"通知各排和伙房,马上到连部门口集合。"

"是!"两个通讯员提着马枪向外面跑去。

"老乔,"郝平说,"你身体不大好,我看你还是随团部的大车走吧。"

"不,没有关系,我已经好了。"乔震山说着,想到妈妈屋里告别,一出门见妈妈早从屋里出来了,后面跟着二宝。

"怎么!你们要走吗?"孙老大娘惊异地望着乔震山。

"娘!你在家休息吧,我们要出发啦,以后我再回来看你。"乔震山说着想往外走。

"你等一等,大宝,"孙老大娘叫住乔震山,急忙又回到屋里拿出一双鞋,"拿着吧孩子,这是娘这几天给你做的。你第一次走时,那时家里困难,娘什么也没给你。这次不同啦,穿着去吧,听领导的话,好好地打仗,你们打开北平别忘了告诉娘,我要去找你姐姐。"

"娘,一定听你的话,我要穿着这双鞋,走遍全中国呢。"乔震山用留恋的目光瞧了瞧妈。

这时,郝平、王德两个人从屋里出来和老大娘告别,"再见吧,老大娘,我们先走了,你和我们连长好好地谈谈吧。等解放了北平,我们再来请你去玩。"说完了他和王德一前一后向门外走去。

二宝早就跑到小李跟前帮他收拾东西:捆铺草、上门板,忙得一塌糊涂,两人还低声地说着话:

"我说叫你快点你不听,这一下你不用干了。"

"唉!别说了,小李,他们都忙着,这又不是我自己就办得了的事,可我心里比你还急呀!要不我以后再去找你们。"二宝参军的事还没来得及办,部队就出发了。他想:"真倒霉!这会儿见了秀珍,她也得骂我,说不定还要哭呢。"

"到哪里去找,"小李埋怨说,"战役一开始,不是打仗就是走路。"

街道上来来往往响着急促的脚步声,到处都有队伍在行动,行军碗碰着枪托和刺刀鞘叮当乱响;干部低声传着口令:"跟上,快走!"在另一个地方的人群里,不知谁在那不平的石头路上绊了一下,发出喃喃的咒骂声。

四连的部队在一条小胡同里走不动了,被团部的一匹马挡了路。那马因为肚带上得太松,连鞍子带行李滚在马肚子底下。饲养员老李正在整理,忙得满头是汗,嘴里不干不净地对着马发脾气。

"吵什么?"王德走过去不耐烦地说,"把马牵到一边去整!"

"总得要搞好嘛!"老李没有看出是王德,顶撞了一句。

王德没有理他,上去用膀子把马往路边上一推,带着队伍过去了。队伍一群接着一群地走过,老李被挤得不能工作,斜着眼往黑影里瞧瞧,满心的不高兴说不出来。

"嗬!鞍子往肚子上背啊!"温明顺扛着枪急急忙忙地边走边说俏皮话。

"这一下行啦,起码半点钟也背不上。"刘吉瑞说着也过去了。

队伍走完了,老李还没有整理好,马看着人都走完了,它也急着要走,老李一只手扯着马缰,一只手整理鞍子,马就地直打转,急得老李嘴里乱骂,想用缰绳打它,"他妈的,你想调皮啊!"

"谁在那里?"乔震山带着小李走了过来,"老李吗?你怎么搞的,不会把鞍子解下来另背?"

"解不开嘛!"老李着急地说。

"小李过来,给他牵着马。"乔震山一边说一边很快地帮老李整理鞍子。不一会儿,鞍子搞好了,"快走吧!平时马里马虎,一有事就出洋相。"

"谢谢你,乔连长,"老李一手牵马一手擦汗,"没有你,我还不知什么时候才能搞好呢。"

乔震山没说什么,急急地走了。黑影里响起咔嗒咔嗒的马蹄声,很快地消失在胡同口上。

拂晓,村北地头广场上站满了队伍,黑压压的一大片,战士们在低声地嘀咕着什么,马在地上吃着带霜的枯草,大声地嚼着,摇晃着溜到耳朵上的缰绳;北面,那些连绵耸起的山峦,遮住了半个天;乳白色的晨雾拉成了一条窄窄的带子,横缠着山腰,填满了深邃幽静的山谷。

广场的一角,站着团长周国华和政委李治中,还有作战股长,他们在安详地说着话。

四连的战士们,伸着脖子偷偷地瞧了瞧团首长。

"天亮了还不出发,站在这干啥?"温明顺着急地咕噜着。

小李扭头对温明顺一噘嘴:"慌什么,即便打响也得明天早晨,这里到北平还有一百多里呢!"他又想了想,怀疑地自言自语说,"不对啊,看情况不像要打仗,怎么没有担架队和民兵啊……"

"班长!"温明顺忽然灵机一动,警惕地问,"你看我后面的装备整不整齐?准是检查。"

"行!"刘吉瑞转头看了看,他又偷眼瞧了瞧连首长,耳语似的说,"向后传,把装备整理一下。"

于是,大家悄悄地整理了一下行装,而后,放心地站在队列里一动不动了。

"开始吧,团长?都到齐了。"作战股长向团长请示说。

"可以!"周国华看了看手表,悠然地点点头。

作战股长跑步来到广场的中央,提高了嗓门喊了一声:"大家注意!"队伍里马上鸦雀无声。"二营和团部、迫击炮连、九二步兵炮连、警卫连的连以上干部到这里来集合!其他的稍息站好,不准交头接耳,不准整理装备,各级干部负责监督!"

连以上干部跑步集合以后,由周国华讲了讲这次紧急集合的意义,宣布检查装备,立即开始了检查。

半个小时后,装备检查完了,有十五人不合行军着装规定。有的裹腿扎得太紧,有的太松,经过集合行动,已经松开溜了下来;有的背包捆得不合格,本来背包带是三横两竖,有的干脆捆了个大十字,这样行动起来很容易散开。这十五个人里面有饲养员老李,还有四连通讯员小李。

团长周国华背着手溜达着走了过来,脸上挺严肃。他走到小李面前站下了,用研究的目光上下打量着他。小李羞得脸通红,心里直跳,上牙咬着下嘴唇,把头低下了。

"从哪里拿的?"周国华从小李的衣袋里掏出一个大青萝卜,在手里提着问道。

"伙房里分给带的。"小李把脚后跟一靠,理直气壮地答道。

"嗯。"周国华脸上既严肃又和蔼,蛮有兴趣地看着小李的脸,"这萝卜没有东北的大吧?"

小李心里一惊,不知所措地眨着眼睛看着团长。突然想起那天团政委到连部去看连长的事情,他把嘴一闭,羞怯地低下了头。这时的小李啊,两眼瞧着脚尖,恨不得脚底下裂开个缝钻进去。

周国华把萝卜给小李又装到衣袋里,移步转到他身后面去了。小李低着头偷偷地瞅着团长的脚,可是那两只脚偏偏又在他身后停止了。

"你的鞋子怎么只剩一只了?那一只呢?"团长突然问道。

小李这才知道他背包上丢了一只鞋,"真糟糕!丢了鞋子要受处分的!"小李心里像揣着个小兔子似的怦怦直跳。正在这时,忽见老乡们的前面站着二宝,手里拿着一只鞋子,哈着腰,伸着手,着急地和他偷偷打招呼。小李心里又是高兴又是埋怨,高兴的是,鞋子没丢,不用受处分了;埋怨的是,你怎么不趁天没亮时送来,偏偏在这时候送来,叫我难看。

"去拿来吧!"团长说着微微一笑,检查别人去了。

小李没精打采地来到二宝跟前,刚把鞋子拿到手,忽听人群里有个姑娘喊的一声笑了。他抬头一看,原来就是那天到连部帮他洗衣服的那个姑娘。她见小李望她,立即用手捂着嘴,笑着把脸藏在一个老大娘的身后面去了。

"笑什么?人家挨批评你笑啊!"二宝扭头对着秀珍咕噜了一句,然后又回头向小李问道:"你们什么时候出发?"

"出什么发,紧急集合,检查装备呢!"小李既羞又恼,转身回到原来的位置,但他现在的心情却轻松多了。

团长周国华检查完了这十五个不合格的人,站在队列前来回地踱着,不一会儿他停了下来,说:

"现在你们应该重新把装备整理一下了,老在这里站着还像话?"大家听到这一声,马上动作起来,一阵好忙。不到两分钟就整理完了,整整齐齐地立正站着,两眼看着团长,见他面带悦色说道:"现在像个兵样子了,以后就照这样做,好不好?"

"好!"十五个人一齐答应,刚才一阵的紧张一下子烟消云散了。

杨股长跑步来到团长跟前,请团长讲话。全体战士肃然注目,鸦雀无声。

"同志们!"周国华向前跨了一大步,大声地讲道,"今天的紧急集合,总的来看还是很好的,各个连队和机关的动作都很迅速,准时到达了集合地点。但是,值得我们注意的是:还不够肃静,不仅有说话的,茶缸子、刺刀和枪托也碰得乱响,这是夜行军所不允许的;也还有的同志松松垮垮,慌里慌张,没等行军驮子就翻了,裹腿松开了,背包捆得不合格,几乎散了。你们说这样行不行啊?"

"不行!"战士们异口同声地回答。这声音像冲锋陷阵时的喊杀声。

"不行!"周国华继续说,"是不行!同志们,作为一支战斗部队,就必须是在任何时候,任何一个行动和动作,都要靠得住、过得硬,行动起来既快又准,那样,打起仗来才能无坚不摧、无攻不克,毫不含糊地消灭敌人。我相信同志们是完全可以做到的,而且这也是我们人民军队固有的作风。同志们,战役空隙的练兵时间是短暂的,不久,我们将配合华北野战军兄弟部队,在平津张地区共同完成党中央和毛主席给我们的光荣任务……"

战士们挺着胸脯,面色肃静、聚精会神地谛听着团长的讲话。团长的讲话仿佛使他们理解到:平津战役将是继辽沈战役之后,给中国最后的反革命力量又一次决定性的打击。

周国华讲完话,向全体指战员行了个军礼,然后把手挥了挥说:"各部带回吧,第四连连长、指导员到政委这里来!"

乔震山、郝平离开队列向李治中方向跑去。

队列里响起指挥员的口令声。部队迈着整齐的步伐向村里走去。

太阳放射着耀目的光芒,照亮了整个大地。在阳光普照之下,洋溢着悠扬、雄壮的歌声:

> 说打就打,说干就干,
> 练一练大盖枪、刺刀、手榴弹;
> 瞄得准来,投得远,
> 上起了刺刀敌人心胆寒。
> 抓紧时间加油练,
> 练好本领去作战;
> 不打垮反动派不是好汉,
> 不消灭反动派誓不生还。

二宝听小李说他们不是出发,是紧急集合,心里高兴得什么似的,连蹦带跳跑回家来告诉妈妈,并急忙把屋里的铺草、小炕桌照原样摆好,专等部队回来。孙老大娘高兴地说:"我说嘛,他们不会走得这么快！"

街道上传来了军歌声,这歌声越来越大,越来越清楚,歌声的韵律,合着整齐的步伐,悠扬而雄壮地在晨空里荡漾着。

"立定！向左——转！枪放下,稍息！"

二宝听到口令声跑出门口,见四连整齐地站在大街上,队列前面站着副连长王德,他正在板着面孔严肃地讲话,这种严肃几乎有点威风凛凛了。

王德今天心里很生气,他满想着今天的紧急集合,本连应当做得蛮漂亮,任何一个连队都比不上。他想像着这次团长在总结时,一定要在大众面前表扬四连一番,万万没有想到,由于小李一个人的过错,把全连的面子丢了。他带着队伍一路走着,越想越生气。

当部队来到连部门口,一眼看到四排的排头站着连部的四个通讯员,为首的是小李,他更加火冒三尺气愤填胸了,把薄薄的嘴唇一闭,脸上似乎是很平静,在队列前来回地踱了两趟就讲开话了。他言词简练、声音响亮地把部队训了一顿。

今天是一排长当连值星,他听得实在有点耐不住了,悄悄地走到副连长身旁低声请示说:"副连长,时间不早了。是不是叫炊事班回去做早饭？"

王德这才看了看手表,正七点半,很快地结束了他的训话。

各排回去以后,小李和其他通讯员刚一进门,二宝在门口笑脸相迎说:"小李同志,今早晨你的鞋就是丢在这门口的,我还以为你们走了呢,所以也没马上给你送去,后来……"

"算了吧,我算是倒霉透了,看副连长那个劲,非处分我不行。"小李没等二宝说完,哭丧着脸,回屋里去了。

二宝见小李那副难过的样子,自己也觉得很难受。本想说几句安慰话,一时又想不出来,跟着一声不响地跨进了屋门。

"我看不会的。"另外一个通讯员低声说,"在操场上不是受过批评了吗？说真的,当时我都替你着急。"

"我看不一定。"二宝说,"你们副连长看样是真生气了。"

小李、二宝和其他三个通讯员正在低声地议论着,屋里响起了副连长王德的喊声:"小李,过来!"

小李来到王德跟前,敬礼后笔直地站着,心里忐忑不安。

"你知不知道?"王德生气地说,"今天全连的荣誉都叫你一个人给丢了。平时吊儿郎当,散漫得不像话!……"

小李听着,一声不吭。心里想:"我哪个地方吊儿郎当?"

还没想完,副连长又说话了。

"现在罚你两个小时的卫兵勤务!你有什么意见?"王德气呼呼地问道。

"我有什么意见,错了呗!"小李被王德这种不合理的处分激怒了,脸上红一阵,白一阵,说完用牙咬着下嘴唇,把脸扭向了一边。

王德看出了这一点,这使他更生气了。

"你还不服气?假设今天没有你出洋相,我们全连一定会受表扬。可是,因为你一个人错了,连累了大家,我们四连多咱出现过你这样的事情来着?你还有什么可说的?去!马上去执行!"王德用两只火辣辣的眼睛盯着小李。

小李低着头走出来,拿起马枪到门口去站岗,泪水包着眼珠直打转,心里觉得很委屈,感到受了侮辱。他想:在操场,团长的批评是对的,错了就得批评,没说的,再说当时不光自己一个人,给的教育也满大。回来后顶多再受一些埋怨,可是这种一次再次的处分,究竟是哪本条令规定的?他准备在党的小组会上给副连长提意见。

郝平、乔震山在操场上被李治中叫去,向他们了解了乔震山母亲的情况和他父亲死的原因。李治中决定请孙老大娘在诉苦大会上做报告,指示郝平和乔震山很好地动员孙老大娘。他两个回来时,远远地看见连部门口设了哨兵,觉得很奇怪。

"为什么白天在门口设哨兵呢?"乔震山自言自语地说。

他们走着,渐渐认出是通讯员小李,郝平说:

"这准是老王干的,他这个人哪,就是这样,对战士能起到什么教育作用!"

"我看应当取消。"乔震山说,"不过,要给副连长说明白,不然他会有意见的。"

"谁叫你在这里站岗?"郝平走到小李跟前问。

"副连长。"小李低着头答道,"因为我在操场犯了错误,副连长罚我两个小时的卫兵勤务。"

"嗯,稍站一会儿吧,再还粗心大意不?"乔震山说着和郝平一块进去了。

乔震山、郝平两个人一前一后地走进连部。王德正在往本子上写什么,一见他们,满不高兴地说:"今天的紧急集合惟有我们连搞得糟糕,谁能想到小李竟丢了一只鞋呢,真给全连丢脸。"

"所以你就罚他站岗?"郝平插了一句。

"是啊!"王德接着说,"就凭我们连丢这号人……"

"说起来这事也怨我疏忽,小李和我一块走的,可我也没检查他。"乔震山没等王德说完接过来说,"我看还是把他叫回来批评一下就算了,你说是不是,老郝同志?"

"我同意!"郝平说,"再说,老王同志对战士要求严格我完全没意见,可是站岗又算个什么处分?你想想看,这是个什么问题?"

王德不言声了,低着头,手里拿着驳壳枪的保险带,一下一下地甩打着,心里回味着指导员和连长的话,他的确也察觉到这次对小李的处分有点过分了。有心不把小李撤回吧,两个人说得蛮对道理,尤其连长的态度使他甚受感动;要撤吧,自己觉得又很难堪。可是想想,指导员为他管理方式不好也曾郑重其事地批评过他,要是这次再不接受……他想来想去觉得还是撤回的好。于是他勉强地命令通讯员把小李叫了回来。

小李没精打采地回来了,把枪往怀里一抱,低着头,坐在背包上,一声不响。

王德心烦意乱地坐在屋里发呆。自尊心过强的人,察觉到自己错了的时候,往往会过分的痛苦,随之而来的是在脑子里产生了许多的幻想,把自己刻画得不像样子——王德很成问题。平时自以为很聪明,可是连认识这么个问题的水平都没有,"英雄连队不允许任何人有缺点,而且把缺点看成了错误,小题大做"本身就违背了辩证唯物主义的基本原则;却把它看成是对连队荣誉的爱护,对革命的高度责任心。这种谬误由何而来呢?当然是世界观的改造问题,世界观又如何才能改造好呢?王德的思路又陷入空虚之中。不管怎么样,王德决心和小李谈一次话,先承认错误再说。这,又显示了王德在思想改造上的勇敢性。

吃过早饭,郝平、乔震山到排里去了。王德来到小李跟前,以温和的目光瞧着他的脸,平心静气地说:

"小李同志,……我看你对我意见不小,当然,我是错了,错在哪里呢?关键在于:我觉得英雄连队不允许任何人有缺点,嗯,大概是错在这种想法上。小李你有意见尽管提吧,我保证不发脾气。"王德看看小李,他抿着小嘴,似笑非笑,一声不吭,"咹?小李你咋的?"

小李偷眼瞧了瞧王德,差一点没哧的一声笑了,心里话:"副连长可真有意思,刚才还那么厉害,现在又这么谦虚。"小李还是第一次听到副连长作自我检讨呢,所以,本来满肚子意见,这一来倒弄得他有点腼腆不安了。

"不咋的,"小李轻动嘴唇,吞吞吐吐地说,"其实还是我错了,我。"

"那好吧。"王德等了半天小李才从牙缝里冒出了这么一句,心里真有点发毛,想了想,他还要去参加三排的诉苦座谈会,只好站起来边整理服装边说,"好吧,咱们以后再谈吧,你再想想看。"说完背上枪,打扮得整整齐齐地走了。

小李坐在背包上,瞧着副连长的身影在门口消失后,呆了一会儿,取出一个搓得没有皮面的小本子,翻了翻,在上面笨拙地写道:

我今天犯了很大的错误,丢了一只鞋,很不应该,因为我给全连丢了脸。可是副连长罚我站岗,也不应该。……

写到这里小李再也写不下去了,接着把最后一句划掉了。他呆呆地望着院子里那些跳跃着寻食吃的麻雀,忽然轰的一声飞了,原来二宝从外面走了进来。

"小李,你站完岗了?"他紧挨着小李坐下,乐洋洋地问道。

小李没答理,把小本子一合,赶紧装到口袋里。但二宝早已看见了,"你在写什么?叫我看看好不好?"

"你不能看,这是秘密。"小李脸一红,装模作样地说。

"这么多的秘密啊?"二宝怀疑地瞧瞧小李,"那么你们每天在排里开会座谈,那也是秘密啊?"

"那当然了。"

"哈!你这会儿可没唬住我。"二宝笑着说,"他们在骂地主和反动派。还有人气得哭了呢。"

"你去偷听来是不是?"

"干吗偷听!"二宝把脸一板,"我就在门口外边站着听,你们一排长还看见我来,他可没说我,不信你去问问。"

"你听是可以。"小李改口说,"但是不能乱说。要是乱说啊,叫我们连长知道了,哼!那就严重了。"

"我和你说不要紧吧?"二宝认真了。可是,他又问道:"小李你说,他们在开什么会?"

"诉苦座谈会呗。"

"诉苦?"二宝莫名其妙地说,"什么叫诉苦?"

"说你也不懂,趁早别问了。"小李自以为是地说,"你快参军吧,参了军你自然会知道的。"

二宝不做声了。提起参军的事,他心里着急得要命,"是啊,"他想,"参了军能得多少知识啊,小李还不是和我一样大?可他竟能知道那么多的事情,我呢?简直像个傻子。"想到这里他真有点生哥哥的气,哥哥光顾忙他的,一点也不管我,真是的!

正说着,一个姑娘的声音在门口响了起来:"哟!什么事说得这样热闹,不好叫我也听听啊。"

秀珍今天打扮得特别漂亮,穿一件蓝士林布上身,笑嘻嘻地走进来。小李见秀珍进来,马上羞得脸通红,因为今天早晨秀珍也在操场,他估计秀珍一定会笑话他。他才要躲开,刚一转身正和秀珍站了个对面。

"小李,你可别生我的气呀,今天早晨我不是笑你。我是笑你们团长可真有意思,他笑呵呵地批评人。加上你那副认真的样子,我就憋不住笑了。你可千万别生我的气啊,咹?"

小李被她这么一说,顾虑马上打消了,但在秀珍面前总是有些不好意思,他腼腆地说:"哪里!没什么。"

"你有事吗?"二宝站起来等了老半天问道。

"瞧你,没事来你这里干啥,"秀珍把脸一红,"你来,我告诉你一件事。"秀珍伸手拉着二宝的袖子朝外面走去。

二宝还认为秀珍要告诉他什么事呢,他用猜测的眼神看着秀珍,两个人来到了院子外,在门旁停下了。

"你怎么搞的!"秀珍向院子里瞧了瞧埋怨地说,"我看你这几天简直像是没有这回事一样。"

"什么事?"

"还什么事呢!"秀珍不高兴地说,"参军的事怎么样了?你到底向大哥问过没有?前天村里参军的开走的时候,我一面欢送他们,一面想咱们的事,我心里急得简直有点恨你了。你说,你准备怎么办吧,我明天又要到县里参加慰问团,还不知多咱才能回来,

77

我看你一点都不着急。"

"我妈老是不同意,哥哥也挺忙,王副连长以前答应给说说,可现在也没有信。我有什么办法?"二宝被秀珍问得很难为情,"要不,等你回来再说吧。"

"再说吧!再说吧!老是再说吧!"秀珍把小嘴一撇,"我看,这事非叫你给耽误了不可……这样吧,"她想了想又说,"我想,还是我找大哥亲自谈一谈,大概他不好意思拒绝的。告诉你,二宝,前天师部宣传队有个女同志叫小苏,她老叫我参加她们宣传队,我们已经说好,我参军时就到那里去。"

"是吗?"

"谁骗你不成。她还说,她们都喜欢我。"

第二天早上,李秀珍踏着满地的晨霜向村外走去,那些树木、田野、村庄,被初升的太阳照射得特别优美。晓风飘来一阵清爽的寒霜气味,她不禁亮开嗓子唱起歌来:

> 霜雪挂上杨柳梢,
> 风吹柳条纷纷飘;
> 姑娘手拿红缨枪,
> 村头道口来放哨。
> 日照雪原分外亮,
> 心里想着共产党;
> 共产党,似爹娘,
> 领导我们求解放。

秀珍唱着歌来到村外,忽见乔震山远远地走来,她紧走两步迎上去,说:"你干啥来,大哥?"没等乔震山开口,她就对他打招呼,"你的伤好些了?"

"好了,我出操才回来。你到哪去?"乔震山见是秀珍,回答道。

"我到县里去参加慰问团,慰问军队去。"秀珍一边回答,一边在乔震山面前停下来,"可真是,二宝要参军,你同意不同意?"秀珍说着把脸一红,低下了头。

"我管不着这事。"乔震山随便回答道,但立即又反口问,"那么你同意不同意?"

"哟,瞧你说的,不同意就来找你?"秀珍抬起头来笑着说,"你是连长,连这事都管不着?"

"好家伙!"乔震山笑着打趣地说,"连长有什么,还得受妇女主任的管呢!"

"别开玩笑,大哥,说真的,你到底同意不同意啊?"秀珍一本正经地说。

"这事……"乔震山思考了一下说,"将来再说吧。当然,他要参军,我怎么会不赞成?"

"那么,你怎么不给他说说?"

"说啦,和村支书说过了,不过不能马上告诉妈妈,等安排好了再说。"

"好极啦,大哥!就这样办吧。你快去和他谈谈,二宝这几天可着急呢。"秀珍满脸笑容,一扭身向东走了。

乔震山看着她那灵巧的身影,轻快的步伐,高兴地大声说:"我才不去告诉他呢,你去对他说吧!"

秀珍回头嫣然一笑,没说什么就走了。

乔震山为弟弟有这么个精明强干的爱人感到高兴,嘴里哼着歌向连部走去。二宝参军的事副连长王德早就和他说过,他也找村支书商议好了。就欠和妈妈商议了,想等妈妈同意了再告诉二宝。当然,现在把他的打算告诉二宝,让弟弟高兴不更好吗?可是,乔震山想,二宝年轻,心里藏不住话,万一被妈妈知道了,反而不好。所以,目前他还不想告诉弟弟。乔震山走到连部门口,正碰着二宝从家里出来。

"二宝,你和秀珍说要参军吗?"他一本正经地问道。

"嗯,你听秀珍说的是不是?"二宝仰起脸兴高采烈地说,"我们两个早商议好啦,正没机会找你。只要你同意,我们两个一块参加。哥哥,你快给我们说说吧,和妈妈说说,好不好?"

"好是好……"乔震山瞧瞧二宝,又向妈妈窗上看了看,说,"这事儿……我看以后再说吧。"说着乔震山向屋里走去,没理他。

"哥哥你……"二宝瞪着眼看着乔震山走了,心里既着急又失望。原来他把参军的希望全部寄托在哥哥身上,现在哥哥对他参军的事竟是这么冷淡。唉!怎么办呢?就这么算了不成?他想来想去,忽然想起团长这个人倒挺好说话,"不如去求求团长,也许能行。"二宝心里一亮,快步向团部走去。但是,当他迈进团部门口时,心里又觉得没有把握了,结果他在门口站了一会儿,又泄气地走了。

二宝低头在街上走着,在井旁碰见了小李,他正在给老大娘担水。

"二宝,谁惹你了?"小李从井里提出水桶,直起身子问道。

"谁也没惹我。"二宝向小李走来,他的两只眼睛忽然睁大了,"喂,小李,我问你,当初你是怎么参军的?"

"你问这干什么?"

"你不用管,反正我要问你,你今年和我岁数差不多,参军时你还很小,你家里就同意你?"

"我吗?"小李问二宝,"你到底问这干啥?"

"说真的,小李,我参军的事碰了钉子,哥哥不理我,你给我想想,我该怎么办?要是我参加不上,秀珍这次回来准得和我吵架,要是她一生气自个儿走了,那我才丢人呢。丢人且不说,要参加不上,我会难过死!"

小李眨巴着眼睛,滑稽地笑了。

"笑什么,人家都急死了,你还笑……"二宝急了。

"看你急得那个样子,咱们一块想办法嘛!"小李回忆说,"我参军时,我爹高低不同意,老说我太小。其实哪里小?那年我已经十六了,主要是不舍得,我爹看得可紧啦,队伍快出发时,他就把我关起来,生怕我跟着走了……"

"那你怎么办啊?"

"怎么办?正合适!我在屋里躺着猛睡,睡够了,我就起来做准备。第二天队伍一走,我爹认为没事了,就不管我了。其实,我早就打好了主意,把他们去的地方记在心里。第二天吃过早饭我就蹽啦,就这么……算是参加了。"

两个人说着,抬着水往回走,小李个子小,走在前面,二宝在后面,他们边走边说着话。

二宝想:"你小李真鬼!……"

"二宝。"小李没回头叫了一声,这声音很低。

二宝答应了一声,但是小李却没有下文了,老低着头走。

"不过我可不能学你。"二宝说,"要是那样,我哥哥不撵回我来才怪呢。"

"那不见得,"小李回头看了看二宝,"我们连长的脾气大概你还没摸着,他表面不赞成,其实他心里正在给你出点子呢。他办事儿,不见兔子不撒鹰,有了把握他才点头呢。前天我听他和指导员说,想找你们村支书谈谈,把你妈妈生活安排好了,就叫你参军。不过他不赞成秀珍参军……"

"真的吗?"

"真的,一点也不骗你,不信你等着瞧。"

七

这几天,四连除了紧张地进行军事训练外,还和靠山镇的乡亲们开了整整三天的诉苦大会。连长的妈妈孙老大娘在诉苦会上控诉了国民党、王经堂在冀东大屠杀中所犯下的那些骇人听闻的罪行,激起了战士们对敌人的无比愤恨。

诉苦教育使部队的阶级觉悟显著地提高了,每个人心里都像被太阳照亮了似的。战士们对战术和技术的学习更加认真、积极和主动了,甚至走路、吃饭都在研究问题。他们只有一个想法:干净彻底地消灭国民党的军队。

战士温明顺和一班长刘吉瑞在村头上放哨,两个人高一声低一声地说着话。

温明顺叉开两腿,雄赳赳地站在一棵大柳树旁边,挺着胸脯,满脸怒气,脑海里翻腾着孙老大娘所讲的那些悲惨景象,牙根咬得吱吱作响,"……这些兔崽子多狠哪!把年轻人关到房子里,堆上草,倒上火油,点上火,活活地烧死;把小孩子给劈了扔到火里烧;把人拴到马上给拖死。他妈的,哼!"温明顺的眼睛冒火了,把带刺刀的枪用力地抬了抬,"这些家伙,等打北平时,对他们不能客气!"

"什么叫客气? 不过,他若缴了枪,举起了手,乖乖的,那时也可能客气点。"刘吉瑞说。

"那也得看对象,像王经堂这号的,缴了枪也得给他两下!"

"在战场上的俘虏政策啥时候也不会变,只要是缴了枪的敌人,我们就不能再动手杀他,至于个别罪大恶极的坏分子,可以交给上级处理,我们也没有杀他打他的权利。"

"哼! 说是那么说,可这口气叫人没法出!"

"消灭了他的军队,摧毁了他的政权,一切罪犯都归案法办,那不就出气了吗! 再说干革命可不是光出气的问题。"

"那当然啦,我说的是我自己的这口气!"

"那么今晚咱们座谈一下这个问题。"刘吉瑞认真地看着温明顺,"我看你准得输,不信? 我们作战不光是为了报私仇,最主要的还是革命。"

"那没啥!"温明顺满不在乎地说,"只要把问题弄明白,输不输是另一回事,我现在就是别不过这个劲来。杀我们,抢我们,最后还得宽待他们?"

这天晚上一班的班务会开得很热烈,专门讨论报仇与俘虏政策的关系。十一个人有三个同意温明顺的看法,其他人都不赞成。经过一场激烈的争论后,大家的意见才算一致了,最后一排长赵文江做总结发言说:

"这个问题讨论得很好,对敌人的仇恨应当和革命事业联系起来,不能把阶级的仇恨心局限在泄私愤、报私仇上,因为,这不是一个革命战士的思想,我们是人穷膀子宽,革命重担挑在肩,吃尽辛苦流尽汗,永远为人民的利益去作战。否则,会把好事情搞坏了,对革命不利。这个问题很重要……今晚我就把它汇报到党支部去。"

孙老大娘在大会上哭诉了王经堂的罪恶以后,教育了部队,也教育了自己,这两天,她老和二宝背地里叨念什么,看样子,二宝参军的事她想通了。今天早上起来,乔震山对妈妈说:"妈,你控诉王经堂对我们连的教育很大,可就是你的脑子还没……"

"什么?"孙老大娘一下就察觉到儿子又要说她不许二宝参军的事,便正颜厉色地瞅了儿子一眼,"我落后,我不进步,我不许你弟弟参军,你是这个意思吧?"

乔震山对妈妈咧嘴憨笑,说:"有那么点!"

"把你那个老眼光收回去吧!"孙老大娘满心喜欢地说,"昨天早上,我就跑到村支书那里,把二宝参军的事说了,村支书满口同意。我是这样想的,我们的好日子从哪来的?还不是共产党毛主席领着大家打出来的,这里边还有你的一份呢。我看你们队里这些虎彪彪的小伙子,我的心就喜开了,二宝参军跟着你,给你爹和你姐姐报仇,和大伙一样,我心里该多高兴啊!"

"岂止是报仇,妈,解放了全中国,叫穷哥们都过好日子。"乔震山插了一句。

"说的是嘛,孩子,所以我就同意啦!"

"我早知妈妈办事的脾气,不同意便罢,一同意比谁都快、都坚决。"

"去吧,还用你来表扬我啦!"

乔震山孩子气地嘿嘿笑了。

二宝,精神十足,聪明伶俐,动作敏捷,不管干什么事勇气大,信心强。周国华也非常喜欢他,第二天早晨他亲自在电话上报告师首长,经请示同意后,就派人把二宝叫到团部来。二宝一进屋就给团长规规矩矩地敬了个军礼。

"报告,来啦!"

"嗬!还没穿上军装就行军礼,在哪学的?"周国华笑嘻嘻地瞧着二宝。

"当民兵时就这样。"二宝红着脸有点不好意思了。

"你真的想参军吗?你妈就剩你一个人,我看你还是再考虑一下吧?"

二宝一听团长这样说,急得差一点哭了,他立即证明说:"你不信去问问村支书。我妈亲自告诉他的,今天早上已经把我的名字报到县里去了。团长,这事可不能含糊啊!"

"看你吓得这个样儿,我早就给你准备好了。"团长拍着他的肩膀笑了。回头对警卫员小张说:"小张,领他去吧,穿上军装再来。"

周国华确实早就给他准备好了。在他没来之前,他和政委已经商量过,就把二宝安排在团部通讯排当通讯员,因为二宝在各方面都具备着这些条件。

半小时以后,二宝戴着崭新的剪绒帽,身上穿着一套深绿色的斜纹布棉军装,腰里扎着一条新皮带。子弹带披在身上,机制的斜纹裹腿打得溜直,脚上穿着一双羊皮里子的靴子,右手持着"四四式"小马枪,笔直地站在团长跟前,两道黑眉毛紧压在帽檐底下,瞪着两只大眼睛,嘴唇向里窝窝着,笑眯眯地看着团长。

"嚆,多漂亮的战士啊!"周国华倒背着手歪着头上下打量着二宝。二宝红着脸把头低下,整理着自己的衣服。团长走过来两手按着二宝的肩说:"二宝,从今后你就成了真正的人民战士了,你知道这支枪是哪里来的?"

"缴获来的。"

"对,缴获来的,"周国华的脸立即严肃起来,"上面有先烈们的血。先烈们把这支枪遗留给你,你要永远记着:中国革命的胜利是先烈们的血换来的,是用枪杆子打出来的。你拿着这支枪,今后在战场上要把先烈们没走完的路走完,没做完的事情做完,你拿着这支枪,要听毛主席的话,听党的话,要为人民立功,懂吧?"

"嗯!"二宝挺胸答道。像宣誓一样严肃地望着团长的脸。

"现在你可以跟着小张到通讯排去见见你的排长了,去吧!"

"是。"二宝答应着,又给团长敬了个礼,提着枪连蹦带跳地跑了出去。团长看着他的背影,笑着摇了摇头,自言自语地说:"真是个好小伙子!"

二宝刚跑出街门,"唉呀!"忽然一个姑娘惊叫了一声。原来他正和刚要进门的李秀珍撞了个满怀,差一点没把她给撞倒,多亏二宝眼疾手快,一把扶住了她。

"你,二宝!"李秀珍看清了是二宝,放下笑脸噘着小嘴把身子一扭,挣脱了二宝的手,侧着身子进了大门,跑到屋里,把包袱往炕上一丢,一头扑到炕上,哇的一声哭了。

秀珍简直气坏了,她做梦也没想到事情变化得这样快,三四天没在家,二宝竟参了军,穿上了军装,而且神气得那样子。她又是着急,又是生气。着急的是师宣传队还没通知她参加,生气的是二宝参军没有等她。

"没良心,不理你,就不理你!"她边哭边自言自语地嘟囔着。

第二天吃过早饭,通讯排长把二宝派到团部,熟悉情况,学习值班。他坐在团长房间外的草铺上,安闲地看着东北画报。秀珍从屋里掀开门帘,满脸不高兴地走了出来。刚走到门口,听二宝轻声地叫她,她右脚踏在门槛上,肩膀靠着门框停下来,回头似笑犹怒地斜了他一眼,鼓嘟起小嘴把脸一扭,又转向外面了。

"秀珍。"二宝压低了声音伸着脖子又叫了一声。

"别理我!"秀珍没好气地一边低声说着,一边朝着东间屋里噘了一下嘴,意思是说团长政委在家。

"不,他们都不在家,我告诉你。"二宝转头向屋里望了一下,伸着脖子悄声地说,"本来我想和你商议,可你不是到县里去了吗?现在告诉你也不算晚啊!"

"那,我怎么办啊?"秀珍气得一甩头发。

这时,乔震山轻手轻脚地走了进来,一见这情形,便知事情的缘由,故意开玩笑说:

"嗬!二宝参军,秀珍扯后腿了,真有点不那个。"

"大哥!你真是。"秀珍把三分火气,移到乔震山身上,"人家心里不知什么滋味,你还说风凉话!"

"不管什么滋味,参军是好事。"乔震山笑着说。

"谁说不是好事?"

"好事你怎么还噘嘴、喘粗气?"

"他参军了,我呢?"

"你在家当主任嘛!"

"大哥,你真是的,当份连长,连我们参军的事都办不了!"

乔震山微微一笑:

"我办不了,有人能办。秀珍,你的事,别发急,早有个人和宣传队的队长打了十八次电话了,宣传队长的答复,……唉!"

"怎么,吹啦?"秀珍瞪起两只大眼睛。

"原先倒是吹了,"乔震山慢吞吞地说,"后来这个人一再说。

师政治部就批了一个条子,说:'同意李秀珍同志参加师宣传队。'"

秀珍和二宝都高兴得跳了起来。可是秀珍顿时又一皱眉头咕噜着说:"李大叔和妈那里还有两关呢!"

"不要紧,你可以到支书那里和他商议一下,我想没有问题,一定会成功。至于你妈,叫我妈劝劝她,我也帮帮忙。"

"……那好吧。"秀珍半信半疑地眨着眼睛站了一会儿,"我现在就去和支书商议。"说着抬腿就向外走,又回头说了声,"大哥,帮忙可帮到底,好好劝劝我妈。"

不一会儿,秀珍妈从街上走来,手里拿着一叠要洗的衣服,一进门打量着二宝说:

"你这孩子到底参军了,穿上军装更好看了。"

乔震山搭讪地接过来说:"是啊,大婶,我妈妈叫他参加的。"

"前天在洗衣组里洗衣服,就听你妈说了。这样我也很高兴。"

"大婶,秀珍怎么不高兴?"乔震山装模作样地问。

"谁知道她。不知为什么,昨天从县里回来,一直不高兴,好像有什么心事。"秀珍妈边说着边向屋里走。

乔震山本想趁机说说秀珍参军的事,又怕大婶不愿意,闹翻了不好,想来想去觉得还是留着回家告诉妈妈吧,让妈妈去说妥帖些,便回连部去了。

吃晚饭以前,秀珍从外面迈着轻快的步伐,嘴里哼着《白毛女》插曲,走了进来,一眼就看到二宝在扫院子。

"二宝,你来,我告诉你!"秀珍满脸笑容,像是有什么喜事。

"怎么样?"二宝会意地急忙问。

"村支书同意了。你妈也在那里,她听说我也要参军,可高兴啦。我妈对我参军开始时还犹豫,后来经过支书和你妈的说服,才点了头。明天我就到师宣传队报到去。"

"好,太好啦!"二宝高兴极了。

话没说完,两个人拉着手孩子似的就跳了起来。

87

"嘀！大春和喜儿见了面这样高兴啊！"周国华和李治中一前一后地走了进来,见他们两个在院子里这副高兴样子,打趣地说。这突如其来的声音,使他们两个撒开了手,羞得不知怎样才好。秀珍把脸背过去,用手掩着脸,低着头一声不吭。

"你们刚才说什么？"政委接过来问道。

"她也参军了。"二宝低声答道。

"参军？ 我们这里可没有娘子军啊！"团长故意地开了个玩笑。

"我参加师宣传队。"秀珍把手放下,红着脸大声地说。

"那么,再演《白毛女》,二宝就不能给你当大春啰！"

"团长,看你……真是的。"秀珍脸红红的再也说不出话来,转身向屋里跑去。

周国华和李治中看她跑了,也大笑着向屋里走去。

第二天李秀珍就提着包袱到师政治部宣传队报到了。人在愉快的生活里,时间过得特别快,转眼就是十余天过去了。在这期间,正碰上师宣传队排演《白毛女》,准备配合阶级教育,到部队轮流演出。秀珍一来就参加扮演剧中主角——喜儿。她有着歌唱和表演的天才,在家里时,又和二宝演过这个节目,再加上同志们的帮助提高,因此她演得非常出色,受到战士和首长们的赞扬,对部队的阶级教育帮助很大。

秀珍心里很高兴,因为她现在已经能为革命事业贡献一点力量了。

这天,宣传队回到师部以后,分队长忽然告诉她：

"秀珍,部队明天就要行动了,今天下午你可以回家看看你妈,明天下午四点我们行军正从你们村里经过,你就在村头上等我们,万一等不着,你就和周团长他们一块走,到宿营地你再回来也行。现在没有别的事啦,你快走吧。"分队长说着看了看表,正是下午三点。

"谢谢你,分队长。"秀珍天真的脸上堆起了笑容,"那么我的东西怎么办啊？"

"东西先放在这里，我们给你捎着。你光背着挎包就行啦，这样往家走轻快些。"

秀珍迈着轻松愉快的步伐，在去靠山镇的公路上匆匆忙忙地走着，满路上，到处是一片备战的景象：公路上，大车拉，小车推，毛驴驮，抬的抬，挑的挑，来来往往运公粮；民兵和担架队，一溜二行，扛着担架背着枪，东来西往，走得更忙；路岔上，村口上，儿童团和姑娘，手拿红缨枪，在站岗放哨，总之，平津地方要打大仗，大人孩子都在为着支前忙，非常紧张。

她到家的时候已经下午四点了，妈正在院子里喂鸡。

"妈！您好。"秀珍见了妈高兴得不知说什么好，一下子扑到妈怀里了。

"你这死丫头，吓了我一跳！"秀珍妈用手抚摸着女儿的脸，心里无限的快乐。

晚饭后，秀珍妈出去了，秀珍很希望这会儿能在自己家里碰着二宝，可是一直不见他进来。后来向团长的警卫员小张打听了一下，才知道二宝和团部组织的设营队到前面第一个宿营地设营去了。因为二宝对这一带很熟悉，过去经常在这一带打游击。

晚上，一弯新月挂上了柳树梢。秀珍和妈在屋里灯影下，偎着被窝说话。妈妈含着眼泪，嘱咐了许多话，可以说从工作到生活，一直唠叨了半夜多。老人家的心情是不难理解的。老头子死了多年，身前只有这么个独生女儿，现在又要离开她，这次走了，知道哪年哪月才能回来？于是，老人家把女儿抱在怀里，亲着说着，无声的热泪滴在了女儿的脸上。秀珍强忍着离别的辛酸，和妈妈说着宽心的话：

"妈妈，您甭难过，放心好啦，我和二宝还有他哥哥，会互相照顾得很好，再说，同志们都是些顶好的人，比在家里还亲。等我们解放了北平，就请你和二宝妈妈一块去北平玩玩……"

母女两个说着说着,不知不觉地就睡着了。等她们醒来时,已经鸡鸣三遍了,可是房里却仍然灯火辉煌,人影憧憧。看来,团长和司令部的同志忙得通宵未眠呢。

八

北平上空战云密布,在国民党将领们的脑子里罩上一层可怕的阴影:北平,已岌岌可危了!

少将处长王经堂,这几天来心情十分不好,他的烦恼有许多原因:东北失守、淮海吃紧,前天张家口突然遭到华北共军的猛攻,张北、怀安、柴沟堡相继失守,并且直逼张家口近郊。长官司令部急派三十五军乘车驰援,也毫无效果。

这些消息使王经堂心焦如焚。不过最使他心惊的是:据空军报告,在山海关、冷口一带广大地区里,发现共军庞大的行军纵队,向天津、北平地区运动。显然,这是东北共军的主力,在完成了辽沈会战以后,已大举进关了。这意味着平津地区大战将临。虽然司令官们极力调集军队,甚至连驰援张家口的三十五军也急令回调,以加强北平城的防务,但是在王经堂的心目中,华北败局已定,北平只不过是朝夕之保而已。当然,作为一个长官部二处的少将处长来说,华北的成败之责,对他是无足轻重的,可是王经堂十余年来在北平为自己苦心经营的一切,眼看随着战局的逆转而将前功尽弃了。

夜里,王经堂一宿没睡,他和太太忙着翻箱倒柜收拾行李,把个摆设考究的公馆,弄得一塌糊涂。长官部准备将平、津、张地区的军队集中于津塘地区,以便在万不得已时,从海上撤往江南,所以急命各部军官眷属到天津集合上船。忙了一夜不觉天亮,他疲倦地坐在沙发上吸起烟来,不时地转动着目光,隔着玻璃恶狠狠地瞅着灰蒙蒙的天空,又看看屋里乱七八糟的东西,不禁使他忆起许多往事。

抗日战争前他身为"CC"派的一员,又幸运地拜大特务头子戴笠为师。后来这个靠山突然坐飞机摔死了,兔死狐悲,王经堂心里难过得不得了。可巧,一九四六年在北平"调处小组"里,他又认识了南京国防部二厅厅长兼保密局的局长郑介民。从此,他又官运亨通、一帆风顺。自从当了少将处长以来,他又得到"剿总"副司令兼北平警备司令陈继承的信任。陈是蒋介石的亲信,部队的人事调动、兵员补充、物资补给等,都在他的权握之中,许多人称他为陈老师。王经堂自从靠上了这么个权威人物,就一直打算摆脱这个无聊的职务,企图在陈老师的栽培下,能取得有职有权的军长职位,甚至连做梦也这样想着。

有一次,大约在十余天以前,他真的梦着当了中将军长了,并且被召到南京谒见了蒋介石。"总统"对他喜笑颜开,赞不绝口,夸他"曲线救国"有功,夸他是反共的能手,将来是"党国"的干将⋯⋯

王经堂感到无限的幸福,甚至惊喜得连一句话也说不出来了,他立即跪下,流着感恩的眼泪,并且向"总统"的皮靴子上亲了亲⋯⋯

好梦不长,一阵巨响把少将从梦中惊醒。睁眼一看,原来他的狼狗把衣帽架碰倒了,将茶几上的玻璃砸得粉碎。王经堂气极了,凶恶地把狼狗牵到院子里,吊在树上。狼狗四肢挣扎着,惨叫了两声,活活地勒死了。罪名,当然是打扰了少将的美梦了。

随从副官鲁青吓得面色煞白,垂手呆立。王经堂怒气不息,洗了洗手上的狗腥气,坐在沙发上忽然问道:"你呆在这儿干吗?!"

"噢!"鲁青全身一哆嗦,低声下气地答道,"处长,刚才顾上尉报告,随十六军督战的宪兵排,从康家集回来,行至清河镇以北,被共军全部消灭,连长被俘,汽车被劫,参座命令你,三天以内查明劫车的共军。"

"他妈的!"王经堂恼怒地骂道,"你为什么早不报告?"

"处长,这件事是半夜三点发生的,那时候你睡得香甜,我不敢惊动你。"

王经堂微微点头,心里想道:"很好,这个梦是千载难遇的,要是你把我叫醒了,我就叫你和那条狗一样地死去。"他和颜悦色地说:"你做得对啊,鲁青,现在你马上打电话给顺义城的保安团,叫他派出侦探,立即查明报来。"

可是,这件事转眼过了半月,他挖空心思也没查明。这几天来军情紧急,由于他的上司们在集中精力研究如何对付目前华北的严重情况,这件事就置于脑后了。

吃过早饭,王经堂正打算去西郊"剿总司令部"看看,太太却唠叨着要他帮着收拾东西。正在这时,屋门轻轻地开了,鲁青悄悄地走了进来,恭恭敬敬地报告说:"处长,陈老师叫你马上到他那里去。"

"什么事?"

鲁青警惕地向屋里瞧了瞧,然后低声说:"据说,三十五军在新保安被围了。今早晨一○四军军长应召由南口来北平。现在陈老师那里吃早点。"

"噢!"王经堂面色剧变,立即披上大衣向门外走去。到了门口又一阵旋风似的转回来对太太嘱咐说:"东西可以少带,银行的一百条黄金一定要提出来,少一条也不行。"他又转向鲁青命令道:"你马上去把经理找来,由太太亲口告诉他。"

"是!"鲁青应声向旁边一闪,随少将之后走了出去。

上午十点左右,王经堂从他的上司那里匆匆回来。他边脱大衣边对太太说:

"你暂时不要走了。"

"怎么?时局好转了?是不是美国人出兵了?"

"不,我和一〇四军一块去新保安,把三十五军接回来以后,我们一块走。"

"接三十五军回来叫你去干什么?我看好事没有你的,卖命的事就看见你了!"

"你懂个屁!"王经堂没有看太太,"这是老先生对我的信任,叫我去一〇四军当监察官,再说后面有十六军作我们的二梯队,怕什么?保证马到成功。你知道吧,这次要是搞好了,将来弄个军长干干不成问题。"王经堂说着眉飞色舞了。他转身向门外喊了一声,鲁青应声进来,听候主人的吩咐。王经堂命令道:"告诉顾贞熊上尉,从宪兵团带一营立即随我出发,再命令顺义城的保安团,限今天黄昏前到达南口找我。"

"我,我去不去?"鲁青怯生生地问道。

"你说呢——笨蛋!"

"是!"鲁青转身走了。

十一月二十五日,中国人民解放军第四野战军的先遣兵团,突然奉命停止一切操课,立即取捷径直插平绥路,拖住敌人的一〇四军,阻击十六军,切断敌人的大动脉——平绥路。这命令像闪电似的传遍了各级司令部。

这天晚上,步兵团的作战室里,大煤油灯的火焰,在玻璃罩子里跳动着,毫不吝啬地放射着光芒,照得屋里通亮。地中央的大煤炉子,冒着紫蓝色的火舌,整个屋里暖烘烘的。参谋同志们在忙着给各营打电话、收拾文件、处理各种各样的问题。室内充满忙碌而有条不紊的气氛。

作战室的一端,周国华,李治中,还有作战股长,都站在地图前,聚精会神。

"嗯,在这里,老李啊,我们这个军的作战地点就在这里。"周国华用红铅笔在地图上从靠山镇一直画到八达岭外的平绥铁路才停止下来,然后用力地画了一个大箭头,"我们就在这里,把敌人的一〇四军和十六军切开、挡住、包围、歼灭。"他伸着手掌,随着他一字一顿的言词,像把利斧一样,在地图上砍了四下。

"是啊。"李治中冷静地点了点头,"任务是光荣的,但是也很艰巨。投入战斗以前,我们还要和敌人十六军赛跑呢,而且,必须要跑到他们头里去。"

"老杨,量一量这段路,看有多远?"周国华对作战股长说。

杨股长很快用指北针的里程尺,在地图上沿着行军路线仔细地滑动着,然后拿下来,对着灯光一看,见五万分之一的里程尺上,指标正指向二百五十公里。他把数字记下来说:"五百华里。这一带山地标高,最高的海拔一千多米。根据师部指示,我们要五天到达作战地点,敌人是走大路,我们是爬山,任务是很艰巨的。"

"没有问题!"周国华精神焕发、目光炯炯,把香烟放到嘴上又拿下来,"艰巨,这个名词在战争中是永远存在的,但是我们把它变成了胜利。我看,现在就召集连以上的干部传达这个任务,省得他们闷在心里难受。"

周国华、李治中往外面走时,值班参谋报告说,师司令部指示,部队明天出发时间确定为下午五点。

"那好极了。"李治中说,"这样明天部队还可以多做些动员工作。"

夜里,周国华开完了连以上的干部会,回到宿舍时,已经是第二天早晨的一点钟了。但他毫无睡意,吸着烟,伏在桌子上,在灯光底下细心地研究着地图,一会儿拿出师部的命令读一读,一会儿又在地上来回地走着。地上炉火已经熄了,屋里显得特别寒冷。警卫员小张端着茶缸悄悄地走了进来,把冒着热气的茶缸放到桌子上,然后伸手摸了摸展开在炕头上的被窝。

"炕凉了,再烧把火?"

"不用,天快亮了。"周国华用慈祥的目光瞧了瞧警卫员,又伏在桌子上看地图。

当小张出去时,深夜的旷野里,远远地传来了战马的嘶叫声。这一整夜,村外的大路上都有军队在行动。周国华知道,这是军部带着一个步兵师,为了防止行军拥挤而提前出发了。他瞪起眼睛向着黑洞洞的挂满了霜气的窗户看了看,激动地想:"在这寒冷的深夜里,军首长正在和战士们一起,披霜踏雪地行军呢……"

"你在想什么,老周?"李治中披着大衣走了进来。

"想的问题多啦。"周国华停下来笑着瞧了瞧李治中,"有个问题我没理解,战役开始为什么先从张家口打响啊?"

"你还在想你的北平啊!"李治中说着响亮地笑了,"那么,辽沈战役为什么不打沈阳而在锦州打响呢?"

"那是怕他跑了,我们封锁了辽西走廊,以后好关上门打狗。"

"这……"李治中胸有成竹地说,"我想是这样:辽沈战役是关上门堵着打,现在是先拖住尾巴再打头,你琢磨一下是不是这样?"

周国华没吭声,想听听他的下文。

"不信你看。"李治中走向地图,说,"根据师部敌情通报看,前几天华北野战军主力,首先在内蒙地区展开攻势,攻占了张北、怀安、柴沟堡,扫清了张家口的外围,进而又把张家口四面包围。这一着很有效,果然敌人立派三十五军增援,结果走到新保安就被我华北野战军三个军的兵力包围了。现在呢,敌人急了,又派一〇四军和十六军增援新保安,想把三十五军接回来。这样,前后敌人在北线战场又陷进三个军去,连张家口在内敌人足有二三十万军队跑不了啦,而且都是主力,他不心疼?你再看这里,"李治中又指着北平、天津、塘沽一带,说,"平、津、塘一带敌人,想跑又舍不得;待下去又危险,决策难定,这就给我们东北野战军主力争取了时间,展开了兵力,把平、津、塘的敌人重重包围,至此,整个平、津、张战役部署已基本完成,下一步……该集中优势兵力,打歼灭战了。"李治中神采奕奕地把话说完,然后用探测的目光瞧着周国华。意思是说："我说的不一定对,你看呢?"

周国华没放声,沉思了许久,忽然仰起头来,恍然说道:

"对呀!老李。你说得对!这意义可能还不仅如此,这里面文章奥妙得很啊!"周国华喜洋洋的脸上,反射着闪闪的灯光,他拿起茶缸来,呼噜呼噜地喝了两口水,然后伸手从大衣口袋里掏出烟来,但是,他把空盒在手里捏了捏,抛到地上,对着房门喊了一声:

"小张,拿烟来。"

警卫员走了进来,把一盒咖啡烟递给了团长,低声说:"烟不多了。"

"还有多少?"

"只剩五盒了。"

"没关系,同志,到了平绥路上准有人给我补充。"

"对啊!"李治中打趣地说,"小张,千万记着,分配战利品时,无论如何要先分给团长两盒,不然来了烟瘾,他会急得发疯。"

警卫员小张,把嘴一抿,笑了笑,转身走了出去。

乔震山、郝平、王德在团部开罢战斗动员会后,又在营部讨论了两个多钟头,回到连部时,天上的三星已经偏西了。乔震山和郝平决定:天明前大家先把笔记本整理一下,等战士们起床后开支部大会讨论。

于是,大家伏在一个小炕桌上,打开笔记本刷刷地写起字来。唯有乔震山没写,他打开笔记本翻了翻,琢磨了一阵,然后又在上面画了些线条。他的笔记本上,指头顶大的字断断续续的只有几个,而那些圈圈点点可画了不少。因为,乔震山虽经过八九年的部队生活锻炼,识字不少,就是笨手笨脚的写不得。他的笔记本上,有注音符号,也有新文字,还有不少是他自己创造的代号。王德偷眼瞧了瞧,不禁咪的一声笑了。

"你笑什么?"乔震山莫名其妙地问道,"听见打仗你就乐得不行,那么把你对这次战役的认识说说吧,说出来我们一块乐,别放在肚子里一个人高兴。"

"打仗是挺乐,可你这笔记本更惹人乐。"王德露着一对虎牙,说,"我敢保证,你这笔记本丢到街上和放在保密箱里差不多,中国人看不明白,外国人更看不懂。"

"是啊。"乔震山有点难为情地说,"这一点是真困难啊,不讲别的,连个行军图都画不好。等革命成功后,非要求去学三年文化不可,没有文化将来怎么掌握现代化呀?"

"你算说对啦,要是部队现代化,这次作战就不用爬这五百里的大山,坐上飞机一家伙就到,也就不用动员战士们开动'十一号汽车'了。"说到这里王德嘻嘻地笑了,"可真是,明天的战斗动员会,中心要解决一个问题,就是战士们从来到这里,两眼一直在瞅着北平,现在一下子要到八达岭以北去作战,还要急行军爬五百多里的大山,这可要好好地打通思想。"

"那么你的思想通不通?"郝平忽然抬头笑着问道。

"我? 也通也不通。"王德坦率地说,"说真的,要说不通吧,反正是打仗,在哪打都成,怕跑路算个什么革命军人;要说通了吧,这次的任务,像杀鸡一样,我们拔毛,叫别人吃肉,心里有点不大服气。现在,战役一开始,我们跑那么远去,收拾些杂七麻八的,最后剩下北平城这块肥肉,将来别的队伍一围,你瞧吧,等咱们回来时,人家也就打完了,干瞪眼。再不,顶多当个预备队。你看,英雄连队,人家打仗,我们瞧着,像话?"

乔震山不眨眼地瞧着王德,听着他这些既坦率又天真的傻话,不禁仰面大笑了。

"笑什么,我说得不对?"王德还认为他的理由蛮正确呢。

"好家伙!"乔震山笑着说,"那么你说,肃清北平外围先从哪里开始?"

"外围?"王德把脸一板,"跑到八达岭以北去,算个啥外围!"

97

"那么还有归绥、张家口、天津该叫谁去？"

"那，那是战役问题，我们一个小连队就管不了那么多了。"

"对呀！"乔震山把黑眉毛一竖，乐呵呵地说，"小连队可在大战役里面啊，老王！要是我们再想想全中国，恐怕大家就会没意见了。吃西瓜总得一刀一刀地切开，大家分着吃，你再英雄也不能一口吞下个大西瓜去。平、津、张的敌人还有六十多万，别说他是一群武装军队，就是一群猪，你也不可能一刀把它都宰掉。可是搞不好，这群猪会跑给你看，那时候你去跟着屁股追吧，猪跑热了蹄子也满快哩！老王同志，大兵团作战，可玩不得本位主义！在伟大的战略决策下，哪怕是微不足道的小事，只要对整体有利，也要舍上命去干啊！而且只许干好，不许干坏。"

王德两只眨动的大眼睛瞧着颤动的煤油灯的火焰，一声不响地听着，他那年轻光泽的脸上爬动着闪闪的光影。

他在仔细琢磨着连长的话："连长虽然是个农民出身的干部，虽然没有文化，可是看问题却宽得多、远得很！是啊，一个共产党员，为了整体的利益，为了伟大的无产阶级革命事业，赴汤蹈火也在所不惜，王德过去难道不是这样做的吗？在东北三年的战争中，哪一次都是身先士卒、首当其冲；爬冰卧雪、忍饥挨饿，和敌人的炮弹碰过，在敌人刺刀尖上走过。可是，熊熊的战火却没有把自己胸怀中这庸俗的想法烧掉，可耻啊！"王德看看连长，那奔放的热情，高尚纯洁的品质，他忽然觉得乔震山的个子比他高了半截。

"怎么？老王同志，你到底是通了还是没通？"郝平亲切地问道，"其实你这脾气，像是初冬的薄冰一样，一戳就破，要是一阵冷风来了，马上又冻上了。我希望你那股热火朝天的劲，多把你那股别扭劲烧一烧，准没错。"

乔震山瞧着郝平那平静的脸，想："真不愧为政治干部，一下就说到点子上，既有批评又有表扬，批评使人心里舒服，表扬使人干劲十足，和他一块工作还有不进步的？"

王德发言了："不用烧了,现在已经百十来度啦,明天的动员会,你们两个传达完了,我先发言,保险叫大家举双手赞成。"

街道上传来了响亮的号音,部队起床了。窗纸透进了黎明前的微光。连的支部大会在一排的房子里开始了。

参加会议的同志,五十来号人坐了一大片,战士们有说有笑,又打又闹,个个那结实而黝黑的脸膛笑得活像刚出山的太阳,红光满面,喜气洋洋,他们已经知道要打仗了。

"同志们,平津战役从今天起开始了。"指导员郝平手里拿着笔记本,响亮地喊了一声。战士们立即鸦雀无声,把脸一板,两眼瞪得溜圆。整训半个多月,一听要打仗了,觉得挺新鲜,大家都竖起耳朵纹丝不动地听着,生怕自己的耳朵听错了话。忽然,指导员说,今天下午五点出发,经过五天的行军到八达岭以北去作战。

"哎?到哪里去?北平不是从这里往西南?"刘吉瑞转动着脑袋看着排长赵文江。排长手里舞弄着几根小山草,一掐两断,两掐四截,一直掐成一把碎草屑扔在地上。他从昨天晚上就知道部队要行动。因为他去查哨时看见村南的大道上兄弟部队过了半宿多。他急忙跑回来告诉刘吉瑞:"部队行动了,往西走,准是打北平。这次咱这排,非争取当全团的尖刀排不可,你有信心?"刘吉瑞高兴得直蹦乱跳,一口说出一百个有把握。可现在,指导员说到八达岭以北,他真恼火,原来排长猜错了。

指导员从头到尾把团首长的指示传达了一遍,最后请大家发言,论一论这"进关第一炮"怎么才算打得响。

副连长王德才要站起来发言,被乔震山扯住了,他说:"先听听战士们的意见吧。"

全场一片寂静,发言前要静上五分钟,大家在琢磨着自己的发言;要不先听听别人怎么说吧,这第一炮可真难放,战场上冲冲打打怎么都行,在这场合可不能乱放炮。

"我说说!"二排一个战士争先发言了。他个子虽然不大,可在这么多人的跟前,他一个人站起来倒觉得自己有八丈多高。战士怯生生地说:"行军打仗,就是这么回事,不算新鲜,可是爬上五天五夜的大山,马上和敌人拼杀,恐怕缓不过劲来。这走路的问题可得谋划谋划。……我先说这些吧,完了。"

"报告!"刘吉瑞把手一举,呼的一下站了起来,"我说,上级既然这么决定,准没错。既想打仗,又怕走路,这算是啥意思,走得快打得硬才算是英雄,我看,没什么谋划的,照上级的指示做就行!"

刘吉瑞刚坐下,大家你一言我一语就议论开了:

"一班长说得对呀!"

"对啥?党的会议,谁都兴发言,走路的问题就是得谋划谋划嘛。"

"我看不用费那么大的事,咱一打北平城,十六军准得回来,这叫围城打援,送到跟前打,比跑腿强。"

"打北平,俺们排争取当第一名登城英雄,那才叫'打响进关第一炮'呢!"

"讲爬山走路,老子是天下第一,十六军插上翅膀也飞不出咱们的手心去。"

"往哪跑?即便敌人跑到绥远去有什么了不起?钻到流沙河里我们也能把他抠出来。"

"哎,哎,哎!"乔震山把手一挥,招呼说,"有意见站起来说,叫大伙都听听,别在背后瞎嘀咕。"

会场里又是一片沉静。

刘吉瑞看看这个,瞅瞅那个,见大家闷声闷气的不发言,他又急了,伸手扯了扯排长赵文江,"排长,我讲不好,你说说吧,我看打北平也好,到八达岭以北去也好,反正我们排里没一个含糊的。上级要是叫我们到内蒙古去打仗,难道我们不去?净扯淡。"

于是,赵文江把手里的几根山草往地上一扔,站了起来,黑油油的汉子像座塔。他把冲锋枪往身后一挪,说:

"我想是这样：战役问题，上级早已给我们谋划好了，大伙儿没意见。可上级号召我们要'打响进关第一炮'，这可要很好地研究。这意思是要求我们战斗一打响就得'饿老虎吃山羊'，来个干净利落地消灭敌人，打出个威风来。我看这里的敌人，'小庙里的神'——没有大道行，全是些草包。这第一炮我敢保证，手拿把攥。行军的问题也不大，爬大山、走夜路、五百里地急行军，也不是什么新鲜事，只要我们党员带头，干部模范、积极地帮助新战士，'火车头钻山洞'有一个算一个，保险一个不掉队、不落伍。到了平绥路，上级指到哪就打到哪儿，这是我们排的决心！完了。"

赵文江发完言，引来了一片赞许声，接着二排、三排、小炮排都发了言。最后，刘吉瑞用土块向通讯员小李扔去，正打在小李的头顶上，"小李，该你发表高见了。"

小李一抹脑袋，躲到墙角去了。这时，王德才想起来发言，可是街道上响起清亮的号音，部队开饭了。郝平宣布散会，决定吃罢早饭再开。

这天下午，步兵团准时出发了，靠山镇的街道上到处是马嘶声、口令声、武器的碰撞声。孩子们带着狗跟着队伍跑，马蹄子蹬着石子嘎嗤嘎嗤地乱响，迸出了火星子，狗躲着马蹄子溜了过去。在这以前，师部带着两个步兵团从这里整整走了四个小时。师长从这里经过时和周国华说了两个情况：一个是，敌人十六军今天早晨才从丰台出发，因为北平到沙土城的铁路被华北地方部队破坏了，所以敌人也是徒步行军，给了我们争取时间的有利条件；另一个是，前天敌人一〇四军倾其全力向新保安增援，但是在路上受到华北野战军的阻击，现在已退回沙土城，看样子他们是在急等着十六军的到达。

步兵团随师主力的后尾前进了，靠山镇村头上集结了不少欢送的老乡，有老有少，有男有女，人人脸上显着喜盈盈的气色，老乡们指着行进的队伍,叽叽咕咕地议论着。有的说,瞧着吧,不等天亮就能听到北平方地的炮响;有的说,同志们听党和毛主席的话,叫去哪就去哪,刀山火海也不怕……

老大娘提着篮子站在人群的前面,一个劲地往战士身上塞鸡蛋。老大娘说:"拿着,同志,吃了好打胜仗,把那些坏人消灭,让全国也和我们这一样,早日解放。"部队走完了,周国华、李治中和乡亲们告别后,飞身上马。那高大、肥胖的大洋马,飞开四蹄,踏着冻结了的土地,溅起积雪,向前奔去。看样子,要不是他们勒紧了缰绳,那两匹暴跳的骏马,仿佛要抖掉辔头腾空而起,流星一样飞过长城山区,直驰平绥路前线!

九

二宝和团司令部的管理股长,领着设营人员,离开了靠山镇,一直走了八个多小时,一步也没停。天黑以前他们还唱着小调、说着笑话。现在都沉默了,只有沙沙的脚步声。

"休息啦——就地休息!"从前面传来了口令。大家靠路边坐下。炊事员放下担子擦擦汗,"这还像回事,光走不休息,谁也受不了。"

"吸口烟吧,伙计。白天多走点,比摸黑强。"

一会儿弯弯曲曲的山路上,满是星星点点的红色火光。

管理股长从挎包里拿出一张地图,用手电筒照着看了一阵。问二宝:"桥头营子有多大?"

"三十多户。"二宝想了想,答道。

"瞎扯!在地图上看和你们的村子大小差不多,怎么只有三十多户?"

"真的,一点也不瞎扯。"二宝理直气壮地说,"这地方我可熟啦,三十多户还多说了呢,恐怕现在连这些也没有了。"

"哦?"管理股长又看了看地图,"那才糟糕呢!"

"以前这个村子确实很大。"二宝见管理股长面有难色,他解释说,"前年秋天叫国民党都烧了,我亲眼看见的。"

"那里附近再没有别的村庄了?"

"没有了。"二宝摇摇头,"有也是三家五家,没有大村子。"

"没关系,到那里再说吧,走。"管理股长把地图收起来往挎包里一塞,部队跟着站了起来。

二宝再没吱声,埋头走着。房子问题,虽然管理股长那么说,可他心里却惴惴不安了。

他不断抬头瞅管理股长,看样子,他一点也不着急,好像桥头营子那里有房子在等着他。不过,二宝心里明白:连半个团也住不下啊!

露营可不是闹着玩的,夜里一吹风,沙土、雪块尽拣着缝钻。同志们行军累满身汗,一躺下,下面地冰凉,上面吹冷风,不一会儿全身就会像包在雪里一样,肯定睡不着,若是睡着了,那就更糟,等醒来时,嗨!两条腿不残废也不能走路了。二宝想到这里,不禁仰起脸来向天空里望望,一块破碎的乌云把月亮遮了,山野里黑森森的。他耸耸肩膀紧走两步,说:"股长,要是没有房子,部队来了就露营啊?"

"露营还行!得想办法。"

"可是那里没有房子啊!"

管理股长瞧了瞧二宝,见他那朴实的脸上皱着眉头,"小家伙,犯愁了。"他抿着嘴笑了笑,"瞧把你愁的,那里不是还有三十多户吗?这已经就不少了,同志!在东北'三插敌后'时,三间房我们挤进一个营加个团部,人多挤着暖和,睡得更香。"

"要站着挤才行。"二宝说,"站着能睡啊?"

"嘿,这你可不懂啦。"管理股长津津有味地和二宝讲起故事来了,"干革命什么本事都要学,别说站着,走着路还能睡呢。打起仗来哪有时间睡觉,有时十天八日的捞不着觉睡,困得要命。那时候同志们心里什么要求也没有,光想睡觉,哪怕睡十分钟也好。可是这十分钟啊,比什么都难得。后来我想了个办法,你猜怎么样?行军不是有时候走走停停吗?当停下时,我用头顶着身前那人的背包,一下子就睡了,他一走我就醒了,就这样睡一会儿醒一会儿,慢慢地睡饱了,不信你到我身后试试。"

"不用试,咱睡不着。"二宝笑嘻嘻地摇摇头。

"对嘛,这本事只有老同志才会,你呀,还新点儿。"说着,管理股长嘿嘿地笑了。可是当他收起笑脸时又说,"没有房子住当然困难了,不过也不用犯愁,小伙子,干革命可不像说话那么容易,要是为这么点困难就犯愁皱眼眉,那你什么也干不成,没有克服困难的精神就不能算个革命者。这些道理你还不懂,以后生活的实践就会叫你懂得。"

二宝一声不吭地走着,迈着大步紧跟在管理股长身后。

拂晓前,他们进了一个山谷,桥头营子坐落在一条沙石河的东岸,黑影里看,是一个好大的村庄,其实大部分都是断墙残壁,只有村北头几十栋房子还比较完整。

二宝领着设营队一直到了村北头,在一家大门外站下来叫门。老半天才出来个中年人,站在门口东张张西望望不说话。

"赵大叔,你不认识我了?我是二宝。"

"哎呀,是你啊!你怎么穿这衣服,吓我一跳,我还以为是……"

"我参军了,我们一块到这里来设营。"

"有多少人啊?"

"现在只有二百来人,后头还有二千多人要来呢,都到你们这里住。"

"这……哎呀……"村长面露难色,"先到里面暖和一下再说吧。"

二宝和管理股长来到屋里,村长把老婆叫起来给同志们烧水喝。他们开始讨论宿营问题:

"同志,我们这个村的情况二宝知道,三百多户,前年叫国民党烧得只剩了三十多户。人搬的搬了,逃的逃了,死的死了,到现在快两年了,始终没缓过气来。天这么冷,要是叫同志们在露天地里睡,可真有点过意不去啊!"

"是啊。"管理股长感到村长的话很诚恳,"不过,我们到这里住不久,顶多一天就走了,是不是尽量把房子腾一腾?"

"这,一点问题也没有,同志,打反动派谁都有一份,现在要和敌人算总账了,村里人高兴极了,早就盼着这一天。"村长认为管理股长误会他不愿叫部队在这里住,"可我们即便都腾出来,也解决不了问题啊。"

二宝站在旁边一声不吭地听着村长和管理股长谈话,心里也很着急。他忽然脑子一动,闪出一个搭棚子的念头:要是把村子里的老百姓全都叫起来,再加上我们自己的人,把所有的破屋框都收拾干净,上面用山草编成草帘子盖起来,遮风挡雪,下面再多铺上点草……他想到这里,心里觉得马上亮起来。他把他的想法告诉了村长和管理股长。

"部队什么时候能来?"村长展开双眉望着二宝。

"后天天不亮才能到。"管理股长答道。

"行!"村长点了点头,又伸出手计算了一下时间,立即同意了,"这个办法好,我们村里能出一百多人,你们二百来人,人手满够,山草更不成问题。"

"编草帘子的绳子怎么办啊?"管理股长又提出新问题。

"那好办!"二宝蛮有信心地说,"把山草用水一泡现搓就成。"

"就这么办吧,同志。"村长站起来,脸上的愁容已经消失了,

"我去把他们都招呼起来,你们先在这里歇着,一会儿就好。"说着提了灯笼向外面走去。

霎时间村子里热闹起来,全村男女老少都起来了,到处是喧哗声、呼叫声,狗摇着尾巴高兴地跟着人乱跑,有时汪汪地叫着。人们像正月初一拜年一样,提着灯笼,拿着各式各样工具,一群一群地在街上集合了。

紧张的工作在拂晓前开始,这工程虽然极为简单,但是在这短短的二十四小时以内,要把三百多户的破屋框全部盖成草棚,也不是轻而易举的。主要的工作是编草帘子和清理这些破屋框内的废土烂砖。大家一刻也不停地工作着。青年们唱着歌喊着号子干得特别欢。二宝这个青年,在人群里生龙活虎地带领着大家做清理废土工作,他们的速度特别快,到吃午饭时已经把自己分到的工作全部做完了,又一起帮助别人干。

午饭以后,二宝眼看着清理工作快要完了,编草帘的工作却进行得很慢,他主动请示管理股长,要去和妇女们编草帘子。

二宝带着七八个青年来到妇女组,这里马上活跃起来。他从来不习惯和妇女们开玩笑,可是他来到这里以后,姑娘们总是愿意说他的风凉话,逗着他开心。

"啧!啧!坐在那里像个姑娘一样。"

"像个才出嫁的新媳妇,连话也不会说。"

二宝低着头一声不吭,两只手熟练地搓着草绳子。他心里很生气,因为在他们那个村里,说哪个小伙子像姑娘,那就等于骂他太软弱,这话是一种瞧不起人的意思。现在他听到姑娘们这样说他,心里很不服气,不由得咕噜着说:"你们才是姑娘呢!我是解放军的通讯员……"话没说完,逗得大家哈哈地笑了。

"你说我们不是姑娘还是小伙子啊?"又一阵笑声。

二宝被她们这一笑,才回味出自己的话不对了,把脸一红,也笑了。

"说话可不能耽误干活啊。部队来了没地方住谁负责!"一个五十多岁的老头子说,"你们没看见人家的活快干完了!嘿,年轻的人啊,光能瞎喊喊。"

大家马上静了一下,只听沙沙啦啦的操作声,但是这种平静没有持续多久,又是喊喊喳喳的说话声和憋在喉咙里的窃笑声。

工作在紧张地进行着。暮色苍茫之后,天空被满布星辰的夜幕遮住了。长城脚下的村庄里,流动着寒霜冷雪的气味。一栋一栋的草棚子,随着紧张的工作逐渐地盖了起来。

夜深以后,搭棚子的工作将近结束的时候,管理股长走到二宝跟前,"二宝!这工作很快就完了,你去村南头等队伍去吧,他们快来了。"

二宝背上枪,来到了村南头的大路旁,坐在一棵马尾松下,把枪横放在大腿上。周围一片寂静,只有村子里还是灯火辉煌,人声喧嚷。

天空,像洗过一样,朦胧的月色笼罩着整个山野,遍地皆霜,寒气逼人。这万籁俱寂的山野,使二宝全身都觉得轻松了,瞌睡强烈地袭击着他,模糊中他看到地上的一切都在晃荡、爬动,那块石头黑糊糊的,变得那么柔软,随着月光的移动而变形。二宝生怕自己睡过去,站起来伸了伸懒腰,大声地打了一个呵欠,挎着枪来回地踱着。他太疲倦了,已经有两昼夜没有合眼。有时,他好像听到有人在他周围轻轻地走动,定睛看时,却仍然是那块石头和风吹着马尾松的沙沙声。

他又坐在原来的位置,眼皮发紧头发晕,眼前的一切又都模糊了。大地仿佛罩上一层轻飘飘的纱。他心里想:"不能睡呀,二宝,睡着了,可糟糕!"他想着想着,不知过了多长时间,朦胧中忽然见大路上、山岗上出现了一行一行的队伍。这队伍忽然展开了,向他冲了过来,但是每一群人都在他头顶上飞过去不见了。忽见他哥哥乔震山站在山顶上大声地喊道:"二宝,你怎么在这里睡了?"

二宝浑身一抖,打了个寒颤,站起来用手揉了揉眼。定睛一看,月光底下站着哥哥乔震山,后面小李歪着脑袋正在朝着他笑。

"你怎么睡着了呢?站岗能睡觉吗?"乔震山责备说,"你的枪呢?"

二宝一看,枪果然不见了。霎时急出一身冷汗,就地转了两三转,还是没有。枪哪去了?

"刚才还在我腿上放着来的。"他说着认为小李偷了他的枪,向小李身上老端详。但是小李只有一条枪,枪和他的一样,就是背带不同。

"丢了?你把枪丢了还了得啊!"乔震山着急地说,"我看你怎么办!"

二宝见乔震山着急,心里更慌了。他使劲地回想着睡觉以前枪放的位置,"是的!"他自言自语地说,"我的枪是放在腿上的嘛!"

"咱们走吧,不用管他。"乔震山回头和小李说,"才参军就丢枪,再过几天连脑袋也要丢了。"乔震山说着,用严厉的目光盯了二宝一眼,转身生气地走了。

"二宝,你好好地想想嘛。"小李走到二宝跟前低声地说,"这可不能开玩笑啊,丢了枪可不是闹着玩的,你来的时候没把枪放在家里啊?"

"没有,我清楚地记得,就这么坐着,枪放在这里。"二宝比画着刚才睡觉的姿势,"小李,你说我该怎么办啊?"他愁眉苦脸地征求小李的意见。

小李见朋友丢了枪,就像自己丢了一样,心里十分着急。他想起上次自己丢鞋子,幸亏二宝给找到了。可是现在他把枪丢了,自己却无能为力,觉得很对不起他。最后他对二宝安慰说:"走吧,咱们先回去,以后再慢慢查对。要不是坏分子偷了去,这枪一定丢不了,也可能是谁给你开玩笑呢!"

"可不能这样开法!"二宝跟着小李没精打采地向村里走去,真想痛痛快快地哭上一顿。来的时候背着他那心爱的枪,那又亮又黑的小马枪,回去却两手空空,身上只剩一条子弹带和四个手榴弹,作为一个战士,这滋味比挖出心来还难受。

街道上乱哄哄的到处是队伍,有的在草棚子里放背包准备休息,有的在分配住区,有的还在忙着往草棚里放铺草。

乔震山正在街上转着找四连的住处,一扭头见团部管理股长从前面人群里挤过来。

"股长同志,"乔震山说,"你们搞得不坏啊,要是没有这些棚子就得露营了,我代表全连谢谢你啊!"

"谢我干啥,谢谢你那位弟弟和老乡们吧!你弟弟可真是个好伙计,办法又多,又能干活,这次设营他对我的帮助很大,这都是他想的办法。"

"还谢他呢,站岗睡觉把枪丢了。"乔震山生气地说。

"真的吗?"管理股长惊讶了,"是不是谁给他开玩笑。老乔,也很难怪,他两天两夜没有睡觉,一直忙到现在,能不疲劳啊?这孩子忙得连饭都忘记吃。"

"谁给他开玩笑!还不知是让什么人拿去了呢?"乔震山不高兴地说着,离开了管理股长向连部走去。

乔震山为了二宝丢枪的事,心里又是着急又是生气。他边走边想:"真岂有此理,再疲劳也不能在岗哨上睡觉啊,要是偷枪的人,给他一刺刀,就……一个新参军的战士,没打仗就这样死了,多不值得,这孩子有多马虎啊!也是自己平日对他教育不够,可这枪又是谁拿去了?是不是村里有坏人,看他傻里傻气的,盯上了……"他想到这里,不禁心头一紧,想找二宝了解一下情况,二宝对这个村子是熟悉的。

乔震山顺着街道来到了团部通讯排,进去看了一下,二宝没在,出来想往回走,迎面碰着二宝。

"到哪去来?你不是和小李一块回来的吗?"乔震山气呼呼

地说。

"我去找枪来。"

"到哪去找?"

"就在那周围。"二宝用手指了指村南头。

"你来!咱们好好地谈谈。"

他们来到房子后面,在一块石头上并肩坐下。

"你好好地想一想,"乔震山说,"这个村里有没有坏人,或者是和你熟悉的民兵,见你这条枪好,存心偷你的?"

"没有。"二宝说得很简单,但是心里想得可挺复杂。他觉得这村里从村长到民兵可以说都是些顶好的人,他们决不会干那种事,也不会开这么大的玩笑。

"没有!没有!"乔震山埋怨地说,"你懂得什么?你好好想一想嘛!"

"我不用想。"二宝把头往旁边一扭,"我不能诬赖好人,准是我睡着以后,有谁来这儿把我的枪偷走了,想故意地教训我。"

"都像你那样天真啊!让你好好想想都不,算了,我懒得管你。"乔震山咕噜着站起来,赌气要走。

"哥!……"二宝紧皱眉头,扯住了乔震山的胳膊,"帮我想想嘛;光熊我,还是哥哥呢!"二宝说着,用手背擦擦眼,哭了。

乔震山瞧瞧弟弟,无可奈何地又坐下了,两肘支着大腿一声不吭,二宝这一哭,他心里的那股火气,被同情感代替了。但是,乔震山也无能为力,哥哥又怎样?难道因为是同胞兄弟,就可以原谅、迁就?不!哥哥更要公事公办,站岗睡觉就已经错了,连枪都丢了就错上加错,这是不可饶恕的错误,要受纪律的制裁。弟弟受了处分,当然哥哥的脸上也不光彩。嘿!真他妈窝囊!才参军功没立上,处分倒受定了。乔震山越想越气,他抬头向周围看看,远处是月光朦胧的山峦,近处是闪闪烁烁的灯光,村子里渐渐地静了下来,部队已经进入梦乡,哨兵在高地上走动着,雪亮的刺刀在月影下闪光。

"你呀!"乔震山埋怨说,"傻里傻气的,参军,想打仗报仇,首先把枪丢了,没有枪报什么仇?你知道这枪是哪里来的?那是许多先烈的血换来的!不是西北风吹来的。可到了你手里,拿了才不几天你就丢了,对得起牺牲的同志?对得起死去的父亲?我们是穷人,共产党领导我们闹革命、闹翻身,靠什么?靠枪杆子。没有枪杆子用什么革命?!没有枪杆子革命能成功?!站岗睡大觉,这是什么问题?!没有革命的责任感。你知道吧,受处分是小事,要是敌人来袭击我们怎么办?哨兵睡大觉,使部队受了损失,你就会变成人民的罪人;枪叫敌人拿去会杀我们的阶级兄弟啊!你想想,二宝,这件事你做得要多坏有多坏。哭什么!知道错了就应该马上去找领导,勇敢地承认错误,请求处分。"乔震山说着站了起来,"去呀!还在这里待着干啥?"

"我估计我的枪丢不了。"二宝站起来用袖子擦擦眼。

"丢不了也得受处分。"乔震山嘴里虽然这样说,而心里可在琢磨,"也许,丢不了。不过,谁能跟他开这么大的玩笑?"

二宝瞧瞧哥哥的背影,没精打采地想:可是我的枪丢了呀!丢了枪受处分是理所当然的,不过处分完了找不着枪,手里还是空的,走到哪里人家要问:"二宝,你的枪呢?"我怎么说?我说我的枪站岗睡觉丢了?我才不那么说呢!多丢人!反正我得找枪,找着枪受双份处分也行。他想去找小李帮他的忙,又一想,不行,哥哥回连部了,叫他碰着,连小李也得跟着挨剋。算了,一人做事一人当,干吗去麻烦小李。于是他向团部走去了。月亮挂在天空,尽钻着云彩缝走,像是在捉迷藏,把二宝的身影照在地上,一个没有背枪的影子,嗨!像匹没有鞍辔的马一样,多难看啊!

乔震山沿大街走着。街两侧的草棚里传来了呼噜呼噜的鼾声。这草棚虽然没有真正的房子好,但是上面遮着霜气,周围挡着风,下面铺着厚厚的草,睡起来倒也蛮舒服。

他顺便到各排的草棚里走了一趟,战士们的酣睡使他不由自主地放轻了脚步,然后轻轻地给战士盖了盖被子,就向村外的哨位走去。

"干什么的!口令!"当乔震山走近岗哨时,哨兵大声地喊。

"我,查哨的。"乔震山说着走近了哨兵,低声地答了口令。是一班长刘吉瑞和战士温明顺在岗位上,他说:"疲不疲劳?可不能睡觉啊!"

"疲劳是有一点,但是保证不睡觉。"刘吉瑞说,"连长没睡么?"

"我等会再睡。"乔震山站了一会儿,向四周看了看,就转身向回走了。

小李知道二宝丢了枪,心里老是惦记着,来到连部见其他通讯员早已把铺草铺好,有的人已经睡下,他也想躺下睡,但是连长还没回来;他把背包放好,坐在门口等连长。

"小李,连长到哪里去了?"副连长王德忽然从铺上坐起来问道。

"不知道,我们进来的时候见他向一排那里走了。"

王德再没说什么,又躺下了。小李被副连长一叫,忽然心里一动,"今天行军是我们的尖兵连,副连长在前面领着行军,他先进村,莫非是他?……嗯,八成是,副连长教训人可邪乎啦,准是他进村时见二宝睡觉,为了教训他,把枪偷偷地给拿走了。"想到这里,小李站了起来,走到副连长跟前,"副连长,你们什么时候来到的?"

"我们早来啦,怎的?"

"不怎的,你洗过脸没有?我给你打水洗脸吧。"

"算了,"王德说,"已经五点了,天亮以后再说吧。"

小李假装给连长放行李,就在副连长身旁装模作样地磨蹭着不走,摸摸这,又摸摸那。

"放好就行了,尽在这里磨蹭啥?快去睡吧。"王德咕噜着,一翻身就睡了。

小李见副连长那神气,不像是他拿的,他身旁什么也没有。要是他拿了啊,准得先教训他和其他通讯员一顿,而后把枪放在身旁,谁也不敢动一动。

小李轻手轻脚地才想回到自己的地方,乔震山走了进来。

"小李,我在哪里睡啊?"

"就在这里。"小李说着回到了自己的位置。虽然行军很疲劳,但怎么也睡不着。他坐在铺上,两手抱着膝盖,眯缝着眼向门外洒满月光的街道上望着。头顶上草帘的空隙里透射着一道一道的月影,照在屋里,花花点点的。"二宝可真倒霉呀!"他心情郁闷地想,"还没有打仗就把枪丢了,真糟透了,还得受处分,唉!我能替了他就好了;最好是能把枪给他找着,要不怎么得了呢?大概二宝现在也愁得睡不着了,说不定在偷着哭呢!"如果明天不行军,小李真想去陪着二宝度过这难受的夜晚。他侧起耳朵听听,连长和副连长都已睡熟了。他伸开两手打了个呵欠,"我该睡了,明天一定和他去找枪。"两手把后脑勺一抱,伸开两腿,一骨碌就仰下了。忽然觉得靠墙的铺底下有个什么东西,硬邦邦的,使他躺得很不舒服;伸手一摸,好像是条步枪。他急忙翻身坐起来,拿出来迎着月光一看,哈!原来就是二宝那条马大盖。他既惊奇又高兴,惊奇的是:为什么这条枪会放在这里?高兴的是:他可以保证二宝不受处分了。他向屋里看了看,见连长、指导员、副连长和全屋的人睡得正熟。他悄悄地站起来,踮着脚后跟,偷偷地提着枪走了出来。一出门口,他把枪往身上一背,撒腿就跑了。

来到团部门口,见一个人坐在门旁,两只胳膊压在大腿上,低着头一声不响。小李走到跟前一看,原来是二宝。

"二宝。"小李气喘喘地说,"你不睡觉在这里待着干啥?"

"丢了枪还睡得着啊。"二宝抬头没精打采地看了看小李。

"去睡吧,伙计,我批准你,保证谁都不敢处分你。"小李满脸喜悦地开着玩笑说。

113

"去你的吧!"二宝埋怨说,"人家心里不知什么滋味,你还寻开心呢。"

"给!"小李把肩上的枪拿在手里,往二宝脸前一伸,"你就拿这一条吧。"

"我背你的枪,你怎么办?我不要。"二宝抬头看看枪再看看小李,不相信地又低下了头。

"傻家伙!你仔细看看嘛。"

二宝这才把枪拿在手里,转动着,越看越高兴,"枪!是,我的枪!"他把枪往怀里一抱,抱得那么紧,生怕它跑了似的。满脸的愁容不见了,乐得鼻子眼睛都挤到一块去了,呼地站了起来,激动地说:"小李!好伙计,你从哪儿找到的?"

"你尽管拿着,先不要放声,等管理股长问你,你就说我给你开玩笑。"小李说着眨了眨眼,满脸神秘地说,"我估计不是我们副连长拿的,就是我们连部小张干的,他常和同志们开这号玩笑,等明天起了床我再问他。二宝,说真的,这可要接受教训啊!站岗睡觉,还丢了枪,这和丢只鞋子可不一样,是个顶大的错误啊!好!没事啦,睡觉去吧。"

二宝心里既感激又高兴,不知说什么好,两眼一直瞅着小李:"谢谢你,小李同志……"

"不用谢,明天见!"小李一招手就跑了。

一〇

隆冬时节,昼短夜长,向平绥路挺进的人民解放军,利用这漫长的冬夜,隐蔽急进,白天则静静地休息。

昨夜,步兵团第一个行程一百二十华里,今天睡到上午八点才起床。桥头营子村边的沙石河里,冰底下流着水,冲得石子嘎啦嘎啦地乱响,冰凌被上午的太阳照得闪闪发亮。河岸上,战士们砸开冰凌正在洗脸、刷牙。山谷里回荡着闹嚷嚷的喧笑声。

"这个倒霉的北平,想了她老半天,结果……吹啦。"温明顺边擦脸边叨念着。

"谁说的?打完了北面的,回来再打南面的,反正跑不了,忙什么?早晚都是我们的。"刘吉瑞反驳说。

"得了吧,班长,你那模样儿还差点儿。打北平?没那么大的福气。"温明顺说着向北面那些巍峨的大山一噘嘴,"今晚上要请你和那玩意打交道呢。"

"那算啥,中国这号山有的是,从东北到华北,将来我们还要走遍全中国,把最美、最高的山都爬完。伙计,别看模样长得不好,要说福气嘛,那就算数着咱了!"刘吉瑞说着,把自己鼻子一指。逗得大家格格地笑了。

乔震山、郝平、王德三个人洗完了脸,在河岸上的沙滩里散步,后面跟着小李,他不住地往河里的冰上丢着石子。四个人一块走着,讲个头,数着乔震山高,小李最矮,郝平和王德差不多高,但是长得棒实粗壮,不像王德那样细条俊俏,郝平的方圆脸也比王德黑。

"听见了没有,老乔!"郝平看了看战士们,"这牢骚发得多艺术!"

"懒听他的。"乔震山漫不经心地走着,"小伙子们闲着没事儿瞎磨牙。"

"磨牙?战士们见了山害怕可不行啊。"郝平深思地说,"我看今天得召集支委来开个会,收集一下反映,要及时地把这种思想扭转过来。"

乔震山以敬佩的目光,瞧了瞧郝平。他觉得这位石匠出身的指导员,比自己成熟多了。他纯朴、诚恳、严肃、认真、政治敏感、工作细致。他能从最微不足道的小事,探察出重大问题。这几年来部队战斗力的提高,与指导员的艰苦工作是分不开的。是的,战斗力的泉源是政治工作,而政治工作的具体表现是细致的思想工作,思想工作的开始是在于调查研究、在于正确地观察事物。郝平对干部、战士的一言一行都是很关心的,这一点乔震山觉得自己望尘莫及。可是郝平却经常直率地提出问题要大家研究,无形中使乔震山学会了好多东西,使他更加老练持重了。

乔震山点了点头,然后朝着正在闹着玩的战士们看了看,"是啊。"他郑重地说,"战士们的思想是单纯的,对问题的反应也挺快,只要很好地注意听,战士们的每一句话都在给干部出题目做文章。思想工作是细致的,而且随着任务的变化又是无止境的。"说着他想起了二宝丢枪的事,"哼！二宝昨晚站岗睡觉,把枪都丢了,一不注意就出问题。"

"是吗？"王德惊讶地说,"不对吧！昨晚我带着尖兵班头里走,进村时见二宝睡着了,我还告诉小张去叫醒他,当时光忙着进村了,再也没问,嘿,生怨我,粗枝大叶的。丢了枪还了得！"看样子,王德真急了。

小李没等王德说完就抢前一步,说:"副连长,这事儿我问过小张。一点不错,是他干的,他说,你叫他喊二宝,可他一看二宝睡的那个香劲,怪不舍得叫醒他,他把溜在他腿下的枪,轻轻地拿起来,背上就跑了。今早晨一起床我就埋怨了他一顿,当时可把他吓坏了,赶紧跑去给二宝道歉赔不是。"

"枪呢？"王德急问。

"嘿嘿,"小李憨笑了笑,低声说:"昨晚上我在小张身旁找到后就给二宝送去了。小张一点都没发觉,今早起来还问我要呢。"说完,小李笑得鼻子眼都挤到一块了。

"嗬,你小李真行！"王德笑眯眯地捶了一下小李肩膀,说,"既解决问题还帮助了同志,真不简单。"

小李刷的一下红了脸,低着头直摸脑袋。

郝平一直在静静地听着,通过这件小事,却发现了个大问题,那就是:王德自从靠山镇整训中,阶级诉苦教育后,他对战士的态度上,有了不小的进步。

正在这时,团部的通讯员从村里匆匆走来,"乔连长,团长叫你马上到团部去。"

乔震山跟着通讯员向村里走去,"八成为了二宝丢枪的事。"他边走边想。

团部里,周国华和李治中在研究今晚的行军路线,因为在这一段路程中,要通过最险要的道路——滚马岭。在地图上看,这座大山,曲线最密、标高最大,上面标的数字是一千多米。

周国华正在为此担心,他曾派参谋出去打听,参谋回来报告说:这路很难走。老乡们有的说,这地方根本不能过;有的说,单身人走马马虎虎行,担着担子可不中;也有的说,抗日战争时期冀东八路军反扫荡时只走过一次,但是,走到那里又回来了。在桥头营子的北面,出去十多里路,山旁边有一块大石头,古代人在上面还刻着一首诗来形容滚马岭的险要:

　　峥嵘巍峨滚马岭,
　　白云遮峰不见顶;
　　悬崖落石声雷震,
　　自古迄今少人行。
　　鹏鹰欲飞不得过,
　　猿猴思攀空悲鸣。

据说这是宋朝杨家将把守关口时写的,意思是敌人插上翅膀也飞不过来。

周国华听着参谋的汇报,他冷笑了一声,"咄!叫你去打听个路,你就把几千年前人们说的话打听来了,那么现在到底能不能过啊?"说着用责备的目光瞪了参谋一眼,"我的意思,不仅要过去,而且要快点过,不在那里耽误时间。要知道,这条路在地图上的水平距离是八十里,恐怕走起来要有一百多里。如果在路上磨蹭的时间长了,不能按时完成行军计划,就等于我们没完成任务,那么,'打响进关第一炮'怎么解释?"

"我说老周,抗日战争时期是哪个队伍在这里活动过?"李治中忽然问道。

"十三团。"杨股长插口答道。

"咱们这里有没有十三团的老兵?"

"有!"杨股长思考了一下说,"乔震山就是。"

"叫他来!"周国华急不可耐地命令道,"早不说,我们自己有人,为什么还到外面去打听。"

不一会儿,乔震山来了,规规矩矩地敬了个礼。"报告首长,来啦。"

"来,这边坐吧。"周国华高兴地指了指身前的凳子,"你在十三团时,走过滚马岭没有?"

"走过。"乔震山坐下后答道。

"怎么样,好不好走?"李治中满脸笑容,声音里充满了期待。

周国华和杨股长也直瞪着两只眼睛,瞅着乔震山,好像过滚马岭的巧妙办法,就写在他脸上。乔震山回忆了当年的情形,他说抗日战争时期,日本鬼子"扫荡"时,他们把一个大队的日本兵引到这里,由于日本人有很多驮子,在岭上摔死了十几匹大洋马,还是没有过去。

"那么你们怎么过去的?"周国华问道。

乔震山抓了抓头发说:"我们那时候没有马,现在我们这么多牲口、驮子,可够呛!"

"你先把地形说说嘛,"周国华风趣地说,"够呛总得有个够呛的办法嘛!"

逗得站在旁边的杨股长不禁哧的一声笑了。

"别着急。"李治中笑着说,"叫他想想再说,也许这么多年,想不起来了。"

"是这样的,团长。"乔震山想了想,"从这里走出二十多里就开始上岭。这岭有四十里的险路,老围着长城转。路只有一尺来宽,顶峰有一块大石头挡着路,人要从大石头旁边过去。那路倾斜溜光,长年没人走,上面长满青苔,现在又下过雪,恐怕一不小心就会滑下去,牲口是没法过。过了顶峰,再走二十来里路就好了。"

乔震山从来是个不怕困难的人,任何困难只要他一瞪眼,把大腿一拍,困难就过去了。现在从他口里说出滚马岭是那样的凶险,不禁使大家心里罩上一层阴影。

室内一阵沉默。

李治中倒背着手来回地踱步;周国华吸着烟细细地思索着。乔震山看着两位首长着急,也煞费心机地琢磨着,如何跨过滚马岭。

是啊,现在不比过去,战斗的规模大了,必须携带足够的弹药和作战器材。没有牲口,即便过去又怎样呢?丢开重装备,丢开弹药,用什么打仗?而且这不是一个团,而是十几个团和好多的炮兵部队,好多的指挥机关都要从这里经过;马,不是一匹两匹,而是几百匹、上千匹的马啊!日本军队没过去,古代的人说它是"鹏鹰欲飞不得过",不,这是胡说! 人民军队没有过不去的地方:金沙江、大渡河,雪山、草地,从来没有人走过的地方,我们的红军都过去了。现在这小小的滚马岭又算得了什么? 日本军队——它是中国人民的手下败将! 他们过不去,我们一定能过去。——我们冀东八路军,当年不是过去过吗! 是的,过去的条件不同,可是正因为现在我们的条件不同,才更应该过去! 过不去就对不起我们的革命前辈!

乔震山想到这里,一拍大腿,"首长,过得去!"他两眼炯炯有神,呼地一下站了起来,"你把团部的工兵排给我,带上几百斤炸药,把滚马岭上所有通不过的路都炸开——炸平它!"

"好!"周国华和李治中同声赞成,"你马上出发,当开路先锋。"

下午三点,部队正在集合,从西北面那些深远的崇山峻岭传来隐隐约约的隆隆声。周国华对着作战股长把手一挥,命令道:

"出发!"

月色朦胧的深夜里,部队沿着鱼脊般的山峰前进着。路随山转,人随路行,两侧,深不可测的山谷里,响着潺潺的流水声。脚底下的积雪有一寸多厚,驮着重载的牲口,通过窄而滑的小道时,蹄子格登格登地蹬着石头,火星四溅,全身乱颤,嘴里冒沫,肚子底下直滴汗水,好险啊!随时都有滚进万丈深渊、粉身碎骨的危险。部队的行军速度很慢,常常因为牲口过一段险路而停下来。

山高路窄坡度大,人们站在上面觉得上重下轻头发晕,部队走走停停。山风微拂,月光普照,行军打瞌睡的人,像中了催眠术一样,更加困倦而不可耐。

"走不动就干脆坐下来休息,这样站着多危险!"有人说着坐下了,大家也一个跟着一个坐下了。

不多一会儿,团长在后面着急地说:

"怎么搞的!这样走法拂晓前能到目的地?"

"不好派个人到前面看看?"政委也焦急地说,"光知道坐着!"

一个参谋站了起来,扶着人们的肩膀,迈过人们的腿,向前面走去。

半小时以后,他回来报告说,师部后勤驮弹药的牲口翻了,差一点没滚下山去,现在正在整理。说现在走的这山就是滚马岭,前面再走五里就是顶峰了。师首长指示,这是最难走的一段路,要求部队很好注意。

队伍继续行进了,慢慢地困难地沿着这刀刃似的山梁一步一步地走着。山的坡度逐渐升高,使人大有"蹬道盘虚空"的感觉。不多时,行军队形又停了。人、马、驮子都停下了……就这样走走停停,一点钟走不了三华里。

山谷在喷烟吐雾,在月光的照射下,那乳白色的云雾不时地幻变着,像大海的波涛一样,滚滚腾腾地把幽静深邃的山谷淹没了。

"这哪里像是急行军啊,简直是老牛拉车,这样走法,等我们到了,敌人早打到张家口了。"战士在低声地发牢骚。

"找个宽敞地方睡上一觉,再起来走也掉不了队。"黑影里不知谁又补充了一句。他说完了把藏在袖筒里的烟头吸了一口,火光从缝隙里透射了出来。

"谁吸烟?掐灭!"一个粗壮的声音斥责道,"你想暴露我们的目标啊!"

"这么高的山,敌人除非长着千里眼。"吸烟的人低声地咕噜了一句,然而,终于把烟熄灭了。

周国华焦急得在原地踏步,来回地转着,不时抬起手腕看看表,时针正指向二十四点。他紧张地计算着时间:从行军开始,七个小时才走了四十里,不得了!这样走会把敌人放过去。

"走,杨股长,我们到前面看看去!"说着顺着山路,越过坐在地上打瞌睡的战士们,向山的顶峰爬去。

滚马岭顶峰,既陡又高,尺把宽的石头路,从半腰直达峰顶。周国华、杨股长带着警卫员小张和二宝,吃力地向上爬着。在半路,他们遇着师后勤的驮载运输营,那些驮着重载的牲口,向上耸着身子,一步一步地爬着,蹄子用力地蹬着石头路,嘎嗤嘎嗤乱响,直迸火星。饲养员在后面用力推着鞍子低声地吆喝着,一步一歇,几步一停。马喷着鼻子,甩着尾巴,大口地喘着气,这高出云霄的山峰上,空气稀薄了。

"你看!"周国华用研究的目光,在月光下看着那匹站在山腰里的马,上不去下不来,摇摇欲坠,"队形太密,牲口没有歇脚的地方,都挤在一块,搞不好就滚下去。我们走时一定要把距离拉远一些。"

周国华正说着,乔震山从上面下来了。

"报告团长,路修完了,因为带的炸药少,时间又短,只炸了几个坑,我们用碎石头修了一条小路。"

"现在能过吧?"

"过是能过。不过,还是挺困难。"

"走,看看去。"

他们绕过驮子弯着腰爬到了顶峰,仰面一看,嚇!顶峰的尖端有一块突兀的大石头,把去路挡住。这块大石头一百来人也抱不过来,笔陡溜直,顶天柱似的高耸青空。岩石的半腰里古松倒悬,像把大伞,遮断了月光,显得岩石根下更加黑魆魆的了。小路从岩石的侧面绕过去,这地方原来是一块光溜溜的大石板,直达山下黑得看不见底的深渊;石板上积雪挺厚,溜滑难行。乔震山带着工兵排在上面用炸药炸开了几个大坑,然后用碎石头修出一条小道。但是路窄又陡,战士走在上面,脚底下的石头乱动颤,使人提心吊胆,因此通过这里非常缓慢;尤其驮载的牲口,身子重、蹄子硬,常常把石头蹬坍,所以这段路过的牲口越多,路就越窄,也就越难通过了。

乔震山站在岩石旁向周团长、杨股长边介绍情况边看着师部通过,接着就是本团的步兵营了。当师部全部走完时,那条路也已经坍坏了,碎石头呢?乔震山带着工兵排费了三个小时的时间搬上去的,现在大部分已经滚到山下去了,再修起来是不可能了。后面本团的队伍紧接着上来了。李治中在头里领着,见了周国华取笑地说:"这个倒霉的路,真是个滚马岭,搞不好连人带马一块滚。"他急促地呼吸着说,"天明以前能通过啊?"

"平均一分钟只过五个人。"杨股长眼睛离开手表,抬头向团政委报告说。

"牲口要多长时间过一匹?"周国华两手插在大衣袋里耸了耸肩问道。

"根据前面部队经过的情形来看,要两分钟过一匹。"

"那就是说,"周国华把手一伸,"我们从现在开始要七个小时以后全团才能通过。"

"现在是午夜一点。"政委李治中看了看表,"当团的后尾离开这块石头的时候,就是早晨的七点了。这里离平古铁路,从地图上看大约还有四十多华里,天亮以前过不去铁路,战役行动的秘密全部都要被我们暴露了。"

"确实这样,政委同志。"杨股长见两位首长这样细致地计算着时间,深深地意识到问题的严重性,他说:"我想无论如何也要想办法提前三个小时走过这段路,才能在天亮以前通过铁路。"

大家沉默了,都低下头想主意。

"快走!"一个干部站在大石头旁边催促着战士说,"过这点地方还那么慢。"

战士一个跟一个小心翼翼地走过去。有一个战士忽然脚一滑,扑通一声摔倒了,枪碰在石头上,半截身子已经滑了下去,幸好另一个战士上去一把拉住了他,才慢慢爬了上来。这时谁都为他捏了一把汗。

"老催着快走不行。"李治中摇了摇头,"得想个保险的办法大家才能走快。"

"你说这样好不好,老李?"周国华扯了一下李治中,"把担架的杆子接起来固定在石壁上,这样走的人就有扶手了,过得不就快了吗?"

"行!试试看。"李治中说。

杨股长马上派人取来了担架,大家一齐动手,用绑腿把担架杆子接好,又砍了一些木桩子,钉在石头缝里,然后把担架杆子捆在木桩上,扶手立即做成了。

"很好!"杨股长在笔记本上记着时间,"现在一分钟可以过八个人。"

人走的问题已经解决了,但是牲口呢?……大家沉默着。

月亮已经偏西,大块的云彩不断地移动着,好像整个天体在转动;在这忽明忽暗的月光里,黑沉沉的重山深谷,被照得明一阵暗一阵,战士们在月影下一个跟着一个,扶着临时的扶手很快地跑过去。

"报告团长!"

"你说吧,乔震山。"团长抬起头来看着他。

乔震山脸上反射着月光,长睫毛急速地颤动着,眼睛里闪着亮。他说道:"我刚才回去和连里干部商议了一下,我们全连都轻装开到这里,把所有的驮载,从牲口身上卸下来,人扛着先过去,饲养员把牲口拉过去以后,我们再给装上,这样人多干得快,就可以缩短时间了。"

"怎么样?"李治中回头瞧瞧周国华,"叫他们干吧。"

"我同意。"周国华点了点头,"带队伍去吧。"

"是!"乔震山敬礼后回头对小李说,"小李!你去告诉指导员,说团长同意我们的意见,把队伍带来吧。"

十分钟以后,四连全部带上来了,郝平、王德和小李走在头里。

"怎么样?什么时候干啊?"郝平兴致勃勃地走了过来。

"首长临走时说,等警卫连过去以后,我们先帮两个炮连,然后再帮团运输连。"乔震山在兴奋时,说话不打嗝子。

"老郝!"杨股长走到郝平跟前,"首长对你们这种行动很满意啊。"

"为了打响进关第一炮,我们全连要做到一切能做到的事情。"

这时部队和团的机关人员已经全部走完了。后面就是炮连和团后勤的牲口。乔震山把四连的人员按着工作的顺序分了组。大家开始了紧张的工作。为首的一个是乔震山,他一个人扛两箱炮弹,侧着身子扶着担架杆子过去了,后面就是郝平、二宝、杨股长、小李和王德,其他的一个跟一个,连牲口带人一块过去了。乔震山装上驮子回来扛第二趟时,正碰着小李,他也扛了两箱炮弹,压得弯着身子跑。

"嘿,小家伙真行!活像个小牛。"

"老乔。"郝平从后面上来,"你身体不好,扛一次行啦,我们很快就会扛完。"

"嘿,你真会开心。"乔震山把袄袖一挽,"干别的不行,这号活,内行!"

大约不到一个小时,驮子大部分过去了,只有后勤最后一匹驮子了。一排战士温明顺在头里扛着子弹箱子,饲养员拉着牲口,但是鞍子上的铁架子忘了折上去,一下子碰在石头上,马身子一晃,蹄子把石头踏坍了,扑通一声摔了下去。

"拉住!拉住!快!"好多人齐声惊叫。

二宝见牲口危险,急忙上去,一把抓住牲口笼头,用尽全身的力气帮着饲养员向上拉。正在这时,饲养员脚底下一滑,两手一松,牲口带着二宝呼噜一声滚下悬崖,开始还听见一点滚动声,后来什么声音也没有了。

"连长!二宝和牲口一块摔下去了,怎么办啊!"温明顺口里喊着,急得直拍屁股。

"你怎么就松手呢!"刘吉瑞暴跳地质问饲养员。

"脚滑了嘛!不是这个同志拉住,我也就下去了。"饲养员指着温明顺解释说。

乔震山、郝平、杨股长跑了过来,弯着腰向山下望去,山下是一片白茫茫的云雾和黑黝黝的森林。忽然,寒风过处,森林发出惊人的啸声,一阵乳白色的云雾滚滚腾腾地将山谷淹没,什么也看不清了。这时,有人提议下去找,但是这陡崖大山哪里也下不去人,大家急得直打转。

"嘿！都怨我。"乔震山也急得直跺脚,"我认为只剩这一匹了,怎么也能过去,谁想到……唉！真他妈窝囊。"

"老乔,我们派一个班下去找吧。"郝平说道。

"我们去。"刘吉瑞挺身而出。

"不！我看,你们还是先走。"杨股长把手一伸,"说不定前面有战斗任务,叫便衣班长老林带上一个便衣侦察员去找,这样既利落又不耽误行军。"

大家同意后,老林带着侦察员向西顺着山坡先走了。

乔震山担心地向山下望了一阵,无可奈何地命令队伍背上背包,取回武器也就走了。

第四连沿着山梁向下面走着,不少的人回头看看那块突兀的大石头,嘴里没说心里想：

"你这个倒霉的滚马岭啊！"

小李跟在乔震山身后面走着,边走边悄悄地抹眼泪。

"连长,"他呜咽着说,"二宝能不能摔死啊？"

乔震山回头看了看小李,见他腮上挂着泪珠,迎着月光直闪亮。

"哭什么?！干革命还有不死人的,有什么好哭的！"

"可同志摔死了,人家心里难过嘛！"小李说,"他死得多冤啊！才参军,一枪还没捞着打,就牺牲了。"

乔震山不做声了,他的心里像刀搅似的：是啊,多么可爱的一个小伙子,虽然他站岗睡觉丢了枪,但总是新战士,可我不但不帮他,还黑更半夜地剋他一顿。真不应该啊！现在弟弟是死了,这漫长宏伟的革命道路,他才迈了一小步。他永远也不能和我们一块生活、一块作战、一块为人民的事业共同奋斗了。是的,他一枪没打,打一枪也算他没白在这不平凡的时代里生活一场啊！乔震山走着想着,两道浓眉扭在一块,向两侧的深山幽谷里望望,山谷张着大口,把一切都吞没了。黑魆魆的滚马岭,鬼怪似的兀立在群山之上,寒风吹过时,它喷烟吐雾,仿佛在嚯嚯大笑。"该死的家伙!"乔震山回头望望,"啊!瞧着,等革命成功,老子非把你炸平,修上宽敞的公路不可!""革命"这个字眼,包含着你死我活的斗争,人们为了扫清革命道路上的种种障碍,他们从生到死,也许只活了十几年,二十几年,但是革命意义之伟大,比起一个人的生命来,犹如宇宙之大比一尘之小。人活着为了什么?只要把生命献给了伟大的中国革命,虽死犹生,他们的青春将和中国革命同样的万古千秋永存于世。乔震山想到这里,忽然一个念头掠过他的大脑,"不,二宝死不了,人民战士的生命,在惊涛骇浪中,会战胜一切艰险,像高山顶上的青松翠柏一样,永远生活下去。他,他会和林班长一块回来的。"

"小李同志,"郝平走过来说,"连长心里比你还难受呢!不用着急,现在不是派人去找了嘛。"

"你批准我和林班长一块去找他吧,指导员。"小李执拗地又说。

"小李同志,一个革命战士,是有着宏伟远大的理想的,决不能为一个同志的不幸而影响情绪啊!"

"指导员,我小李保证,到了平绥路,一定为二宝报仇。"

"是啊,你要为全中国的人民报仇。"

一二

皓月西沉,夜风掠过山岭,扫去谷间浮云,露出巍峨的山峰,像黑色顶天柱一样,直刺暗蓝色的夜空。

部队过了滚马岭,山势渐渐下降,忽然,从前面很远的地方,传来了几声隆隆的炮响,声音深远而低沉。

这是兄弟部队,为了掩护今夜隐蔽通过平古路的队伍,向密云、怀柔发起攻击。行进在崇山峻岭上的部队,加快了行军速度,以表示向英雄的兄弟部队致敬!

部队到了宿营地达子营的时候,已经是第二天上午十点钟了。

这里,周围全是嵯峨崴鬼的高山。岩坡上面是黑色的松林,林子上空耸立着齿状的岩峰。在那些烟色的峻岭上,蜿蜒着举世闻名的长城。昨夜就是它,左右于行军行列之间,使部队不能不跑跑停停。

达子营的每间房子里、松林里、岩石的空隙里,到处都住满了军队。河岸上的林子里,马在大声地吃着草,交织着沉睡人的呼吸声。睡眠征服了一切,没有说话声,到后来连马吃草料的声音也停止了。

但是,乔震山翻来覆去睡不着:弟弟二宝生死不明,过铁路时,一班战士温明顺又崴了脚,送到团部卫生队,医生说,三两天内不能走路。这就是说,在三天以内有了战斗任务,本连就减少了一个战斗员。看来,支部在行军前,"全连不发生任何减员"的计划,被破坏了。想到这里,不由得急出一身汗。于是,他悄悄地爬了起来,走出连部,来到卫生队。一进门看见温明顺正坐在铺草上吃饭,右脚用纱布包着。见连长进来,刚想爬起来,被乔震山用手按住了,"温明顺,你好些了吧?"

"好些了,连长,有了情况准误不了事儿。"这话给乔震山安慰不小,可是,看看他那肿得发紫的脚脖子,虽然温明顺的脸是乐呵呵的,连长却替他从心里往外痛。

"没挫了骨缝?"乔震山紧挨着温明顺坐下,用手摸着他的脚。

"医生说没有。"

"来,我给你暖一暖。"乔震山解开纽扣把温明顺的脚揣在怀里,"瞧这脚,像冰一样。"

"这……连长……"温明顺怪不好意思的,往回一缩,没抽动。他那冰凉的脚,感触出连长的心在扑扑地跳动。一股暖烘烘的热流,从脚跟直流到全身。

"别着急,小伙子。"乔震山笑眯眯地看着温明顺,"打仗嘛,是大伙儿的事儿,全连一百多号人,谁都在急着打仗。不过,你这脚是怎么崴的?"

"爬大山,净石头,还能不崴脚?唉!真倒霉!"

"要是去打北平城,不爬这大山,你的脚能不能崴?"

"啊?……"温明顺把眼一瞪,他忽然想起昨天早上和班长在河里洗脸时发牢骚的事,不禁脸一红,说,"这……和那有啥关系。"说完见连长还是笑眯眯地瞧着他,一点责备的意思也没有。

"没有关系?好家伙,不说良心话。"乔震山仰面大笑了,"问题就在这里,同志。你不信?一个人去完成一件工作,要是高高兴兴,一般说不会出问题,如果老早就对这工作有顾虑不情愿,而且挺别扭,你瞧吧,准出毛病。我说同志,干革命工作可不能挑挑拣拣的啊!厌烦爬山?别说现在还是战争年代,就是把全国的敌人都消灭了,也还是需要人去爬山,叫谁去?兴许我,也许是你。现在平津战役刚开始,全国还没解放,这山嘛,总还有个爬头。党和上级要求我们爬大山,走近路,目的是打歼灭战,消灭敌人,你不愿意?那才是个傻瓜呢!你说对不对?"

温明顺不吱声,乔震山的话说到他心里去了。可不是,昨天晚上行军,一路上满脑子的不高兴,尤其当二宝摔下山去以后,他心里好像找到不高兴的理由似的,老朝着石头发脾气,"这个熊山,净石头!"说也奇怪,越不高兴脚底下的石头越多,路也越难走,真火儿了!抬起右脚把一块石头踢到山下去了。这一下不要紧,左脚踏的那块石头,由于用力过猛,又要忙着走路,哧溜一滑,把脚脖子崴了。温明顺一屁股坐在地上,两手抱着左脚痛得直咧嘴。幸亏一班长和指导员郝平,替换着才把他背了回来。现在想来,怪谁?

怪自己的思想不老实！连长不但不批评,还把他的脚给放在怀里暖和着,真丢人！温明顺越想越窝火,"连长……"他一抬头,见卫生员进来了,把嘴一闭,后面的话咽到肚里去了。

"给,"卫生员递给他两包药,又倒了一碗开水,"用水送着吃了吧！这药能消炎。"

乔震山这才放下温明顺的脚,又轻轻地摸了两下,"这会儿更轻些了吧？"

"嗯……"温明顺点点头。

"今晚行军怎么办？"乔震山回过头来问卫生员。

"队长说,用团部骑兵班的马驮着走。"

"不,连长,"温明顺刚咽下药去,把手一伸,"我高低不骑马,多丢人呀！我自己能走,不信你看。"说着呼的一下站起来,身子晃了晃,"来！卫生员同志,扶我走一走,血脉一活动准行。"

"那不行,军医说,不让你随便动。"

乔震山站在一旁,瞧着温明顺那顽强劲,心里想:"这小伙子的牛劲又来了。不过,走一走许能好。"于是,他高兴地说:"你就扶他走一走吧,试试看,不行就算,来,我和你两个。"

开始,温明顺觉得全腿的血液仿佛都集中在脚脖子上,几乎要把皮肤冲破涌出来似的。接着一阵剧痛,顺着大腿一直传到大脑里。走了不到两步,脑袋上豆大的汗珠沉重地滴了下来。他咬紧了牙根,一步一步地在屋里走着。乔震山见他痛得出汗,忙问:"很痛吗？不行就算了吧。"

"不,没有关系,再走一会儿。"温明顺气喘喘地坚持着在屋里走了两个来回,以后觉得有点麻木,倒敢于着地迈步了。这时他推开连长,叫卫生员一个人扶着。

乔震山小心地把手松开,站在旁边担心地看着他。

半小时以后,温明顺的步伐稍有些正常了,乔震山想叫他休息一下,但温明顺坚持着又走了一会儿,实在痛得不行了,这才一屁股坐下来,"行,连长,我明天就可以走路。要不,今天晚上行军时,我还是边骑马边步行吧,再锻炼一下。"温明顺擦着脸上的汗说。

"对,不能走就别勉强,等真正能走路再走。俗话说:'得病容易治病难。'光着急也不行。你休息吧,我还要到团部去。"

乔震山说着回头又嘱咐卫生员:"等会儿你再用热水给他洗洗吧,那样好得更快。"说完就急忙向团司令部走去。

王德睡在铺上,身上像是长了刺,怎么也睡不着。他见连长出去了,指导员也不在,他估计他们准是到排里找战士谈话去了,便也起身走出连部。来到村外,检查了一下部队休息情况,然后,信步在村边上溜达,看看这又望望那,到处是沉睡的人们。在团部的饲养班里碰着了管理股长,王德面色平静地问道:

"股长同志,林班长回来了没有?"

"没有。你没睡吗?"

"睡不着,多好的同志,一参军就摔到山下去了。怎么交代呀!"

"兴许能找回来。"

"找回来又怎么样?那么高的山,摔不死起码也是个一等残废。"

"不能光看这一点,老王,团后勤运输连还准备写感谢信表扬你们呢。"

"别开玩笑吧,摔死人,丢了马,还崴了一个战士的脚,不受批评就是面子事。"

"你不信等着瞧嘛。"管理股长说着笑了笑就走了。

王德向村外信步走去,忽然想起从行军以来没写日记了,于是他从挎包里取出日记本,坐在一块青石板上刷刷地写了一阵,写完,又取出一本小册子,目不转睛地读起来。

这本油印的小册子,还是在靠山镇整训时,郝平送给他的。

记得那天,郝平开完军民诉苦大会,又到排里去找新战士谈心。回来时已经半夜多了,连部的同志都已经睡熟了,唯有王德一个人没睡,坐在炕桌旁守着笔记本子发呆,煤油灯的光影在他脸上爬动着,看样子,他不知为什么事在苦思冥想。

"老王,一个人坐着想什么,还不睡?"郝平边说边解皮带,摘枪上炕。他那棒实的身体、充沛的精力,仿佛永远也不会疲倦。

"你还不是一熬就是半夜多。"王德朝着郝平意味深长地笑了笑,然后把笔记本合上。

"是啊,"郝平深思地说,"政治工作,归根到底一句话,抓紧时间,做好人的工作,这全部过程,做起来又是极为具体、细致、复杂,而且,既要改造自己,又要指导工作;既要不懈地去认识世界,又要改造世界。否则,光凭一股热情干工作,必然会陷于盲目性。因此,有时在工作中我们的愿望尽管是好的,结果却相反。老王同志,我们这些人,虽然是劳动人民出身,可是,旧社会却给我们身上熏染了不少的坏习惯,所以听听战士的心里话,和苦难人们的心贴到一块,就会给我们教育不小。"

王德默默地点头,静静地听着,寻思着,根据指导员的启发,这位煤矿工人的儿子,伪满国高的学生,正在苦思着过去,憧憬着未来,寻求着前进的真理。

"我常常这样想。"郝平接着说,"人们学习、实践,在火热的斗争中艰苦磨炼,总是在不断地进步。同志们参军后的思想面貌和在家当老百姓时就不同,入党后和入党以前又不同了,原因是除去环境对人的影响外,还必须在主观上善于学习,勇于实践。因为,思想改造是长期的,进步也是无止境的,但其规律,总是在认识和实践的因果中壮大成长。"

王德觉得,郝平这温和、沉静、诚挚的性情,连最浮躁的人见了他也会心平气和。就在这时,郝平从挎包里取出一本小册子,轻轻地放在王德的面前。封面上油印的三个大字在灯光下闪闪发光。

从那以后,王德才算开始读点哲理的书了,想来,这件事已经过去十多天了。行军这几天,工作紧张抽不出时间。今天才算全部读完了。

王德的心像一湾清水一样的平静。他两手抱着后脑勺,躺在青石板上,瞧着群山上的碧空,飘动着的白云,不知不觉地晒着初升的太阳睡着了。

乔震山从团部打听二宝的消息回来,走到王德跟前,见他睡得正甜,身旁放着日记本,手里拿着一本小册子,压在头底下。乔震山顺手拿起王德的日记,翻了翻,在最后几页里主要写的是读完《矛盾论》的心得、体会。写得深刻细致,真实感人,在自我检查中,寻根究底,淋漓尽致。

乔震山看完,又给他轻轻地放回原处。看看沉睡着的副连长,心里不禁涌起一股喜爱的感情。他的神情是那么平静开朗,身上的穿戴整齐清洁,显得特别洒脱;薄薄的嘴唇闭得很自然,和往常一样年轻英俊。从他的日记上看,他开始生长新的血液,这是进步的源泉,前进的起点。我们连如果都能这样,英雄的称号,就有了扎实的内容。

山谷的风,摇撼着山林,撞击着古老的长城,乔震山赶紧推了一下沉睡的王德,喊道:

"老王!起来,起来。别在这里睡,受了凉可不是玩的。"

王德睁眼一看,见是连长乔震山站在身旁。他容光焕发,神情喜悦。看样子不是二宝回来了,就是部队要出发,不然他为什么这样高兴。王德翻身坐起来,"怎么!要出发吗?"

"先别惦着出发,好消息,同志!"乔震山把手里的一封信对着王德晃了晃,"走,到连部再说。"

在路上,乔震山告诉了王德三个好消息:一个是华东野战军和中原野战军在淮海战场,全歼了蒋家王牌黄伯韬兵团;一个是兄弟部队昨晚解放了密云、怀柔,消灭敌人十三军三个团;另一个是团后勤运输连党支部,为了感谢昨晚第四连帮他们扛炮弹过险路,写信给团党委,给第四连请功,团党委已批示立功一次;并说团政委亲自把信交给他,嘱咐他回来立即向全连传达。

"真的吗?"

"谁还骗你不成? 不信你看。"

王德接过信,边走边看,信的末尾还有一首诗:

英雄第四连,
工作真能干,
打仗赛猛虎,
行军不怕难;
自己疲劳全不顾,
帮助我连扛炮弹;
团结友爱做得好,
应该立功给全连。

王德看完信,把信递给了连长。他脸上没笑,心里可美滋滋的。

乔震山接过信来说:"我说老王,兄弟部队在帮我们做政治工作哩。我们要坚决借东风,动员全连向兄弟部队学习,这是一种看不见摸不着的力量,可是到了战场上它就会猛不可当。"

两个人回到连部,一进门乔震山就嚷着,把三个好消息一口气告诉了郝平。

郝平高兴地说:"走,老乔,咱们把胜利消息和运输连的信一块给部队传达一下,叫大家讨论讨论,今后我们应该怎么办。"

"对,现在我们分头去传达吧!"三个人一块走出连部。

消息很快地传遍了全连和整个部队,山谷里回荡着欢腾的笑声。忽然,喧哗中,一个粗壮的声音压倒一切地说:"我们什么时候开始打啊? 还要走多少天啊?"这声音充满了战斗歼敌的欲望。

"不用着急,同志,把刺刀磨得快快的,到了地方再看我们的吧,反正是才开始,一定叫你过瘾就是了。"另一个战士豪迈地高声说。

东南方向很远的地方,传来了呻吟般的飞机马达声,时隐时现。一个战士讽刺地说:"听见了吧!同志们,敌人猪鼻子插葱又来装象了。"

乔震山从排里回来,心里又激动又烦闷。激动的是,这些好消息给了部队很大的鼓舞,从战士们的情绪看,作战情绪十分高涨,运输连的信,给连队完成行军任务增加了很大的力量;烦闷的是,现在天已下午,太阳眼看要落了,可是林班长去找二宝到现在毫无音信。他站在门口遥望着将落的太阳,两道浓眉渐渐地皱了起来。

小李嘴里哼着歌儿,手里提着一桶开水从外面进来。见连长在门口站着发呆,说道:

"连长,不喝水啊,伙房才烧开的。"

"我不喝。"乔震山瞅瞅小李说,"你小心啊,别把水晃出来烫了脚。"正说着小李的水桶砰的一声,桶底碰在门槛上,开水洒了一脚。

"你看,叫你小心点……"乔震山急忙把水桶接过来,提到屋里放好。回来看小李时,他早把靴子、袜子脱下来了,由于靴子里面是羊皮的,外面是帆布的,所以水没有透进去。小李的脚一点儿也没有烫着。

"没事!"小李两手把着自己的脚看了看,很快又把靴袜穿好。

"连长,今晚我们出不出发?"

"你问这干什么?"

"我想……"小李吞吞吐吐地说,"最好能等二宝回来再走。"

小李今天一天都在惦着二宝。为了这事,他曾跑到团部去看了两三次,结果都是乘兴而去,败兴而归,急得小李直摸脑袋。"完了!"他想,"八成在那里埋了,光买棺材也得半天哩。否则为什么到现在还不回来?"

他也曾跑到路口上站到最高的石头上向东面山沟里望过,山沟里有来往的通讯人员,也有司务长出去买菜,就是没有二宝的影子,他心里多么着急啊!他仰起脸看看,白云在天空飘荡,鹞鹰在空中翱翔。他想:"要是像它一样就好了。准能见着二宝。"

乔震山被小李的话所触动,但他没有和小李再谈下去。他看看正在扫地的小李,这天真活泼的小同志,多么可爱啊!纯洁的心,浓厚的阶级感情,对同志是那样的真诚、朴实,他默默地点着头说:"是啊,失去同志和失去弟弟一样的痛苦。"但是,乔震山又不相信弟弟会就此死去,他把希望寄托在老林身上,但愿老林能带回使人高兴的消息。

一二

侦察班长老林带着一个侦察员,奉命去找二宝和牲口。他们向前面走了一公里后,才找到一条下山的山梁。雪,越走越厚,有时深到膝盖,行走困难。树林也越来越密,全是参天蔽空的马尾松,月亮虽然已经被群山遮没,由于雪的反光,倒也不显得太黑。他们在山坡上走一步滑一步,有时坡度太大,不得不用手扶着树干侧着身子走。后面划了一道长长的印子。

拂晓,老林和侦察员下到山底,沿着山谷小路向东走去。他们来到一片开阔的大山谷,仰头一看,见在那些满布松林的山峦后面,黑突突的滚马岭直插云霄,半腰里云雾弥漫,遮没了半个山顶,浮雾上面又是黑色的、像巨人般的岩峰。

"班长,看!滚马岭。"侦察员举手向东北方向一指,"看样子,爬过前面这个山梁就到了。"

他们过了河,顺着山梁向东北方向走去。将到山顶时,迎头遇着一个残垣,看样子,以前有人在这里住过。这个残垣除了一座没有顶盖的破屋框外,前面还围着一人多高的院墙,里面尽是枯草和积雪。两个人坐在残垣旁边的石头上,准备休息一下,整理整理鞋子。

"班长,有情况!"突然,侦察员低声呼道。

林班长扭头一看,见河南岸山根底下的灌木林里,一群穿着土黄色军装、头上戴着黑皮帽子的敌人,乱七八糟地朝山上走来。他数了数整整二十四名,一个提着手枪的高个子,指手画脚地说着什么;这些人走走停停,不住地向四下里张望,非常惊慌。

林班长和侦察员二人躬身弯腰连蹦带跳,迅速来到残垣里隐蔽起来,侦察员哗啦一声把子弹推进枪膛,持枪来到院墙根下。从墙上往外一看:

"班长,打不打?"

"慢来!"林班长心里在琢磨着。

目前的情况是二对二十四,兵力悬殊。不过,看样子,敌人是从哪里逃窜出来的,不然为什么会这样狼狈?既是漏网之鱼、惊弓之鸟,其战斗力必然不堪一击,只要我们沉着大胆,敢于胜利,就可以全部消灭他们。因此他决定,战斗一开始,就给予突然火力打击,这打击越猛越狠,就越会给以后全歼敌人造成有利条件。林班长决心已下,把牙根一咬说道:"咱们在里面隐蔽好,叫敌人摸不清我们有多少人,等他们靠近五十米以内时——你看见前面那块开阔地了吧,就在那里,你打头我打尾,来一个突然袭击,打他个蒙头转向,叫他既跑不了也攻不上来,最后喊话命令他缴枪投降,你说好不好?"

"好,就这么办。"侦察员立即同意了。

于是,两个人一个东头一个西头,各守一个墙角,在墙头上挖开了不少的缺口,把枪端端正正地放在上面。他们清查了一下弹药:冲锋枪二百发,马枪一百五十发,八颗手榴弹。这些弹药对付这二十四个敌人满够了,可是林班长为了取得初战的成功,他还是一再嘱咐侦察员：

"注意，要枪不虚发，打准打猛！"

侦察员点头同意，两个人开始瞄准。

在静谧的森林中，小鸟悠闲地啾啾鸣叫。二十四个敌人大背着枪，迈着踉跄的脚步，跨过积雪，踏断灌木的枝条向前移动。他们大概做梦也没料到，在他们要去的那个默然而沉寂的山上，有两支乌黑的枪口在屏息窒气地等待着他们。

"一百……八十……"侦察员的视线从步枪的标尺到准星，从准星到目标紧盯着敌人，枪口随着敌人的行进而移动着。扳机越压越紧，只要再一用力，子弹就会飞向敌人。

可是敌人走得那样慢，许是雪深地不平，也许是拼死拼活地逃出来，他们已经精疲力尽。不管怎样，等待的人却心急如火了。林班长吐了一口气，把身子轻轻地挪动了一下，松开捏僵了的手放在大腿上擦了擦，显然他是等得不耐烦了。可是他懂得，沉着、隐蔽、突然，这是成功的关键。"放一放，往怀里再放一放，尽量地靠近一点……"林班长把下嘴唇几乎咬出血来，"要是打早了，敌人就会掉头回窜，或者停下不走，而夺去先机之利。"

这一切使林班长静了下来。

忽然，他目光炯炯，容光焕发——敌人已全部进到射击计划线了。

"射击！"

冲锋枪"得、得……"地吐着火舌，马枪"啪——啪"地跳动着。山谷里响起惊人的回音，好像四面八方都在打枪。射击距离五十米以内，侦察员的枪百发百中，子弹带着死风飞向行进在那块开阔地的敌人。突然打击成功了，敌人像镰刀下的繁草纷纷倒下，又像疾风下的枯叶，在雪地里滚动着。

这突如其来的打击，一直持续到有些敌人滚着爬着，找到地坎隐蔽起来，枪声才突然停了。雪地上躺满了尸体和伤兵，后者发出了狼嚎般的呻吟声。

"班长,不多不少整十个,漂亮极啦!"侦察员兴奋地喊道。

"隐蔽好!"林班长摆了摆手。

话声未落,敌人还击了,一阵机枪扫了过来。敌人的射击漫无目标。侦察员开始了冷枪射击。他们不断移动着射击位置,把帽子放在墙头上吸引敌人的火力,而在另一个地方却突然枪响了。他们机警灵活地跑来跑去,这小小的残垣里好像到处都有人在射击。

"解放军优待俘虏——缴枪不杀!"林班长开始喊话。

引来的,是一阵更加疯狂的机枪射击。这时一个尖声尖气的人在咒骂:"谁缴枪枪毙谁,打!"

林班长仔细听了听,这声音就在机枪的附近,是当官的在强迫着士兵抵抗。他想集中火力消灭这个家伙,但是没有成功,敌人隐蔽得很好,子弹在他周围打起了阵阵的雪雾,而机枪仍然在狂叫。林班长的位置被发现了,霎时间这不太厚的土墙,随着机枪声被扫去了半米,使他们打不出枪去。

"不好!敌人要跑。"侦察员惊叫了一声。

林班长跑了过去,向外一看,果见有几个敌人向后面运动了。

"糟糕!"他着急起来,眼珠骨碌碌直转,"快!你从后面迂回到敌人的侧后去,先把那个当官的和机枪射手干掉,然后我在正面冲出去,快去!不然白费力了。"

就在这时,忽见那个当官的帽子,随着一声枪响,飞起一丈多高,人却一头扎到雪里,一动不动了。老林惊奇,他们两个人谁都没打枪。

"谁打的枪?……准是敌人内部起了变化……"林班长奇怪地猜测着。又抬头向外一看,见敌人也在惊慌地向两侧林子里观察。忽然,右边树林里又发出一声清脆而响亮的枪声,敌人的机枪射手把胸膛一捂倒在机枪上,机枪不响了。后面几个敌人开始动摇,撒

139

腿想跑。又是两声枪响,敌人像被什么绊了一跤,躺下不动了。

"怪呀!"林班长惊异地说,"这枪打得又快又准,漂亮极啦!你看看谁在打枪。"

侦察员向树林里看了好久,什么也看不见,但是那又狠又准的枪声使敌人一个一个地倒下了,像是森林在打枪。

"这家伙隐蔽得真好。"侦察员说,"光听枪响不见人。"

"暂不管他,我们喊话叫他们投降!"林班长信心倍增,精神十足地喊道:"缴枪吧,你们被包围啦!"

"你们才被……"一个敌人的话没说完,又中弹不吱声了。

一时鸦雀无声,枪也不打了。

但是,林子里却大声地喊开了:"缴枪!不缴枪你们谁也别想活!"

"班长!"侦察员高兴得几乎跳起来,"这声音像是二宝!"

"别胡说,他怎么会来了?"

"不信你喊一下试试。"

"二——宝——,我是老林——"林班长用手捂着嘴,高声喊了一句,侧耳细听,没有回答。但是,林班长忽然发现从敌人右后方的林子里,跳出一个人来,在一棵大树后面端着枪对准着敌人。林班长看清了,正是二宝。

"缴枪!不缴枪都打死你们!"他那带着童音的嗓门震荡着两侧的山谷。

林班长、侦察员也站起来端着枪喊话:"缴枪不杀!"

"投降,投降,不要打了。"敌人被二宝的枪打怕了,一个跟着一个地举起手来,缴枪投降了。

"就地放下武器,到这里来集合!"林班长端着冲锋枪命令着。

一会儿,只有五六个敌人整整齐齐地在残垣外集合了,林班长和侦察员分别对俘虏进行了检查,命令他们放下手。

"你们是哪一部分的?"班长面孔严肃地问道,"到这里干什么?"

"十三军的,"为首的一个怯生生地说,"昨晚从怀柔撤出来,我们跑散了才走到这里。"

林班长心里惦着二宝,急忙出来找他。向林子一看,连个影子也没有,才想放开嗓子叫,忽见二宝青一块紫一块,满脸伤痕,晃荡着身子牵着一匹驮马,从后面走了过来。

"二宝,"林班长一时激动,张开两只大胳膊就把二宝抱了个满怀,生怕他再跑了似的,"你怎么搞的,刚才我还见你在那边,现在怎么又从这里出来了?哎呀……我们是来找你的,走到这里碰上这些家伙打起来,要不是你啊,非叫他们跑了不可。"

二宝没放声,转头看了看那些俘虏,他把嘴角一抿,笑了笑。

"二宝,你怎么回来的?我们还以为你……"林班长在二宝的背上捶了一拳,"嘿!差点儿没把大伙急死,你摔伤了吧?"

二宝微皱眉头,淡然一笑,说:"没什么,就摔了一下。"

原来,二宝滚下去的那个地方,正是一道深深的流水沟,里面积雪齐腰深,还有许多小灌木丛。他和马掉下去后,连滚带滑一溜到底,除去脸上被树条子划伤、被山石碰伤而外,全身毫无损伤。但是由高空坠落,急速的滚动使他失去了知觉。不知过了多长时间,他忽然觉得有一个毛茸茸的东西在腮上、脸上扫动着,使他痒得难受。他睁眼一看,呀!这是什么?心里一惊!原来是一只大嘴把他的整个视线遮蔽了,只见这只大嘴上生着钢针一样的毛,嘴唇上面两个湿漉漉的鼻孔,活像两个大山洞,向外喷着暖烘烘的热气。二宝急忙把眼又闭上了,心里扑通扑通地直跳,想:这下算完了,没摔死倒喂了野兽了,准是一只老虎,不然这嘴为什么这样大呢?要是狗熊就好了,小时候听妈妈说,狗熊不吃死人……不,不是熊!在冬天熊是不出来的,嗐!多倒霉呀!他正在胡思乱想,忽然听着那只大嘴嘎啦嘎啦在嚼着什么,这声音很快地使二宝高兴了,"马!准是马。"想到这里,一股马的气味立即钻进了他的鼻孔。

他把眼一睁,一骨碌爬了起来,"哈,鬼东西,你还和我开这么大的玩笑。"马,抿着耳朵,摇头摆尾,大声地喷着鼻子。

二宝打落了身上的雪,摸了摸火辣发痛的脸。忽然,发现枪不见了,糟糕!枪又丢了!丢了枪是个顶大的错误,这是小李说的。他急忙顺着流水沟向上找去,东摸西摸,到底在一棵灌木丛旁找到了。拿在手里转动了一下,把雪拍打掉。小马枪又发出了钢铁的光泽,完整无损。开栓一看,三颗金黄色的子弹安静地躺在里面,一颗也不少,他庆幸地背在身上。向山上看了看,黑沉沉的大山之上透出了暗蓝色的星空。

"连长——,小李——"他喊了两声,除去风吹树林的呼啸声外,什么动静也没有,队伍已经走了。现在剩下他一个人孤单单的置身在一片没有边际的深山野林之中了。四下里,黑色的森林点缀着一块一块的白雪,像一些灰溜溜的脑袋在对着他晃动,一阵风吹过,发出低沉的刷刷声,森林仿佛走动起来。一霎眼,风虽然呼啸着蹿到远处去了,可是那些参差不齐的松柏树,像是故意吓唬人似的还在那里经久不停地摇晃着。

母亲、秀珍、哥哥、小李和昨晚在山上那场紧张的情景……一一都在二宝的脑子里交替着浮现出来。这一切现在都成了过去的事了。现在,这深山野林里只有他一个人了,离开了部队、离开了亲人,比什么都觉得孤单。眼前只有一匹马,这算他唯一的伙伴了,可是马终归是马,既代表不了部队,也代表不了亲人呀!二宝越想越觉得孤单,这种孤单几乎使他有点失望了。然而,不,队伍不会走多远的,而且他相信首长们一定会派人来找他。可是现在不能在这里等下去呀,必须想法去找他们。找着部队好去解放北平找姐姐,姐姐一定在北平城里等急了,不,兴许……兴许……谁知道她还在不在人间呢!二宝的心更加焦急不安了,不过,二宝不是孬种,这样的事也不是头一次,在那些艰苦的年月里,他曾好几次被日本鬼子、被国民党反动派、被死对头王经堂逼得和亲人失散过。现在,现在算得了什么?二宝想到这里,全身都是热烘烘的。"走,找队伍去!"他牵着马,蹚开齐腰深的雪,爬出了流水沟,顺着山谷向下走去。"往哪走呢?"他突然站下了。在这深不可测的山林里乱转,失掉了方向,可不是玩的。忽然右侧方,在那些黑黝黝的群山后面,响起了隆隆的炮声和隐隐约约的机枪声,接着那地方放射出万丈光芒,照亮了半个天空,那些山峦的轮廓被衬托得清清楚楚。"战斗!那地方发生了战斗了。可是那是什么地方呢?"他紧张地辨别着方向,"唔!"他忽然明白了,"这是怀柔!"临出发时作战股长曾说,今晚上友邻部队为掩护我们通过平古路,向密云、怀柔发起攻击。是的,没错,那边决不是密云,密云在滚马岭的北面。这一发现使二宝辨明了方向,他决定朝着作战的方向走,既然是作战,有敌方就有我军,只要找到自己的部队,一切都好办了,而且说不定在那里作战的部队,兴许以前还在他村里住过呢!

拂晓,东方现出白色。马,仰起脖子竖起耳朵长嘶了一声,这声音在森林里滚动着,好像这林子的深处藏着成千上万的马一样,此起彼落地传递着,然后消失在深远的群山中。

"不要紧,伙计,我一定领你去找队伍。"二宝回头摸摸马的脸自言自语地说。

二宝全身酸痛,脑袋发晕,踏着尺把深的积雪,深一步浅一步地走着。为了使身上暖和一点,他加快了步伐,树枝像鞭子一样地抽他的脸。当他爬过一道山岭时,远处的枪炮声早已停息了。这时他又冷又饿,真想找个村庄休息一下,可是四下里全是树林,哪里也看不见村庄,山沟里雾沉沉的,间或传来几声啾啾的鸟鸣,显得这山林更加沉静而深邃了。他找了一个树桩子坐了下来。忽然,一阵急促的枪声,使他一跳站了起来,顺手把枪取下来。向前一看,就在他的脚下山半坡上的屋框前,冒起了枪烟。他不了解下面发生了什么事情,急忙牵着马回到山梁上,然后绕到南面,见那么多的敌人向山上进攻,那稠密的枪声就是从那发出来的。一会儿,他听到屋框有人喊话,这声音很像林班长,他高兴得几乎蹦起来,于是,他急忙拴了马,绕到敌人的后面参加了战斗。

二宝、林班长、侦察员带着俘虏和牲口,回到宿营地达子营时,天已黄昏了。

二宝的安全归来,轰动了整个团司令部,不少人都关怀地跑来看他们,屋里一时乱嚷嚷的。乔震山和小李也从外面挤了进来。

"二宝!"乔震山喊了一声,张开两臂就把二宝抱在怀里,瞪着两只激动的眼睛,端详着二宝脸上的伤痕,"好家伙,你小子命真大,差点没算了伙食账。"

小李站在旁边一声不响地看着二宝,脸上虽然堆满了笑容,但是眼珠却湿润润的。

房子的一角,林班长、侦察员在高谈阔论,说着二宝的故事,人们又向他们那里围了上去。

"是二宝把敌人截住的吗?班长。"有人惊奇地问道。

"可不是吗!别看这小家伙不声不响的,干得漂亮极啦!"林班长说,"要不是他啊,敌人非跑了不可,没想到他的枪打得那么准,而且谁也不知道他在哪里打枪。"

"就是隐蔽得好,打得准,才把敌人打熊了呢!不然,他一个人恐怕也不行。"侦察员插了一句。

人们用羡慕的眼光端详着坐在那里和乔震山谈话的二宝。

"二宝,是吗?你啥时候学的?"乔震山用称赞的口气问道。

二宝没放声,只是羞怯地微微一笑。他的射击技术,说来也是有来历的。自从父亲被王经堂杀害后,他怀着沉痛的心情,决心练习射击,以达报仇雪恨之愿;他不断地请教村支书李大叔,也常请教在村里驻军的老战士,参加军队的射击操作。他为了练习射击击发的稳定性,常常举枪瞄准达两小时之久,还把小瓦片放在枪口上,勾动扳机,瓦片不落。有时累得腰痛腿酸、两膀肿胀,也不休息。"不下苦功夫，难得过硬功。"二宝日以继夜，苦学不辍，三年来，终于练成一套非常惊人的射击本领。

他和村支书李大叔，带着民兵，经常一块反扫荡，打"麻雀战"，用冷枪射杀敌人。他大胆勇敢，机动灵活，虽然枪支陈旧，从来弹不虚发。李大叔常夸奖他，并想办法弄子弹给他，鼓励他为了革命的胜利，还要精益求精。

二宝从来也没有在任何人面前炫耀过自己的射击本领，因为他总觉得不值一提。当受到夸奖时，他总是羞怯地微微一笑就算了。他的心灵深处只怀着一个单纯的想法，他想有一天找到哥哥，和他在一块报仇恨，打敌人，过他那没有经过的非常新颖的战斗生活。

现在，二宝真的达到久已渴望的心愿了，并且受到了哥哥的赞扬，心里极为喜悦。

乔震山、二宝和小李只顾低一声高一声地谈话，没去听林班长他们的议论，一直谈到深夜才散去。

二宝找卫生员上了药，躺在铺上一觉睡去，睡得那么香甜。不知过了多长时间，他醒来时，已经是第二天的早晨了。他翻身坐了起来，用手背揉了揉眼睛，就到村外河岸上去洗脸。

太阳冒红的时候，山涧里映着长城的倒影，显得特别优美、清新。河岸的林边上，饲养员在忙碌地给马添草料，马在甩着尾巴，低着头，摇摆着耳朵，贪婪地吃着草。

二宝洗完了脸，信步来到一块岩石上，铺开了油布，开始擦枪，昨天打了仗还没有认真地擦过。他手里擦着枪，心里琢磨着昨天的战斗。他想："挺痛快的，比打兔子还容易，可真过瘾啊！要是碰着王经堂嘛，那就好了，不过，叫王经堂这样死法，就太便宜他了，要朝他脚上打，叫他跑不动，捉活的……"枪擦完了，他坐在岩石上伸了伸懒腰，环视着美丽的山谷，心情安定地欣赏着大自然，不由得想到了秀珍。参军以来还没有见过面，他好奇地想看看秀珍参军后穿上军装什么样儿。

突然听见身后有脚步声,他回头一看,见小李轻手轻脚地走了过来。

"二宝!"小李嬉皮笑脸地说,"你一个人待在这儿干啥?"

"擦枪呗,"二宝微笑着说,"你又想捉弄我是不是?"

"不。"小李一本正经地说,"我想告诉你几个好消息:第一,昨天你把你和马完完整整地一块牵回来了,还打了个漂亮仗……"

"我把我也牵回了啊?!"二宝挑词地说,"你净拐着弯捉弄人。"

"先不要慌嘛,下面还有好的呢。"小李说,"林班长正在请示给你立上一功呢。你小子倒不坏,死不了还立了功。第二,密云、怀柔昨天同时解放了。第三……你猜是什么?"

"我猜不着。"二宝摇摇头。

"你装得倒不错!秀珍在这里你不知道?"

"真的不知道,她在哪里?"

"嘿,我还以为你知道呢,我告诉你。"小李挨着二宝坐下了,"你走的那天下午秀珍就回来啦,还到你家去找你来着,结果你没在。她呀,那情绪简直摔到地下去了,很不高兴。"小李说着打了二宝一下,仰着脸哈哈地笑了。

"笑什么?"二宝说,"没有在,不高兴。有什么好笑的!"

"嗬,猪鼻子插葱,装象,外面不笑,心里可在瞎嘀咕呢。"小李用手指着二宝,"我说二宝,你可真走运啊!秀珍穿上军装活像个英俊的小伙子,不信你去找她瞧瞧看。"

"我不去找她。"

"你不去啊?"

"不去。"

"好吧,你在这里等着,我去给你找来。"小李站起来,"你可不要走啊。"

二宝见小李走了,心里想:"小李这家伙可真够朋友。"脸上浮起了感激的微笑。正在这时,忽听村南面河岸上,传来一阵姑娘们的笑声,这格格的笑声是那么天真、响亮。二宝很久没有听到这种声音了。他抬头一看,四五个穿军装的女同志,从河沿上的树林里走了出来,拍打着身上的雪,笑着向村里走来。其中一个是秀珍,她穿着军装,腰里扎着皮带,剪绒帽子底下现出那副丰满红润的脸庞。

二宝又是惊喜又是慌张,望了好久,不自觉地站了起来。

秀珍自从那天下午,就离开了妈妈,和部队一块走了。在行军中她一直想着看看二宝,可惜几次宿营都离得很远。这次师部也住在这个村子里,本来几次想去找二宝谈谈,又到处都是一些不熟悉的人。最后,她碰着小李,高兴极啦。小李告诉她的却是一些极不愉快的消息,差一点没哇的一声哭了。可是她没有哭,紧闭着嘴唇忍住了。昨天晚上她听说二宝安全地回来了,本来想马上去看看他,又觉得抹不开脸。结果弄得一夜也没睡好。今天早上起床以后,和小苏几个女同志一块出来散步。现在突然见到二宝,脸上还贴了不少的纱布块,一个人坐在石头上发呆。她很想快跑上去和他说话,可是,周围这么多女同志在跟前,又觉得难为情。于是,强捺着性子跟大家向前走去,可她不止一次地向二宝瞭望。

"秀珍!"二宝突然高兴地叫了一声。

"二宝。"秀珍也乘机跑了过来和二宝握手。同时对一个细身段的伙伴小苏说,"来,我给你们介绍一下,他就是孙宝庆。"

"穿上军装不认识了。"小苏愕然地看了一下二宝说,"不就是和我们联欢时,扮大春的二宝吗?"小苏说着又瞅了一下秀珍,秀珍脸一红把头低下了。

"还害臊呢!这几天没见面背后里尽叨念,现在见了面多高兴啊。"小苏这么一说,引得其他女同志也格格笑起来。小苏又说,"好啦,你们谈谈吧,我们先回去了。"小苏和女同志们向村里走去。秀珍一个人留在这里,有点不好意思地回头说:

"小苏,你报告分队长,说我一会儿就来。"

"不用一会儿啊,好好地谈一谈吧。"她们说着调皮地笑着走远了。

二宝和秀珍拉过手,两人重新坐在岩石上。

"二宝……"秀珍叫了一声,笑了笑,"真没想到你……真叫人担心!"

"担啥心?这不是回来了。"二宝说,"要是我知道你在这里,我早去找你啦。再说我昨天一天一夜没吃饭,可累啦。怎么样,你行军累吧?"

秀珍听二宝说一天一夜没吃饭,心疼地说:"还说呢,人家为你一夜也没合眼,老惦着。"又告诉他说,过铁路时,跑得头都发昏,同志们抢着帮她背背包,有时拉着手,生怕她摔着。说他们都很能走路,自己老是要跟着跑,因为有同志帮助,也就不怎么累了。

"出发时你回家了吗?"二宝问。

"是啊。我离开家时,妈妈老是掉眼泪,其实我也想哭。我要是哭了啊,更引起她老人家伤心,所以我到底坚持着没哭。"秀珍说着眼里马上泪汪汪的。

"还没哭呢!"二宝看着秀珍的脸,"现在妈妈没在跟前你都想哭呢。"

秀珍被他这么一说,禁不住笑了,低下头用手去擦眼泪,可是这泪越擦越多,一会儿把两只眼睛擦得通红。她之所以哭,也并不是完全由于想起妈妈,最大的原因,还是见了二宝安全地回来了,心里一时悲喜交集。

"哭什么!"二宝完全不理解秀珍的好意,"天生骡马上不得阵。"

"你才是骡马呢!"秀珍噘着小嘴似怒犹笑地说。正在这时,忽然觉得背后有人走动,两个人还没来得及回头,就听见小李咔的一笑,"好家伙,我跑遍了全村没找到,闹了半天你已经跑来了。"小李看了看秀珍的脸,认真地对二宝说:"一见面就把人家惹哭啦。"

"别瞎说,我多咱哭来?"

"没哭眼圈可发红,"小李指了指秀珍的脸,"好啦,随你便,我要回去啦。"

"小李,"秀珍一转身,"你在这里咱们一块玩玩多好啊。"

"你们谈吧,我回去还有事呢!"小李说着已经走得很远了。

二宝和秀珍又坐下来开始谈着话。

一三

阳光照射着幽美的山谷,也照射着耸立的群峰,山谷林间回荡着战士们雄壮的歌声:

> 我们是人民的子弟兵,
> 工农的武装,
> 在毛泽东思想红旗下,
> 壮大成长……

四连指导员郝平,黝黑的方圆脸,使人看着特别舒坦。战士们一见他,就觉得指导员那肌肉丰满的体魄里,仿佛蕴藏着无穷的精力。他的一举一动,是那么机警、干练、直爽、豪迈,处处都显示出是个在紧张的战斗生活中成长起来的人。

郝平从营部汇报回来,匆匆地走着。眼睛望着绕着树干闹着玩的战士,听着洪亮的歌声,不禁心旷神怡。他想找战士谈谈心,又想去二排了解思想情况。这几天,战前的政治动员工作把他忙得不行,而目前,行军中的政治思想工作更要紧。教导员的指示在他脑子里缭绕:"同志,工作有了成绩,就要多看缺点,防止骄傲自满;有了错误,就要总结经验,看优点鼓干劲,防止泄气自馁。在这全国大决战大胜利的前夜,我们政治工作者,共产党员,尤其要防止前者。政治思想工作,不是一两次谈话、动员就能解决全部问题、万事大吉了。光看情绪挺好不行,假如心不齐,这'情绪挺好'就是一句空话。要去不断地做艰苦细致的工作,把战士的思想摸透,把所有的积极因素都调动起来。"

郝平边思量边走,忽然,山坡上响起战士们的喧哗声:

"连长,加油!"

"快下绊脚!"

"转到上坡来,快! 连长。"

郝平扭头一看,见连长乔震山正在和一排长赵文江摔跤。眨眼间乔震山被一排长摔倒了。战士们哗的一声笑了。他紧走几步跑了过去,"老乔,老乔!"

"连长,指导员叫你哪。"

乔震山这才爬起来,边拍打身上的土,边回头对赵文江招手,"老赵,我不服你,下回再来。"他嘻嘻地笑着来到郝平跟前,"老郝,赵文江摆擂台,把全排的同志都摔倒了,我真有点不服。"

"那你怎么也输了?"郝平有心无意地问道。

"站的位置不对,吃了点亏。"乔震山见郝平笑眯眯的脸上带着沉思的表情,转口问道:"汇报完了? 营首长有什么指示?"

"走吧,到连部再说。"

两个人并膀儿走着,说说笑笑来到连部。没等坐下郝平就问:"老乔,后天我们就可能进入战斗,目前还有一段艰苦的行军。你说战士们的情绪到底怎么样?"

"挺高!"

"挺高?"

"是啊! 自从党支部会开过以后,战士们对上级的意图进行了座谈,我们也找个别同志谈了话,兄弟野战军打了胜仗,对部队鼓舞很大。全连没有其他想法，一致要求打仗。"

"嗯，我们是做了不少工作，不过你想想，咱们的战斗动员工作，行军中的思想工作，还有哪些问题？"

"没啦。"

郝平哧的一声笑了，"老乔啊，我在营部汇报时，教导员问我，我也是这样回答的，可是教导员把脸一沉，批了我一顿，说我们连的动员工作做得不细，战士对平津战役的伟大意义还理解不深，所以就产生了急躁情绪，如果不注意，首先这行军任务的完成就有问题。我当时想了想，可不是吗！看！现在你也这么想。"

"有也是个别的。"

"个别的？"郝平又笑了笑，"昨天传达了兄弟部队的胜利消息后，战士们什么反应？'行军走路，瞪着眼看人家打仗，心里顶不是滋味啦。'还有的说，'放着眼前的不打，跑那么远去，白浪费时间。'这就是说，要打仗，但怕走路。温明顺不是在路上和石头发脾气才崴了脚？老乔啊，我们全连一百二十七个人，在党支部的领导下，要团结得像一个人一样。可是其中有老有新、有工人有农民，还有解放战士，他们的思想水平，作战经验，个性脾气各有不同，你要把他们统一起来，用来战胜敌人，对一个战士提出更高的要求。你想想，要对每一个人做多少工作啊？光靠我们几个连的干部跑跑谈谈还不行，必须善于发动群众。"

郝平的话，把乔震山说愣了。以前，他还觉得本连的战斗动员工作做得还凑合，现在看确实有些问题，他抓抓脑袋，心里直发慌。

"你说吧，老郝，眼看要出发了，咱们该怎么办？"

"这么办。"郝平那敏锐的目光闪了闪，"为了节约时间，咱们召集支委小组长会，把问题摆出来，叫大家讨论，澄清思想，先把骨干工作做好，形成一股动员力量，然后再深入到群众中去，抓典型，大量宣扬好人好事。通过好人好事来宣传党的作战方针，这样既生动又活泼，踏踏实实把部队思想工作做好。教导员说过，为了完成党中央毛主席的战役部署,达到战役行动的突然性,出敌不意切断平绥路,今后要日夜急行军,实行二百里地的长途奔袭。要抓紧时间在行军走路当中,讨论个问题,既现实又不累。"

乔震山看看郝平那恬静的方圆脸,心里一阵豁亮,脸上喜盈盈的。要讲行军走路冲锋陷阵,对付敌人,他是个胆大心细、万夫莫当的虎将,而这细致复杂的政治工作嘛,可差得远。这些问题郝平往往给他启发很大,他能使人的思想推向更高的境界。

当晚,第四连刚开完支委小组长座谈会,部队就继续前进了。乔震山、郝平、王德三个连的干部在行军队形里,跑得特别欢,找骨干谈话,和战士谈心。说说笑笑、爬山越岭,行程几十里,不觉天已大亮。

部队刚坐地休息,团部传来了紧急命令:"……白天继续行军,部队抓紧时间吃干粮喝开水……"

半小时过去了,部队行进在崎岖的山路上,黑压压的山头,一个刚过去,一个又横在战士的面前。

这天,第四连出现了新气象,战士们谈论着平津战役的伟大意义,谈论着那些英雄人物的光辉榜样,也谈论着平津地区敌人的困态窘样。各排的文艺战士边走边出来敲着呱嗒板又说又唱,表扬着行军中的好人好事。

通讯员小李,站在路旁的高坎上,手里拿着两块石头,边敲边唱:

哎——同志们,擦擦汗,
听我小李唱一段:
一排长,赵文江,
行军走路好榜样,
自己腿酸他不管,
专帮别人来扛枪。
你看他,

膀子宽来铁腰板,

　　活像老虎跳山涧。

战士们哗的一声笑了。有人喊:"小李,再来一段。"

乔震山和郝平肩并肩地走着,说着话,听到笑声不断地向后看。战士们昼夜行军当然是疲倦,可是精神力量也能战胜困难,看,这行军队形和前几天就是不一样,生动活泼,雄伟庄严,到了平绥路上只要一声命令,"打!"他们就能把敌人生吞活剥。

王德从后面疾步赶上来,兴致勃勃地说:"连长,战士们真能编,他们说:'战役的风飘红旗,心里想着毛主席,战士全身都是劲,行军打仗步伐齐。'"

乔震山喜眉眼开地笑了。他说:"老郝,这办法真灵,要总结经验哩。"

"是要总结经验。经验是许多战士创作出来的,就在于我们善于去发现它……"郝平迈开稳实的大步走着。他抬头向前看,部队的行列一直伸向山峦间,他回头看,尾部还远在天陲边。他觉得,和他一块行军的这支部队有五六万,遵照毛主席的指示,要急行军到平绥路去作战。在地图上看,也只有指头宽那么一点点,可是它是平津战役的一个方向。他又想到,自己这个连,在这五六万人当中,也不过是个小小的战术符号,这个符号,既要抗碰又要抗拉,过不过得硬要看干部的工作,想想,这担子挺重,深感自己不行,一转念,想到毛主席想到各级首长,再想想本连的干部和那些塌了天也能顶住的战士,只要自己善于领会上级的精神,善于倾听群众的意见,就能学到不少东西,想到这里,他感到无限的宽慰。

郝平一抬头见部队正在越过一座笔陡的大山。

傍晚,部队在一个小山村里大休息,开饭,带水,为明后两天通过一段缺水地带做准备。可是村子小,队伍多,水不够用。吃过晚饭水还没带足,就接到紧急命令出发了。两天两夜部队在岩石满布的深山里急行军,西北风卷着沙土,满天雾沉沉的,太阳放射着白光,无力地照耀着大地。向平绥路挺进的第四野战军的战士们,沿着崎岖蜿蜒的山路急急地走着,大风把衣服吹得鼓胀胀的,低着头,偏着脸,避着冷风,身子像喝醉酒一样地乱晃荡,沙子打在脸上、手上火辣生痛,连眼都睁不开;没有说话声,更没有喧笑声,只有一种声音——沙沙的脚步声和狂风吹着岩石发出的呼号声……

在荒山野岭上行军,按说水应当是不成问题的。山沟里、石头缝里、山峡里,总能找到一点清凌凌的流水;可是这一带荒山,却是滴水难寻。

部队已经两昼夜没有喝到水了,每个人的水壶里都是空空的。干得喉咙里冒火,嘴唇裂纹,舌头和口腔粘在一块,转动一下都困难,但是,这荒山秃岭又好像永远走不完似的。

开始,间或还有人企图说几句俏皮话,以抗干渴:

"他妈的,没有水,好歹有点雪嘛!"战士们转动着贪馋的眼睛向荒山秃岭上扫视着。

"要是将来抓着蒋介石这老混蛋,老子非牵着他再把这里走一趟不可。"

"对,那比枪毙他还过瘾。"

后来,情况越来越严重了,行军队列里出现了由于干渴而得病的人。

水,已经成为威胁部队最严重的困难了。这山上不但没有水,连雪也没有。雪已经被狂风卷起的风化土深深地埋藏了。这种严重的情况,影响到部队的行军速度,距离越拉越长,并且随着干渴程度的增加,病号也越来越多,干渴的人抬着或者背着渴病了的人。要治好这些病人,不用灵丹妙药,只要有一口水,一口平平常常的清水。

弯弯曲曲的山路顺着山梁曼延着,脚底下风吹着沙土直打旋。开始有人掉队了。

乔震山扭头一看,两个战士坐在路旁不走了。他急忙返回去,见是温明顺和小李。

"团卫生队不是叫你骑马走吗?"

"他给病号骑了!"小李说,"我扶他走他不干。"

"难道你不是病号?"

"不是,连长,我锻炼锻炼好打仗。"温明顺困难地干咽了一口。

乔震山嘴唇干裂,喉咙冒烟,可是温明顺的话使他忘记了自己的干渴,他把他的东西全部背在自己身上,伸手扶起温明顺,"走,我扶着你。"

"不,连长,把你累坏了,谁指挥我们作战?"温明顺挣了两下没挣脱,一步一歪地走着,每走一步咧一下嘴,他紧咬下唇,嘴唇干裂了,血顺着牙缝流下来。"多顽强的战士啊!这号汉子在战场上一个能顶俩。"可是温明顺每走一步,乔震山的心像伤口里撒上咸盐一样,他说:"温明顺,我还是背着你走吧。"

温明顺一口说出三个"不",高低不让背,甚至,他连扶也不让了,推开乔震山,自己蹦着跳着踉跄着向前走去。

小李,黝黑的小脸蛋,尽是一溜两行的干巴灰,没有汗水。喝不到水,汗早已流干了,凹陷的眼睛,瞪得乌黑锃亮,他一跛一拐地紧跑几步赶上连长,"连长,等一等吧,后面又有人掉队了。"

乔震山回头向掉队的人招呼说:"快走几步,同志们,到这里休息。"

两个战士走过来,扑通扑通把腿一伸躺下了。

"连长,我渴得走一步面前就一阵黑!"

"要是有人能把我扭成绳子,也扭不出一滴水来。"

乔震山朝着两个战士笑了笑,说:"我才不相信呢,你瞧,温明顺就走得挺有劲!"

两个战士坐起来,见温明顺扭动着笨重的身体,一步三跛地跟着部队小跑步。

"走,他妈的,咱们是肉长的,人家是铁打的?"

"对,追上他,我们两个搀他走。"

两个战士跳起来拍拍屁股走了。

乔震山的脚,走一步像几百根钢针刺一样,他走着,走着……瞧着战士的宽大的背影,抿着嘴笑了。是的,他们同样都是肉长的身体,遭受着干渴、疲劳的折磨,看来力气是用尽了,可是这伟大的历史责任,对敌人的无限仇恨,使他们变成了钢筋铁骨,发挥着无穷的力量。眼前这点困难在这些巨人的面前,该是多么微乎其微啊!他回头看看通讯员小李,他那小小的个子,跟在后面,埋着头一声不吭地走着,看样子,两条腿有一百来斤,挪一步都要付出吃奶的劲。他是在用意志走路啊!

"小李,"他叫了一声,"走不动我抱着你!"

"哈,连长,你真能开玩笑。我可从来没掉过队,别看我人小力气薄,你上天我也能跟上。"

"那么你唱支歌听听吧。"

"不行,"小李摇摇头说,"我这喉咙干得要喷火,唱出来也不好听,等到了目的地喝口水再唱吧……"说着,扑通哗啦!小李的脚被石头一绊,跌了个嘴啃地。

"我说你不能走,还吹牛。"乔震山趁势把小李抱起来,一边跑着一边嘿嘿地笑。

"放下我,连长,放下我。"小李在连长怀里直蹬脚,嚷着要下来。

部队在小休息时,郝平召集了个临时支委会,研究如何应付目前的严重情况。各排的支部委员都带着一大堆困难来到了连部。

郝平身旁坐着乔震山,他那放下来的帽耳朵,随着呼啸的大风直飘动,肩上、帽子上、军大衣的皱褶里积满了沙土;脸上鼻窝里、耳朵里尽是灰尘,眼睛有点凹陷了,但他那双炯炯有神的眼睛,仍然闪动着刚毅的亮光。

"同志们,"乔震山咽了一下发黏的唾沫,哑着嗓子气呼呼地说,"不能光说困难,我们是英雄连,要拿出我们的硬劲来,出点子,想办法,保持部队的行军能力,快一点离开这块鬼地方,到了宿营地就好办了。据团司令部杨股长说,敌人今早晨已经从南口出发了,晚上就可能到达康家集,说不定今晚上我们还要作战。战斗任务在等着我们,这点困难挡不住我们第四连,光说困难算什么英雄好汉?站起来,同志们……"忽然一阵风沙打断了他的话,沙土过去后,他顽强地把呛在嘴里的沙子,用力地吐了两下,继续说:"病号,我们抬的抬,背的背,把所有的党员和老战士都动员起来,像打仗一样,冲锋在前,退却在后,无论如何也不能丢掉一个同志,一定要叫大伙都跟上队。……老王你说呢?"

王德呼的一下站起来,说:"对!我同意!英雄连队不是叫着好听的,要有具体内容,那就是英雄的思想英雄的行动!在任何困难情况下都要过得硬,顶得住,首先我们干部不能泄气,这么点困难就叫苦!想当年我们的老红军爬雪山过草地,比这困难一百倍,那还不是过来了。"他还想说下去,见指导员像要说话,就把话结束了,"好,我的话完了,指导员说吧。"

"连长和副连长的意见很对。"郝平说,"在最艰苦的时候,党员应当走在头里,决不能被困难吓住。要提高我们的勇气,发挥勇敢战斗的作风,不怕牺牲,排除万难去争取胜利,各排马上回去动员。现在有两个办法:一个是我们大家把力量组织起来,各排的病号由各排自己组织力量带走,使行军速度加快,连部的人作为机动,哪个排需要到哪个排去。另一个办法……"他向四周看了看说,"水是没法找到,能不能找点雪,把它化了给渴得厉害的同志喝一点。"

"怪啊?!……"乔震山站起来看看躺在路上的战士,又向四周望着说,"为什么连一点雪也没有?"

是的,没有雪,尽是黑色的岩石,黄色的沙土,山沟里、半山腰全是风化了的黄沙黑石,没有白色的雪,更没有潺潺的流水。战士们干渴和疲劳交迫,脚掌上磨起无数的大血泡。

郝平接着说:"没有水我们就动员大家去忍耐,用毛泽东思想、革命的伟大理想去忍耐。同志们,这就是我们战胜困难的武器,把这武器发给每一个战士,就会发挥出无穷的力量。"

散会以后,郝平见王德坐在一块石头下面,避着风沙,用手巾擦着脸上的汗污。

郝平来到他跟前,挨他坐下,"老王,我们得分一下工啊。"

"分啥工?"王德把手巾往衣袋一装,笑了笑。

"我们俩到排里去帮助他们照顾病号,老乔的伤还不太好,叫他在连部掌握行军,"郝平干咳了一下,又说,"现在离平绥路已经不远了,我们得想办法跟上队伍,早到早休息,好准备作战。你有什么意见?"

"行,"王德马上同意了,他说,"我到二排去……"呼呼的大风吞没了他们的谈话声,最后他又说:"没错!指导员,在这节骨眼,我们就是磨掉半截腿,也要把部队带上去。"

郝平望着走去的王德,喜悦地招手喊道:"老王同志,带着部队前进吧!"

王德回头露着一对虎牙笑了笑,走得更快了。

找雪的念头终于在人们脑子里消失了,艰苦的行军继续地行进着,现在部队整齐多啦,没有拉距离的,一个紧跟一个地走着。连队的后面紧接着是四副担架,上面躺着不能走的人。

干部忙着给战士扛枪,背背包,互相争夺着,谦让着。

一班长刘吉瑞一个肩上扛两挺机枪,他的个子不高,挺敦实,低着头顶着狂风走得蛮有劲,看样子他碰着石头也能钻过去。

一排长赵文江,大黑个子像座塔,背着干渴晕了的新战士,昂首阔步走在头里。刘吉瑞快步跟上去,仰起脸来瞧着赵文江,说:"排长,你的个子大,背上个人更挡风,不如叫我背还省劲。"

"瞧你说的,要是你的机枪背不动,拿来再放到我的肩上,恐怕你空着手跑也跟不上。"

走了一阵,乔震山忽然发觉指导员和副连长王德不知哪里去了。他估计一定在排里帮助指挥行军。正在揣测,一排长背着一个战士走过来。他跑了过去,"来,我来背一会儿。"

"不用,连长,我还可以背。"

"可以什么!休息一下你再背嘛。"乔震山说着就把战士接了过来。大约走了一里来路,小李从后面慌里慌张地跑了上来。

"连长,快点吧!指导员晕倒了。"小李愁眉苦脸地说。

"老赵,还是你背着吧,我去看看。"乔震山把病号还给一排长,和小李向后面跑去。走到跟前,见指导员郝平躺在地上,旁边围着三四个人。郝平两眼紧闭,面色苍白,两颊满是一溜两行的汗污,嘴唇干干的,起了无数的小皱褶,裂了纹,皱褶上面浮着一层灰白色的碱。

郝平从行军一开始,他就找战士谈话了解情况,解释问题。从排头跑到排尾,从排尾又跑到排头,一直没休息,部队走十里,他要走二十里,甚至四十里。天一亮他跑得更欢,给战士扛枪,讲故事,鼓动情绪,背不能走的战士。干渴同样威胁着他的健康,虽然他这石匠出身的人身板挺棒实,可是铁錾子用过了火也会秃头啊,他劳累过度一下子晕倒了。

"老郝!老郝!"乔震山大声地叫了两声,就把郝平扶着坐起来,他把耳朵放在他的胸膛上,听心脏跳动得还强壮有力,高兴地说:"不碍事,扶起来我背着他走。"

"连长,我背吧。"小李在旁边嚷嚷着说。

"你背什么,谁背你啊!"乔震山没管三七二十一,背起来就向前走去,小李在后面背着马枪,跟着直跑。

乔震山背郝平走了不到一公里,忽听郝平咬着牙说:"老乔,你这是干什么,我躺一会儿就好了。你放下我吧。"

"没关系,一会儿你休息过来再下来走。"乔震山口里虽这样说,但是他觉得脑袋发昏,眼前发黑。这时,王德跑了过来,他满脸灰尘哑着嗓子说:"连长,你不行,我来背一会儿。"

"好吧,这家伙挺沉。"乔震山把郝平放下换给王德。

"我谁也不让你们背,我自己走,你们看我这不是能走吗?"郝平说着跟跄了几步,苦笑了笑,"你们还是去看看战士吧。"

"战士没有问题,你放心。"王德说,"来吧,我还是背你一会儿吧。"

郝平直挺着身子不让背,举步挺胸向前走去。

乔震山双手叉腰挺立在路旁一块石头上,把部队从头到尾打量了一番。第四连的行军队形,沿着弯曲的山路行进,像一条粗大的钢铁急流,由远而近,把这干燥的山山岭岭压起阵阵的尘云,随着寒风沉重地滚动,与其说这是在行军,不如说他们在进行一场激烈的战斗,英雄们,正在拿出拼刺刀的力气和干渴、疲劳做斗争,每个人都在经受着一场严峻的考验。

乔震山心情激动,情不自禁地挥起臂膀向战士们喊:

"同志们,我们有党中央,有毛主席。就凭这个,我们熬过许多艰苦的日子,消灭过比我们多几十倍的敌人,现在毛主席就在平津战役前线,指挥我们作战,同志们挺起胸脯来跟上去!……"

乔震山的喊声,充满了钢铁的毅力,震撼着山谷,传给了每个战士,第四连的行军队形更加整齐稳健了。

两小时后,太阳偏西了,大地雾沉沉的,沙土随着人们的脚印溜了过去。风停止了。部队爬上一个堆满岩石的山头,从一个大石缝里钻过去,山头那面笔陡的山坡出现在脚底下,山坡下面就是一片大平原。一簇簇的村庄,线条儿似的道路,活像一个大沙盘。前面的部队,沿着曲折的山坡小道,一直向远远的村庄伸展过去,看上去,像是一行行的虚点线。太阳照着战士身上的武器,反射着闪闪的金光。

战士们精神一振,喧哗声又开始了:

"嗬!这山坡真陡哎!"

"到啦,同志们,下去到村里找水喝,顶多也不过七八里。"

"瞧啊!我们的队伍活像条大金龙。"

饲养员老李才想低着头下山,突然被马一抬头拉了个倒转身,马蹬直了前蹄,昂头竖耳地站下了,瞪着两只黑而发亮的大眼睛,向深远的山下望着,张开大嘴长啸了一声,然后大声地喷着鼻子。

"快走吧!把人快渴成干子了,你还高兴地撒欢!"老李不高兴地把缰绳一扯,嘟囔了一句。

致命的干渴仍然威胁着人们的健康,但是,大家在艰难面前团结得像是顶天立地的巨人一样,扶着、搀着、背着、抬着,终于走下了这个笔陡的大山坡。

当夕阳反射着红光时,部队进了一个不大的山村。团司令部传来了原地休息的命令,战士们都纷纷地取出缸子、水壶和大水桶准备找水喝。

两昼夜的急行军,翻山越岭,长途跋涉,同志们什么水都没喝一滴,听见要喝水,比三天没吃饭还着急。可是这个村庄,只有一眼井,深度足有五十多米,水深却不到八十公分,就是这点水,也早已被前面的部队喝得一干二净了。

尽管这样,大家对这眼深不可测的水井,还是抱着很大的希望,想碰碰运气取上一桶水来,哪怕每人喝一口也算没白费心。于是,大家把帆布水桶用四十多个人的裹腿接连起来拴好放了下去。围在井上的人个个伸长着脖子,弯着腰,瞪着贪婪的眼睛向井里窥望着,希望那帆布桶,能装着满满的清水,哗啦哗啦地向外流着提上来。然而,水桶却轻飘飘地上来了,没有水!连一口水也没取上来,战士们把手一摊,泄气地走开了。

"倒霉!诚心要把人渴死!"

"要是没有这眼井,我还能坚持一下,这一下啊,哼!更受不了啦!"

"唉!这个倒霉的地方……真算是山穷水尽啊!"

村里走出七八个老乡,每人手里提着一个泥罐子,来到队伍跟前。

"同志,喝吧!"一个五十多岁的老头说,"这水就是不太干净,是我们留着做晚饭用的。我们这里都是这样,喝吧!我们不要紧,等井里上来水再喝。"

战士们有的拿出缸子站了起来,准备喝水;有的坐在那里互相瞧望没动,前者见后者没动,就也回到了原来的位置,把缸子又装了起来。

"怎么?"老头瞧了瞧战士们,不高兴地说,"嫌脏吗?这水在我们这里已经算是不坏的了,我们这井的水没有三天上不来,平时我们都是跑到下面二十多里以外去取水啊!快喝吧,同志,润润口还要赶路,我们是诚心诚意的,可不能客气啊!"

这时,郝平、乔震山和王德从后面走了过来。

"对!同志们,"郝平高声地说,"做得对,我们是人民的军队,是为人民作战的,再艰苦我们也不能叫老乡们三天吃不上饭。来!我们帮老乡们把水送回去。"话声刚落,从队列里出来十几个战士抢着把老乡的罐子提着,送进村去。

老乡们当然不同意,但是很多战士给他们做着解释:

"老大爷,您别见怪,我们再走二十里就到了宿营地,那里有的是水,可你们这水来得多么不容易。"

在山路的旁边,周国华和李治中正在召集各营的干部开临时会议,地上铺着军用地图。

"既是这样,"李治中站起来,拍了拍腿上的土,"各营马上回去动员。喝水,在这里是不能指望了,动员大家一定要坚持行军,到达宿营地,我想一定有水喝。关于情况,今晚上听指示,现在马上出发!"

部队继续前进了,走过井边时,几乎每一个人都向这深得惊人的井里看看,用舌头舔舔干巴巴的嘴唇,谁也不说什么,迈着豪迈的步伐前进,向着战役开始的作战地点前进了。

一四

红日西沉,夜幕笼罩了大地。晚上八点,部队在离平绥铁路五十来里地的一个村庄里宿营了。

部队在这里设警戒、放铺草、取水做饭。八达岭外的水,咸滋滋的,可是喝起来,像是谁在里面放了一把糖,从嘴唇甜到心里。

吃过晚饭,已经是夜间九点了。周国华坐在小凳上洗脚,身旁生着火盆,冒着红通通的火焰,照在他严肃的脸上,两只水晶似的眼睛藏在深邃、茂密的睫毛里,不住地眨动着,思量师部发来的宿营命令:休息待命,靠近铁路二十五公里休息待命。"莫非敌人十六军已经过去了,情况有变化?"忽然他脑子里闪出这么一个不安的念头。"那才糟糕呢!"他想到这里,不由自主地在自己的大腿上捶了一下。

这时,正在聚精会神写字的李治中被他这突如其来的动作惊动了,转过头来笑着打趣地说:

"怎么搞的,想小孩了吧?"

"是啊!不但想小孩,连大孩也想啊!"

"不要紧,同志,解放了北平,她们自然会来的。"说着两人都笑了。

"我说老李,"周国华收起笑容,"师部通知在这里休息待命是什么意思?是不是情况有变化?"

"嗨,你啊,"李治中胸有成竹地说,"聪明人倒一时糊涂起来了,你还不了解我们那些首长的脾气?越是要打仗了,他们就越沉着地说:'没事,同志,好好地休息吧。'你不信,要是他们现在给你个命令说,明天两点钟出发作战。那行啦,战士们知道了,关他三天禁闭他也不睡了,光坐在那里等着出发了。"

周国华没吭声,他脑子里又想起崴了脚的温明顺和因干渴而得病的战士们。他洗完脚穿上袜子,立即到司令部去了解部队的健康情况。

夜的降临,带来了寂静。周国华从司令部回来后又将这四天来的日夜行军情况,详细地记载下来。几天来的行军生活,使他疲劳不堪,在这寂静的一刹那,瞌睡强烈地袭击着他。该睡了。除坐班的通讯员二宝外,大家都沉溺于甜蜜的睡乡。忽然,放在炕沿上的军用电话急促地响了起来。

"喂!是我……现在就去?……部队呢?……好!"

李治中早已被电话铃吵醒,矇眬里听着团长打电话,他睡意未消地问道:"什么事,老周?"

"起来吧!老兄,部队准备行动啦!"周国华兴奋而又惋惜地说,"今晚上的休息,算过去了!"

"什么情况?"李治中一翻身坐了起来,用手揉了揉睡眼。

"师长打电话,叫我立即到师部去开会,部队马上准备行动!"周国华一边穿大衣,往腰里扎着挂有手枪的皮带,一边回头喊醒了警卫员小张:"把马牵来,捎着叫一名骑兵通讯员和我去师部开会,你在家收拾行李;告诉参谋处通知部队准备出发。"

"现在先不要通知吧,等你开会回来召集各营干部传达任务时,一块通知不好吗?这样可以叫部队多休息一会儿。"李治中说。

"只要来得及……当然啦……"团长对部队投入战斗以前,抓紧分秒时间休息是完全同意的。但是,他考虑到投入战斗前,还有很多事情要做:如病号的后送、弹药武器的检查、战斗的编组,这一切都要在行军以前做好。所以他对李治中的意见有些犹豫。

"没有关系。"李治中已经明白周国华的顾虑,"你去开会总得一两个小时吧?那么部队就可以睡上一两小时,你往回走时,先给我来个电话,我再通知部队。这就是说,从你往回走一直到各营干部在这儿开会完毕,部队还可以有两个小时的准备时间,现在是十点。"李治中看了看手上的表,"你放心去吧,家里有我负责。"

周国华骑马跑着,迎面响起一阵马蹄声。

"干什么的?"骑兵通讯员急忙问道。

"团部炮连的,给东村老乡们送水来。"

"送什么水?"

"嘿!喝了人家的水就忘了,那村的井不是叫我们都给人家喝干了吗?"说着,炮连的同志策马跑了过去。

周国华到达师部的时候已经是夜里十一点了,刚进村正碰着师部的参谋从村里走出来:"周团长来了吗?师长、政委正在等着你。快去吧。"

"他们在哪里住?"周国华说着跳下马来。

"就在前面不远,我领你去。"参谋说着转身在头里引着路。

周国华进屋的时候,习惯地放轻了脚步,轻轻地推开屋门,侧身挨了进去。马上感到一股暖烘烘的气流,驱逐了身上的寒气。

一间不大的房子里,炕上坐着师长和政委,面前摊满了作战地图。

"报告!"周国华敬礼后和师长握手。师长笑嘻嘻地用湖北口音说:

"这手像冰一样,我以为你在路上被狼吃掉了。"

"天黑路不好走,马跑得慢。"周国华以为师长说他来晚了,急忙解释。

"这个不用你来解释,这次会议打破常规,来一个说一个,我们是把你安排在最后的。"师长把手按在周国华肩上,"来,到炕上坐。"

"首长们没有休息吗?"周国华偏着腿,坐在炕沿上。

"休息?有这样的一盘好棋还顾得休息呀。等这盘棋下完了再休息吧,同志!"师长说完,哈哈大笑,笑得十分开朗,粗黑的眉毛移动着。他顺手拿出香烟递给周国华,自己也擦火吸着,眨了眨眼睛,思索了一阵,"政委谈一谈吧。"

"你谈吧,谈完了好叫他快回去。"

"好嘛。"师长拿起铅笔,伏向地图。周国华也很快地拿出自己的地图和红蓝铅笔,准备把师长的指示标出来。这比往笔记本上记录快得多,这是他和别人不同的一种记录方法。

"现在的情况是这样,"师长不紧不慢地说,"野战军的主力,正在迅速向平津地区进行分割包围,节节前进,后续部队还正在陆续进关。华北野战军把张家口、新保安的敌人已经包围四五天了,沙土城的敌人一〇四军向新保安增援,进攻了两天两夜,都被华北野战军给打了回去。现在敌人十六军今晚全部到达康家集,他们打算明天早上西进,和一〇四军会合后继续向新保安进犯。军首长指示,为了把敌人这两个军紧紧地拉住,然后就地消灭,我军今晚上就在八达岭到沙土城这一段铁路沿线上分三路展开攻击。我们的任务是军的右翼攻击师,担任沙土城以东杨家营一带的切断任务,保证军的主力对敌十六军的包围,阻击可能由沙土城回窜北平的一〇四军。"师长一口一口地吸着烟,烟团从他脸的侧面升了起来。手里的铅笔在地图上不断地移动着。

"你们这个团的任务是,"他用铅笔轻轻地敲了一下周国华的手,"第一,今夜下一点你们由现地出发,在明天拂晓前攻占杨家营,并在这一带展开,占领防御阵地。你们的右翼是师的右翼步兵团,保证你们右翼的安全;第二,你们占领杨家营以后,立即在杨家营以西跨着铁路修筑工事,对沙土城方向进行防御。"说到这里师长抬起头,对正在记录的周国华问道:"这一点清楚了吧?"

周国华点点头。

师长的面色突然严肃起来,说:

"周国华同志,防御战只能打好不能打坏。这里的敌人,从整个来看,其战斗力远不及东北敌人,但是我们在战术上决不能轻视他,狗急了跳墙,兔子急了也会回头咬鹰,死老虎我们要当活老虎打。沙土城敌人有三个师一个团,打起来在你们的正面至少是一个师,多则五个团,数量不少!你的身后就是师指挥所,十五公里以外是康家集,阵地稍有动摇,就会影响军主力的作战。我们对阵地构筑、火力计划、兵力部署,一兵一卒都要细致地安排,师党委要求你们寸土不让,咫尺必争!"师长的话好像是说完了,他直了直腰点燃了第二支香烟,边吸边查看着周国华在地图上记录的正确程度。师政委见师长说完,又补充道:

"杨家营不一定有敌人,据地方同志说,有时有,有时没有,即使有,数量也不多,所以你们的主要精力要放在防御战上,敌我兵力悬殊,责任重大,要记住这一点。"

"是!"周国华边答应边往本子上记着。

"队伍四五天以来的行军是很疲劳的,还没有得到休息接着投入战斗,这要很好地动员一番,说明我们的任何一个动作,都直接和战役的整体有密切关系,投入战斗以后,决不能有任何的疏忽。在作战中要注意和华北兄弟部队联系。"

"是!我们一定圆满地完成任务。"周国华看了看表,正十一点半。

"时间不多啦,回去一定要按时出发。"师长和周国华握了握手。

周国华规规矩矩地行了个军礼,转身出了房门,在门旁电话机上和李治中打了个电话,然后向门外匆匆地走去。

第四连的全体指战员,和全团的部队一样,已经在刘家营这个大村子里安置了宿营,并且喝了足够的水,吃了一顿饱饭,由于长时间的干渴,这水喝起来比冰糖还甜。原来躺在担架上的病号,现在都恢复了常态,又说又笑。那种疲惫不堪、精神委靡的情况,在他们的脸上再也看不见了。他们按照夜间战备宿营的规定,和衣抱枪,在厚厚的铺草上很快地睡着了。

连部的外间里,小李在值夜班,里屋里,除去指导员郝平和各排支委小组长的谈话声而外,到处是静悄悄的。

门外的哨兵把帽耳朵放下来,抵抗着深夜的寒风,用胳膊夹着上刺刀的"三八式"步枪,来回地踱着,有时高声地问口令。

二宝在团部值班,两眼呆望着煤油灯的火焰,心里七上八下地翻腾着:"要打仗了"这词儿多么吸引人啊!二宝久已想望的事情今天终于到来了。在未参军以前,夜里做梦都梦着和敌人作战,有一次他梦着,他那准确的射击,把敌人一个一个地打倒了,最后闪出了王经堂,他凶神恶煞地在屠杀乡亲们,二宝对着他开了一枪,但是枪不响,急得他满身是汗;死去的父亲在旁边满脸怒气地站着,用责备的目光瞧着他说:"二宝,傻孩子,向哥哥要支好枪嘛。"忽然姐姐又出现了,她满脸愁容瞧着二宝,哭着说:"二宝,给我报仇啊!"

现在,二宝参军了,有了好枪,马上要打仗了,哥哥曾嘱咐叫写决心书。是的,要写的,要向党、向领导、向死去的父亲、向姐姐、向全中国人民表示决心:战斗中二宝要为党为人民立功,为死去的亲人报仇。可是这决心书怎么写呢?写什么?噢,还是去问问小李吧,他是老兵,一定知道。

正在这时,警卫员小张从外边进来,"二宝,你去睡吧,我来坐班。"二宝没说什么,出了团部撒腿就跑。冷不防前面黑影里有人喊道:"口令!"

"我是二宝。"二宝慌忙中答道。

"什么二宝三宝的,站下!不站下我开枪啦。"对方把枪机哗啦一拉,态度挺横。

二宝这才想起没答口令,他站下答上口令,到跟前一看,原来是温明顺。他小声问道:

"温明顺。你脚好啦?"

"不好就站岗?"

"你那么横啊!"

"横?答不上口令谁也别想靠前!"

"我这不答上了嘛。"

"嗨!别啰嗦,快走吧,夜间站岗不准扯淡!"

二宝见他气呼呼的,没再说什么就向屋里走去,一进门见小李站在门旁迎着他。

"二宝,是你吗?你来干什么?"

"找你有点事。"二宝回头向门外瞧瞧,"温明顺和谁生气?说话那么横。"

"别理他。"小李拉着二宝向里面走了两步,悄悄地说,"他先头和卫生员吵架了。他要站岗,还要参加战斗,卫生员不同意,他火了,要找连长指导员,可现在连长指导员正在召集排长们布置工作,他也没敢进去,在怄气呢。二宝,连长说,团长去师部开会去了,要打仗是吗?"

"嗯。"二宝点点头,"小李,你写过决心书了没有?"

"写过了,咋的?"

"你告诉我怎么写法。"

"嘿,你连这也不懂啊!就是决心书呗。"小李神气十足地说,"打仗以前向党表示自己对这次战斗的态度嘛。"

"可我不是党员啊!"

"傻瓜!不是党员也可以表示,立功入党嘛。"

"是吗?"二宝兴奋地说,"那么你帮我写好不好?"

"好,快拿纸吧。"

二宝取出笔记本,两个人在灯影下商议了一阵,然后二宝写道:

连首长转党支部:

我在这次战斗中的决心是：
不怕艰苦不怕难，
完成任务顶完善；
现在光说还不算，
请求支部来考验。

"这样行不行?"二宝写到这里抬头问小李。

"不行,不行,还不够劲,再想想看。"小李说。

二宝一手托腮,把钢笔放在嘴里咬着,眨动着眼睛思考了一阵,又写道：

还有：
多捉俘虏多缴枪，
活捉匪徒王经堂；
举手敬礼表决心，
战场立功又入党。

二宝写完,忽然把指头伸到嘴里,才想咬指头盖血印,被小李一把抓住了。

"呀!"小李惊讶地说,"你这是干什么,不兴这样,多痛啊!"

二宝把指头伸在嘴里咂了咂,板着脸说:"痛什么？想起王经堂杀我父亲的滋味才痛呢!"

"别咬了,用墨水盖上个手印就挺带劲!"小李面色严肃,两眼溜圆,紧闭双唇,又把二宝的决心书看了一遍,点了点头说,"行!快送去吧! 一会儿就要出发了。"

二宝起身跑了。

半夜一点,八达岭上空明月正圆,大地雾蒙蒙的,寒气逼人。

集合场上响着各级指挥员低低的口令声。

黑影里温明顺拖着跛脚,在部队的空隙里找指导员,嚷嚷着:"我去找指导员解决问题,我不和你说。"

"你找指导员也是白费。我是卫生员,你得听我的。"

郝平正和乔震山伏在地上,用手电筒照着,看各排的决心书。忽听有人找他,他招呼说:"谁呀!我在这里,来吧!"

温明顺听着声音走了过来,后面跟着连卫生员。

"指导员,说良心话,我现在的脚已经好了,还站了一个多小时的岗,都没事,可卫生员一定要我留下来,从站岗开始就一直和我唠叨。你让我参加这次战斗吧!我向你保证,我一定能跟上队伍。"

郝平看他走路还不大利落,就说:"温明顺同志,你的脚没好,还是留下吧,打仗的机会多着呢,好不好?"

"不,指导员你看……我这不是好了吗?"温明顺孩子似的双脚在地上跳了两下。

"怎么样?我看叫他去吧,也许没有关系。"郝平回头对侧身躺在地上的乔震山问道。

"去就去吧。"乔震山说,"不过从这里到作战地点还有五十里,在路上你可不能掉队啊!"

"是!连长,一点问题也没有,挺保险。我回去吧?"温明顺见连长同意了,高兴地说着敬了个礼,就一跛一颠地跑了。

一五

八达岭外的川道上,庞大的人民解放军,在夜幕的掩护下,分三路纵队向铁路线上疾进。右翼纵队的前卫团以每小时七公里的速度前进着,所有的指挥员不断地看着夜光表:千万颗跳动的心准备着厮杀。

出发后两小时,便衣侦察员回来报告说,两小时以前,敌人十六军的一个师经杨家营向沙土城方向开去。

"十六军行动了?"周国华目光一闪,立即命令道,"部队快步前进,前卫营加强战斗戒备!"

命令迅速传下去了。前卫营的行军行列里,响起一阵轻微的铿锵声:轻机枪脱去枪衣换上弹夹,六○炮结合好,把炮弹握在手里,重机枪有的卸下驮载,由人扛着,弹药手提着子弹盒。只要前面枪一响,这队伍立即会像万顷巨浪,汹涌澎湃地扑向敌人。

周国华紧跟在前卫营的后面,迈着快速的大步,望着月光朦胧的远方。西天边的山峦上,托着惨白着脸的月亮,仿佛被这猛进中的大军吓破了胆,偷偷地躲到山后不见了。

一小时以后,部队停止前进了,二营通讯员回来报告说:前卫营离杨家营还有一公里,村庄附近没有动静,四连在向杨家营搜索前进。周国华听完报告,命令说:"告诉你们营长,向杨家营继续搜索前进。杨家营要有敌人,就集中力量按战斗计划迅速消灭。然后再去铁路南,并立即报告搜索结果。记住了吧?"

"记住了。"通讯员答应了一声,回身向黑影里跑去。

周国华看了看表,正是下半夜四点钟。

人们在黑暗中沉默着。团直属队带着第三营接近杨家营时,第一营也来报告说,他们已在杨家营西北一公里半处占领阵地,除向沙土城方向布置防御外,随时听从团的命令,支援二营在杨家营的战斗。

周国华和李治中并肩站在一片墓地的前沿,向杨家营静静地望着。警卫连、迫击炮连和步兵炮连在旁边一百米处占领了发射阵地。

整个大地是沉默的。战斗前的沉默使人发闷,哪怕是一秒钟也折磨着人们的心,指挥所里所有的人和团首长一样,把几昼夜没睡的困倦,几乎是一下子都忘光了,不眨眼地凝视着掩藏在黑暗里的杨家营。

突然,听到前面响了两枪,这枪声从杨家营方向传来,短促而低沉,仿佛是扣在大瓮里开枪的。经过三分钟的沉寂以后,接着就是一阵急促的机枪声和六〇迫击炮弹的爆炸声,鲜红的曳光弹在杨家营的上空像一串珊瑚珠链儿一样,从东向西划过黑暗飞了过去。炮弹爆炸的火光在村西头闪了几下,沉寂又恢复了。

"怎么搞的,敌人跑了?"周国华听了很长时间没有动静,自言自语道。

"看样子敌人是不多,一打就跑了。"李治中说,"最好能捉几个活的才好呢!"

"再等几分钟看看,也许根本没有敌人,四连冒里冒失的自己误会了。"周国华压制着焦急的情绪,背着手,在原地踏着脚。

这时,东方忽然传来隆隆的炮声,间或还有沉闷的重机枪的射击声。

周国华侧耳谛听着,这是军的主力已经向康家集包围了。他对李治中说:"现在,我带几个股长去村里看一看地形吧,在拂晓前无论如何要布置好防御,天亮后准备作战,不然一〇四军这鬼家伙,会趁我们立足未稳,从沙土城冲过来。你看怎样啊?"

"我看,"李治中犹豫了一下,"要去我们俩一路去。"

"不,还是我自己先去,你在这里掌握部队,我很快派人通知你,你把指挥所带去,好不好?"

"好吧!"李治中同意了,"你还是带一个警卫班去好。"

"马上就走。"周国华看了看表迫不及待地说,"已经五点半了,还有一个来钟头天就亮了。"周国华说着回头把作战、通讯、侦察三个股长召集在一块,带着一个警卫班,连警卫员小张和通讯员二宝在内一共十七个人,沿着荒地向杨家营方向走去。

周国华到前面去,李治中本来是不同意的。因为,夜间作战,战斗队形没有布置就绪之前,团长离开队伍去看地形是很危险的,搞不好他会在黑暗里像使用班长一样使用自己。到那时候做政委的该担多大的心啊！但又想到拂晓前全团必须跨着铁路布置防御，把野战工事修好，这是非常重要的，所以他又只好同意周国华的意见，让他去了。

西北风卷着灰尘越刮越紧，杨家营尘雾弥漫。担任突击队的第四连，奉命向杨家营成疏开队形搜索前进。左翼由副连长王德带二排绕到村东头向前搜索；右翼由连长乔震山带一排由村西头进去；指导员郝平带着三排和四排，在一排的后面五十米处跟进，这是连的主攻方向上的第二梯队。

乔震山带着一排的战士们，持枪实弹在黑暗里敏捷地跳跃着，轻悄而急速地沿着田边灌木林前进，村庄、房屋、街巷的轮廓逐渐清楚地出现在面前。但是，前面一片沉寂，毫无敌情踪影。乔震山怀疑了，是没有敌人呢，还是敌人在沉着地等待他们的临近，然后突然一跃而起，和他们展开肉搏战？这念头很快就被自己否定了，根据一般的夜战经验来看，当靠近村子一二十米时，敌人完全可以发觉他们，并且马上就会向他们问口令，随之而来的就是稠密的枪声。但是现在这些都不存在，村庄还是静静的，像坟地一样，毫无生气地笼罩在风尘之中：柳枝在夜空里呼号着，枯草在地上沙沙啦啦地乱滚。乔震山在村头上停了下来，把所有的火器对着村庄，沉静而紧张地观察着村里每一个墙边、屋角和所有可疑的地形、地物。根据自己的作战经验估计，村里最大可能是没有敌人。他把手一摆，跳上了地坎向村里跑去，一排紧跟在后面。

乔震山顺着街道的右侧前进。忽然，右面一座独立的院子里，传来了女人的惊叫声。

乔震山停止了前进，迅速命令一排继续前进，以便和二排在村中心会合。他带着一班向右一拐弯接近了齐肩高的院墙，向院里一看，院内只有一座三连间的小茅屋，关着门，窗上透出昏黄的灯光。

"老总，你行行好吧！不能这样啊！"屋里传出女人的哭叫声。

"他妈的,你这老家伙不识抬举!"骂声之后接着就是扑的一声。

乔震山知道这里一定有问题。他一招手,把一班长刘吉瑞叫了过来,附在耳朵上说了几句,刘吉瑞带着三个战士顺墙根向屋后跑去。

乔震山把其余的人布置在四周,自己带着通讯员小李越墙而过,轻捷地接近了窗户,一挨身,顺着破了的窗纸孔望了进去。突然一幅令人目不忍睹的景象映进了乔震山的眼帘。

原来,屋里有两个国民党匪徒,正企图强奸一个十六七岁的小姑娘。乔震山心里霎时涌起了一阵难以控制的怒火,他用耳语般的声音从牙缝里骂道:"混蛋!"接着将枪口从窗纸孔伸了进去,瞄准了站在地上的那个家伙的脑袋,啪啪两枪,那个家伙随着枪声像一堆狗屎一样瘫软地堆在地上。炕上的那个,由于第二枪没有打中他,他跳起来,砰的一声将靠炕的窗户一脚踢开,纵身跳了出去。正在这时,忽听窗外尖嚎了一声,接着一班长刘吉瑞从窗外跳了进来。原来逃跑的那个家伙跳出窗去,两脚还没有落地,早被在窗外埋伏的战士猛一刺刀,从肋侧深深地戳了进去,结束了他卑鄙的生命。

一班长刘吉瑞开门让乔震山进来时,姑娘早已翻身跳下炕来,扑在老大娘身上,哇的一声哭起来了。

乔震山走过来关切地说道:"小姑娘你闪开一下,我看看老大娘还能不能救活。"

小姑娘仰起了泪痕模糊的脸孔,惊惧地凝视着乔震山,慢慢地向旁边闪了闪。乔震山把耳朵附在老大娘的身上,心脏还在微弱地跳动。他抬起头来,瞪着一双充满了希望的眼睛,急忙喊道:"小李,快去叫卫生员来!"

小李才要转身出去,指导员郝平带着卫生员从外面匆匆走进来,说:"卫生员来了,什么事?"

"老大娘还没死。赶快叫卫生员给她急救!"这时村东南上,响起了一阵机枪声和炮弹的爆炸声。乔震山对指导员郝平说:

"你在这里先把老大娘安置一下,我去看看。"说完带着一班战士向门外走去。

郝平叫卫生员给老大娘注射了强心剂,头上也涂上药包扎起来,把她抬在炕上,盖上被子。老大娘虽然没有清醒过来,但是呼吸已经比较正常了。小姑娘坐在老大娘身旁,流着眼泪,散乱着头发,一声不响地注视着妈妈那苍白多皱的脸。她被这突如其来的变化惊呆了,疑惧地望着站在她周围的人们。

"小姑娘不要怕。我们是人民解放军,共产党、毛主席的队伍。"郝平为了消除小姑娘的疑惧,柔声地说。

小姑娘听了,忽然伏在妈妈的身上,用颤抖的手抚摸着老大娘乱蓬蓬的头发,低声激动地说:

"妈!他们来了。你睁开眼看看,你看哪!"

老大娘深深地呼了一口气。似乎把她那久存内心的忧愁,随着这长长的呼气,全部吐了出来。

"小姑娘,"郝平见老大娘已经没有危险,安慰她说,"你好好地叫老大娘休息一会吧。等我们把那些畜生全部消灭了,再来看她。"

小姑娘微微地点了点头,呆呆地望着他的脸,没有再说什么。

郝平刚到门口,回转身来向战士们说:"赶快帮她把窗安上,外面风大。"又指了指地上躺着的国民党军官的尸首说,"还有这,一块捎着也拖出去。"

郝平来到村南公路旁边,四连的队伍已经全部集合了。

"你们在这个村里有多少人?"远远地听到乔震山在问俘虏。

"两个班,共十六个人。"

"你们是哪一部分的?"

"十六军的,在这里放行军警戒,队伍准备拂晓从这里经过去沙土城。"

"哼！想得倒美！"乔震山用鄙视的目光向俘虏看了看,"谁带着你们？"

"排长。"俘虏说着向四周看了看,"他在村里……"说着伸了伸脖子,咽了一下口水。

"报告连长,营长叫你们带着队伍随营后卫跟进,到铁路南去。"营部通讯员跑来报告说。

"马上就来。"

"是。"通讯员答应一声,向铁路上跑去。

第四连这次对杨家营的攻击战,由于敌人少而变成了搜索战。当他们随着营主力跨过铁路时,战士们在低声地说着笑话：

"我敢发誓,这样的战斗打一百年也累不着。"

"别着急,伙计。等天亮了看,保险叫你连饭也吃不上。"

"这话我同意,你没听见啊,东面炮响,西面的准着急,他们要一来,哼！你就敞开儿干吧,准叫你过瘾！"

部队过了铁路不远,在一带长形高地上停了下来,面对着沙土城方向布置了防御。战士们紧张地在夜幕的笼罩下构筑着工事,准备天亮后的战斗。这里距离杨家营约一千多米,杨家营在他们的右后方。

一六

拂晓前一小时,周国华带着团司令部的作战股长和一个警卫班,到了杨家营的村西头。周围空荡荡的,没有一点声音,宽阔的公路从村子的南边向西一直延伸下去。寒风卷着公路上的沙土旋转而过,一阵接着一阵地消失在旷野的黑暗里。

团长怀着沉闷的心情,凭借着星光,观察着周围的地形。他满以为在村庄附近会遇到二营的通讯人员向他报告刚才的战斗情况。但是在这里什么人也没遇到,这使他心里很不高兴。黑影里他自言自语地咕噜了一声:"真成问题,不派人来告诉一声,谁知道你们到什么鬼地方去了?"

"派通讯员去联络一下吧?"杨股长请示道。

"不用了,兴许一会儿就来。"

周国华观察多时,又沿着村南边向东走去。忽然发现,村东南角上有个小高地,这就是预定作战方案中的团指挥所。他们很快地爬了上去,大家站在环形工事的胸墙上向四周观察。

这里可以模糊地看到杨家营所有的屋顶、街巷和附近的地形。沿着公路向西望去,黑沉沉的西方,那些地形和地物的轮廓、起伏的田野,也都隐约可见。忽然,一股极为不安的思潮涌进周国华的脑海里。地图上,在杨家营西南五百米,铁路南侧,二营设防的那个长形高地,在现实地形中却不见了。不仅如此,在铁路北侧,根据地图,也有一个高地横跨着公路,一直延伸到杨家营的西北方,这就是一营设防的地区,可是目前这个高地也没在公路上,而在杨家营的西北面,离开公路还有五百多米。他发觉团指挥所的正前方、一营和二营的接合部,足有一公里的地段上没有设防,这是由于地图上的误差所造成的空隙。现在一营和二营完全不可能按着方案的规定衔接起来了。这一发现使他觉察到自己的防御处在极为危险的境地。周国华正在考虑弥补这个空隙,忽然,右前方很远的地方——大约在友邻团的方向,天空里升起了一枚绿色的照明弹,照明弹熄灭后,接着几串红色的曳光弹划破夜幕,交织飞舞起来;但是由于逆风呼啸、沙土飞扬,却听不到任何声音。这清楚地告诉周国华,友邻部队正在遭受到敌人的攻击,这使他更加注意起自己阵地前沿的情况。

突然,在周国华的望远镜里,通沙土城的公路上,大约两公里的地方,蒙眬中出现了一团滚滚腾腾的尘土。这团尘土,随着距离的缩短而逐渐增大,时隐时现地出现一些密密麻麻的小黑点。

"敌人!"杨股长在旁边惊叫了一声,又补充说,"有四百多人,可能是一个营,前面还有骑兵呢!"

所有的人都集中视力向前方望去,议论着:

"是的,看见了。向我们这里走。"每个人的心在急剧地跳动着,考虑着瞬间将要发生的事情。

"他妈的,送死的货!"周国华紧紧地握着望远镜向前面望着,他面色严肃而沉着,好像在发怒。

"这里有参谋没有?"他没有离开望远镜,问道。

"有,曲参谋在这里。"杨股长急忙答道。

"请你指示,团长。"曲参谋跨前一步,站在周国华的身旁。他身强力壮,精神抖擞。

周国华没有转身,转动着眼珠想了想,对曲参谋说:"你马上回去!"

"是!"

"告诉政委:第一,命令一营的左翼部队立即向铁路靠近;第二,把全部阵地上的电话马上沟通;第三,炮阵地向村西口公路和铁路方向准备火力;第四,命令三营马上派一个连到村西,跨着公路铁路,占领阵地。快去!"

"是!"曲参谋转身跑下高地。

"团长,你走吧,我们在这里!"杨股长激动而恳切地说。

"不!"周国华仍然举起望远镜继续观察。

"是的,你快走吧,团长,我们在这里完全可以对付。"杨股长几乎是恳求地又重复了一遍。

"咄!"周国华的眼睛仍然没离开望远镜,"你叫我上哪去?这就是我的地方,不管他来多少,平绥铁路我们算是占定了。"这话似乎很轻松,但是他的面孔却更加严峻了。

杨股长的心情他完全理解：一个团的指挥员带着十多个兵，在敌我兵力极为悬殊的情况下，该是多么危险！但是周国华也有他独特的想法，他想得更多、更细、更远。

"兵随将转"。战场上指挥员任何的表现都会直接影响战士们的信心，他要是就此走了，恐怕等不到和李治中见面，敌人很快地就会把这十几个人驱逐甚至消灭，并且占领这块在阵地纵深内惟一的高地。那么敌人也就可以毫无顾忌地在这块高地上架起轻、重机枪和小炮，把本团部队打得乱七八糟。更严重的是，敌人的主力就可以在这块高地的掩护下，向康家集长驱直入，把师指挥所搞得一塌糊涂，以解康家集之围。这时，周国华脑海里响起了一个粗壮的声音："……杨家营阵地稍有动摇，就会影响军主力的作战。……"这是师长的声音，"师党委要求你们寸土不让，咫尺必争！"

现在，由于预定作战计划出了毛病——当然，计划总归是计划，还没来得及纠正，敌人就打到跟前了，而且恰恰出现在周国华最担心的地方。他决心不离开这里，因为这样在精神上会给大家一个有力的支持，只要能坚持半点钟，李治中带着三营就会赶来。更重要的是，这十几个人把敌人挡住在这纵深里，一、二营的部队就可以从两侧来夹击敌人，把这些畜生活活地消灭掉，使他们回不去沙土城，更到不了康家集。

周国华想到整个平津战役的各个战场，甚至想到全国。杨家营虽然是战役的一小点，但是，初战失利，他将犯下不可容忍的过错，他觉得战士们都在看着他，就像全国人民在看着他一样。"打！和战士们一起打下去，这里的敌人全是些草包，在这种情况下，敢于战斗就是敢于胜利。为战役的胜利打开个良好的开端。"

周国华想到这里，心脏紧张地跳动着，脸上的血管每一条都涨了起来。他被这瞬间的思考所激动，耳鼓一阵轰鸣，他忽然转过身来，高举着拳头在空中晃了两下说："干！同志们！"他的声音洪亮而庄严,"这里的敌人全是些厌货,只要我们坚持半点钟,就会被我们消灭!听我的口令,隐蔽好,准备射击!"

人们在这斩钉截铁的口令下,闪电一般,各人找好了射击位置。接着就是清脆的枪栓开闭声和装子弹的哗啦声。

周国华回头看看战士们,除去二宝外都是老兵,这些同志射击刺杀是内行,蹲在战壕里,面色严峻,动作沉着而熟练,他们曾消灭过无数的敌人,为人民立过战功,全是些顶天立地的英雄。他又瞧瞧二宝,二宝把枪端端正正地放在射击台上,手榴弹一个个整齐地摆在步枪旁边,看样子,劲憋得挺足。

周国华来到二宝身边,问道:"二宝,你在想什么?"

"什么也没想,准备射击哩。"

"你的枪能打准?"

"凑合着,团长,不信你等着瞧。"二宝把嘴一抿,羞怯地笑了笑。

"嘀!"周国华亲切地拍了他一下,又问道,"要是敌人和你拼刺刀,你怕不怕?"

"怕什么!怎么来就怎么杀呗,杀我父亲的还不就是他们?!"

"好!小伙子。"团长又拍了他一下,"想得对,这样想,敌人就会像草包一样地在你的刺刀下倒下去。"

正前方公路上的敌人乱七八糟的队形,用肉眼也可以清楚地看见,敌人的前队是二十多个骑兵,马刀在拂晓的天光下闪着亮,撒开马头,沿着公路,风驰电掣地飞奔而来。

八百米、五百米、四百米……距离很快地缩短着。

"对准马前胸,瞄准!"周国华急促地喊着口令。他跪卧在工事的胸墙上,从战士手里要来一支带刺刀的"三八式"步枪,枪口随着敌人的运动而转动。

敌人的骑兵从四百米接近到二百米。阵地上各人都瞄准了各人的目标,枪口移动着,紧张而沉着地等待着团长的命令。

181

"射击!"声音坚决而洪亮。

"砰、砰、砰……""哒,哒哒……"枪弹凶猛地穿进了马群里,朝着马胸、马头、马肚子,以及马上那些恶鬼似的匪徒钻去。

策马冲击的敌人,正高举着马刀,来势汹汹地狂奔着,不料遇到这突然的打击,队形混乱了。由于狂奔的惯力,互相碰撞践踏着,滚动在公路上和公路两侧的壕沟里,直到惯力消失才摊开四肢停下不动。几分钟的时间,二十多匹马栽倒七八匹,其余看势头不对,拨转马头跑了回去。

"停止射击,打得好!"周国华把枪放下,擦了擦额上的汗,兴致勃勃地说。

第一次的打击,同志们看见了敌人的狼狈相,高兴极了! 一点也不怀疑自己射击的准确性;暗地里有点不解的,就是敌人竟这样不堪一击,自己的枪还没有打够,他们就脓包似的连人带马倒了一大片。

正在这时,敌人的机枪子弹,掠空袭来,尖溜溜的啸声从头顶上飞了过去。接着阵地周围爆炸着敌人的炮弹,硝烟和沙土飞卷起来,人们的呼吸感到窒息般的困难,战士们的脸立时被硝烟熏黑了。

敌人第二次骑兵冲击又开始了,和以前所不同的是在步兵火力掩护下冲了上来。经过一阵紧张的射击以后,和上次一样,丢下了一片人马的尸体跑了回去。但是后面的敌人步兵却接近了阵地。战士们已经有了伤亡,局势非常严重。周国华转过头来,对大家高声喊道:"同志们! 隐蔽好! 准备手榴弹,敌人不上来不准打枪。"他的喊声淹没在炮弹的轰隆声里,大家却听得清清楚楚。

阵地上各人在忙着准备手榴弹和刺刀,从带子里一排一排地往外抽着子弹,隐约地听见团长在批评谁:

"你缝这样紧干什么! 大概从来也没有准备着打仗是不是?快拿!"

原来一个通讯员的"三八式"步枪被团长拿在手里射击,子弹带在通讯员手里;他平时怕丢了子弹,把子弹带缝了又缝,现在,在这紧急关头,子弹拿不出来,团长的枪是空的。这时,敌人一个排冲上来了。

"射击!"杨股长喊了一声,"瞄准了打。"

敌人这个排又被打下去,又有一个多排的兵力冲上来。现在,敌人看到阵地上人不多,他们靠人多势大,顺着山坡成群地往上爬。

"手榴弹!打!"周国华在嘈杂的枪声中喊着,拿起三枚手榴弹投了下去,接着成批的手榴弹在敌人群里开了花。尽管这样,敌人还是冲了上来。霎时间,同志们像发了怒的雄狮,把刺刀一抖,身子一挺,一跃而起,在高地的前沿和敌人展开了炽热的肉搏战。刺刀拨动着刺刀,咔嚓咔嚓地乱响。

这时阵地的右边,偷偷地摸上来一个端着枪的敌人,正朝着周国华的胸膛,猛的一下刺了过来。在这千钧一发之际,周国华眼快手灵,把身子一侧,用自己的枪把敌人的刺刀拨了出去,回手就是一个前进直刺,同时骂了一声"混蛋",这骂声完全是在用力时,咬紧了牙根迸出来的。雪亮的刺刀从敌人下肋间戳了进去,敌人像触电似的全身一抖,用力抱着刀口,弯下身子渐渐地跪下了,最后瘫痪地倒在地上,滚了下去,像一条死狗一样,被一棵小树干挡住了……

杨股长的身前爬上一个拿冲锋枪的家伙,口里喊着:"冲啊——杀……"他的杀字还没有完全说出口,就被周国华对准后脑勺,狠狠地敲了一枪把,这家伙一头栽在地上滚了下去。周国华丢下已经打折的步枪,把那家伙的冲锋枪拾了起来,一扣扳机,没有扣动,原来冲锋枪的保险机还没有打开。他想:"这些混蛋多慌呀!连保险机都没打开就冲锋。"急忙打开保险机,朝着敌人就是一梭子。

敌人乱了,留下满坡尸体跑了回去。杨股长大声地喊道:"都隐蔽好!"说着,他和团长跑到壕沟里蹲下了,其余的人也很快地隐蔽起来。果然敌人的机枪又向阵地开始了连点射,子弹呼啸着钻进了工事的胸墙里,冒起一团团的尘土。

杨股长很快地清查了一下人数,结果战士牺牲了一名,轻重伤五个,周国华的右手小指下面,被敌人的刺刀划开了一道长长的口子,鲜血洒满了枪身和军大衣。他蹲在壕沟里,取出救护包,不声不响地包扎着伤口,把剩下的丢给了其他的同志,"先包起来吧,等卫生员来了再上药。"

二宝这个新战士,虽然过去当过民兵,入伍以后在行军路上和侦察员也一块打过仗,但像这样的战斗还是第一次。使他惊奇的是:那么多的敌人被他们这么几个人打得落花流水,他连想也没想到。尤其当更多的敌人冲上来时,将要展开肉搏战的那一霎间,他被所有的老同志的英勇行动所感染,觉得浑身是劲。他想起了惨死的父亲,想起了临走时妈妈所嘱咐的话,想起团长对他的鼓励,因此他端着枪紧闭着嘴,咬着牙根,竖起直而黑的眉毛,眼睛一眨不眨地怒视着敌人。他那百发百中的枪法,射杀着每一个暴露了的敌人,所有的人为他那准确的射击而精神倍增。

当敌人像鬼叫一般冲上来的时候,他使足了全身的蛮力,拨开了敌人的刺刀,把自己的刺刀刺进敌人的胸膛、大腿。但是,由于他没学过刺杀动作,一时措手不及,左胳膊受了伤。

敌人被打下去以后,胳膊上的剧痛直往心里钻,他用手握住伤口跳下来,当他发现身旁受伤的同志,尤其是团长,好像若无其事的一样,他自己也不禁咬紧了牙根一声不吭。正在这时,听团长叫包起来,他才转过身来说:"给我一块。"

通讯班长拿了一块给他,边给他包扎边关心地问:"痛吧?"

"不痛,死不了就可以再拼,你看!"二宝咬着牙,伸了伸胳膊。

这时敌人光打枪没有冲锋。周国华怀着一种特别感觉看了看表。从战斗开始到现在,总共才十五分钟。他以为是表坏了,不相信地听了听,表依然得得……地走着,他忽然回过头来喊道:"二宝,过来!"

二宝持枪弯腰跑了过来,蹲在团长的身旁。

"你现在去完成个任务好不好?"周国华瞧着他受伤的胳膊说。

"行,你说吧,团长!"二宝眨了眨眼睛。

"你从后面下去。"周国华用手指着左后方的铁路方向,"从这片树林里过去,到铁路南,去找二营的部队。不管是哪个连,你领着他们马上从敌人屁股后打出来,咱们把这伙敌人消灭。你能不能完成?"

"行,团长,我一定完成任务!"二宝说完转身要跑,又被团长扯住说:"在路上碰着敌人,千万不要和他们打,很快地绕过去,越快越好,去吧。"

二宝一跃跳下了高地,钻进灌木丛里,转眼不见了。周国华看着他那出乎意外的敏捷、轻巧的动作,满意地点了点头说:"这小家伙,行!"

一七

曲参谋十分理解团长交代他的任务是多么紧急和重要,他得用多快的速度飞跑,才能扭转这个高地的危局!但是,不论如何跑,就算是长跑健将,也难于在分秒瞬间跑完这一公里坎坷不平的夜路,到达政委那里。他意识到如果慢一步,迟一分钟,团长和同志们将处在怎样的危险境地!

寒风从耳旁吹过,杨家营高地上枪声大作,这枪声使他加快了步伐。可是当他跑了一阵后,忽然一颗流弹从他身后飞了过来,他的后背上重重挨了一击,一头栽倒了!他还以为是谁打了他一拳,回头一看什么人也没有,急忙爬起来再跑,但是他跑了不到一分钟,觉得眼前发黑全身瘫软,背上火烧似的一阵剧痛,他这才知道是中了枪弹。伸手一摸,血染红了他的手,这时他感到一种难以忍受的剧痛,蔓延着全身。他坐下来,休息了一会儿,可是怎么也爬不起来了!这种无能为力使他忽然意识到:他的生命快结束了,要快走,不然时间长了,流血过多,连他这终生最后一次任务也完成不了。于是,他爬了起来,咬着牙困难地走着,豆大的汗珠从脸上流了下来。杨家营高地上响起的枪声,使他血液沸腾,召唤着他将要完结的生命。他加快了步伐,一跛一颠地走去,眼前一阵阵发黑,身子轻飘飘的像驾了云,挪一步就要付出全身的力气,他坚持着尽量使自己不要倒下去。

不知过了多长时间,他终于走到了。他晃荡着身子,一头扑在政委的怀里,"政委……快……"他急促地呼吸着。

"曲参谋!你慢慢地说,团长那里发生了什么事?"李治中蹲下来抱起曲参谋,惶惑地问道。

"团长……在小高地上……西面发现敌人……快!命令炮兵射击!……快派……派三营一个连去,去……西头……"曲参谋说到这里,就失去了知觉。

"找军医来,快!"

军医很快地跑来了,分开围拢的人们,拿着电筒,从头检查到脚,什么也没发现。有人在旁边说道:"背上有血。"

军医马上把他的衣服脱掉。原来子弹从后心穿了进去,由于流血过多失去了知觉。生命,渐渐地离开了他,呼吸停止了!李治中沉痛地瞧着他的脸庞,这年轻的面容,是那么平静。革命的任务是这样重于生命!共产党员,人民战士,当终生事业没有完成,而生命将要离开他的时候,他可以紧抓着它,一直到最后完成任务,才心安理得地为人民的事业而死去。

军医将曲参谋的伤口包起来,穿上衣服,命令担架队抬走了。李治中立即向身旁的另一个作战参谋命令道:

"马上命令三营,派一个连立即向杨家营西面铁路上攻击,步兵炮连向杨家营西面开火,我带警卫连和两门迫击炮去支援团长。"李治中说完,转身向警卫连方向跑去。

当李治中带着警卫连和两门迫击炮,跑步到达高地上时,敌人正集中了一个多连的兵力冲了过来。李治中顾不得和团长说话,命令警卫连进入了阵地,并命令迫击炮立即射击。这时迫击炮也没来得及架好,就用人抱着筒子,在地上用八十多度的射角发射了。由于距离太近,炮手们把没有上药包的炮弹一连打了十余发,炮弹在敌人前后左右爆炸着,轻机枪也立即朝着人群里开了火,敌人随着浓黑的烟团,惨叫着倒下去,活着的到处乱钻,利用着每一个凹地、土坎卧倒了,好像炮弹的爆炸,以及机枪的哒哒声,紧紧把他们钉住在地面上似的,一动不动了。

隐藏在公路两侧的敌人,向阵地上疯狂地发射着机枪和六〇迫击炮弹。警卫连的战士有三个人牺牲了,四个人挂彩。这时李治中发现阵地太小人太多,就一跃跳到周国华跟前说:"老周,你和老杨下去吧,阵地由警卫连来负责!"

周国华被李治中提醒,立即同意,回头对杨股长说:"老杨你带他们下去,把阵地交给警卫连。"周国华说完和李治中从高地的后面跑了下来,在不远的一所独立房后面隐蔽起来,一眼看见迫击炮在用人抱着射击,随即命令道:"现在停止射击,马上把炮架好再打!"

炮兵战士们急忙重新挖阵地架炮,抱炮筒的两个战士卷起袖子一看,胳膊上被炮筒烫去了一大片皮,笑着说:"这玩意儿还挺热呢!"他这紧张中的诙谐话,差一点把人们逗笑了。这时,不知谁在旁边不耐烦地说:"你还顾得开玩笑呢,快干吧!"大家七手八脚地投入紧张的工作。

二宝奉团长命令,到铁路南去找二营部队。他钻进灌木林以后,很快到了公路边,当穿过公路时,敌人朝他打了两枪,子弹从脚底下飞了过去,他一跃跳进了树林里,然后快步飞跑,又越过铁路,站在一棵大树旁边向四周环顾。他发现在铁路边上有两个国民党匪徒,正用机枪向团长那里射击,二宝机警地顺着树林绕了过去,隐蔽在一棵大树后面,对准那个机枪手开了一枪,机枪立即哑了,另外一个才要爬起来跑,又被二宝一枪打倒。这时,他想起临走时团长嘱咐他的话:"……路上遇着敌人,千万不要和他们打……"他感到自己差点犯了错误,因此他连看也没有看,转身向树林里跑去。忽听前面林子里有人说:

　　"快走,跟上!"

　　二宝急忙隐蔽在灌木丛里,顺着树底下把枪伸了出去,注视着说话的方向。脚步声越来越近,树林里有一伙队伍成疏开队形正向铁路方向接近,为首的一个人,手里提着驳壳枪,边走边指挥着队伍的运动。二宝仔细一看,原来是四连长乔震山。"连长!"他跳起来叫了一声,跑过去。

　　原来乔震山带着部队从杨家营过了铁路和营主力会合以后,正在布置防御,构筑工事。天刚拂晓,听右后方杨家营枪响,而且一阵急似一阵;他想:"怎么在那里响枪? 不好! 团指挥所被敌人袭击了。"乔震山不管三七二十一,带起一排,紧跑慢跑来到这里,正好碰着二宝。

　　他把枪往皮带里一插,张开两手握住二宝的两只胳膊,二宝"哎呀"一声,用右手捂着左胳膊直摇头。

　　"你怎么啦,二宝,受伤了?"乔震山惊异地放开手一看,二宝左胳膊上有血,回头对卫生员说,"快来给他上药。"

　　"不用,连长你快去,敌人就在铁路北,向团长的小高地已经冲了三次了。团长命令你带着队伍从这里绕到敌人的右后方打出去。"

"团长还说什么来着?"

二宝想了想,他怕乔震山弄不明白叫敌人跑了,吓唬说:"团长还说,要是你叫敌人跑了一个,他不饶你!"

乔震山一听急了,回头对着一排,把枪一挥,"走!"带着队伍往铁路上跑去。他们出了树林,爬上铁路,见铁路以北公路两侧,所有能隐蔽的地方全有敌人在射击,有一个连正向团指挥所又发起冲锋,这正是团长命令要消灭的那股敌人。

"兔崽子!"乔震山把拳头向地上一捶,"既是来了,你就不要打算回去。"

乔震山向一排的战士们把驳壳枪一挥,喊道:

"同志们,跟我来!"

战士们一跃而起,像猛虎下山冲了下去。刚下铁路,从侧面冲来一股敌人,战士们向他们扫射着冲锋枪,挥动着刺刀冲了过去。这股敌人本来认为这里不过是一些地方部队,想靠人多势众和优越的火力,一举消灭,然后占领杨家营,现在见势头不对,才想占领路基掩护部队逃跑,可是迎头遇上一排的攻击,他们急了,向一排部队扑来。

一班长刘吉瑞带着全班冲在头里。

"同志们! 把敌人拼回去! 一个也不让他跑掉!"他端着刺刀率领全班战士们冲向敌人。一时寒光闪闪,吼声震天,这里也展开了猛烈的白刃战。

刘吉瑞个子不高,身体灵巧,臂力过人,像一颗重磅炸弹一样跳进了敌人的队伍里,东拼西杀,刺刀到处,敌人纷纷后退。穷凶极恶的军官用手枪逼着士兵们,吵吵嚷嚷地又拥上来。刘吉瑞面前出现四个敌人端着刺刀扑上来,他对第一个开了一枪,第二个的刺刀已到跟前,他手疾眼快把敌人的刺刀向旁边一拨,顺手刺进敌人胸膛,才想抽回刺刀对付第三个,不料脚底下一滑,迟了一步,右肋下敌人刺刀已到,哧的一声划破了衣服,敌人的枪短,刘吉瑞的枪长,当他转身直刺时,刺刀戳中敌人的脖子。就在这时,刘吉瑞的后背又重重地挨了一下,全身一阵剧痛,他没理会这个,用尽全身的力气像旋风一样,来了个急转身,当的一声,敌人的枪被打飞了,敌人畏惧地后退了。刘吉瑞由于身负重伤,眼前一黑也瘫软地躺下了,肋下、脊背火辣辣的生痛,呼吸觉得困难,汗水、血水把衣服湿透粘在身上。他想休息一会儿。可是震天的杀声,机枪的哒哒声,钢铁碰着钢铁的铿锵声,向他发出召唤:"站起来!英雄的人民战士,冲上去!"刘吉瑞翻身坐起来,排长赵文江的高大身影,带着全排的同志们,在他眼前晃动着。他的冲锋枪又响了,喷着火舌,扫退了扑上来的敌人,可是又一群敌人冲了上来,刘吉瑞取出了手榴弹,跪起来成束地投了过去,敌人随着滚滚的浓烟炸得倒下了,于是排长的身影又闪了出来,像巨人一样在冲杀,接着被烟雾遮蔽。这时一把短短的刺刀来到他的身前。"敌人!"他全身一紧!英雄的心,顽强的意志,不由自主地迎着刺刀踢了一脚,那个凶恶的家伙随着一声枪响倒下了。

"刘吉瑞!"连长乔震山跑了过来,"你受伤了?"

"没有!"刘吉瑞脑子里只有一个念头:拼,不让敌人跑掉一个,拼到心脏停止跳动为止。随手抓起步枪跑了几步,然后他晃了两晃大声吼道:"嘿,他妈的!"把手中的步枪抛向敌人头上,砸得敌人抱头逃窜了。他——刘吉瑞倒在了乔震山的怀里,张大的眼睛里反射着杂乱搏斗的人影。

乔震山激愤了,把刘吉瑞交给一个战士背了下去,他凶猛地站起来,高举着驳壳枪喊道:"同志们冲啊!不让敌人跑掉一个。为一班长报仇!"

远远的杨家营高地上,站着一群勇猛无畏的人,端着机枪和冲锋枪,向临近的敌人狂风般地射击着。

罪恶昭彰的匪徒们受到了三面打击,他们这才慌了手脚,想夺路回窜,拼命地向西冲去,但迎头又碰上乔震山和一排战士们的冲击。

"不准跑,缴枪不杀!"

可是,敌人不听话,乱吵吵地向他们扑来。乔震山气极了,一方面指挥着一排长和敌人拼刺刀,一方面组织所有的自动火器和迫击炮射击,拦阻敌人。就在这一会儿,敌人有不小的一群,冲出了包围圈向西跑去。乔震山举目一看,转身从战士手里夺过一挺机枪,向逃跑的敌人扫射。

"糟糕!跑了,如果三个排都带来,该多好啊!"乔震山正着急,忽然在远远的西面,公路旁边响起了猛不可当的机枪火力和刺耳的步枪声,这枪打得又连又准,把逃窜的敌人迎头赶了回来。

乔震山虽然很惊奇,想看明白打枪的是谁,但是在这紧张的时刻,顾不得了,带起队伍向转来的敌人冲上去。

敌人像困在铁笼里的野兽,来回冲击,走投无路,乱成一团。团里和连里的六〇迫击炮,汇成一股强大的铁流;成群的炮弹,飓风般地带着呼啸声向乱成一团的敌人群里倾泻。乌黑的烟圈,夹杂着火光升了起来,钢铁撕碎了肉体,和着泥土一起抛上天空,又落了下来,打击着匪徒们的脑袋。

敌人没命地惊叫着,鬼哭狼嚎,一片片地倒了下去,终于,他们成群地跪下了,举起了双手,缴枪了!

乔震山和一排长整理队伍,清查人数,押送俘虏。温明顺失踪了。

"说不定,他的脚不好,怕是在和敌人拼刺刀时牺牲了。"一排长赵文江报告说。

"不,不会!"乔震山思考了一下,"在铁路上冲锋时我就没见他。"正说着,一转头见二宝一声不响地站在身旁,乔震山问道:"你怎么在这里,没见温明顺?"

"他在后面,我们两个在一块。"二宝向西面公路上一指。

大家扭头一看,果见温明顺扛着一挺机枪,歪啦歪啦地走来。

"是你们两个?"乔震山指着二宝的鼻子,既高兴又埋怨地说,"你怎么不早说,瞪着眼看我们着急,你呀!你这孩子十个磨盘也压不出个屁来。"

"我才来嘛,还没听清你们说的什么呢。"

温明顺来到跟前时,不安地瞧着连长,他想:"这回糟啦,作战掉了队,非挨剋不可。"他认真地敬了个礼。

大家一窝蜂似的把他围上了。

"是你干的啊!温明顺,你把敌人给截住了……"乔震山说着就把他抱了起来,"谢谢你,伙计!"

温明顺的脑袋在连长的怀里几乎要挤扁了。

"行,伙计,我给你立上一功。"乔震山把温明顺放下,满脸兴奋地说,"要不是你,黄瓜打驴,敌人要跑掉一半。"

"报告连长。"温明顺整了整衣服,"这事都是二宝出的点子,给他立功吧,我没啥。"

"为什么?"

"是这样,连长。我的脚走路不得劲,掉了队,路上碰着二宝。他说他有一挺机枪放在铁路上,非拉着我和他一块去拿不行,可我说要赶队伍打仗,他说不要紧,拿回机枪来再参加也不晚……我就这么跟他走了……"

"嘀,叫二宝瓦解了。"有个战士在旁边插了一句,大家格格地笑了。

"当时我想,我好长时间没打机枪了,这次,弄挺机枪打一打也不错……我们走到那里一看,好家伙,一挺崭新的加拿大轻机枪,放在那里一动没动,旁边还有两个死家伙。你们不信问二宝,我一点也不撒谎,他说是他打死的。"

"二宝,是吗?"

二宝没放声,点了点头。

"后来我们扛上机枪,把死家伙身上的子弹带解下来,就急忙钻着林子走了。谁知道,我们出了树林,过了铁路一看,糟啦,我们走过头啦,才想往回走,见前面坡地里有十来匹马,二宝说先把他们收拾了再走,正好我的手痒,想试试这挺机枪怎么样,我就干了他一梭子。可二宝的枪比我的机枪还厉害,一会儿工夫,连人带马一块撂倒了,只跑了三个,我们急忙去追,跑到公路上,嗬!那么多的敌人从你们这里朝我们两个冲来了。我说,我们快走吧,这里危险。他说不要紧,反正在哪也是打敌人,就在这里打吧。就这么着,我们两个就干开了……"他说到这里把手一摊,大家一阵轰然大笑。

天亮以后,曙光照耀着整个的山林和田野。俘虏,一群群地被押着向杨家营的东面走去。铁道北侧的田野里,国民党匪徒们遗弃的装备、尸体和死马以及破军服、饭盒子……成堆地散布着,当风吹过时,雾沉沉的沙土里夹杂着碎纸片和破布,随风滚动,最后停止在冻僵的尸体上。

东面,遥远地传来沉闷的隆隆声。战士们向东望望,他们都知道:康家集已在我军的重围之中。平绥路上的铁轨,闪烁着光亮,静静地伸向西方。长堤似的路基在风中簌簌作响,仿佛要把人民的胜利传送给敌占区的人们;也告诉沙土城的敌人,去北平的路被人民的军队切断了。从此,这里对于他们:"此路不通!"

一八

沙土城以西,新保安方向炮声隆隆,战火弥漫着平绥路。

从杨家营顺着铁路往西,相隔四十多里地,在沙土城与新保安之间,有一个不大的车站——桑干镇,这里战斗更激烈,三天三夜的工夫,树林被炮火烧得只剩下一些孤零零的光树干了,就连这些光树干,现在还冒着呛人的黑烟,劈里啪啦地燃烧着。向新保安增援的国民党一〇四军,就被华北野战军主力阻击在这里,寸步难进。

铁路北侧的公路上排满了汽车。路旁边、汽车底下,伤兵在呻吟着,树林里、山谷里,到处是败下来的不成建制的军队,乱哄哄地吵成一团。

一辆吉普车从前面跑过来,吱咯一声刹住了,一个肥肥的上校没等车子停稳就跳到路上。他微红而突出的眼睛在浓眉底下闪着凶恶的光芒,瞧着狼狈撤退的军队,脸色开始发青,像被谁掐住脖子似的。他心里在琢磨着当前的战况:

"向桑干镇攻击了三天三夜,毫无进展,难道增援三十五军的计划就这么吹啦?今天的战斗本来已经从共军的右翼突进了三公里,眼看快望见新保安了,可是三十五军竟不敢突围。结果,突进去的保安团差一点被消灭了,就这么退下来了……"

他呆呆地站着,向枪声稠密的远方望着,前面所有的山峦、沟峪都填满了火药气味的烟雾。今天最后一次突击又开始了,可是暗淡的太阳已经躲到内长城的后面去了。

一〇四军政训处长韩明奎,怒不可遏地在地上转了两圈,他是奉命来这里等王经堂少将的。

少将的汽车遍体雪泥,用疯狂的速度从沙土城开来。

韩明奎迎了上去。

"现在情况如何?"王经堂一下车就冷冷地问道。

"毫无成效,最后一次突击,恐怕……才开始。"

"我说过几次了,"王经堂慢条斯理地说,"必须通知三十五军和你们一块行动,给共军来一个前后夹击,才能生效,不然在这里时间长了……哼!很难设想后果如何。"他说着,警惕地向四周望望,仿佛铁路两侧的高山上,那些嶙峋满布的岩石,突然会变成人民解放军向他包围过来。

"是！"韩明奎把脚一靠答道,"这个,军座已经和三十五军联络过几次了,他那里也是困难多端,举足难拔,再说士兵们伤亡太大,攻击已经筋疲力竭了。"

"把那些怕死鬼都枪毙！"

"是！你派的督战队已经执行了,可是还有军官……"

"全都枪毙！"

"不过我们军座不答应。"

"他算个屁！叫他到北平告状去吧,接不回三十五军连他也是一样。"

前面炮阵地上有三门一〇五榴弹炮轰鸣着,对着烟气腾腾的远方在盲目地射击。

"装腔作势……笨蛋！"王经堂望着那些余烟袅袅的炮口,骂了一声,然后向伤兵们走去。伤兵们纷纷让路,惊惧地瞧着他。一个吊着胳膊垂头丧气的伤兵坐在林边的石头上。这是保安团的士兵。

"你参加过攻击吗?"王经堂踢了他一脚。

"是！"伤兵跳起来立正答道。

"八路厉害吗?"

"厉害极啦,长官。"伤兵滔滔不绝地说,"他们人多火力猛,弟兄们效忠党国决死奋战,可是我们突破前沿向纵深发展时就被包围了,到处都是八路,人山人海,还喊着:'缴枪不杀,优待俘虏！'不是我的腿快……"

王经堂对着伤兵的脑袋开了一枪。

"党国的叛徒！"他把手枪装进裤袋里。

能走动的伤兵被枪声惊醒了,悄悄地向林子深处溜了。可是公路上一群一群的队伍却向沙土城方向撤去。

"撤下来了……"王经堂咬着牙,怒目斜视,回头对韩明奎吩咐道,"晚上我到你那里去！"

195

"是!"

王经堂钻进车子,气鼓鼓地坐在座椅上。汽车跳动了一下,掉头向沙土城驰去。

韩明奎呆望着汽车的后影。"晚上,到我那里干啥?莫非他对我也要不客气?"想到这里他愤怒了,"杀人比喝茶都随便,这里是一〇四军,不是你的刑讯室!"

晚上,沙土城上空浓云密布,新保安的炮声隐约可闻。王经堂怀着忧闷的心情在屋里踱着,他那阴沉的面孔,像木头刻的一样,呆板而暗淡。增援三十五军的失败,不由得使他想起了北平。当他从北平出发时,中将曾这样祝贺他:"老弟此去意义重大,南京方面也在静候捷音,希望你和一〇四军同心协力,马到成功。"不过最使王经堂回味的还是后面的那段话,他说:"老弟,咱们是无所不谈的,不管怎么说,战局形势是极为不妙啊!不用说你也知道,在淮海,在锦州,在沈阳,还有长春,唉——怎么说呢?现在东北共军已大举进关了。目前我们这里,张家口被围,三十五军撤不回来,天津……唉——"说着他又心事重重地长叹一声,"看来,华北也非久留之地啰!所以请老弟再辛苦一趟,想尽办法也要督促一〇四军把三十五军接回来。我嘛,在家里再向司令官进言劝导,等你们回来咱们就一块转进江南,你明白我的意思吧?能带走的军队尽量带走,决不能再留给共军充实军力了。至于张家口,看来大势已去,当然能回归绥更好,否则就任其听天由命吧。老弟此去,如能成功,将来到了江南,愚兄当在总统面前为你荐引……"

是啊,上司如此器重,表明"党国"对王经堂的无限信任。这使他全身每一条神经都觉得舒服。不过也有人这样警告过他,说共军今非昔比,请阁下此去要慎重从事。王经堂只是轻蔑地冷笑一声,说:"老对手了,穷八路的本事,兄弟已领教十年之久,无非是游击战而已。"然而现在,一〇四军竟如此软弱,连共军三个旅的防御都攻不下。而他——王经堂这位少将处长手下的兵只有一个保安团和一个督战队,又有什么办法向南京报捷呢。这不能不使他想起三年以前的事:在张家口、在冀东……嚇!王经堂多神气啊!他把中国人民解放军暂时主动地放弃一些城市,竟自认为是他的赫赫战果了。现在,这个全身都是血腥味的刽子手,竟没有想到,既然这支所谓鼎鼎大名的王牌三十五军能够被围得寸步难行,中国人民解放军华北野战军就有足够的力量,击退任何的增援部队;既然有决心要消灭这支王牌军,就有足够的决心击败所有敢于增援的敌人。王经堂把各方面的情况权衡了一番,他开始意识到,此次随一〇四军出来有点失策了。

他大口地吸着烟,屋里一时烟雾弥漫。桌子上的电话铃叮叮地响了,王经堂斜视了一下电话机,没有马上去接,他想,反正没有好消息,不是攻击失利,就是损兵折将。可是他终于不耐烦地拿起了听筒,冷淡地问道:"喂?"

"有十五个士兵逃跑被我抓到了,其中还有一个排长!"督战队长顾贞熊在电话里嘶嘎着说。

"弄死就算了,什么事也来电话!"王经堂把听筒砰的一声挂上了,他还没来得及离开电话机,电话铃又叮叮地响起来。

"是我,什么?好——好得很!"

王经堂脸上的忧闷神色霎时不见了,他搓着手掌然后两手一握,抱在胸前,自言自语地说:"来得好,十六军已到康家集,先头部队四十八师已经到达沙土城,那么明天,最迟后天就可以回北平了。"他兴致勃勃地擦了一根火柴点着香烟,披上大衣,一阵旋风似的走了出去。

韩明奎在门口迎着。王经堂连看也没看他一眼,嘴里叼着烟卷走了进去。

"写报告给北平报南京!"

韩明奎摊开公文纸。不知是由于十六军的到来高兴的,还是被这位杀人不眨眼的上司吓的,钢笔在手里不由自主地微微发抖。

"请您指示吧。"

"桑干镇共军阵地只有一个旅的兵力防御,我一〇四军,全力以赴,日夜攻击,伤亡惨重,三十五军仍陷重围之中……你写呀,干吗停着?"

上校愁眉苦脸地瞧着这位在他办公室里来回踱着的特务头子,"少将先生。"他畏惧地说,"大概您记错了吧,共军在桑干镇防御的是三个旅,连新保安在内足有十个旅的兵力,我觉得这样写法不太合适吧?"

王经堂冷笑一声,说:"既然只有三个旅的兵力,那么你的一〇四军,号称王牌,为什么还攻不动啊?"

"请原谅,政训处长嘛,实在无能为力。"

王经堂闪动着凶恶逼人的目光,凑近了韩明奎的脸,一字一句地逼问道:"那么叫你这个废物在这里干什么?白吃?顶数?做客?"最后他往桌子上一指,"就给我这么写!"

"是!"韩明奎面色发紫,浑身打颤,见王经堂的手插进了裤袋,他的脊背掠过一股寒流。幸好,那只手没有带着手枪而是空着抽出来了。韩明奎明白了,他的上司之所以逼着他这么不切合实际地写报告,其用意显然想把一〇四军军长或者参谋长搞掉,然后他取而代之。

"由于一〇四军作战不利,保安团几乎全军覆没……"

"少将先生,我认为这样,要是被军座知道了,恐怕……"

王经堂仰面狞笑了,他走到门口又转回来,把吸剩的烟蒂往地上一抛,说:"傻家伙,将来回到北平,一〇四军参谋长的职务,大概你还不愿干吧,嗯?现在做我们这号工作的,在这里还没把兵权拿到手,你懂吧?你不是说无能为力吗,看来你是个名副其实的书呆子。"停了会儿,他意味深长地说,"是的,按说,我也算是西北军的军人,可是现在,西北军充其量也不过是些土皇帝……"

"这个嘛,少将先生,全靠您对我的栽培了。"此时,韩明奎面前站的王经堂,与其说是他的顶头上司,倒不如说是他的父亲。韩明奎奴颜婢膝地干笑了笑,"以后我永远是您的……嗯,是您的忠诚的仆从。"

"你要为党国效忠!"

"是的……为党国。"

静静的夜晚,远远地传来沉闷的隆隆声,新保安的炮声,把窗纸震得簌簌发抖。

"报告!"门外走进一个短粗而秃顶的军人,不,更正确点说是一个"丘八",不!他是一个穷凶极恶的刽子手,督战队长顾贞熊。他挽着袖子,满手是血,挺着胸脯报告说:"报告少将,那十五个逃兵活埋了十个,勒死了四个,那个排长叫我活活地掐死了。"他说着两手比画着,一张大嘴咧开,露出一排黄牙嘿嘿地笑了。

"前天晚上逮捕的那四个嫌疑分子呢?"

"那四个……已经揍得不能动了。"

"一块干掉——马上把鲁上尉叫来!完了,去吧!"

"是!"秃子的两脚扑的一靠,打了一躬,转身走了。

"写到哪里了?"王经堂用力地吸了一口烟,又长长地吐了出来。

"保安团几乎全军覆没……"

"唔,这就够了。下面写,请十六军不要在康家集逗留,星夜赶到沙土城。"

鲁青轻开风门走了进来,敬了个礼,把一份电报呈上。

王经堂转动着凶恶的目光,迅速地看着电报,大概这电报上不是什么好消息,他边看脸上的肌肉边起着变化,面色由青变紫,由紫而变白了,霎时间像个死尸一样地僵住了,电报在手里微微地颤抖着。他呼地跳了起来,把电报往韩明奎身前一放,吼道:"打电话给十六军,叫他现在就出发。不然等到明天……不,说不定今晚上就会遭到三十五军同样的命运,快!"

"电话断了,"鲁青立正说,"从十点钟就断了,不过在一个小时以前,他们那里还没发现什么情况。"

"没发现情况!电话线断了就是情况,笨蛋!"王经堂就地转了一个身,"共军第四野战军的一个军和十六军几乎是同时到达延庆一带,难道他们是来睡大觉的!马上去联系,把电话接通,快去!"

鲁青转身走了。韩明奎请示说:

"报告还发不发?"

"发,马上发出去!"

韩明奎出去后,王经堂一屁股坐在椅子上,看了看手表,时针指向半夜两点。烟一支接着一支地吸着,屋子里静得使人可怕,新保安的炮声更加激烈了,现在王经堂对这方面的炮声大概已经习惯了。可是,东面康家集却是那么寂静,这种寂静在他的心灵里比新保安的隆隆炮声还要可怕!因为那是他回北平的要道。归路被切断可不是闹着玩的。是的,前面是通不过的铜墙铁壁,三十五军像是一个处决前的罪犯一样在关着禁闭,后面是一把不可招架的利斧,只要这把利斧在康家集一打响,那,那就算完了,一切都完了。王经堂的脑海里闪出了被他今天枪毙的那个伤兵。"缴枪不杀,优待俘虏!"这是伤兵喊出来的,可是他亲手把他枪毙了,现在恐怕真的要临到他自己的身上了。

风,长城外的寒风吹着窗纸哗哗作响,煤油灯的光影忽明忽暗地在王经堂那惊惧的脸上爬动着。

"报告!"门外传来了喊声,王经堂全身抽动了一下,手伸进了裤袋里,原来鲁青走了进来。他声音颤抖,神色慌张,"少将先生,康家集被围,杨家营发现共军。"

"有多少人?"

"据跑回来的士兵报告,大约有一个连的兵力,估计是共军地方部队。"

"派保安团,不,还是派四十八师去一个团把杨家营的敌人消灭,然后请一〇四军解康家集的围,一块回北平,快去!"

"这……少将先生,恐怕要和一〇四军从长计议吧?"

王经堂想了想,他用手拍了拍他那宽大的前额,"对,是要从长计议,我现在就去!"说着,他穿上大衣向门外走去,将到门口,又回头对鲁青说:"请北平派飞机援助我们,轰炸杨家营!"

一九

早晨,太阳悄悄地升了起来。步兵团的指挥机关移到了杨家营。

战士们在杨家营南面的公路上和野地里,捡拾着敌人惨败后所遗弃的各种装备和物资,按不同种类整理在一起,准备向后勤部门送交。

吃早饭时,团作战股杨股长报告说,师司令部今天早上通报了两件事情:一是平津战役前线指挥部对我们军这次迅速地切断平绥路,并把敌人十六军包围,感到很满意,已传令祝贺。二是师里还表扬了今早晨的杨家营战斗。他说:"现在看,我们这次的行动是很顺利的,平津战役的第一炮算是打响了,师里要求我们再接再厉。"

"嗯,还有什么?"周国华边吃饭边问道。

"今天早晨在敌人一个营长的尸体上,搜到一份文件,是北平国民党'剿总司令部'给一〇四军和十六军的,不知怎么会落在他的手里。"杨股长说着把手里的一份文件递给了团长。

周国华伸手接过来,上面写着:

　　……共军第四野战军有两个步兵军已向沙土城一带隐蔽开进,一〇四军应立即策应十六军的行动,如能成功(毫无疑问)即向新保安攻击,接出三十五军后,合力速回北平。不得延误……

"咄!见他的鬼去吧。"周国华把文件递给了李治中,"十六军已经关了禁闭,一〇四军的所谓策应,损失了一个营也算他完成任务了吧,而且在增援三十五军时,被华北部队也打得焦头烂额,一筹莫展了。"

"不,老周。"李治中看完了文件,转动着眼睛说,"这里面大文章啊,你看!"他来到周国华跟前,指着文件的最后一句说:"如果你给他把'如能成功'到'三十五军后'用括号括起来,就会变成什么意思了?就是说,情况紧急时,叫这两个军就不去管三十五军了,合力向北平逃窜,也就是说,丢掉了一个军,比丢掉三个军好得多。你看是不是这样?"

周国华重新把文件拿在手里,一只手摸着下巴颏,琢磨着,看了又看,然后恍然说道:"对,有道理,是这样的,看来我们的防御任务,更加重要了。"

"是啊,一〇四军将不惜余力地向我们进攻,因为军队被切断了归路,自古是兵家忌讳的,敌人会着急得发疯啊!"

"我看这号疯他还得多发两次,向新保安攻了四五天,毫无进展。我们这里,哼!他发疯也白瞪眼,今早晨就是证明……"周国华很自信地说。

"是啊。"李治中点点头,但是又反驳说,"这和向新保安攻击,在敌人来说,情绪上不同。小毛驴到了天黑,不用鞭子赶它就跑得挺快。不信你问问战士们,种过地的人体会最深。现在敌人要回北平了,这是相当吸引人的念头,其内部也容易一致起来,所以敌人为了达到这个目的就会全力以赴。伤亡再大也比被堵在这里全部被歼好得多。这一点要从敌人方面想想,因此,杨家营阵地必须仔细加以考虑,将来光我团面前敌人可能有两个师进攻,而且是极为猛烈的。情况是严重的。我的意见,马上从二营调一个连到铁路线上进行防御；三营仍然作为团的预备队,不到万分紧急不能使用。另外,把这份文件立即送交师部,并请示师首长把炮兵营配属给我们,你看怎么样?"

团政委的建议使周国华惊异了,他用十分钦佩的目光认真地瞧着政委,李治中也正以征询的目光瞧周国华,就在这一刹那间,他们的视线相遇了,"怎么样,老周,你看调二营哪个连好啊?"

"当然是四连了。"周国华的声音充满了诚挚的愉快,他转身对作战股长说,"下命令吧,老杨,把防御部署马上调整,除去政委那些指示而外,三营在团指挥所附近占领阵地,团指挥所就设在小高地上,炮阵地在原来位置不变,执行吧!"说完后,转身又对李治中说,"走吧,咱们到阵地上再仔细看一下。"

两个人说着话跨出了门口。

杨家营阵地,横宽二三公里,铁路基上、地坎上、起伏地的突出部上,到处都是战士们在紧张地修工事。有的抡起锹镐,挖掩体、修交通壕;有的在扫清射界,砍树设障碍;还有的在往阵地上扛木头盖工事……

李治中和周国华看完了一营的阵地,来到二营四连的阵地上,在一个修好的重机枪掩体里站住了。重机枪用油布盖着,端端正正地架在射击台上,枪口静静地伸在射孔外,旁边插着一个小木牌,上面画着射击计划,自左至右,从远到近,所有的地物都标着号码、记载着米数。

"正前方那片松树林到这里有多远?"周国华向站在身旁的射手问道。

"五百米,只多不少,团长!"射手立正答道。

"你量过?"

"量过,三步两米,整七百五十步。"

"这么说,你的最远目标是五百米了?"

"是的。"

"谁规定的?"

"乔连长。"射手想了想说,"他还规定,轻机枪三百米、步枪二百米,再近就是冲锋枪和手榴弹、爆破筒、炸药包,还有刺刀。"

"嚄!"周国华瞧瞧李治中笑了笑,显然他对射手的回答很满意,又问,"别人和敌人拼刺刀的时候,你干什么?"

"这不是嘛。"射手把身旁的雨布一掀,露出两箱手榴弹和两小包炸药。"这就是我们两个人的'业余工作'。"他说着看了看个子不高的弹药手。

"你听,老李。"周国华拍了一下李治中,"多有意思,拼手榴弹叫做'业余工作',同志们可真会开玩笑。"他说着又转向射手,"不能叫'业余',同志,步兵就是要靠二百米以内的硬功夫消灭敌人,这是分内之事,同——志!"

"是! 当重机枪打不出去的时候,我们就拼手榴弹! 反正敌人上来了谁都有一份。"射手瞧瞧团长用绷带包着的手,把胸脯挺得更高了,站得绷直挺硬,一彪个子像尊铁人。

"是党员吧?"李治中问道。

"嘿嘿……"射手羞怯地笑了笑,"马马虎虎吧,政委同志,锦州战役才入党。"

"怎么'马马虎虎'呢! 共产党员可不能马虎啰!"

"政委,你听他瞎说呢。"弹药手插口说,"他是特等射手,打机关枪像唱歌一样,二十斤的炸药包他能投十五米远,锦州战役他一个人消灭了敌人三个地堡。"

正说着,乔震山从铁路基下面走了上来,挽着袖子,敞着怀,帽子戴在后脑勺上,满头冒着汗气,给团长政委敬礼以后报告说:"报告政委,根据我们小炮排的同志测量,这铁路向我们阵地有个坡度,对我们阵地很危险,是不是从我们这里往西拆掉一节?"

李治中没有听明白乔震山要拆铁道的意思。他扭头顺着铁路向西望去,见闪着亮光的铁轨向西伸展下去,一直在黑松林的南侧向北拐了个弯,钻到松林后面去了。乍看,这铁道是水平而去,可是仔细端详,确实是一溜顺坡而来。他不解其意地瞧瞧乔震山,又看看周国华,问道:"铁路向我们这里有坡度,危险什么?"

乔震山才要说话,周国华把手一伸,说:"拆!拆掉二百米,把铁轨枕木都扛回来盖工事。"

乔震山答应一声就走了。

怪啊!铁道向我方有坡度,有什么危险?乔震山走后,周国华向李治中讲了这样一段故事。

一九四七年夏天,那时李治中还没来本团工作,部队在东北本溪一带作战。有一次我军向高官屯敌人二〇七师的一个团进攻,苦战了半夜毫无进展。敌人在铁路基上修了一个集团工事,里面一个加强排防御,由于周围地形开阔,阻止了我军的前进。乔震山带着全连——团的尖刀连,攻了半夜,爆破组受了很大的伤亡也毫无效果,把乔震山气得直蹦暴跳。最后,他想出一个爆破这个集团工事的非常巧妙的办法来:他弄了一个轱辘马①,把三百斤炸药分六包捆好装在车上,车前面并排放三颗去了保险的六〇炮弹,以便和敌人工事相撞时引起爆炸,再在炸药包之间放三个小汽油桶——炸药爆炸以后,汽油可以满地喷洒,流进工事,大量燃烧。一切装妥以后,用两个人在后面慢慢推动,然后快跑,一撒手,轱辘马自己滑行,借铁路的坡度增加速度,车体越滑越快,呼噜呼噜地像一颗冲出炮口的巨型炮弹,流星一样地沿着铁路冲向敌人的集团工事。敌人甚至还没来得及看清是什么东西,就轰的一声爆炸了。这时候大地震动,山野俱颤,火光一闪,照亮整个天空,敌人的集团工事随着凶猛的气浪一扫而光。乔震山带起部队在爆炸巨响之后发起冲锋,霎时间把敌人的一个团全部消灭了。

乔震山由于用这办法整过敌人,现在他的指挥所设在铁路基

---

① 验道用的小车。

上,两侧又各有一个重机枪掩体,怕敌人也用这办法对付他,所以才要求拆铁轨。

李治中默默点头,用喜爱的目光向正在铁路上和战士们一块生龙活虎地工作的乔震山望着。他想:英雄之所以猛,在于胆大心细、敢作敢为。乔震山这个工农出身的干部之所以考虑得如此周密,在于他有着一颗高度的革命责任心。

这一整天没发生任何战斗,有时空中发现敌人的飞机来回地盘旋,飞得挺高,既没扫射,也没轰炸。

下午,据瞭望哨报告,在离杨家营八里地的一个高地上,有敌人在行动,估计是沙土城敌人的军官们在侦察地形。这一切说明,杨家营阵地在酝酿着一场严重的恶战。

第四连连部的房东,就是被乔震山从死亡里救出来的那位老大娘和她的姑娘。

老大娘的丈夫是个三轮车夫。老两口只生了一个姑娘叫言素华,今年十八岁。她八岁那年春天和妈妈一块随父亲在北平天桥一带住。老两口由于没有儿子,满打算把姑娘养活大了,找个门当户对、忠诚厚道的养老女婿,以图终身有靠。因此他们每天省吃俭用,披星戴月,再困难也要供姑娘入学读书。

艰苦穷困的生活,不知不觉地度过了十一年,素华也长成了一个纯真、朴实、温和、善良的姑娘。今年暑假素华初中毕业了,老两口高兴得什么似的,四处奔跑,求亲告友,满以为可以给姑娘找一个职业。但是北平城处于兵荒马乱之中,终日惶恐不安,市面萧条,物价暴涨,到处在裁人减员,找职业比什么都难。

秋天,北平城的上空愁云密布,凄风苦雨笼罩着所有的街道、胡同。素华爹蹬着三轮车来到前门大街,准备到车站去拉客。刚一拐弯,忽然北面马路上有一辆吉普车风快地开了过来,直向他身上撞去,老头子一时躲避不及,连人带车被撞倒在马路旁的石头上,摔得七孔流血,昏迷不醒,三轮车已经被压成一堆废铁,马路上立即挤满了人。汽车停下以后,鲁青从车上下来,先哈着腰看了看汽车是否碰坏,然后,走到素华爹跟前,冷笑了一声说:"这老头,什么地方不能死,单往汽车上碰。"说完,对司机把手一挥,跳上汽车就开跑了。

老头没等抬到家就断了气,言老大娘和素华哭得死去活来,一直哭了三天三夜,娘儿俩把眼睛哭得像桃子似的。从此母女失靠,孤苦伶仃,生活一天天地难以维持,这才变卖家私,收拾收拾从北平回到了故乡杨家营。

言老大娘和姑娘回到杨家营以后,把这三间破草房,收拾了一下,打算在这里熬度春秋。谁知道,这艰难的岁月简直是度日如年。半年以来每天都有国民党军队来来往往,在这村里驻防。言素华长得蛮漂亮,村里每逢住队伍时,那些流里流气的国民党军官,总是到她家里,上鼻子护脸的居心不良,吓得素华整天这里藏那里躲,闹腾得神鬼不安。

昨天夜里,素华由于一时疏忽,被国民党军队一个排长和勤务兵堵在家里。正在危急万分的生死关头,幸亏乔震山这个连来到这里,才幸免凌辱之灾,把娘儿两个从苦难中救了出来。

四连连部住在她家里,言素华心里又高兴又畏惧。她高兴前天晚上被救,感到解放军是救命的恩人,心里感激不尽。畏惧是因为她被国民党军队吓破了胆,见到当兵的心里就直打颤。但连里干部和所有人员都是行动规矩、态度庄重,对母亲的照顾像亲人一样,给打针、吃药,使母亲很快恢复了健康。小李更是帮她打扫院子,收拾屋子,挑水、烧火,什么都干,这才使她完全消失了畏惧心。她有时还和小李谈话。小李那套流利的言语,满口的政策名词,使她暗暗敬佩。她想:"真是话不虚传,解放军这么一个小勤务员都知道那么多道理,军官大概就更不用提了。"她认为解放军是古今中外最文明的军队。

她总认为乔震山既是救了她娘俩的命,按说总该有点企求答谢吧?但是,看他精神气质十分高尚,完全不像古小说里所描写的那些高人一头的义士侠客。在短短两天的时间里,她对人民解放军产生了浓厚的敬慕感。

这天早晨,没有什么风,太阳从东方升起,院子里响起了一阵阵的鸡鸣声。公鸡领着母鸡刨着雪找食吃,郝平和王德早早起来到阵地上去了,乔震山由于昨晚和部队修了一夜工事,今天起得晚了一点。他坐起来正想穿鞋下地,房东姑娘端着一碗鸡蛋,羞答答地走了进来。

"官长,我妈说没什么报答,这碗鸡蛋你吃了吧……"素华一方面和生人说话有点害羞,另一方面见乔震山那不大愿意笑的神情,有点胆怯了。低着头连看也不敢看,轻轻地把碗放在小桌子上,才想往外走,被乔震山叫住了。乔震山见素华端着碗进来,心里就有点不自然,一时不知说什么好,忽听她叫"官长",他好像受到莫大污辱,心里很不高兴。

"我说你啊,"他不大自然地说,"你怎么叫我'官长'啊?这种称呼在我们解放军不使用。"

"我不懂得称你们什么。"素华低着头,黑眉毛下面那两只眼睛眯缝着,怯生生地用舌头舔着下嘴唇,嘴角上浮着羞怯柔媚的微笑。

"以后见我们都叫同志就行。"乔震山解释着,端起了那碗鸡蛋,"你把它拿回去给老大娘吃了吧,只要她老人家身体健康,我们心里比吃碗鸡蛋还高兴。"

素华再没有说什么,愕然接过了碗,慢慢地走出去了。她来到妈妈屋里把碗放下,埋怨地说:

"瞧你,我说人家不能要,你偏叫我去送!"

"怎么?"言老大娘说,"你怎么拿回来了?你这死丫头什么也不能干,人家拼死拼活地救了我们,你连碗鸡蛋都送不上,你不会和他好好地说吗?"

"人家说得比咱们想得还周到,你还能逼着人家要?他说叫你吃呢。"

"唉!"老大娘不高兴了,"你呀!长这么大个姑娘,什么事都不能干,拿来我去送。"她边说边拿着碗往外走,一出门,碰着小李。

"老大娘,你身体不好,自己吃了吧。我们连长有个别扭脾气,他要是不要啊,你再说也是白费。他说过了,你吃了比他自己吃了还高兴。"

"不,我一定得送给他。"

"他已经出去了。"小李说,"老大娘啊,我们解放军是共产党毛主席的队伍,为人民服务的,可从来不随便要人家的东西吃,我们这里不兴宜。"

老大娘没法,这才又端着那碗鸡蛋回到屋里。

二〇

拂晓前,根据团司令部命令,部队全部进入阵地,所有的武器静静地对着敌人的方向。闪着白光的星斗,渐渐地在晨曦中隐没;遍地是霜,战士们穿着军大衣,拢着手,在壕沟里踏着脚取暖。

吃早饭的时候,忽然司号员吹起了防空警报号。在远远的八达岭上空,出现了三架敌人的战斗轰炸机,成梯次队形飞到杨家营阵地上空。它们变换了队形,各机首尾衔接,降低了高度,在阵地上空兜着圈子。

"兔崽子,等着瞧吧!"重机枪手把烟蒂往地下一扔,聚精会神地转动着枪口,死盯着那不怀好意的飞机。

"敌机不俯冲我们不开火!"指挥员下达着临时指示。

敌人的飞机,兜过两三圈以后,大概找好了目标,于是闪电似的响着凄厉刺耳的啸声,一架跟一架俯冲下来。

"开火!"阵地上响起了狂风暴雨般的射击声,几千条彩链似的曳光弹向空中交叉着飞去。

飞机的马达声,炸弹的呼啸声,和机枪浓密的射击声,汇成震耳欲聋的巨响,整个山野都在颤动。敌机受到地面火力的威胁,炸弹都丢在野地里,炸开冻硬的地面,掀起一团团的尘土,和浓烟混合在一起升上天空,像顶天柱一样。田野被黑烟罩起来,隔断了阳光的照射,形成一大块一大块的阴影,随着刺骨的寒风,一明一暗地移动着。

乔震山正在阵地上指挥机枪射击,由于射手对空射击没能命中,他从战士手里拿过轻机枪,想亲自射击,忽见连部屋顶上冒起一团团的黑烟;窗口、门口吐着火舌,隐约传来房东老大娘的哭喊声。"糟了!"他想,"房东的屋子起火了!"乔震山没犹豫,回头喊道:"第一班跟我来,救火去!"他把轻机枪往身旁一放,拔腿向村里跑去,后面跟着通讯员小李。

"连长!"小李喊道,"敌机又俯冲了,停一停再去吧!"

乔震山没放声,也没站下,他边跑边带上防毒口罩,甚至连身旁被敌机扫射起来的尘土也全然不顾,连蹦带跳地向前奔去。小李一声不响地冒着敌机的扫射,紧跟在连长身后一步不离。

乔震山一口气跑到连部,见言老大娘坐在烟雾弥漫的院子里,前俯后仰地哭喊着:"我的孩子啊!我的孩子,没有出来啊!烧死了啊!……天哪!"

院子里充满了焦臭气味,房屋燃烧得嘎叭嘎叭地响,乔震山弄明白老大娘的话,脱下大衣,往水缸里一浸,蒙在头上,冲着火焰钻进屋去。

小李才想跟乔震山进去,但是敌机第三次扫射又开始了,他转身抱住老大娘的头,说:

"快躺下！老大娘。"

当敌机响着刺耳的啸声飞去以后,小李爬起来一看,见老大娘身下一摊鲜血。他一时没弄清楚,是自己负了伤,还是老大娘负了伤。他满身是血,但是哪里也不觉得痛,仔细看了看,言老大娘已经奄奄一息了。

"老大娘,老大娘！……"小李眼里含着泪,大声地喊着,用力地摇着。但是,她张着嘴,斜着眼睛——是在看着正在燃烧着的房子啊。她！这位不幸的、家破人亡、倾家荡产了的老大娘,终于悲惨地停止了呼吸！

乔震山头上蒙着湿淋淋的大衣冲进屋以后,屋里满是浓烟,房顶上燃烧着大片的火焰,火舌呼呼地向地上、炕上、窗户上喷射着。眼睛被烟熏得直流泪,瞧不见素华在什么地方。

"言素华！言素华！……"他喊了两声。没有人回答,只有呼呼的火焰声和嘎叭嘎叭的木材燃烧声。一阵火焰扑在炕沿上,在红中透黑的火光里,看到炕沿底下躺着言素华,手里抓着一个陈旧的提箱,姑娘身上的衣服已经开始燃烧。

乔震山上去把姑娘抱起来,又将箱子提在手里,转身冲向门口,刚出门,房顶哗啦一声塌了下来,火焰冲开了乌黑的浓烟,伴着火星滚滚地卷向天空,火,烧得更旺了。

乔震山抱着四肢瘫软的言素华,满脸是汗,汗水冲开的黑灰一溜两行,头上蒙的大衣一块一块地冒着烟。

小李和一班的战士见连长出来了,呼的一下围了上来,给他把着火的大衣掀掉,没等乔震山把言素华放下,小李就给她往嘴里灌水。

言素华被烟呛得昏迷了,一接触新鲜空气,又被水一灌,苏醒了过来,微微地睁开了眼睛,见自己被乔震山抱着,这才明白她是被救了出来,心里一阵感激,眼泪顺着眼角流了出来。

乔震山见她醒了,这才轻轻地把她放在地上,转头问小李:"老大娘哪去了?"

小李难过地说:"牺牲了! 就在你进屋去的时候,被敌人飞机扫射打死了。"

乔震山分开众人来到言老大娘的身前,小李扶着言素华跟在连长后面。素华一见妈妈躺在血泊里,哇的一声,伏到妈妈身上哭起来,哭了不几声又昏了过去。

"小李,"乔震山说,"赶快找担架,把她抬走,送到团部卫生队去,老大娘的尸体由我们负责处理吧!"

杨家营阵地上进行了半小时的对空作战,敌机被地面部队打得不敢低飞,漫无目标地乱投炸弹,残杀着手无寸铁的和平居民,直到把美造炸弹倾泻完了,才嗡嗡着向远方的高空飞去。

在这次轰炸中,杨家营有三处起火,人民军队一面对空射击,一面和老百姓一起抢救被燃烧的房屋,从火焰中抢救老人、小孩和物资。

火,全部救熄了,灰烬里冒着余烟,放出了浓厚的焦臭气味。乔震山满身烟火气,眼睛被烟熏得发红,他怀着一颗沉重的心,回到了新设的连部。指导员郝平和副连长王德正等他吃早饭,屋里没有一个人说笑,大家全被一种刻骨的仇恨纠缠着默然不语。

乔震山扑噜扑噜洗完了脸,怒气不息地咕噜着说:"这些兔崽子,对穷人是斩尽杀绝的。"他边吃饭边回忆着言老大娘的遭遇,英雄的心燃烧着愤怒的烈火,火焰里闪现着言老大娘的惨死,闪现着一个蓬松着发辫的姑娘。她们被熊熊的火焰吞没了!继而,父亲、姐姐的形象浮动着、跳跃着出现在焰峰上。啊!姐姐,一个"与其受辱而生,不如斗争而死"的姑娘,在王经堂的魔爪里,在恶势力的囚笼里,在虚伪、欺诈、荒淫、迷醉的生活里,孤独无援,纵然有钢铁的意志也绝然活不下去。姐姐是死定了,像言老大娘一样,像全中国所有受辱的姑娘一样,早已成了恶势力的牺牲品了! 死者是倒下了,然而,仇恨却使活着的人们愤然而起,并肩战斗。眼泪变成枪弹,哭声变成大炮,最后把畜生们斩尽杀绝!

乔震山不由自主地握紧拳头,砰然一擂,把饭碗砸得粉碎!他不禁心里一惊,抬头四顾,幸好,郝平、王德早已走了,室内只他一人。

"唔……"他颤抖着喉咙,长长地哼了一声,用手扶着脑门,闭上眼睛,克制着自己复发的暴躁脾气,让他那过分激动的心平静下来。

早饭后,已经是上午八点多了,他才想到阵地上去,一个战地记者把他留下了,他是来了解昨天拂晓杨家营战斗情况的,一进门碰着乔震山。

"连长同志,"战地记者说,"昨天你们这个连打得很好啊!是不是可以耽误你点时间谈一谈啊?"

"好什么?"乔震山让他坐下后说,"人民军队连那么个仗再打不好,还像话啊!"

"你说一说吧,有什么生动的事迹?"记者打开笔记本准备记录。

"确实没有,同志。"乔震山有点难为情了,"平平常常地打个小仗,也值得写什么报道?没有……"

"那么你说一说今天早上救火的事情吧。"

提起救火的事,乔震山心里就结起了疙瘩,他面色严肃地说:"是的,应当叫全军都知道,老大娘是怎么死的,她是怎样家破人亡的,她和全国的穷人一样……"乔震山气愤已极,话没说完就不吭声了。

"连长同志,我想了解一下,你在救火的时候是怎么做的,你讲一讲吧。"

"为什么要了解我?"乔震山瞪起眼看了一下记者,"我做的和别人做的一样,有什么好了解的?假如你还想知道些东西,最好请你去找战士们谈谈吧,我说的就这些,再没有了。"乔震山说着站起

213

来要走。

"等一等,连长,我们还没有说到正题啊!"

"好家伙,"乔震山有点不耐烦了,"你想要什么样的正题,我不是都给你讲了吗?"

记者觉得乔震山这个人挺别扭,没法再谈了,只得跟着乔震山一同向门外走去。刚到门口,一颗炮弹在他们的左前方爆炸了,接着就是连续的轰隆声,把余烬未熄的村庄又搅乱了。乔震山立即意识到,这是沙土城的敌人向杨家营阵地发起进攻,企图解康家集之围了。他一弯腰冲过炮弹爆炸的浓烟向阵地上跑去。阵地上到处响着炮弹的爆炸声,尘土飞扬,烟雾弥漫。当他来到指挥所时,电话在掩体的壁龛里急促地响着,他一把抓起听筒,"哪里?"他用手捂着一只耳朵,避开炮弹爆炸的吵闹,大声问道。

"乔震山吗?"这是团长直接打来的电话,"看见了没有?在你们的阵地前方,黑松林的后面,敌人有两个多团的兵力正在运动。"

"是。"乔震山边答应边抬头向阵地外望着,可是,黑松林横陈在五百米以外,遮住了他的视线,什么也看不见。

"看来敌人的主攻方向是对着你们,要告诉全体同志,你们的后面十五华里就是康家集,军的主力正在那里作战。要求你们一定把敌人堵住,做到寸土必争、一步不让,一直到把敌人打回去。懂吧?"

"懂啦!"乔震山目不转睛地看着敌方,"我们全连就是一个不剩,也要把敌人打回去。"

"一个不剩能把敌人打回去?哎?你啊……"团长在电话里不高兴了,"要很好地利用工事,组织火力,指挥射击,消灭敌人,减少自己的伤亡,才能守住阵地。你准备出一个排,在敌人向你发起冲锋时,就从侧面突然反击他一下,但是不要过远。你看叫哪个排去啊?"

"一排,我亲自带着出去。"

"不要,叫你们副连长带着就可以,告诉他不要出击过远,只到黑松林为止。"

"是!"

乔震山放下听筒,眼睛飞快地向周围一扫,阵地前方直到黑松林整块的开阔地上毫无敌踪。松林,远远地耸立着,里面黑沉沉的什么也没发现。可是左前方——营的主阵地前面,那片蔓延着的树林里却冒着阵阵的浓烟,那里响起了稠密的枪声和炮弹的爆炸声,显然,敌人已经沿着铁路南的林子接近了营的主阵地,要不是事先在阵地前砍倒的那些树挡着,敌人这时很可能向主阵地发起冲锋了;北面,在一营阵地前也发现有一个团的敌人向前接近;更远的地方,在友邻团的前面,也有敌人在运动。这就是说,敌人已向整个的杨家营我军阵地展开全面攻击了。隆隆的炮声,哒哒的机枪声,从南到北横跨八达岭的平川,硝烟弥漫。

使乔震山惊奇的是,他的阵地前面却是这样的平静,也许敌人在那些沟沟洼洼的地形里偷偷地运动,而由于他一时的马虎没有发现?不,第四连的阵地前全是一马平川,有个兔子在什么地方蹦一下也逃不过他的眼睛。没有敌人,清清楚楚,除去那些平铺在野地里闪闪放光的积雪和稀稀拉拉的灌木丛外,连根人毛也没有。

"怪呀!敌人搞什么鬼?"他以敏锐的目光扫视着前面,心里琢磨着。

"连长,怎么我们这里没有敌人啊?"重机枪射手着急地问。

"兴许敌人知道我们四连不好惹,他不敢来了。"弹药手插了一句,"吸口烟吧,伙计。"

炮弹一发紧跟一发地射来,"咣——咣!"结结实实地炸开了冻结的泥土,飞了起来,劈头盖脸地又压下来,把壕沟几乎填平。弹药手刚卷好的烟,被土块砸掉了。

"他妈的!不让吸算了。"弹药手把呛在嘴里的泥,用力地吐了两下。

"连长,不喝水?"小李拿着水壶,刚来到乔震山的跟前,忽然一种低沉的呼啸声飞了过来。他知道这是即将落地的炮弹,而且离他们不远。他急忙跳起来抱着连长,大声喊道:"连长,卧倒!"喊声刚落,身子底下突然跳动了一下,耳朵嗡的一声,什么也听不见了,大量的泥土几乎把他们活活地埋掉。

乔震山推开伏在身上的小李,抖掉身上的泥土,擦了擦眼,看看坐在身旁的小李,他脸上满是黑灰,问道:"没伤着?"乔震山喜爱地端详着这个机灵的小战士。

"没事!"小李站起来,拍打了一下身上的土,回头一看,一个漏斗形的弹坑在他身后张着大口。"哈!这家伙,把壕沟给砸坍了!"

乔震山恍然想到,敌人之所以没有马上进攻的原因是不是企图在两侧佯攻,吸引我们的兵力、火力,然后乘我们来不及调回之际,对中央阵地来一个突然猛攻,使我们无法招架而一举突破?可是,敌人的部队隐蔽在哪里,莫非在黑松林?这念头更使他注意起黑松林来了。忽然见黑松林的深处有人影晃动了一下,他明白了,团长告诉他那两个团的敌人原来都隐藏在那里!他才想回头命令六〇炮向黑松林射击,一转眼看见王德从铁路南———一排阵地上跑来。

"连长,敌人向营的主阵地接近了。"他气喘吁吁地说,"我们的小炮和重机枪都闲着没事,为什么不抽出来支援他们?"他满身是土,鼻洼里熏满了黑灰,瞪着一双愤怒的眼,几乎在质问。

"不!"乔震山把手一伸,回头对炮阵地命令道:"六〇炮,向黑松林射击!"

"连长——"王德急了,"干吗向黑松林射击而不支援主阵地,还有没有整体观念?"

六〇炮弹已经在黑松林里爆炸了。就在这时,黑松林里突然像成千上万的乌鸦受了惊吓一样,哗的一下拥出足有一个多团的敌人,展开在开阔的田野里,向四连阵地扑来,敌人的炮火也骤然加强了。炮弹暴风骤雨般地倾泻着,阵地上像滚了锅的开水,浓烟滚滚,尘土飞扬。

"他妈的!"乔震山挺胸而起,举起铁锤般的拳头在空中一挥,刚想命令各种火器射击,但是,他将拳头砸在胸墙上,紧咬着牙根没放声。他想敌人既然这样狡猾,我们也要以高度的忍耐麻痹敌人,把敌人放到三百米以内再命令各种火器射击,因而他改变了主意喊道:"同志们!准备好,三百米以内射击,往下传,快!"

"三百米以内射击!"命令很快地传了下去。阵地上除去六〇炮在发射外,各种武器都静静地转动着枪口,死盯着前进的敌人,战士们面孔铁青,每一双眼睛都喷射着火焰。

果然,敌人成群地以高姿势前进着,嚣张地漫无目标地发射着步兵武器,黄卡卡的一大片,活像些满地爬的蝗虫。

王德为这突如其来的变化而惊奇了,他看看连长乔震山那刚毅的眼睛,喷射着严厉勇猛的光,两手叉腰,像一尊铁像。现在,王德才真正意识到一个指挥员在战场上能保持沉着、冷静,该是多么可贵呀。只有这样,才能掌握主动,制胜敌人,成为出色的英雄!他一步蹿到连长跟前,激动地说:"连长,你说吧,下一步该怎么打?"

乔震山扭头瞧瞧王德,眼珠一转,想起了团长嘱咐的话,"老王,没想到敌人这样狡猾。去,你带着一排,等敌人接近我们阵地时,从铁路南向敌人侧翼出击。记住,顶多打到黑松林,不能再远。正面我用火力支援你,快去!"

"是!"王德转身向一排阵地跑去。他反复地卧倒再起来,不断地从炮弹掀起的泥土里钻出来。跑着跑着,忽然脚底下一阵跳动,我们的炮兵开火了,一群炮弹从团指挥所的后面飞向敌人。他顺着炮弹的呼啸声望去,当成群的炮弹连续爆炸时,敌人的战斗队形被黑烟吞没了。

"打得好啊!"他用拳头向工事的胸墙上一擂,一弯腰又跑了。

乔震山伏在工事上,手握双拳,紧咬牙关,全身每一条神经都扯得绷紧,好像敌人每进一米,都使他全身的肌肉扭紧了一寸:

"同志们!报仇立功的时候到啦,瞄得准,打得狠,叫敌人尸横遍野!"

"瞧着吧,连长,刀快不怕脖子粗!"

敌人的战斗队形超越过我军的炮火射程,迅速地接近了,他们把轻机枪挂在胸前,毫无顾虑地扫射着、行进着,连敌人那些胡刺刺的脸都看得清清楚楚。

敌人的傲慢激怒了乔震山,也激起战士们无比的愤怒。

"打!——"乔震山把拳头在空中一挥。这声音像是晴天的霹雷,天摇地动,威震山野。

"哒!哒!哒……"重机枪开火了。接着各种武器立即齐声怒吼,阵地上像火山爆发,硝烟滚腾,火舌喷射,子弹炮弹像疾风暴雨中的冰雹袭向敌人。恰在这时,一群受惊的飞鸟掠空而过,只见扑、扑、扑……由于中弹而纷纷落地,炮弹的浓烟把零散的羽毛卷在空中,旋转着飘然而去。

敌人受到这突如其来的打击成片地倒下了,队形一阵大乱,惊慌失措地到处乱躲乱窜,恨不得往地里钻,而地上所有的沟沟洼洼都是我军迫击炮的集中轰击点,那里早已被尸体填满,机关枪像铁扫帚一样,向他们猛扫,哪儿跑呀!于是,像接到向后转的口令一样,刷的一下,旋风似的掉头回窜了。稠密的烟团带着死风,在后面追赶着他们。

但是,黑松林的前沿忽然黄旗一展——敌人督战队的机关枪,向败退的队伍开火了,像鞭子一样又把他们抽了回来,并且有一个团的兵力又从黑松林里冲了出来,潮水一样,后浪赶着前浪,滚滚而来。伤兵在他们的脚底下发出凄惨的嚎叫。

敌人的第一梯队,迎着我军的火力网扑了上来,队形已稀稀落落,无力攻击,可是第二梯队却漫过前面丢下的尸体拥了上来,乱糟糟地呐喊着。

乔震山被战争的烈火和愤怒的感情缠裹着。情况是严重的！他看透了敌人，今天不和他杀出个名堂来，看样子是不肯罢休的。他后悔没和指导员好好地研究一下，于是，乔震山扭身出了掩体，冒着敌人密集的炮火在阵地上来回地跑着，壕沟底下的子弹壳，哗啦哗啦地乱响。他重新组织了火力，整顿了战斗队形，忽然小李惊叫了一声："连长，敌人！"

乔震山抬头一看，见一个营的敌人冲上了三排的阵地，郝平和三排长正率领着全排的战士跳出阵地，向敌人杀去。三排的英勇激动着乔震山的心，"好样的，老郝！"他一弯腰向重机枪掩体跑去，喊道："支援三排！"

机枪射手没答应，他怀里抱着一大捆手榴弹，一只脚踏着工事的胸墙，正在用口咬开手榴弹盖，狠狠地向敌人砸去，烟雾漫过他高大的身躯，他的脸上流着血，迎着闪闪的火光，显现出威武雄壮的高大形象。

乔震山心里明白了，八成是重机枪出了毛病，不然这英勇的战士怎么舍得离开他的枪？他没有再喊，纵身一跳，钻进机枪掩体一看，小个子弹药手躺在旁边牺牲了，射孔里黑洞洞的，被敌人的炮弹轰坍了。

"来，小李，把枪搬出去打！"

小李上去一抓枪筒，吱啦一声，他的手被灼热的枪筒烙去一层皮，痛得一咧嘴，急忙抽回手来吹了吹。

"快拿子弹！胡抓乱拿！"乔震山说着把机枪拖出了掩体，架在胸墙上，凶猛地扫射起来。

攻上三排阵地的敌人受到侧翼火力的急袭，迅速后退了。郝平站在工事的最高点，身子一仰，驳壳枪一挥，喊道：

"同志们，连长支援我们了，杀呀！"

"杀！——"这喊声吓破了敌人的胆，激起全阵地战士们的威风。

战士们直着身子投手榴弹;机枪手和冲锋枪手跳在工事上,向敌人扫射。

阵地前烟团翻腾,像是一锅开水在滚动,喊声、杀声、爆炸声混成一团,硝烟遮蔽了天空,阳光失明,一片暗橙色。

小李在忙着给连长往重机枪上装子弹,连长打完一梭他就急忙装一梭,一连装了五六梭。忽然一棵手榴弹扑通落在他身前,手榴弹的把子上嗤嗤地冒着烟。"危险!马上要爆炸。"小李眼尖手快,顺手抓起来扔了出去。刚一出手就在空中爆炸了,一小粒碎铁片不偏不歪正好碰在他的耳朵上。伤口不重,血可不少,吧嗒吧嗒地直往肩上滴。开始他还没发现,后来觉着耳朵生痛,伸手一摸,呀!满手是血。小李可真不含糊,一声没吭,把手往衣服上一擦,急忙又去装子弹。正在这时,连长的机枪不响了,原来击针断了,现在要换也来不及了,再说,机枪到处都灼热,即便能换也没法着手。

"嘿!他妈的。"乔震山急得骂了一句,接着又命令小李,"告诉副连长,叫他带着一排出击!"

副连长王德,本来打算在连长规定的时机出击,可是敌人一个营的兵力冲上来把他缠住了。他带着一排在阵地前沿和敌人拼了刺刀,阵地前寒光闪闪,人影乱动,响起一片震天动地的喊声。大个子赵文江,像一堵铁墙,他把冲锋枪子弹打完了来不及换枪,乘机在地上抄起一根修工事剩下的木材,碗口来粗,两丈多长,对着敌人抡过去,这可真够分量,打得敌人骨折腿断、脑袋开花。敌人哗的一声,吓得向后退了。

"同志们,冲啊!"王德把刺刀一亮,带着战士们向前冲去。

"副连长——副连长——"王德回头一看,原来是小李,他身上脸上到处是血泥,上气不接下气地说:"连长……他……"

"连长怎么的?——快说!"王德把眼一瞪,吃惊地问道。

"他……他说,叫你……赶快出击!"

"嗨!你呀……"王德一颗悬着的心这才落下了,"告诉连长,我们已经出击了,请他放心,快去!"

"是!"小李转身跑了。

王德带着一排,冲得猛、打得硬,把敌人一个营打得蒙头转向,像赶羊群一样地打一阵追一阵。他心里那个痛快劲就不用提了,全身每一根汗毛都活跃得跳了起来。他打完冲锋枪,又拾起敌人的轻机枪,一梭、两梭……越打越高兴,越打劲越足,枪管打红了,换上预备枪管再打,敌人在他的扫射下像秋风扫落叶一样,乱滚乱爬。一排的战士们受了感染,个个精神抖擞,勇往直前,每个人的心里只有一个字:"冲!冲!冲!"直到把敌人消灭为止。

敌人侧翼的溃退,像传染病似的很快地引起全线的回窜,敌人又从黑松林里展出了小黄旗,督战队用机枪扫射他们溃退下来的士兵,但是,舍命回窜的人流像潮水一样,连督战队也卷着跑了。

乔震山正带着二排冲杀,忽然郝平从旁边跑过来。

"老乔!别追了,马上回阵地吧,阵地上空着哩!"他说完又问,"老王呢?"

"那不是吗!"乔震山向正在追击的一排指了指。

"不好!老乔,赶快叫他回来,撤退的敌人都集结在黑松林里。"

乔震山刚想派小李去追回王德,王德带着一排押着不少的俘虏已经往回走了。当乔震山和郝平回到阵地时,他也乐呵呵地走了回来。

"连长,"他说,"这回可打了个痛快的,还捉了一百多俘虏,净保安团的,厌包。"王德说完,摘下帽子,连吹带弹,看,战斗打得翻了天,他还在讲卫生,整理军容呢。

"你追到哪里?"郝平本想笑,可是又憋回去了。

"离黑松林还有二百来米,那里敌人多着呢,起码也有一个来

221

师。"他眉头一展又遗憾地说,"要是在这时候用炮火轰他一阵才好呢!"

大概,在战场上不放过任何机会消灭敌人的想法,往往会不约而同。黑松林的情况,团长周国华在指挥所里用望远镜早已观察得一清二楚了。战斗一开始,他没有向黑松林实行火力急袭,一直在后悔得不得了。现在见黑松林又集结了那么多的敌人,说什么也不能再错过这个机会,他立即命令团的两个炮兵连和师里配属给他的炮兵营,向黑松林猛轰了。

黑松林在一阵震天动地的轰鸣后,变成了烟松林、火松林——浓烟冲天,火光四溅,松枝针叶纷纷落地,有的树干甚至齐根削断或者连根拔起,随着滚滚的烟团抛上天空。霎时间,黑松林起火了,大火熊熊地燃烧起来。敌人成群地冲出黑松林、亡命地逃窜,但是炮弹追上了他们,炸得四分五裂,尸体被气浪掀出一丈多远,摊开四肢跌在地上,永远也起不来了。看来,敌人的攻击精神是很差的,费了九牛二虎之力才攻了这么一下,就碰得焦头烂额,狼狈不堪了。此刻,敌人想从这里回北平的念头,大概算是最后完全打消了。他们带着残兵败将,没精打采地向沙土城退去。

杨家营战场上一片寂静,天空里烟雾消散,偏西的太阳恢复了光明,照亮了冬季的田野。

通讯员小李在连部绷带所里上药,卫生员看看他那打成两半的耳朵实在没法包,干脆给他连头带耳朵横七竖八地一块包起来,足足用了两条绷带;两只满是燎泡的手也缠上满满的绷带,活像戴着一副白手套。小李心里可真有点恼火,他埋怨说:"你给我缠这么多干啥? 叫同志们看见还认为我的伤不知多重呢!"

"先包着吧,大冬天多包点暖和,要是从这里打进去,连一点也不用包。"卫生员指着小李的脑门说。

小李还要说什么,卫生员又忙着给别人上药去了,没理他。小李没奈何地走了,一路走一路恼火,心里真不好意思,他怕熟人碰着他开他的玩笑。他低下头看看身上,到处抹得净是血,他恨起他的两只手来了,受了伤又不重就算了吧,偏要去摸一摸,摸也不要紧,痛嘛,可摸了后就不要再去摸衣服啊!现在倒好,弄得到处都是,好像伤得多重似的,真出洋相!小李尽量躲着人走,像做了什么亏心事一样。他来到连部指挥所的阵地上,幸好,连的首长都去忙着作战后统计去了,这里一个人也没有。他伏在工事的胸墙上,津津有味地看着阵地前的旷野:黑松林的大火已经熄了,有些地方变得光秃秃的,冒着袅袅的余烟,紫蓝色的烟团里还劈里啪啦地乱响,兴许是被烧着的枪弹;更远的地方,雾沉沉的山峦后面,蔚蓝的天空上飘着几朵云丝,连一个敌人的影子也没有了。战争生活可真有趣极了,一会儿是炮火连天、杀声震地;一会儿又是胜利的欢乐、轻松的谈笑。这一切又都是突然而来、倏忽而去。小李现在第一次感到,一个人生活在这样一个时代里,该是多么有意思啊!他望着偏西的太阳,心想:"这一天就算这么热热闹闹地过去了,而且他在这最有意义的一天里受了伤,总算没白吃人民的饭。"小李看着想着,脑子里一阵迷糊,不禁打了个呵欠,抱着枪,坐在战壕的胸墙上,脸贴着枪筒,晒着太阳,渐渐地睡着了——小战士英武的小脸蛋上浮现着战争的疲劳,胜利的微笑,舒适地睡着了……

团部通讯员二宝,领着一个四十多岁的老乡朝阵地上走来,后面还跟着四个人,扛着一副担架。

"李大叔,你什么时候来的?"他和那人并肩走着问道。

"前天就来啦。嗬!二宝,这次气势可大哩,咱们冀东地方出来的人多着哪,连妇女小孩都参加了支前工作;运粮、运草、抬担架、当向导、修公路,干什么的都有哇!我带着咱村的担架队一到这里,就把我们分配在军部,今儿个上午你们这儿打得正热闹时,康家集敌人逃跑,被咱们的军队一家伙消灭了。战斗刚结束,又把我们分配到这里。"李大叔说,"从来到这里我就打听你和你哥,可这么多的队伍,上哪去找?不想在这里碰上你。哎!二宝,你们这队伍打仗可真行啊！好家伙,只要和敌人一见面,三拳两脚就把他给消灭了。"李大叔说着向四周那些忙碌的战士们望望,"你哥在哪里？还没见到啊！"

"不远,就在前面。"二宝向四连指挥所指了指。

二宝抬头瞧瞧村支书李大叔那粗眉大眼的脸,满是一溜两行的汗印子,腮上的胡子茬,像一片直立的钢针；眼角上每条皱纹都标志着他艰苦、辛劳的经历,纯真、乐观的心情。十多年来,他带着靠山镇的乡亲们和敌人斗争,艰难的岁月熬得他特别老相。现在他又带着乡亲们跑这么远来支前,日日夜夜地劳累,眼珠子发红,嘴唇起碱。看看他背的那条老七九步枪,擦得还那么锃亮,和他那炯炯发光的眼睛一样。

"李大叔,这阵子乡亲们可辛苦了。"

"嘿！你这孩子,才参军几天就学得这么精怪。"李大叔瞧着二宝笑了,"辛苦啥？蒋介石把咱们折磨到头了,现在该我们结结实实地敲打他了。我说二宝,我这辈子像这号仗还能打几次？毛主席动员了几百万军队和老百姓,要解放华北,眼看全中国都动起来了,谁还管那辛苦不辛苦？就说你娘吧,那么大的岁数还和孩子们站岗放哨,这阵子啊,她可乐和啦。要说辛苦嘛,毛主席才真辛苦呢,他老人家要指挥全国作战。"

二宝和李大叔带着担架来到阵地上,一眼看见睡着的小李,见他歪在那里一动不动。头上、手上包的满是绷带,肩膀上、前襟上全是血,二宝一惊,"牺牲了？"他痛苦地想,扑上去把小李晃了两下,"小李！小李同志！"

小李哗的一下睁开两只溜圆的眼,往周围看了看,"怎么,敌人又进攻了？"

"小李同志,战斗已经结束半天了。你昏在这里啦？"

小李听二宝这话心里明白了,八成二宝见自己这个样认为是受了重伤了,因此他说:"不,二宝,我的伤不重,也没昏,我是在睡觉呢！"

"还睡觉呢，净学我哥哥：伤不重，老是伤不重。瞧你站都站不稳，来，李大叔，把他抬上去吧。"

"对，小李同志，受了伤就别勉强了。来吧，我搀你上担架到医院去吧，哎？"李大叔真的上去扶着小李。

这一下闹得小李更急了。他一阵脸红，把手一抢，躲开了，说："真的嘛！撒谎不是人，就耳朵伤了一点。不信我解开你们看。"小李说着要解绷带。

"别啦，"李大叔说，"受了风可不是玩的。"

正在这时，连部通讯员小王跑来了，他边跑边喊："小李！连长叫你，到处找也没找到你，原来在这里磨蹭。哟！还扎那么多的绷带啊！"

小李一听火啦，把帽子一摘，三把两把将绷带扯了下来往裤兜里一装，说："走吧，李大叔，我们连长在连部，一块去看看他吧。"他边走边不高兴地咕噜着，"卫生员净捣乱，我说别给包这么多，他偏不听！"

二一

战斗在八达岭外的第四野战军先遣兵团，消灭了敌十六军的两个师和一个军部，并击退了一〇四军向杨家营的突围以后，为了策应野战军主力向北平天津的合围和华北野战军在新保安、张家口一带的作战行动，以排山倒海之势，在平绥路上向东西两面继续扩张战果——东面向南口方向节节逼进，西面则向沙土城乘胜推进。

这天晚上，周国华的团队和本师的兄弟部队奉命离开杨家营阵地向沙土城推进了十公里,阵地离沙土城敌人最近的地方,重机枪可以射到敌人的防御工事。阵地上经常响起断断续续的枪声,敌人的小口径迫击炮有时也发出零星的炮弹,呻吟着飞向我军阵地的纵深里,炸开冻结的地面,喷起浓烟,随风飘荡,显得柔弱无力。它告诉人们,敌人已惊慌失措。

战士们在严寒的野地里修工事,锹镐声和阵阵的枪炮声混合在一起。

拂晓,公路上、铁路上、高地和田野里全是弯弯曲曲的壕沟,壕沟的外沿有不少突出的齐胸深的射击掩体。那些掩体里站着戴剪绒皮帽子、穿着深绿色棉军装的战士,面前排着揭开盖子的手榴弹。

早饭后,乔震山沿着阵地前沿溜达着,查看着战士们的火器位置,走过了高地来到一排的阵地上。机枪射手温明顺,放着帽耳朵站在掩体里,守着架在射击台上的轻机枪,上面盖着防尘雨布,向正前方注视着,见连长走来便立正说:"连长,前面那高地真可恶,天一亮就打枪,数他疯狂。刚才打了一梭子机枪,把一个同志打伤了,炮弹也是从那里打出的,把我们工事打坍,还封锁我们的交通。老百姓说,那就是烽火台。"

乔震山转头看了看那个高出地面约有一百多米的高地,见上面全是密密麻麻的灌木林,离这里足有八百多米。上面什么也看不见,只是顶端上有一个突出部,像是个大碉堡。忽然,那里火光一闪,"叭——咚!"又打来一枪,子弹带着哨音,嗖的一声,紧擦头顶飞了过去。

"连长注意,敌人有射击手,他会打着你的。"温明顺拉了乔震山一把。

乔震山很快挪了一个位置,伏在工事上端详那个高地。

烽火台在沙土城的东南角,是敌人沙土城防御体系内最突出的一个孤立支撑点,居高临下,便于观察我军阵地。火力可以保证防御正面的安全,并且由那里可以指挥炮火向我阵地准确地射击。敌方有了这个烽火台,进可攻、退可守,运动自如,行动方便。我们要想攻下这个支撑点就不是那么轻而易举了:它的后面和整个阵地相连,又有沙土城炮火的支援,上面防守的兵力不是一个营就是一个连,工事也不简单。为了切实监视敌人、保证我军阵地的安全,必须马上攻克这个高地,不然敌人就会随时向我们反击,或者掩护逃窜。乔震山经过长时间的仔细观察以后,想和郝平再共同研究一下报告营部,最好今晚就攻下它来,便匆匆向连部走去。

乔震山从阵地上回来,刚进村子,见二宝从公路上背着文件包,迈着轻快的步伐向村里走来。

"哥哥!"他紧跑两步来到乔震山跟前,"你是不是到前面去啊?我跟你去看看吧!"

"胡叫乱喊的!"乔震山板着脸说,"这是军队,还像在家里一样啊,不怕人家笑话!"

"我叫连长总是叫不出口来嘛,一见面就剋人家!"二宝扫兴地辩驳了一句。

"叫长了就好了。"乔震山说着用手捏了一下二宝的文件袋子,"背的什么?"

"什么都有,有信、报纸,还有文件。"

乔震山和二宝一块向连部走去。

"你的伤好了没有?"他转头看了看二宝的胳膊。

"伤口快长好了,现在还包着,每天换药。"二宝说着抬头瞧瞧乔震山,吞吞吐吐地说,"哥哥……我……有个事儿想问问你。"

"啥事?"

"你说……一个人怎样才能入党?"二宝把脸一红,瞪着两只乌黑的大眼睛,一直瞧着乔震山。

"嘀!"乔震山一听,高兴得用手指着二宝的鼻子,"才参军就想入党啊,上次把枪丢了,还没做检讨呢!"

"我不是改了吗？枪也找着了，这次我又参加战斗，还受了伤……"

"受了伤就能入党了？要想入党必须是政治进步，觉悟提高，工作一贯积极，打仗勇敢，并且要立上十次八次的大功才行。"

"前面那些我都能做到，就是这十次八次的大功嘛……"二宝说到这里犹豫了一下，"在团部当通讯员怎么能捞着打那么多的仗啊。就像昨天吧，你们在前面打得多热闹，可我呢！干瞪眼，班长哪里也不让去，真急死人！立功、报仇、入党，看样子干到一百年也没指望。哥哥，你说，你当年立过多少大功才入了党？"

乔震山本来在无意地随便说说，见二宝认起真来，倒觉得这小家伙思想包袱挺重，因此他说："就不一定是战斗功嘛，再说，光着急也不行，要听党的话，很好地改造自己，先从思想上入党，然后才能组织上入党。一个人参加革命，入党不是目的，改造世界观，解放全人类才是目的。只要全心全意为人民服务，总有一天你就是个党员了。"

二宝再没吭声，走了几步吞吞吐吐地说："哥哥，你帮我说一说吧，把我调到你们连里当兵行不行？"

"还想入党呢！"乔震山把脸一沉，"工作不安心就不行，只要好好地干，在哪里都能立功入党。"

"你不是说要立上十次八次的大功才行吗？我老在团部当通讯员，枪一响就算不用动了。你想想，哥哥，我是来打仗报仇的，光跑跑腿，送个信有啥意思？"

"好家伙！"乔震山笑了笑，"多咱学得会发牢骚了？立功、报仇、入党，你根本就不理解这些问题的真正意义。一个人民战士要为人民立功，报阶级仇，要大家一块报仇，你一个人报的什么仇？为了报仇、立功，不安心工作，还想入党？你先等会儿吧，伙计，共产党员可没你这号思想。"

二宝不吭声了，低着头尽在琢磨哥哥的话，"这些大道理谁不懂,不帮着想办法,老教训人。"因此他有些生气地说:"好吧,你不给说算了。"二宝把文件包在肩上一颠,大步走了。

乔震山紧跟几步,和二宝并肩走着,"怎么,我说得不对?"

"谁敢说不对,反正哥哥也是连长,说什么都有理。"

"嗬!调皮了。"乔震山严肃起来,"给,要好好地学习哩!"乔震山从衣袋里掏出一本书,往二宝手里一塞,"我现在没时间和你多讲,反正这种态度是入不了党,调动工作更不行。"

二宝接书在手,见封面上写着五个大字:为人民服务。二宝睁大了眼睛边走边翻着看。

哥儿两个沉默着,一块来到连部。

小李见二宝来了,急忙把文件包接过来,帮他往桌子上一倒,就把各排的文件往外拣。乔震山见里面有封信,写着连首长亲拆,是从后方医院来的,他马上拆开。原来信是刘吉瑞写的:

……我已经脱离危险期,医生说再有一个月就可以出院,请首长不要挂念。连长从火里救出来的那个姑娘也在这里。她每天哭。我听了心里很难过,恨不得马上飞回前方去给她们报仇……可是,目前医生连炕都不让下,真窝火。战役开始以来,没打几仗就进了医院,多倒霉啊!……

乔震山看完了信,呆立了好一会儿,他想:"是啊,这几天光忙着打仗了,也忘了写信去安慰他们……"这时,指导员郝平进来了。

"老郝,你看,刘吉瑞还活着!"乔震山把手里的信举得高高地晃了晃,"闹情绪了,你写封信去安慰他一下吧。"

"真的吗!他怎么样了?"郝平急忙接过信来坐在旁边聚精会神地看起来。乔震山在翻弄别的文件。

小李见连长、指导员看文件,他把排里的文件收拾到一块,装进文件袋里,偷偷扯了二宝一下就出去了,二宝在后面跟了出来。

"干什么?"二宝低声问。

"到那边再说。"小李拉着二宝来到一棵大柳树底下,"你的伤好了没有?"

"好啦,你呢?还痛不痛?"二宝指指小李的耳朵。

"不太痛了。"小李摸摸耳朵。看着二宝的脸说:"二宝,你咋的?"

"不咋的。"

"那,你为什么不高兴?"

二宝把脸一红,把乔震山对他说的话,一五一十地说了一遍。最后,他抱怨说:"小李,我哥哥把我批评得可厉害啦。"

"不要紧,二宝,这算啥批评?你的观点就不对嘛。他说两句有什么不好?"小李滔滔不绝地说起来,"从前我也这样,报仇、报仇,其实,不把反动派彻底消灭,这仇永远也报不完。就说今天吧,敌人把我们两三个同志打伤了,还牺牲一个,当时把我恨的呀,真想打两枪为同志报仇!可是,我的枪打得没把握,搞不好反而惹来麻烦,那时我真盼你来啊!真的,二宝,撒谎不是人。听说你的枪打得不坏,去打上两枪,教训教训这些混蛋,好吗?"

"有什么不坏的,还不是瞎猫碰上死老鼠。"

"别客气了,来吧。"小李拉着二宝要走。

"不行!"二宝着急地说,"我真的打不好嘛。"

"你怎么搞的?还想报仇呢!"小李不高兴地说,"敌人疯狂极啦,非常可恶。既然你有本事为什么不去?快去吧。咳?二宝,你不是说在团部捞不着打仗吗,现在叫你去,你又不去了。"

"好——吧。"二宝一听打敌人报仇,又被小李一激,立即同意了。

两个人才要走,二宝仰起脸望了望太阳说:"不行,太阳这么亮,咱们没发现敌人,他就会先发现我们。"

"哪来那么些麻烦,打敌人嘛,在哪里还不是一样。快走吧!"

小李和二宝来到阵地上,一下壕沟就碰着一排长赵文江。

"你们两个到这里干吗?"

"送文件。"小李说着把一排的报纸和信递给一排长。至于请二宝打枪的事一字没提,怕一排长不让他去呢。

一排长没说什么就走了,但是二宝对小李可非常不高兴!他是不喜欢自己的朋友撒谎的。

"你怎么学着撒谎呢?"二宝板着脸说。

"干吗撒谎啊,难道不是送文件?"

"那么打枪的事你怎么不说?"

"傻瓜!你说打枪,一排长能叫你去啊!快走吧,别啰嗦了。"小李把手一抡向前跑去。二宝跟在后面,心里总觉得做了亏心事一样。他想:"明是来打枪,为什么光说送文件!"他有心不跟他走,可他又是多么想打几枪呀,而且,已经来到了阵地上,他抬头望望敌人阵地,到处都是空荡荡的,一个人也没有。他们在壕沟里拐弯抹角地跑了一阵,小李在前面停下了,站在齐肩深的射击掩体里,向前面望着说:"到啦!你看在这里行不行?"

二宝伏到胸墙上看了老半天,见敌人阵地前沿雾沉沉的,根本看不清什么。他看了很长时间,才模模糊糊地发现敌人阵地前的铁丝网,迎着阳光一闪一闪地发着亮。

"不行,"二宝摇摇头说,"连个人影都看不见,还打什么。要能看见,还得往前走一里来路才行。"

两个人不约而同地向四周看着,寻找着向前面运动的道路。在小李的脑子里最理想的运动路线是,自己的人和敌人都发现不了他们才好。忽然二宝用手一指,"你看!我们从右边钻到树林里,就可以一直运动到前面那个高地跟前,不好吗?"

"好是好,那里是烽火台,敌人站得高,看得远,很容易发现我们。"

"没事。"二宝说,"只要我们很好地隐蔽,保证他看不见。"

小李同意了,他仔细地看了看那一带林子,大部分是柿子树,其他是柳树和高大的白杨树,从阵地的左面一直蔓延到烽火台的旁边,从那里运动确实谁也发觉不了。于是两个人一前一后地顺着壕沟,一直向树林方向跑去了……

乔震山在连部和指导员正看着文件,一抬头不见了二宝和小李。他还以为两人在外面说话呢,走出来站在门口台阶上向四外一看,哪儿也没有。但想起要和郝平研究烽火台的问题,就回去叫着郝平到阵地上去了。

乔震山和郝平来到阵地指挥所时,碰到副连长王德,他正在用望远镜对着烽火台聚精会神地观察。

"老王啊,有什么情况没有?"乔震山高兴地问道。

"大的情况没有,"王德没有离开望远镜,"烽火台有人活动,没有望远镜看不清。"

乔震山接过望远镜向烽火台看着,太阳正在烽火台的上方,照得雾沉沉的。见上面阴影里有一个人,大模大样地站在山半腰里,两手叉腰正在向这里看,忽然不知为什么一下子就栽倒在灌木丛里,接着不知在什么地方响了一枪,这枪声闷声闷气的,好像很远。乔震山很奇怪,"这是谁打的枪?"正在怀疑,忽然高地上又跑出一个人,看样子,是想去拉那个被打倒的,但刚走到那个死尸跟前,也一头栽倒了,接着又是一声枪响。那两个人再也没有起来,也再没有人去拉了。

乔震山想:"是谁打的枪?这么准!"他向阵地内和阵地前以及烽火台的周围看了又看,全是空荡荡的,连个人影也没有。

郝平和王德也很奇怪,他们研究了一阵,怎么也没想到这是小李和二宝干的。

小李和二宝打完了枪,钻着树林子,顺着南山根悄悄地跑了回来。

"你小子真行!"小李边跑边喊喊地笑着打了二宝一拳,"一枪一个,真准啊,下次打仗时你可要来啊!"

"有机会一定来。再见!"二宝答应一声,一招手就跑了。

小李回到连部,见连长指导员都不在家,心里很高兴,把枪一放,就坐在桌子旁边,拿起报纸津津有味地念起来。忽然想起:"呀!枪要擦一擦。"于是他丢下报纸,铺开雨布,拿起枪来,稀里哗啦地把枪卸开了。正在这时连长进来了,他心里一紧,急忙把枪又装起来,脸上虽然装得挺板正,心里可怦怦直跳。连长站在那里,看看小李,又看看枪,伸手把枪拿去了,哗啦一声拉开枪栓,迎着亮看枪筒子,里面乌黑,还有火药味。他什么也没说,又把枪还给了小李。

小李瞧着连长检查枪,心里像十五个吊桶打水,七上八下地惴惴不安。连长坐在桌子旁边,满脸怒气,"小李,你来!"

小李来到连长跟前,装没事的样子,看着连长。

"你什么时候回来的?"乔震山平静地问。

"早就回来了。"小李说,"我和二宝去把文件送完,就回来了。"

"二宝呢?"

"他回去了。"

"你刚才到哪去来?"乔震山盯着小李。

"没到哪去。"

"撒谎!"乔震山厉声说,"你刚才和二宝干啥去来?"

小李吓得一愣,"坏了,要是不说实话继续撒谎,看连长那个厉害劲儿,准轻饶不了。"小李心里不免埋怨起自己来,"真糟,怎么糊里糊涂地去干这么个事!"又想,"错了就接受教训,还是照实说了吧。"

"我和二宝到前面去打了两枪。"小李说话时,喉咙里直打哆嗦。

"你打了几枪?"

"一枪也没打,都是二宝打的。"小李嘟囔着说。

"你没打为什么你的枪筒子黑了?"

233

"那是二宝先打了他自己的枪,后来他怕上子弹被敌人听见,所以才又拿了我的枪打。"

"谁叫你们去乱打枪的?"乔震山追问道。

小李最怕追问这个问题,因为二宝去打枪,是他领着去的,照实说了岂不糟糕!他索性低着头一声不吭。

"你们打死了几个敌人?"乔震山又问道。

"一共打死两个,有一个当官的。"小李一听连长问他打死几个,恐惧心理立即消失,精神焕发了,"你不知道,连长,二宝那枪打得可准啦……"

"算啦!"乔震山没等小李说完,生气地说,"你去很好地想想,到阵地上乱打枪应当受什么处分吧。"

小李没精打采地坐回了原来的位置,继续擦枪。这时,通讯员小张进来了,见连长向里屋走去,便悄悄地凑到小李跟前问道:"小李,什么事?"

"不要问吧。"小李难过地说,"我又快倒霉啦!"

"倒什么霉?"乔震山又转回来,"随便跑到敌人阵地前去打枪,还有组织纪律性没有?二宝才参军不懂得,你呢?你们跑出那么远去,发生问题谁负责?"

"光许敌人打我们……"小李悄声咕噜了一句,用手背怄气似的把眼一擦,哭了。

"谁说的?你……"乔震山严厉地瞪了小李一眼,把下面的话咽了下去。小李完全不理解连长的心。打敌人是无可非难,两个人大白天离开阵地跑到敌人跟前,万一遭到不测,作为连长难道只做个管教不严的检讨就算了?乔震山心里真生气,有心剋他一顿吧,可是"光许敌人打我们……"他说得挺对;就这么算了吧,这样下去还了得,说不定这小家伙今后还要怎么折腾呢!

指导员郝平走了进来,他那黝黑而结实的方圆脸,十分平静。

"老乔。"他说,"关于今晚打烽火台的意见,营长请示了团部,团长指示说,对沙土城的敌人必须接到平津前线指挥部的命令才许打,否则只许监视不许进攻。"

"为什么?"乔震山把眼一瞪,问道。

"不知道,据说与整个战役有关系。你看,华北部队对新保安、张家口不是也老围着没打么? 可能是一个问题。"

"团长还有什么指示?"

"还有个奇特的消息。"郝平满脸兴奋地说,"团部通知,今天上午在烽火台打死的那两个敌人,一个是当官的,估计可能是个连长,一个当兵的。这是团里观察员报告的,营里叫我们查对这事。"

"还用查对?"乔震山朝着小李把嘴一噘,"你问问他吧。"

"他怎么的?"郝平莫名其妙地看了看小李。

"就是他和二宝干的呗!"乔震山说,"不经允许,到敌人阵地前去乱打枪,太不像话了!"

正说着,阵地上响起一阵机枪声。不一会儿,王德跑了回来,"他妈的! 该死的烽火台,要不打下他来,恐怕今后连走路也困难了,刚才又打伤了一个同志。"

郝平把脸一沉,没放声。乔震山却沉不住气了,呼的一下站了起来,"不行,我亲自打电话请示团长。"他怒气不息地说,"打烽火台嘛,又不是打沙土城。"说着走到电话机跟前,嘟嘟地摇了一阵,举起听筒没好气地说:"接团长那里,哎,开会? 你说我有急事要请示嘛!"他停了一会儿,把送话器用手一捂,才想和郝平说什么,接着又举起听筒,"团长吗? 我是乔震山。"他的语气马上缓和了,"向您请示个事……啊,就是打烽火台的事。不打战士们很有意见。"

"是你有意见,还是战士有意见,哎?"团长在送话器里发出责备的声音,"要知道,同志,这是平津战役,不是沙土城战役,懂吧? 打仗要有严格的组织纪律性,是你说了算,还是我说了算? 告诉你,我们两个说了都不算,要绝对服从上级的指示,乱来不行啊!"

"是!"乔震山泄气地答应了一声,然后又瞧瞧郝平。

"今天谁到烽火台跟前去打了两枪？查了没有？"

"查了，我们通讯员小李和二宝打的。我已经批评过小李，还准备执行纪律。"

小李在旁边听着，吃惊地瞧了瞧连长，想："糟啦！这事弄大了，连团长都知道了，还要执行纪律，这一下……唉！要受处分了。"

"处分干什么？咄！你呀。"团长在电话里又说，"两个人还年轻，不懂事，要和他说明道理，讲明利害关系，不能自由行动，就行了。但他们这种作战的积极性还是好的，应该鼓励。关于这个问题我们研究过了，我已经写了封信，下午由二宝带着到你那里去，你就按信上的指示办理吧。"

"是！"乔震山还要问怎么办时，团长已经把电话挂上了。

二二

这天下午，太阳偏西时，我军阵地一片阳光，敌人借助了阳光的照射，对我军阵地射击越来越疯狂，准确性也比上午大为提高。敌人的嚣张激起我军战士的无比愤怒。他们用轻机枪狠狠地还击敌人，双方展开一场猛烈的枪击战。随着枪战的蔓延，连炮兵也开始互相轰击了，隆隆声遍及山野。当烽火台高地受到我军重迫击炮的轰击时，枪击炮战才渐渐地停了。

黄昏前，团部通讯员二宝带着团长的信在公路上走着，他迎着将落的太阳向烟雾弥漫的沙土城望望，心里有说不出的高兴。他是奉命到四连开展特等射手运动的。在团部临走时，作战股长嘱咐说："二宝同志，本来你这次在四连私自到敌人阵地前去打枪，是违犯战场纪律的，应当受到批评。要记着，一个人民战士，必须是既有战斗的积极性,又有严格的纪律观念,任何行动都要根据上级的意图,不然,你再有本事也会一事无成,有时还会把事弄坏。但是,你能在白天接近敌人,弹不虚发,又使任何人都发觉不了你,这是值得总结经验的。团首长为了在全团培养侦察兵和狙击手,所以特派你到四连去做示范,要求你很好地完成任务……"

二宝跨着大步来到四连的住地。心想,这会儿见了哥哥要敬礼、要报告,总而言之要像个战士样,省得每次见了惹他不高兴。到了门口,认真地整理了一下服装,正了正帽子,走了进去。

"报告!"二宝扑的一声把脚跟一碰,雄赳赳地敬了个礼,"报告连长,团部通讯员孙二宝奉命来到!"

乔震山和郝平刚从阵地回来,正在谈话,小李在擦灯罩准备点灯。

"嗬!"乔震山用喜悦的目光看看二宝,见他笔直地站着,整齐、英武,满意地笑笑说,"这会儿嘛,还像那么回事。信呢?"

"有!"二宝板着脸把信从怀里掏出来,双手递给连长。

乔震山接过信,蛮有意味地瞧了二宝一眼,拆开信,笑眯眯地摇着头。看完,随手又把信递给指导员,然后,把脸一沉,说:"小李,你和二宝过来!"

二宝和小李来到连长跟前,并膀儿站着。

"小李,"乔震山说,"三大纪律八项注意第一条是什么?"

"一切行动听指挥。"小李低声答道。

"那么今天上午你们两个听谁的指挥去打的枪?"

小李低着头不放声。连长又说:"既然违犯了纪律就得受处分,把你们两个每人关三天禁闭,有什么意见?"

二宝有点莫名其妙了,他在团部时,杨股长告诉他到四连来开展特等射手运动,还嘱咐他多打敌人,争取立功入党。他高高兴兴地来了,不料一进门哥哥竟说要处分人,心里直发愣。

"连长!"小李慌了,急忙说,"这事儿可不能处分二宝,到前面打枪完全是我一个人的意见,不怨他。要关就关我一个人好啦。"

乔震山见小李吓得那副样子,差一点没笑出来,又回头问二宝:"你有什么意见?"

"我看……"二宝犹豫一下说,"枪是我打的,小李一枪也没放,反正……错了就得改呗。要不等着我把团长给的任务完成以后,回来再关吧。"

"那好吧。"乔震山说,"团长命令我们对敌开展冷枪射击运动。从明天起,你们两个每天要消灭十个敌人,晚上回来交账。现在你们去准备吧。以后可不能再这样了,常言说得好,'鸟无头不飞,人无头不行',军队没有纪律就不能打胜仗。正规军可不是当民兵,没有命令自由行动是战场纪律所不允许的。"乔震山说到这里,站起来就地转了一圈,又补充说:"即便当民兵也得听命令,这和在家里当老百姓打兔子不一样。"

小李偷眼瞧了瞧连长,心里说:"哈,原来这样,你可真能开玩笑啊。连长净吓唬我们,还关禁闭呢,要是有人真的为这事关我们的禁闭,恐怕你比谁都着急!不过……"他又一转念,"连长这脾气可也说不定……"

小李正在胡思乱想,指导员说话了:"小李,连长说的你听见没有?"

"听见了。"小李立正答道。

"这次你和二宝去完成这个任务不要认为是好玩,搞不好就有很大的危险,一定要机动、灵活、果断、勇敢,明天有好多人在阵地上看着你们,希望你们很好地完成任务,为党、为人民立功。来吧,现在咱们把行动计划研究一下。"

二宝、小李在指导员、连长的帮助下,拟制了冷枪射击的行动计划。

这天夜里,二宝像个老练的猎人,半夜两点就把小李叫起来了。

"小李,起来吧,趁天没亮进入阵地,省得被敌人发觉。"

小李一骨碌爬起来,两眼瞪得乌黑锃亮,好像根本就没睡一样。见二宝身披雪地伪装斗篷,背着枪,打扮得整整齐齐站在身前。他赶紧把应带的东西往身上一挂,背起枪跟二宝走了。

　　这次他们没到烽火台去,在烽火台以北的铁路基上选择了阵地,挖好小掩体,这里离敌人阵地只有二百米。拂晓以前工事修好了,二宝和小李蹲在工事里休息。在阵地的右面,友邻阵地的前方,不断响着零星的枪声。枪声过后,在片刻的沉寂中,除去冷风飕飕的声音外,什么也听不到。二宝和小李偎依着蹲在工事里,全身冻得直打哆嗦,手脚都麻木了。但是无论如何也不能起来溜达,只有待着一动不动,焦急地等候着天亮。

　　小李虽然冻得难受,可心里高兴得不得了:这次的任务多新鲜啊!身后有自己的队伍作掩护,前面是敌人的阵地,在这敌我之间广阔的中间地带里,只有他和二宝两个人,天亮后他们就可以痛痛快快地打一顿。敌人做梦也想不到,会有人在他们的鼻子下边,神不知鬼不觉地把他们的脑袋给打飞了。不过,也不能太乐观了,敌人不是死家伙,蛮狡猾哩,万一打不成也不是好玩的。这消灭十个敌人的任务交不了账才丢脸呢!小李想到这里,向二宝身上使劲偎了偎。

　　"二宝。"小李耳语地说,"你睡着了?"

　　"你才睡了呢。"

　　"我说,假设我们今天打不着十个咋办?"

　　"假设,瞎假设!"二宝咕噜着说,"那要看敌人出来多少啦,假设出来得多,还可能打得多一点呢。"

　　"今天我先打还是你先打?"

　　"完成了任务你再打。"

　　小李不吭声了,"是该二宝先打。这样,更有把握些。"他想着,向东方望望,期待着天空开始发亮,可是时间慢得使人心焦,星星泛着白色的光,老是那么高。

"嘻——真冷啊！"小李把伪装斗篷扯扯。

夜，十分沉寂，间或从沙土城西方传来隆隆炮声，这冬夜的炮声，使二宝想起三年前同样一个深夜：国民党王经堂的队伍烧了他的家乡，村里冒着熊熊大火，二宝和妈妈还有秀珍和乡亲们逃难在山上。那天夜里就是响着这样的炮声。二宝和秀珍两人的父亲被王经堂这个强盗给杀害了，烧死了几百口子老乡，那是什么年头……想起这些，仇恨的烈火燃烧着二宝的心，他想："今天在这里若能碰着王经堂，那就该老子杀了你了！"又一转念，"不，不能这样打死他，留着将来捉活的，问他要姐姐呢，他把姐姐弄到哪去了？要回姐姐后才杀他呢。唉！这个坏蛋……"

"二宝，"小李闲得难受，兴许是冷得受不了，想说说话，转移下注意力，"你说打枪怎么才能打准啊？"

"唔……打枪嘛……其实也没啥奇妙的，只要你有一颗仇恨心，想想他们杀过我们的亲人，烧过我们的家，抢过我们的东西，使我们倾家荡产、家破人亡！这不是些人，是些野兽！那就会打准。"

"嗯，兴许是真的！"小李喃喃地说。

天刚一发亮，敌人阵地上什么都看得清清楚楚。二宝把枪放好，目不转睛地注视着敌人的阵地，凡是可疑的地方：坟丘、土堆、灌木丛、掩蔽部和交通壕都不放过。忽然发现从掩蔽部的后面交通壕里，出现一小队敌人，大概是换哨的。二宝瞄准了前头那个像军官模样的敌人，镇静地扣动扳机。砰的一声，子弹带着仇恨的哨声向敌人飞去。敌人叫了一声，晃荡了两下栽倒了，其他的一哄而散。

二宝的第一枪震破了清晨的寂静，枪声在田野里响着清脆的回音。小李见二宝第一枪就打倒了一个，他高兴极了，几乎喊出来，二宝向他摆了摆手，小李安静了。这时，又一个敌人从壕沟里爬出来，向打死的那个跑去，但像被什么东西绊了一跤，栽倒不动了。二宝打完了第二枪，轻轻地拉开枪机，又推上子弹，仍然一动不动地盯着敌人。第三个目标又出现了,他弯着腰连蹦带跑,向被打倒的匪徒扑去,但只跑了三四步,也像上一个一样,躺下再没起来。

二宝迅速地拉开枪,又推上了第四颗子弹,提起枪向左面跑去,小李在后面跟着,跑了五十来米,在一棵小树丛的下面卧倒了。

"二宝,"小李喘着气说,"你怎么跑了呢?"

"三枪挪挪位,不挪就倒霉,这是老规矩。"二宝眼睛看着前方说,"你要把数字记好啊!"

小李拿出笔记本,仔细地把数字记录下来,忽见敌人阵地上有人忙忙碌碌地走动,他急忙转头对二宝说:"你怎么不打?这么多的人,多好打!"

二宝开始没吭声,后来他不急不慢地说:"等一会儿吧!"话还没说完,见他们原来的那个小掩体遭到了敌人机枪和迫击炮的袭击。两小时过去了,敌人的射击停止了,二宝才把枪又伸了出去。

"二宝!你真行,我算服了你,要不跑到这里,我们现在早完蛋啦。"小李看着他们以前的小工事被炮弹炸得乌烟瘴气,尘土横飞。他为他们的侥幸,高兴得几乎跳起来。

二宝一声没吭,集中精力又在瞄准。

敌人打了一阵枪炮后,慢慢地静了下来,大概他们认为这伤脑筋的目标,已经被他们的炮弹消灭了,所以才放心大胆地停止了射击,并且伸出头来向前瞭望。就在这时,那露着头的机枪射手,随着二宝的枪响,他的帽子腾空而起,丢掉了半个脑袋躺下了。于是机枪和迫击炮又向原来位置开了火。

二宝忽然发觉有一小碉堡的射击孔里向外喷烟,这是敌人射击最疯狂的机枪掩体,二宝的枪口对准了它。当二宝退出弹壳时,那个掩体的射孔就停止了射击。

二宝和小李又巧妙地移动了位置。

"第一次打三枪,第二次只打两枪就移动么?"小李莫名其妙地问。

"嗯,下次还可能打一枪就挪动呢。"

"为什么?"

"你看嘛,老说话!叫敌人听见就打不成了。"

小李看了看二宝,默然了。他现在才真正理解了二宝的脾气,他不论什么时候,总喜欢不声不响的。平时他又是那么虚心。小李回想起在靠山镇和他才认识的时候,他认为二宝是个乡下孩子,什么都不懂,所以他常在他面前滔滔不绝地说着话,二宝总是不动声色地听着。现在看来他什么也不如二宝,虽然他比二宝早参军两年,但是比起二宝来竟觉得自己一无所长了。小李今天一直到黑,他再没说话,老跟着二宝跑来跑去,看着二宝的动作。二宝弹不虚发,他每逢看到敌人被子弹击中,那种应声而倒、四肢瘫软的姿态,他总是抿嘴笑笑,然后用鄙视的目光瞧瞧敌人,就移动射击位置。当他把枪再伸出去时,他那黝黑的面孔又是那么威武逼人。

太阳落山后,小李也打了两枪,成绩很好。他兴奋地对二宝说:"你看我有什么毛病?"

"这样就可以,不要慌张,沉住气,给敌人多造成错觉,而主要的,还是要有一颗报仇的心。"

"你说得也对也不对。"小李不以为然地说,"对敌人仇恨,当然是对的,可我们干革命不光是为了报私仇。这是指导员说的,不信你去问问他。他说我们革命军人要有远大的理想,消灭敌人是为了打出个新社会来,解放全人类。"

"就算你说得对吧。"二宝有点自圆其说了,"反正报仇也不算错误。"

"那……单看怎么说。"小李琢磨了老半天才想出个词儿来,"要是光为报私仇参加革命,那思想可不咋的。"二宝不放声了,因为小李在他心目中是个小理论家。

两个小战士,有时候也并不那么顺利,最后一次射击,由于小李的枪没有把握，连打三发子弹，没有击中敌人，还没来得及转移就被敌人发觉了。两挺机枪同时向他们扫来，打得两个人把头埋在地下一动也不能动，积雪掺着泥土几乎把他们埋起来。一颗炮弹嗡嗡地飞过来，轰的一声，身子跳动了一下，耳朵什么也听不见了。沉重的泥块落到小李身上，他侧脸一看，他和二宝之间被一个弹坑隔开了。心里想："这下完了。"他想爬过去看看二宝，二宝早已过来把小李一抱，骨碌骨碌就地滚了两下，来到地坎下面，抱着小李向侧面跑去，在新的隐蔽地坐下。

小李满脸是灰，几处撕破了口的棉衣上露着雪白的棉絮，他摸了摸，哪里也没伤着，只是背上被土块砸得怪痛怪痛的，他摇摇头，抖掉身上的雪泥，擦擦眼睛，朝着二宝笑了。

"真危险啊！"他说，"你的伪装衣呢？"

"在那边。"

小李扭头一看，原来二宝把伪装衣挂在树枝上，敌人的机枪仍然向那件伪装衣嘟嘟着，炮弹也不断地在周围爆炸。

黄昏以后，二宝和小李趁着夜幕撤出了阵地。他们一整天没吃饭，因为带的干粮冻得像石头一样，咬也咬不动。直到拖着疲劳的身子回到了连部，以消灭十二名敌人的成绩，向连首长做了汇报后，他们才饱餐了一顿。

今天一整天，乔震山、郝平、王德还有各营派来的特等射手都在阵地上观察二宝和小李的动作，同时准备观察烽火台的火力点。他们被二宝那种灵活的动作，准确的射击所吸引，不绝口地称赞着。当敌人的火力在二宝和小李的身旁爆炸时，他们又为他俩的安全提心吊胆，直到听到他们在另外一个地方的发射声，才又平静下来。

二宝和小李回到连部时，早已有各排各连挑选的特等射手在等着他们，大家见他们进来，一窝蜂地围了上去，请他们两个介绍经验。

二宝羞怯地微笑着说:"没有什么经验,我当民兵时,就是这样打,不过这比那时容易点,敌人是在阵地上,没有来冲锋。就是这些,没有什么经验。"

大家正在聚精会神地听着,不想二宝只说了这么几句就住口了。惹得大家七嘴八舌嚷嚷起来,非叫二宝介绍经验不可。

二宝心里很为难,他的确觉得很平凡,没有什么值得介绍的。后来,实在被大家闹得没办法,他想一想说:

"主要是沉着。见了敌人不要慌,不要放空枪,瞄准了再细心击发,打过第一枪就快推上子弹,好等机会再打。阵地要在敌人射击忙乱时,或在敌人没发觉时就转移,不要在一个地区里老打,勤换着点位置,想办法欺骗敌人,叫他上我们的当。碰见成群的敌人只打带头的,叫后面的去拖他,然后再一个一个地打。主要的射击目标是:敌人当官的、射手和哨兵。不要摸着好打的尽着打,要耐着性子,麻痹敌人。就是这些,没啦。"

特等射手运动就这样轰轰烈烈地开展起来了,各个部队都在不断地介绍着经验。三天之中二宝和小李白天在北面打,晚上在烽火台打,敌人阵地上的伤亡一天天地增多。他们有时也用特等射手对付我们,有时发起全部火力想消灭我们的特等射手,但是,这一切都无济于事,敌人的伤亡数字仍在增加。最后敌人无计可施了,干脆除哨兵外,白天黑夜阵地上连一个人影都没有了。

二三

八达岭的山峰上,日光照着积雪闪闪发光,显得美丽、雄壮。

团部住地杨家营村南的公路上,军部炮兵团的汽车牵引着大口径的榴弹炮,一辆跟着一辆,卷着滚滚的尘土,飞驰而过,大炮颠簸着发出沉重的声音。

早饭后,周国华和李治中在炕上铺开地图,研究沙土城的地形,准备到前沿观察。一阵急促的马蹄声传来,由远而近,到团部门口,停住了。有人说:"哪里好拴马啊!拴到石头上。"是师长的声音。周国华和李治中迎了出来。师长正在阻止警卫员往老百姓树上拴马,后面还有作战科长和一个骑兵班。师长见周国华和李治中出来,微笑着看了看周国华那只缠着绷带的手,"怎么?手被狗咬坏了?"

"擦破点皮。"周国华和师长握手。

"下象棋'将军'是经常事,当团长可不能常这样干啊!"师长严肃的脸上堆满了笑容,从丹田里发出爽朗的笑声。

来到屋里,师长眼睛向周围一扫,坐在炕上,点燃一支烟,问道:"怎么样,战士们有什么反映?"

李治中倒了一碗开水给师长,把作战科长让到炕上,接口说道:"别的没什么反映,就是老围着不打,战士们很着急。"李治中说着瞧了瞧周国华,"营连干部每天都打好几遍电话请示任务。"

"乔震山电话打得最频繁。"周国华插口说,"一会儿要求打烽火台,一会儿要求打沙土城,一会儿又说为什么老围着不打,嗬,像吵架一样,真没法给他解释。"

师长笑了,他那黝黑发亮的脸上每一条皱纹都充满了喜悦。

"年轻力壮,血气方刚。我年轻时听见打仗就不要命了。没有这么个劲头革命能成功?这种情绪只能说服不能批评,同——志。现在平津战役还正在开始。平绥线上是敌人的主力,你要是很快给他打掉了,北平的敌人就没有想头了,他会不顾一切地逃跑啊。上级对战役的每一步计划都有它深远的意义,这一点要和同志们讲明。现在的情况是这样的。"师长把铺在炕上的地图整理一下,拿起铅笔指着地图说,"平、津、张的敌人到处都受到我们的分割和包围,内部非常恐慌。沙土城敌一〇四军正处在进退两难的情况下,很可能夺路逃窜。目前敌人沿铁路向北平逃跑已经不可能,向张家口更是困难。去解新保安的围,他现在连想也不敢想了。北平的敌人现在是自身难保,无援兵可派。据军首长估计,沙土城的敌人很可能向南通过这一带山区,经门头沟逃进北平。我们希望他这样做,在运动中歼灭敌人比攻坚好得多。"师长说到这里,大家又轻轻地向地图附近靠拢了一下,注视着师长铅笔移动的位置。

师长把手里的铅笔一摆,又接着说:"山区这条公路是日本人修的,抗战胜利以后,被我们游击队破坏了。这一点敌人可能知道,或许因此改变计划。但是,他会认为这是一条比较安全的道路,也可能为了保存他这支王牌部队,豁出去重装备不要了也要从这里逃到北平去。"说完,师长把铅笔抛在地图上,眨了眨那明亮而多睫毛的眼睛,"最理想的是他能无条件投降,不过目前还不到时候。我们必须制造这个条件,那就是在战术上对敌施加压力,打击他,消耗他,使他随时不得安宁。如果他执迷不悟,那也只有再把他紧紧地包围起来,等上级命令一下就坚决彻底消灭他。你们看选择个什么地点打他一下?"

"我看烽火台比较恰当,这地方既是敌人的要害,又是一个突出的支撑点,拿下这里对敌人的威胁很大,对我们掌握敌人的情况非常有利。"

"嗯,这地方值得考虑。"师长伏在地图上仔细地看了看烽火台。

"假设拿下烽火台后,攻坚的时候,是不是我们团的主攻?"李治中迫不及待地请示说。

"目前暂没决定,将来看情况再说。"说着,师长站了起来,微微一笑,"攻坚就不是那么草率了,不能心急,一定要准备好。但是目前你们还是要很好地监视敌人,不要等人家跑了我们还不知道,那就麻烦了。"他移步向外走着,"到前面看看再说吧。"

"杨股长,"周国华跟随师长边走边回头说,"你打电话告诉二营,我们马上去他们阵地看地形,叫他们注意警戒,谁也不准暴露目标。"

师长、周国华、李治中、作战科长纵身上马。骑兵班走在头里,上了公路,撒开马缰,向沙土城方向跑去。师长四十多岁了,身姿魁伟,乘坐在细腿栗色的大洋马上,真像小说里所描写的英武的将军,率领着他的部下,驰向前沿阵地。

他们在四连连部的驻地下了马,连长乔震山和指导员郝平在村口迎接了他们。

"小乔啊!"师长老远就看见乔震山,亲切地叫了一声。

"到!"乔震山大声地答应着,跑到师长跟前规规矩矩地敬了个礼。

"嗯,这次不错,没吊着胳膊来见我,"师长拉着他的手说,"小伙子才几年就长这么大了,就是脾气不大好,是不是?"

"现在改得多啦。"乔震山见到师长特别感到亲切,他听师长又揭他的老底子,把脸一红,不好意思地笑了笑。

"这是个好家伙,既能打仗,又能钻火,就是有个牛脾气,你们知不知道?"师长打趣地笑着,转过脸来又对周国华和李治中问道。

周国华微笑着点了点头。

郝平走在后面偷偷地用手碰了一下乔震山,低声说:"小乔!"接着喊喊地笑了。乔震山看了看郝平,没说什么。

"笑什么,郝平啊?"师长回头看了看,"叫小乔不好啊,唉? 他就是小乔嘛,今年他才二十六吧? 大概我没记错……小乔你说是不是啊?"

"是。"乔震山低声答道。

"对嘛!"师长慢悠悠地说,"我比你大十七岁,你永远也是个小乔。"

"现在当连长啦!"周国华笑着插了一句。

"只有小才能当连长呢,要是老了还当得了啊!"师长说着风趣地笑了。

乔震山和师长的关系,大概除去团长、政委以外谁也不知道,乔震山也从来没对别人说过。原来他参军那年,师长正在那个单位当司令员,乔震山在警卫营当战士。他经常在司令部站岗、执勤,随司令员出差,所以他和首长们都很熟悉,但是使师长印象最深的是:乔震山在一次战斗中出色地完成了任务,在战评大会上受到会议的奖励,评为战斗模范。

一九四三年的夏天,那时王经堂在北平当汉奸,他带着队伍来冀东地方"扫荡",我冀东八路军在石门镇一带打埋伏,准备消灭王经堂这个万恶的毒蛇!乔震山和全营的指战员,分散隐蔽在老百姓家里,等着王经堂的到来。准备敌人进村后,出其不意以突然袭击消灭他们。

上午十二点时,强烈的阳光炙烤得大地热烘烘的。田野里齐腰深的谷子、玉米,翻着绿油油的浪头。人们正在午睡,到处都是静悄悄的。假设你在街上走一趟,你会看见老百姓干活的干活,歇凉的歇凉,谁也不会想到,这村里隐蔽着大量军队,正在酝酿着一场恶战。

部队在老乡家里已经憋了一上午了,敌人还是一点消息也没有,屋里很闷热,战士们憋得满身是汗,不少人等得不耐烦了。

"我看今天是白等了。"一个战士咕噜着说。

"你要是等得不耐烦的话,就拿一颗子弹在自己的筋骨上划两下就好了。"乔震山在旁边板着脸说,"不信,你试试看。"

"去你的吧!你自己怎么不试试?"

"我不着急,所以我也不用试。"乔震山说着把他的大砍刀刷的一下从鞘子里拉出来,用草在上面拭着。那刀可真快,一根麦秸草往上一碰,只听噌的一声就断了,他又从头上拔下两根头发,横着放在刀刃上,用口一吹,那头发也成了两截。

"你的刀再快,敌人不来还不是白搭!"

是啊,乔震山心里不着急是假的。他急得心里在冒火了,每逢打仗他都把刀磨了再磨,这次听说要打王经堂,他想这回碰着他,可要给姐姐报仇啦。但是一等不来,再等也不来,屋里既闷又热,急了他一头汗。因他心里着急,才说风凉话,试试刀,来消磨时间。

乔震山正在心急如火,放哨的便衣推门进来,"注意!敌人现在正进村,听指挥所机枪一响就向外冲!"他说完跑了出去。

刹那间屋里紧张起来——这个屋子里共有四个人,一挺轻机枪,三条步枪,每人有一把大砍刀。大家准备好了以后,各人站到各人的岗位上。乔震山是把守屋门的,他把枪大背在肩上,手里拿着大砍刀等着冲锋了。这时每个人的心都激烈地跳动着,眼睛不断地向院子里瞧着,只等着一声令下,马上冲锋。没有说话的,屋里静得能听到蚂蚁爬,蜘蛛网在梁上挂着纹丝不动。要是敌人进来找水喝,发现了他们,该多糟糕!当然,进来也不要紧,跟他拼嘛,可是,暴露了目标,这埋伏就打不成了。大家正担着心,忽然,街上响起乱七八糟的脚步声,骂声,吵闹声,敌人到处乱嚷嚷着。

"天这么热,穷鬼们把井都给填上了,连水都没有喝的。"

声音渐渐地近了,忽然砰的一声,院子门被脚踢开了。一个伪军走了进来,手里提着大盖枪,向四周看了一下,鬼鬼祟祟地朝着屋里走来。

乔震山把大刀一提,抽身避在门后,身子紧贴在墙上,向大家打了个手势,意思是:大家都藏好,由我来对付。屋门开了,那个家伙大模大样地走了进来,乔震山手疾眼快,一刻也没等,举起大刀悄悄地向前移了一步,朝着那家伙的脖子就是一刀,那家伙连吭都没来得及吭一声,像个推倒了的酱油瓶子一样,倒在地上,污血从体腔里扑的一声喷了一地。

"快!"乔震山一招手,"把他拖开,把血用草盖起来!"

那三个人很快收拾好,这时又从外面进来一个。

"这小子怎么还不出来,是不是摸着花花的了。"边嚷嚷边往屋里走,"他妈的！不出来在屋里干什么,别吃独食。"说着进了屋门,和上一个一样进去以后再没出来。

乔震山和同志们,就用这样沉着、勇敢、快速、利落的动作,保持了冲锋前的隐蔽状态,争取了时间,使指挥所按计划发出了投入战斗的信号。

信号一响,战士们像出山的猛虎,从屋子里、院子里跳了出来,在村子的大街上和敌人展开肉搏。在手榴弹爆炸的烟尘之中,闪耀着大刀、刺刀的寒光。四十分钟以后,把敌人一个整营全部消灭了。但是多么遗憾啊！王经堂这个狡猾的家伙,竟一个人带着卫队逃脱了。

战斗结束后,同志们夸奖着乔震山的刀：

"小乔的刀真快啊！"

"光刀快不行,还要有点臂力。"另一个同志说。

"在大街上大伙一块干就没有什么了,就是在屋里那两下,嗬！那可不是开玩笑的。"

"小乔这家伙,别看他平时好抬杠,打起仗来比猛虎还厉害！"

大家七嘴八舌地议论着,乔震山背着枪和他那带红布的大刀,低着头一声不吭。这次战斗以后,他就当了班长。

从那次以后,师长对乔震山就熟识了,入党时,师长亲自参加了他的入党仪式,还在会议上对乔震山做了指示："小乔同志是个很好的同志,入党以后,在党的领导下要克服缺点发扬优点,为伟大的无产阶级革命事业贡献出一切！"这几句话到现在还牢牢地记在乔震山的心里。

半点钟以后,师长、周国华、李治中和所有的指挥员一块来到连指挥阵地。副连长王德迎接了首长们,并向师长做了详细的情况汇报。师长瞧瞧王德,见他那秀气的脸膛,英武的神气,从心里往外喜欢,"嗬！你们这个连是'三三制'哩！"

大家不解其意地互相瞧瞧。

"这意思不懂吧？李治中懂不懂啊？"

"指导员、连长、副连长。工人、农民、学生。"李治中笑着答道。

大家恍然大悟，哈哈地笑了起来。

他们各人找好了隐蔽位置，从望远镜里仔细地观察着敌人的阵地。

沙土城沉没在脱了叶的树林内，雾沉沉地只露出一片灰色的屋顶。城东南一千米处，在铁路南侧矗立着一个高地，这就是烽火台。乍看好像上面什么东西都没有，但是，国民党反动派把它作为沙土城前沿阵地中的主要据点。他们掘通了高地的周围，到处都修好了土木碉堡和隐蔽部，架好了轻重机枪和小炮，成为强固的火力点。

烽火台西北面是一片高低不平的小丘陵地带，向东南可以清楚地看到所有的道路、村庄，一直到遥远的八达岭。从我们的阵地很难看到他们阵地的全貌。

师长看完地形，离开阵地，坐在树林里和大家研究敌人阵地的特点和构筑情况，由于观察不便，很难得出结论。最后他说："假设这个烽火台是在我们阵地内，那我们对沙土城的观察就好得多了。你们今晚上派个部队去侦察一下，弄清情况后再决定。不管怎样，一定要夺取这个高地。"师长从树枝的缝隙里向烽火台眯着眼睛看着。

"这高地上最多不过一个班。"王德插话道，"因为只有那么大个地方，人多了挤不下。"

"先不要过早地下结论，小伙子，对这高地抱任何轻视态度都是错误的。"师长严肃的目光瞧了一下王德，又环视了一下坐在他周围的人们。

"把这任务交给四连吧，他们已经请示过好几次了。"周国华请示说，同时瞧了瞧乔震山。师长没有立即答复，他用信任的目光看了看身旁的乔震山，说道："嗯，行啊，先侦察明白，做出方案，报到

251

师部来,然后听命令行动。听见了没有啊,小乔?"

"听见了!"乔震山立正答道。

"嗯,冒里冒失的,光急着打不行,把情况侦察好再下手才有把握。作为一个指挥员,一定要沉着果断、英勇多谋,光凭一股热情,或一时感情冲动去打仗,就会出乱子。不过,我相信你能做得很好。认真地去准备吧,同志,仗是有得打的。"

乔震山笑眯眯地瞧着王德。王德会意地笑了笑没放声。

在远远的八达岭上空出现了三架战斗轰炸机,沿铁路线飞来,从五千米渐渐降低到两千米,带着沉重的呻吟声飞驰而过,在西面公路旁边投下了两枚不大的炸弹,接着我军阵地前沿响起了一阵重机枪的高射声,和飞机的扫射声混成了一片,霎时,飞机的马达声渐渐地消失在高空的远方,战场上立即沉寂下来,师长和大家从公路旁的灌木丛里牵着马走出来。

"这几天敌人狗急跳墙。"师长临上马时仰着脸向飞机逃去的方向瞧瞧,"要告诉部队很好地注意防空。"

"是的。"周国华答应着,"昨晚已经通知部队,各营组织了对空射击组。就是运输部队,每逢飞机来了,他们表现得很麻痹。"

"把情况记下来,回去下个指示。"师长向作战科长说完,飞身上马,把缰绳一扯,又对乔震山说:"小乔啊,明天早晨把作战方案交给我。"

马蹄底下卷起了团团的尘土,遮掩了师长的背影,消失在公路的拐弯处,林边上飘散着尘土的余雾。

二四

拿下烽火台逼迫敌人投降,这一任务立即传遍了第四连,战士们个个摩拳擦掌纷纷议论。有的说,烽火台是我们的眼中钉,不拿下它来,白天黑夜身上痒痒;有的说,光待在这里不进攻,实在憋得难受;还有的说,烽火台这几天打伤了我们四五个人,虽然特等射手运动出了点气,总不如拿下它来干脆了当。

晚饭后,夜空里风雪弥漫,搅闹得天昏地暗。

乔震山准备乘这风雪之夜,派一排长带一个班,到烽火台捉个俘虏,了解全部情况,以便很快定下攻击决心。郝平很同意他的意见。

王德是个闲不住的人,一听要去捉"舌头",兴趣来了,他噌的一下站起来说:"我去!烽火台我已经想了它三四天了。我去亲自掌握着,今晚一定完成任务。侦察明白,做出方案,明天晚上就可以攻克它!"

王德的这种积极表现、勇于作战的精神,乔震山感到很高兴。可是,对他那种轻率的想法,觉得不太放心,因此他说:"老王同志,你去可以,不过要求你掌握几个原则:第一,要捉活的;第二,最好不要叫敌人发觉;第三,任务完成后,很快地回来,如果发生意外情况,你向我们这里打三发红色信号弹,我好带着队伍去接应你。咱们两个的联系信号仍然是一长两短。"

王德见连长同意了,急忙往腰里捆皮带,背枪,整理领扣,然后掏出小镜子照了照。他这些动作,不禁使乔震山哧的一声笑了,"要去就快走吧,同志,捉俘虏嘛,又不是去找对象,尽照个镜子干啥。"

"嗯,脸,是要常照着点,不然,有灰挺难看。"郝平也笑着插了一句。

"放心吧,指导员,这次一定不给我们连的脸上抹灰,保证完成任务。"

王德带着连部通讯员小李来到一排阵地时,一排长早已把队伍组织好了,一共十二个人,两挺轻机枪,连赵文江、王德,还有通讯员小李总共十五个人。大家为了行动方便,全部轻装,身上披着白色的雪地伪装斗篷,整齐地站在集合场上等待出发。

"副连长,队伍准备好了,出发吧?"赵文江迎着王德敬了个礼。

"走!"

战士们背着枪,成一路纵队紧跟在王德和赵文江的后面。大风雪袭击着每个人的手和脸,立即化成了水滴。雪照亮了暗淡的树林,大地万籁无声,空荡荡的,好像这旷野里从来就不存在什么。所有的线条和轮廓只有两种颜色,黑的和白的,没有别的光亮。间或在远方友邻阵地的半空里,升起红色的曳光弹,流星一样划破了夜空,而后又消失了。

王德和赵文江,在头里端着冲锋枪,沿着树林空隙搜索前进,树木的枝条上,积雪妨碍着搜索者的视线。他们小心翼翼地前进着。突然正前方"哗啦……"一声,树上的积雪纷飞落地,王德立即停下来,端着冲锋枪向发出声音的方向做射击准备。仔细一看,原来是猫头鹰被惊醒了,拍打着翅膀扇开积雪向树林深处飞去。

"他妈的!"王德咕噜着自言自语地骂了一声,又向前面走去,不时地停一下,看一会儿又走。

半小时以后,烽火台高地出现在树林的外面,隐约模糊地矗立在风雪的夜幕中。王德停下来,向烽火台上看了看,回头对部队摆了摆手,战士们马上成散兵队形展开,卧倒在林边的地坎上。

王德隔着冬夜的大风雪,向着黑兀兀的烽火台端详多时,除去大风雪吹着树林呼呼作响而外,什么动静也没有。

王德对一排长悄声问道:"老赵,你看怎么样,先捉'舌头'还是先侦察地形?"

"我看是先捉'舌头'好。"赵文江向王德身边靠了靠,"把'舌头'捉下来派人送走,然后再侦察地形,到那时候就是敌人发觉了也不要紧,我们再用两个人去投手榴弹,用火力侦察敌人的部署。"

"走吧。"王德点头同意。

他们带着队伍,钻着树林又往西走了二百多米,向右一拐弯出了林子,向前一看,忽然烽火台高地变形了,它不是一个孤立突出的高地了,而是东头高,西头倾斜,活像个仰首卧着的巨兽。东面的高顶是烽火台的主峰,它面貌狰狞,迎着狂风大雪发出惊人的嘶叫声。

"它怎么会这样?!"王德惊讶地说。

"夜间看山,一转一变。"赵文江老练地说,"我看我们就从这鞍部上去,那里是主峰的后面,一定有人走动,上去捞一个就走。"

"行!"王德考虑了一下爬起来要上。

"不要慌,叫一班副带上两个人先侦察一下道路,如果有铁丝网先给它剪开,然后再进去。"

"好,马上行动!"

"是!"

一班副带着两个战士走出林子,经过一段洼地,在高地的脚下钻进了灌木林。

忽然高地上火光一闪。

"可能是敌人的哨兵在擦火吸烟哩。"赵文江低声说。

王德一直向高地看着没吭声。

二十分钟以后,一班副气喘吁吁地跑了回来,"副连长,山根下什么也没有。在山半腰有两道铁丝网:一道墙壁式的,一道屋脊式的,上面有些小铃铛,被风一刮叮当乱响,你听!"

他们侧耳静听,果然在大风的呼啸中隐约有铃铛的响声。王德听了大为高兴:这大风雪的搅闹声,把一切声音都会吞没掉,可以给侦察行动以莫大帮助。

"妙极啦!"他握紧拳头朝地上一擂,"这天气会使我们得到更大的成功。他两个呢?"

"在铁丝网外面监视着呢。"

"你领路我们马上就去。"王德又向一排长说,"老赵,告诉部队,上去后绝对保持肃静,没有命令不准开枪!"

"是!"

部队到了高地下面,顺着山坡,穿过树林,向上爬去。雪,深及膝盖,爬两步退半尺,像走在棉花堆里,触动的树枝,弹起了枝丫上的积雪,纷纷落在头上。一班副在头里领着,不止一次地停下来听高地上的动静。不多时,王德和赵文江,随着一班副来到两个深深卧在雪里的战士跟前。

"你们发现什么没有?"副连长伏身问道。

"进去铁丝网就是壕沟,刚才听到好像有人走动。"

"可能是哨兵。"副连长说了一声,转身又对一排长说,"走!进去看看。"说着,把铁丝网掀起来想往里钻。一排长一摆手,从腰里摸出破铁丝网的剪子,仰起身子,一会儿工夫把两道铁丝网都剪断,工作很顺利,小铃铛在大风里叮当乱响,敌人一点也没发觉。他把队伍向两边分开,卧在小树丛底下,领着王德、一班副爬了进去。

"干什么的!谁?"上面喊了一声。

大家以为是被哨兵发觉了,他们把身子一伏。

右前方有人答话了:"我!妈的,咋唬什么?"

大家伏在地上,屏气地听着,忽然啪的一声,接着恶狠狠地骂道:"他妈的,又在岗上吸烟,你要不要脑袋?"这骂声很低。以后除了呼呼的风声和沙沙的落雪声外,什么动静也没有了。

"走吧,副连长?"一排长爬起来要走。

"别忙,再等一会儿!"王德伏在地上看着表,表针滴答滴答地又走了五分钟,他说,"老赵,上去吧,要肃静、沉着、利落,千万别闹出声响。"

"是!"赵文江答应一声向前摸去。刚爬上壕沟,见一个哨兵离他只有一步多远,刚转过身去顺着壕沟向前慢慢地走。赵文江大个子,平时虽然笨手笨脚,可是现在他既轻巧又利落,毫不犹豫地一跃而起,像饿虎扑食似的一下抓住了哨兵的脖子,按了下去。这家伙在一排长两只粗大的胳膊和那魁梧身躯的压力下,像只老鼠一样,还没来得及弄清什么事,就被按在身底下了。一排长一只手掐住那家伙细长的脖子,一只手握着铁锤般的拳头对着他的脸晃晃,"不许嚷!"

那家伙被一排长掐得透不过气来,白瞪着眼一声不吭。

王德和一班副,伏在壕沟沿上,向两侧警戒着。一排长把哨兵很快捆好,在口里塞上了手巾,像扔个包袱一样把他从壕沟里丢了下来。王德用手一提跑回了原来位置,刚想叫一个战士押着下去,一排长早已跳上壕沟,钻出铁丝网,"走吧,副连长!'舌头'呢?"

"在这里,他死了!"一班副惊慌地说。

一排长来到跟前一推,那家伙果然嘴里流沫,两眼发直,一动不动了。他这才恍然想起,是他掐着他脖子捆的时候,手劲太大把他给掐死了。

"糟糕!怎么办?"赵文江急了。

"走,上去,到里面捉个像样的。"王德把枪一提才要走,忽然,山顶上有人喊道:"李福贵,李福贵,他妈的,哪去了?……这小子开小差了?"语声之后,壕沟沿上冒出一个人影来。

王德、赵文江、一班副急忙隐蔽,一不小心,弄响了铁丝网的铃铛。

"呀!……"人影突然消失,响起一阵惊慌失措的喊声:"八路来啦——李福贵被八路捉走啦——"喊声之后"叭、叭"就是两枪。霎时间烽火台上像是滚了锅,呼啦呼啦地跑出了很多人,不问三七二十一朝着山下开了枪。

"副连长,看样子干不成了,撤下去等会儿再上来吧?"赵文江伏在旁边问道。

"不!敌人不一定发现我们,现在撤不行。隐蔽好,只要敌人不下来,就不理他!"王德十分顽强地说,瞪着一双火辣辣的眼,直盯着山上。

枪弹、手榴弹在他们头顶上嗖嗖地飞过去,打折了的树枝,成团的积雪,像棉花一样落在他们身上,每个人都变成了毛茸茸的雪堆了。忽然一颗手榴弹,冒着烟扑通一声落在王德的胸前,"不好!要炸!"王德此刻要是慢一点、迟一下,几秒钟内他就会随着爆炸的浓烟血肉横飞了。

可是,他虽然年轻,总归是久经战争锻炼的人,非常沉着、果断,他把眼一瞪牙根一咬,伸手抓起手榴弹,迅速顺着头顶扔到身后去了,轰的一声在他身后的山坡上爆炸了。

"好险啊,副连长!"赵文江伏在王德耳朵上说,"看样子,敌人是没有发现我们,这枪打得挺高哩。"

枪声在大风雪里响着,手榴弹在林子里闪着火光,搅得山坡上烟气腾腾,雪雾冲天,树林里更加昏天黑地了。战士们在雪里埋着一动不动,警惕地瞧着敌人。

敌人砰砰叭叭地打了一阵枪,看看没人还击,也就泄了气不打了。可是事情并没有过去,一个凶恶的声音咆哮起来:"哪里有八路?他妈的!你说呀,混蛋!"骂声之后,啪啪就是两个耳光子,"李福贵开了小差,你造谣掩护他是不是?唉?"又是一个耳光子。

"不……不是……连长,我……亲眼看见有很多人跑下去了……"

"放屁!在哪里?"

"就从这里,你看,还有脚印。"

"见你的鬼!"又是一个耳光子声,"他妈的,就是一个人的脚印,明是你放跑了他还造谣。再说,我们打这么多的枪,真有八路他一枪不还?好你个刘得胜啊,无故造谣,煽动军心,瓦解士气,叛变党国,你知道该是什么罪,唉?"

"是!官长,我……我错了!"声音颤抖而惊慌。

"来人哪!"

"有!"

"把刘得胜拉到那边去!"

"是!"

"官长!老爷!我……我家有六十岁的老娘啊,饶了我吧……哎呀!哎呀!妈呀,我再也见不着你了啊,妈……"

"叭!叭!"两声枪响之后,鸦雀无声了。

大风雪拼命地呼啸着,寒森森的冬夜一片漆黑,烽火台上死一般地沉寂。

王德抬起头,隔着飞舞的雪雾向山上望望,两只眼睛闪动着愤怒的光芒。他推了推赵文江,说:"老赵,检查一下战士们有没有伤亡,要是有,马上派人送回去,我们继续完成任务。"赵文江刚要走,又被王德扯住说,"捎着看看那个俘虏,醒过来了没有?"

赵文江很快地检查完了,回来报告说:"副连长,咱们的人一个也没伤着。就是那个俘虏放在暴露的地方,头上身上又挨了好几枪,不行了。怎么办,上去吧?"

"不,再等半点钟,这回非捉个像样的不行!"

半点钟——要是在平时,也不过只是眨眨眼的工夫,可是现在,西北风卷着鹅毛大雪,刮得天摇地动,雪花像几百条小鞭子一样,猛往人脸上抽。同志们僵卧在山坡雪堆里,动也不能动;帽檐上,帽耳上,眉毛上,甚至连眼睛、鼻子上都呛满了雪,雪花化成水滴,结成冰凌,寒气逼人,冷风刺骨,全身除去心脏还在咚咚地跳动外,似乎每一条血管,每一块肌肉都冻僵了。这半点钟,比半年还难熬,可是山上敌人似乎还有很多在悄悄地走动,"不得了,"王德想,"这样待下去,非把战士们冻坏了不可。"他不由得记起一九四六年冬天在东北"三插敌后"的经验:松花江沿岸,真是千里冰封,大雪弥漫,那漫无边际的冰雪,平地上都有一尺多厚,人呼出的热气也能结成冰。别说在一个地方待上半点钟,就是站在地上十分钟不动,也会把脚冻得发紫血青。那时有多少同志因此而致残废!

时间缓慢而悠长地行进着,表针也仿佛由于天冷而停止了转动。

王德心里一阵焦急,他后悔不应该把战士们全带上来,现在大家都卧在这冰窝似的山坡上,动也不能动,打也不能打,死硬着头皮挨冻,"嘿,真窝火!"他想,"今晚出发时连长嘱咐的那三条,现在看,前两条首先没完成,捉的俘虏死了,不小心又被敌人发觉,造成当前的窘况,要是再把战士们由此而冻残废了,那,那怎么得了啊!"心里不禁埋怨起赵文江来了,"杀鸡用上宰牛的劲,真笨!"怎么办?王德再看看表,才九点半,时间还早,一切都还来得及。不过大家都停在这里可不行。他用胳膊肘碰了一下一排长,悄声说:"老赵,叫一班副带着战士们下去。"

"怎么,不干了?"赵文江惊异地问道。

"不,我们两个在这里继续完成任务,叫他们下去掩护。"

赵文江眨动着眼睛想了想,他理解了王德的意思,战士们下去,离敌人远,可以活动活动,免得冻坏;而且万一上面再被敌人发觉,他们在下面还可以掩护。于是他立即和一班副商议,一班副虽然同意了,可是战士们都不赞成。有的说,你们是铁打的,就我们怕冷?有的说,捉俘虏不光你们的事,我们也有一份;还有的说,排长,我身上虽冷,没完成任务,心里直冒汗,不信你摸摸,我的心窝都烫手。

赵文江没说服战士,回来又和王德商议,王德说:

"不然再留两个同志在这里帮我们警戒吧,其余都下去。"

可是,战士们一听留两个,大家争开了,这个说我留下,那个说我也在这里,赵文江火儿了,"轻点!叫敌人听见什么也干不成了。这是命令,你当是打扑克?温明顺、小冯留下,其余都跟副班长下去!"

问题解决了,副班长带着战士们悄悄地下了山。赵文江回到王德跟前正要商议如何完成任务,通讯员小李在副连长身旁说:"副连长,我是跟你来的,我在这里吧?"

"下去!"王德一转脸,几乎和小李的鼻子碰在一块,"在这里还不把你冻成冰棍!"

小李瞧王德那说话的神气,再没有商量余地了,这才把身子一缩也下去了。

大风雪一刻也不停地咆哮着,烽火台上静悄悄的,间或似乎有人在窃窃私语,又好像默默叹气,仿佛谁在悲泣。王德听了一阵,这些声音全是大风雪吹着岩石发出的呼啸声和枯草菱蒿的沙沙声。他觉得时机已到,不可耽误,即把赵文江用手一扯,两个人同时向上摸去。钻进铁丝网,爬上了壕沟沿。举目一看,烽火台上空荡荡的,这高地向西一直倾斜下去,尽头处,展开一个扇形的地势,南北并排着三个小地堡,堡与堡之间足有五十米宽,地面上光溜溜的什么也没有,全是一片白茫茫的积雪,看样子平时连人走动也没有。

"怪呀!"王德想,"为什么小地堡与主峰大碉堡之间没有交通沟连着?也许只有火力联系?不,可能下面有地道……"他正在观察地形,见身前的壕沟里,东西各有一个敌人哨兵在走动,"增加警戒了。"这时,那两个敌人的哨兵走了过来,王德和赵文江急忙把身子一缩,隐蔽了。两个哨兵在他们头顶上碰了面,一句话没说又各自转身向相反的方向走去。

王德赶紧示意给赵文江,意思是:他对付西面那个,赵文江对付东面那个。这可不太好办啊!要是有一方提前动作,惊动了另一方,就会遭到失败。这一点两个人都意识到了,王德伏在赵文江耳朵上说:"记住,我们两个不管谁先成功,不准出声。如果有一方被惊动了时,能逮捕的尽量逮捕,否则即开枪射击,掩护成功者撤退。但是一定要捉活的,懂吧?"

"懂啦!"

说话间,敌人的哨兵又走了回来。

"他妈的,你先头哭什么!"西面那个凶声凶气地说,"连长枪毙了你弟弟,你还不服气?"

"报告排长,服气,因为他犯了罪,应该……"东面那个回答时喉咙发紧,声音打颤。

"哼!你小子小心点!"

"是!"两个又分开走去了。

王德见时机已到,悄声对一排长说:"老赵,手头轻点,优待他。我弄这个排长,不行我就干掉他。开始吧!"说完他把手一挥,就顺着壕沟外沿向西面的哨兵追去。走了七八步远,转身又爬上壕沟,刚探头,呀!哨兵的背影正在眼前,他才要动手,忽听东面"啊"了一声,王德把身子一缩,身前的哨兵来了个急转身,同时问道:"谁?"

王德毫不犹豫,他手疾眼快动作猛,往起一蹿,还没等敌人看清楚,他的驳壳枪,闪电般地砸在敌人的头顶上。只听喀的一声,敌人排长全身一晃,一声没吭就瘫痪在壕沟里了。王德把身子向下一探,伸手抓住敌人的袄领一提,嚯!一百二十来斤,提了两下没提动。翻身跳下壕沟,急忙抓起来推上沟沿。当他纵身跳上壕沟时,西面有人喊了:"干什么的?"

王德把身子往俘虏身后一伏,抬头看去,见有两个敌人从西面壕沟里走过来。他想:坏了!走不脱了!一扭头不见了赵文江,想他已经成功,干脆把这俩家伙干掉算了!他端起缴来的冲锋枪,架在俘虏身上勾动了扳机,两个家伙应声而倒,可是,西面小碉堡里却开了轻机枪,"哒哒!哒……"王德把头往俘虏的身后一埋,觉得俘虏的身子随着机枪的哒哒声一阵抽动。"完了!"他想,"打死了!"他这才抽身溜下壕沟回身就走,可是迎头大碉堡上也开了枪,子弹打得周围雪花纷飞、火星四溅,幸好,温明顺的轻机枪向大碉堡上也开了火,王德这才连蹦带跳地钻出了铁丝网,迎面碰着赵文江。

"怎么样?"王德劈头就问。

"成功了。你呢?"

"他娘的,打死了!"

"快走吧!"

可是,走不脱啦,烽火台像是被戳翻了的马蜂窝,除了大碉堡上射出的猛烈火力和西面小碉堡的火力,构成稠密的火网把山坡盖住而外,从大碉堡的后面,顺着壕沟又拥出不少敌人,枪弹手榴弹劈头盖脸地打了下来。

王德一边命令赵文江押俘虏快撤,一边和温明顺、小冯开枪掩护,可是人少火力弱,压不住敌人那炽烈火力。赵文江护着他的俘虏,伏在地上一动也不能动,在这千钧一发之际,一班副在山下突然开火了,打得壕沟沿上冒起了冲天的雪雾,敌人火力减弱了。王德一转身,喊道:"冲啊!"可是他率领着赵文江、温明顺和战士小冯,押着俘虏却向山下撤去。壕沟里的敌人果然纷纷后退了。他来到山下,对着一班副,激动地说:"谢谢你,一班副,把队伍集合起来,快走!"

王德虽然和战士们已经成功地下了山,由于他们和敌人展开了火力战,敌人按照预定作战方案,从纵深里派出了反击部队。第一路出现在烽火台的西面山脚下,用猛烈的炮火向他们杀来。

"敌人!"温明顺喊了一声,不待命令就用轻机枪向敌人扫去。

王德往树后一避,见林子外面黑压压的一大片敌人,被温明顺的轻机枪打了回去,但是,一阵混乱以后又向前运动了。王德这才意识到烽火台敌人的防御非常周密,现在惟一的办法是迅速摆脱敌人。于是,他命令一班副带着上半班阻击敌人,赵文江带下半班押俘虏快走。情况发展得非常严重,赵文江带着战士边打边走,刚走出百多米,迎头又碰上由烽火台东头山脚下迂回出来的敌人,枪声劈里啪啦地打在树林里。赵文江心里一愣,从枪声听来大约有一连人,一长溜人影把去路挡住。他把袖子一挽,命令道:"打!他妈的,孙猴子斗魔王,打你个牛腿朝天。"冲锋枪开始了短点射。

战士们有的隐蔽在树的后面,有的就地卧倒,急速向敌人射击。

王德听到这里枪响,急忙跑过来问道:"怎么样,老赵?"

"退路被切断了。他娘的,看来不认真给他来两下,他是不知道老子的厉害!"赵文江身材高大,站在王德身前,瞪着虎威的眼睛,盯着正前方,头也不回地说,"把这股敌人打回去,冲过去!"

赵文江的英勇气概,给王德增添了力量,他看看战士们,一个个都虎视眈眈地射击着。战士们的沉着骁勇,感染着他。此时,他觉得,他手里这支不大的队伍,个个都是不可战胜的英雄,组成了一股钢铁的洪流,敌人再多也无所畏惧。"共产党员,人民的战士,在最紧急的关头要的是沉着,勇敢,果断,任何的慌张、蛮干,会给人民造成不可弥补的损失。"这是连长乔震山经常告诉他的,而连长在每次战斗中也正是这样做的。他立即命令小李向东方打了三发红色的信号弹。可是远水救不了近火啊!目前的情况是严重的,西面是敌人,东面也是敌人,北面烽火台上在发射着炽盛的火力,在这洼陷的树林里,他们被包围了。

王德的面色像往常战斗中一样,很严肃。他想:在战斗中,有时跟数量上占优势的敌人拼个你死我活,也是必要的、正确的。但是现在和敌人拼了就是愚蠢,必须设法摆脱敌人才好。

王德一眼看到卧在身旁的"舌头"。

"这里有多少队伍你知道吧?"

"啊,知道,官长,他们平时的计划是西面一个营出击,东面是一个连迂回;烽火台上是一个加强连,只管守不管攻。"

这时,小李在旁边插话道:"副连长,在这南面有条沟,下了沟往东一拐弯就到了我们那里了。上次我和二宝就是在那里打枪的。"

"对呀!"王德恍然想起,"哈!这倒不错,我们偷偷地撤走了,叫你们狗日的自己打去吧!"

于是,王德命令小李在前面领着,他带起队伍趁着夜间风雪的掩护,一阵旋风似的向前撤走了。走了不到二百米,果然进了一道深沟,顺着沟底向东拐了一个弯,跑了一阵,枪声渐渐远了,才放慢了脚步。当他们出了沟,站在高处向西一望,只见烽火台山下枪声杂乱、火光闪闪,还有从沙土城方向射来的不少炮弹,轰隆轰隆地在树林里爆炸,溅起了磷光闪烁的浓烟。王德脸上的紧张不见了,显出胜利的笑容。

"你叫什么名字?"王德向俘虏问道。

"我叫刘得法。"

"刘得胜是你弟弟?"

"是的,官长,他……"俘虏呜咽着哭了。

赵文江忽然用手向烽火台一指,"副连长,你看,连长去接我们了。"

王德抬头一看,果然,在烽火台的东面响起了稠密的机枪声,红色曳光弹在树林里乱蹿,六〇炮弹一发接着一发地爆炸着,打得非常激烈,隐隐约约还可以听到像山羊叫一样的喇叭声:"咩——咩,咩!"这声音特别亲切,"连长!"他心里一阵激动。是的,这是连长乔震山在和他用信号联系。这声音像一股暖烘烘的热流透过他的全身,使王德心里翻腾起一种异样的亲切之感。他急忙转身命令道:"小李,向连长那里打三发白色信号弹! 快!"

"啪,啪——啪!"三发信号弹腾空而起,在风雪模糊的夜空里,像三颗耀目的流星一样,豁然明亮了。

二五

乔震山带着队伍回到连部时,王德正在和指导员郝平高谈阔论地讲述他们侦察烽火台捉俘虏的事。

"老王,你怎么搞的,差一点没把我急死!"乔震山一进门,口里喷着热气,成块的雪球落在地上。

"搞得不坏啊,连长。"王德急忙站起来,帮着乔震山把肩上的雪拍打掉,"消灭了四个敌人,捉了一个活的,暴露了敌人的作战方案、火力配备,查明了地形。可我们也差一点把脑袋冻掉了。"

"真的吗?俘虏呢?"

"在一排。"

"好!"乔震山立即高兴了,他快乐地说,"建议给你立上一功,老王!你说呢,老郝?"

郝平点点头,笑眯眯地没放声。

"给我记功干啥。"王德谦逊地说,"仗是战士们打的,俘虏是赵文江捉的,困难是大家克服的,我也不过是跟着走了一趟,要记功给战士们记吧,咱可不敢贪这份功。真的!"

乔震山用喜悦的目光瞧了瞧王德,王德的脸在大风雪里冻了这半夜,现在可能暖和过来了,显得特别红润而光泽。如果说乔震山从来就喜欢这个青年,那么现在似乎更加喜欢他了。在杨家营防御战斗中,王德曾误会过乔震山的指挥,乔震山当时一点也没有见怪他,一方面是忙于作战,更主要的是他觉得王德在战斗中能识大体顾全局。只要有这种思想,即便是误会他,乔震山心里也高兴。

"好吧,你骗我跑了一趟,先谈谈情况吧。"他把驳壳枪往铺上一放,在桌子旁边坐下了,"我一看见你们发出的信号弹就急了,带着二排一口气跑了去,我还认为你们被敌人包围了呢,真急得我够呛,没问三七二十一就猛打了一阵,把敌人打退了。一看,全是敌人自己在打,原来你们已经跑到东南山上去了。"

王德等乔震山说完,这才一五一十地把他们的经过说了一遍,最后他说:"看来,烽火台光我们一个连夺不下来。要攻克它,至少要一个营,还得有像样的炮火配合,不然……"王德摇摇头,"很难设想。"

"不要紧,同志。"郝平说,"一个营也好,两个营也好,主要是把情况搞明白。根据师长今天看地形的情况,用三个营他也要攻下烽火台,而我们非当这个突击连不可。"他看看表又说:"现在是十一点半,我和老王到营部去汇报,老乔同志去审问俘虏,了解烽火台内部的工事情况,赶快把作战方案拟出来,天亮后就报上去。明天准备一天,晚上十点钟我们就干,好不好?"

三个人把枪往身上一挂,同时走出门去。

深夜,朔风怒号,冰雪凛冽。乔震山审问俘虏回来时已经半夜三点了。虽然又冷又饿,疲倦不堪,但心里痛快。因为,他从俘虏口里,不仅得到了烽火台的全部工事构筑和兵力部署情况,而最高兴的是他得知王经堂现在沙土城。俘虏说,王经堂有一天上午还到烽火台视察过,由于一个连长和一个士兵被我军冷枪击毙,他才吓得跑回了沙土城。仇人相遇,分外眼红,乔震山恨不得一下子把沙土城敌人一口吃掉。可是急有啥用,现在最最主要的是周密地做好准备,详细地拟制作战计划,拿下烽火台,进而一个不漏、干净彻底地歼灭沙土城敌人,捉住王经堂。乔震山回到连部,指导员郝平和副连长王德已经从营部回来睡下了,只有通讯员小李守着一盏小油灯在坐夜班,灯光暗淡的地方扬起了酣睡声。他谁也没惊动,悄悄地点上一支蜡烛就伏在桌子上聚精会神地写起来。外面的风小了,雪仍然在窗户上沙沙作响。

不知道的,都认为乔震山是个粗人,他一天书也没念过。其实,乔震山只不过外表粗鲁,而他对于研究敌人、布置作战却十分细致、周密。由于他对同志有着深厚的阶级爱和对敌人的无比恨,使他能够以最充分的革命责任感,来对待每一个战斗任务。

他根据俘虏的供词和王德、一排长报告的材料,绘制了一张烽火台的详图。图上画满了弯弯曲曲的线条和只有他自己才懂得的符号,这些符号代表着敌人的兵力部署、火力配备、工事构筑。然后,又拟制了本连的作战计划和请战报告书。当他的工作结束时,窗户已经发白。他把冷冰冰的手放在嘴上哈了哈,伸了伸懒腰,又起来用凉水洗脸,弄得扑噜扑噜地乱响,把睡觉的人惊醒了。

"你一直没睡啊,老乔?"郝平睡意未消地问道。

"起来吧,伙计,洗洗脸咱们研究一下,好马上交上去。"乔震山胡乱地擦了擦脸,来到桌子跟前乐洋洋地说,"你看看吧,老郝,这个烽火台有多复杂,要是不了解情况,糊里糊涂的就打,打到半年也别想攻克。"

郝平没有去洗脸,急忙走到桌子跟前拿起乔震山画的那张图,横看竖看看不明白。

"你画了些什么呀?"

"你看嘛,"乔震山紧挨着郝平的肩膀用手指着图说,"这是主峰的大碉堡,这是西面那三个小碉堡,中间有一条盖沟通着,四周是交通壕和露天射击台。大碉堡里面靠墙还有五个小地堡,既能对外射击又能对内发挥火力。你看这情况,要是冒里冒失地打进去了,不但出不来,光这五个地堡也把人打成肉酱了。"

"唔,真够复杂的!"郝平惊讶地摇摇头。

"还有这里。"乔震山又指着大碉堡的门说,"里面是一堵一米多厚的挡墙,上面尽是射孔。你看,光打开门还是进不去,这里有个小门在侧面,没人领着怎么也摸不到。"

"俘虏不骗你啊?"郝平半信半疑地问道。

"不,这个俘虏是去年和他弟弟一块被抓来当兵的。他的弟弟昨晚被他连长枪毙了,他还说要报仇呢!"

郝平坐下,沉思地问道:"你准备怎么打?"

"你再看这个吧,"乔震山把请战书往郝平身前一推,"都写在上面,同意,咱们就报上去;有问题,叫起老王来再研究。"

请战书上写着密密麻麻的小字,这些字歪歪扭扭的,不仅错别字很多,还有不少是他自己创造的。即便是这样,对学校门一天没进的乔震山来说,已是经过最大的努力才写出来的。王德过去经常说:"连长的字有个最大的优点,就是保密,中国人不识,外国人更不识。"郝平和他呆的日子久了,对他的字虽很熟悉,也需费劲地一字一句地看着,不时地耸耸肩膀,有趣地笑笑。

"怎么,你笑什么?"

"不笑什么,你快成仓颉了。"

"什么仓颉?"

"会造字了。"

"凑合点吧,同志,就这样已把我难得够呛。"两个人同时笑了。

乔震山的计划拟制得十分详细。他把主攻突击方向、兵力分配、火力使用、作战手段,全部计划了出来,连结束战斗后的行动都写在上面,郝平很快看完了。

"怎么,你想先偷袭再强攻吗?"

"对啦,战略上调动敌人,战术上也要调动敌人,把敌人引出来用炮火消灭他,然后再敲他的乌龟壳就省事了!"乔震山狠狠地挥了一下拳头。

"恐怕问题在于后一点。"郝平把报告书一放,"搞不好要费一番工夫呢!"

"没关系,计划总归是计划,要在战斗中根据情况变化再去充实它。"

"可以吧。"郝平同意了,"还是叫老王再给你抄一遍吧,看看他有什么意见,然后再开个支委会,大家讨论通过后就交上去。"

乔震山的作战计划经王德抄过、支委会通过后,在早饭前就交上去了。全连开始了紧张的准备工作:战士们有的擦拭武器,有的检查爆破筒和炸药。乔震山和王德带着各排排长在野地里筑了一个烽火台的模型,细致地讨论作战计划,研究对烽火台主峰的爆破动作。郝平深入到各个战斗组去作战前政治动员工作。阵地上响着断续的炮声,我军炮兵在向沙土城敌人发射宣传弹,命令敌人无条件投降。

响午,郝平和连部同志正在吃午饭,门外传来一阵说笑声,师宣传队的分队长带着秀珍,还有两个宣传员走了进来。他们是来连队开展文艺活动,体验前线生活的。他们一进门,连部里立即活跃起来。郝平表示十分欢迎,并且接待了他们,和他们握手问好,请他们一块吃午饭,并给他们安排住处。小李里里外外地跑得更欢,拿凳子,倒开水,接背包,忙了个不亦乐乎。正在这时,乔震山从外面进来了。

"嗬,欢迎,欢迎!"他兴致勃勃地一边说着,一边和大家握手。

"瞧你,像把铁钳子一样!"秀珍急忙把手抽回来抱在胸前,啼笑皆非地瞧了乔震山一眼。

"是嘛!拿人家的手当成手榴弹了。"女宣传员小苏也低声地附和了一句。

乔震山只管乐洋洋地和别人打招呼,没听清秀珍说的什么,看样子,他从来也没考虑他的手会把别人的手握痛。

"啊,你也来啦?"乔震山和别人握手后,对秀珍问道。

"怎么!不欢迎吗?"秀珍把头一歪反问道。

"非常欢迎。"乔震山顺口答道。

郝平为了欢迎师部宣传队的到来特别增加了两个菜,和他们一块吃饭。

"看见二宝没有?"乔震山忽然问。

"没有,老没见面。"秀珍巴不得乔震山说说二宝的情况,"他怎么样?表现得还好吧?"

"好什么,学会调皮了,这次你见着他可要好好地批评他,不是丢了枪就是犯纪律,还不安心工作呢!"

秀珍一听,偷眼瞧瞧连长,把脸一沉没吭声。其他的人也惊讶地看看连长。但是他低着头板着脸只顾吃饭,再也没说什么。

郝平转过脸来瞧瞧乔震山,笑着说:"别听他的,秀珍,你还不知道他啊,屁大的事没个完,见了二宝老剋人家。二宝前天还在我们这里开展特等射手运动,昨晚才回团部。他作战很勇敢,也很进步,还立了两次功呢,你就放心吧!"

"指导员,常批评着点好嘛。"秀珍把脸一红,"人不受批评不进步。"秀珍口里虽然这样说,但她心里可老在嘀咕,"二宝到底犯了什么错误?"

吃过午饭,连长和指导员到团部开会去了,王德到排里检查战士们的准备情况。小李见秀珍怏怏不乐,他把她叫到门外一个避风的地方,把二宝的情况一滴不漏地告诉了秀珍,最后他说:"秀珍,二宝可真是个好同志,就是我们连长对他要求得太严格,也许,依着我们连长的想法,二宝连芝麻粒那么点缺点也没有他才高兴,其实有点缺点也不都怨他。就说这次打枪的事吧,我要不领他去,一点事也没有,生怨我。可是开展特等射手运动他立了功啊,这你该高兴吧?"

"他常到你们这来吗?"

"常来,不信你瞧着,说不定下午就能来。"

"小李同志,你可要多帮助他啊。"秀珍说,"他才参军,什么还不懂。"

"好家伙,我还帮助他呢!瞧你说的……"小李有点不好意思了,才要说什么,一个宣传员从连部出来了。

"秀珍,分队长叫我们到阵地上给战士念报。"他来到跟前,脸上板正正地说,"又打听二宝的事,是不是?"

"别瞎说,我们这说正经事呢。"

"嗯,可不。"宣传员笑了笑,"二宝挨了哥哥的剋,你秀珍心里不是味,急急忙忙找小李,这算什么正经事儿?"

"去你的吧!"秀珍抹不开了,把脸一红扭身走了。

这天下午,秀珍和一个宣传员到了阵地上,正碰着三排值班,他们给三排的同志读完了报,又教了一支歌,休息的时候秀珍信步来到重机枪阵地。重机枪静静地架在射击台上,乌黑锃亮。秀珍着迷地端详起来,真想去摆弄两下,甚至能打上两下才过瘾。别看她是个姑娘家,见了枪比穿件花衣裳还喜欢。她看看跟前没人,伸手去摆弄,心想:这里一定是"大栓",她用力往后一拉,"哗啦!"吓了她一跳!重机枪的枪栓和防尘盖一块张开了,她赶紧又往前推,想把它恢复原状,可是,枪栓上不去了。糟糕!她惊慌地瞧了瞧伙伴,"坏了!推不上去,怎么办?"

"咱不管,谁叫你瞎摆弄呢!"

壕沟里响起了咚咚的脚步声。

"嗬!"射手来了,"这可不是闹着玩的啊同志。瞧你,把栓都拉开了。"机枪射手把防尘盖用手一抓,然后再用右手伸到枪身下面一扳,喀的一声枪栓关上了。"走吧,走吧,叫连长碰上可吃不消。"

"不,同志。"秀珍央求说,"你教教我们,这玩意怎么打法。"

"姑娘家学这干啥?"

"瞧你说的,姑娘家就不能学了?学一学演戏时好用啊,要不你们又要说我们外行瞎演了。你教教我们吧,哎?那我们怎么教你们唱歌来着?"

重机枪手想了想,可也对啊。于是,他从头到尾把重机枪的射击操作教给了她。这一下秀珍可乐坏了,她边操作边高兴得格格直笑。

"会了,会了!别说演戏,打仗也行。"

恐怖,笼罩着沙土城,炮弹在王经堂的头顶上爆炸着,朵朵白烟里喷出了上千带万的纸片,像漫天大雪一样纷纷下落。"缴枪不杀,解放军优待俘虏,只有无条件投降才是生路;执迷不悟,坚决抵抗,人民解放军将坚决彻底、一个不留予以歼灭。"

王经堂手里拿着一叠传单,没等看完,手像被火烧着一样抽了回来,传单散落在地上,他那光滑而宽大的前额上浮着一层冷汗,仿佛涂了油。

"来人哪!"他大声地吼道。

"来啦,五爷,啊——少将先生。"鲁青跑了进来,奴颜婢膝地躬身站着。

"命令督战队全部出动,把传单收起来烧掉!"

"是!"鲁青转身要走,又被王经堂喊住,"私看传单者枪毙,匿而不交者枪毙,交头接耳议论者杀勿赦!快去!"

鲁青随着王经堂的叫嚣,一连答了三个"是"字,然后,敬了一个礼,扭身走了。

一群大兵,活像出了窝的狼狗,向四面八方凶恶地奔跑着去捡收传单,在街道上、居民的院子里、屋里、阵地上、墙角里,到处乱窜乱冲,闹得鸡飞狗跳墙。可是军官的衣袋里,士兵的枪筒里,他们可没敢去搜。有一个督战队员竟闯到四十八师的司令部去了,被一个戴眼镜的军官结结实实地揍了两个耳光子,才夹着尾巴跑了。

王经堂手抚着前额,仰坐在躺椅上,侧耳静听着外面传来的吵闹声、咒骂声和零星的枪声里夹杂着的女人的哭叫声……他轻松地舒了一口气,好像只有这样,他那颗恐惧的心才稍微平静了似的。果然是这样,战场上静得像断了气的死人,既没有哒哒的机枪声,也没有震耳欲聋的轰隆声,要不是空气中还飘着浓厚的硝烟气味,他还真的认为归路切断的事实已经不存在了呢。可是,几个非常清楚的现实使他不能否认:十六军两个师在康家集是那么轻而易举地被消灭了;一〇四军和四十八师共用了三个师的兵力,向杨家营共军两个团的阵地猛攻了整整一上午,不但毫无成效,而且,伤亡之大是骇人听闻的,最后丢掉了成堆的伤兵和尸体退回了沙土城。现在的局势已经是兵临城下、火烧眉尖,再无可退之路了;西面十五华里以外虽有一〇四军的一个师顶着华北解放军,可是目前东西两面只要解放军一时高兴,再前进一步——那,那就算完了！

王经堂刮净的脸上阴沉沉的,他看看表,下午四点一刻,去南面沿河城、百花山一带侦察道路的便衣侦探就要回来了。现在表面上,长针指向八,短针靠近四点了。

他的两道淡眉迅速地抖动了一下,"这条路总该是共军的空隙吧,即便有兵力,也是一些地方武装,只要便衣侦探一回来,今晚即可行动。"可是他又摇了摇头,两只铃铛似的眼睛不由得又向手腕子上望,"四点了,今天派出去的侦探可能又落到共军手里了,不!"他跳了起来,"哪来那么多的共军,明明这些家伙乘机逃跑了！他妈的!"王经堂满脸杀气。两手合在一起擦了擦,牙根咬得吱吱乱响。

原来从人民解放军靠近沙土城的第三天,王经堂和一〇四军即接到北平"剿总司令部"的指示,命令他们速回北平。可是怎么回去呢？现在他们打算从南面通过沿河城、门头沟逃回北平,由于这一带情况不明,觉得不保险,所以一连三天派出便衣侦探,一面侦察这一带解放军的兵力,一面打通道路,熟悉地形。可是,每天派出去的侦探都像石沉大海有去无回。今天是最后一天了,看来也是无济于事。

"难道真的就这样束手被擒？"他想,"要是共军把我捉住,那就,啊……"

正在焦急,一〇四军政训处长韩明奎走了进来。

"军部侦察回来没有？"王经堂冲口问道。

"没有。"

"军座怎么打算的？"

"他准备明天再看一下,如果再无消息,他就决定：明天黄昏突围。"

"既然这样,为什么不今晚突围？"

"今晚他要召集军官会议。"

"开个屁会!"王经堂恼怒地说,"昨天晚上共军在烽火台做了一次试探性进攻,还捉了我们一个士兵去,他知道吧?共军对烽火台已经很感兴趣了,要是这个高地一旦落于敌人之手,哼!我们就休想突围,到那时候,这耽误军机之罪就得由他来负!"

"不,不,少将先生。"韩明奎把手一伸说,"烽火台今天已经又换上一个加强连,并且炮兵阵地对那里增加了火力支援,敌人想拿下这个高地,恐怕不会那么容易吧?"

"问题不在这里,老弟!"王经堂胸有成竹地说,"张家口、新保安共军已围了两个星期了,到现在还没发起攻击。这里——沙土城也有七八天了,可是敌人既不做四面包围,也不做决定性行动,这说明什么?这说明敌人的兵力尚不充足,要是他们准备好了,别说一个烽火台,即便两个、三个也挡不住他们。请你奉告军座,应尽早行动,不然就悔之晚矣!"

"请原谅,少将先生。"韩明奎进一步说,"据军座的意思是:共军作战素来诡计多端。开始平绥路上不是也很平静吗?那时我们认为南口、康家集都在我们掌握之下,决无后顾之忧,可是现在却成了我们的心腹大患了。现在从沿河城到门头沟这条路,从来就是共军的游击区,这里山高谷深,地形险要,敌人又偏偏在这一方向没有布置兵力,难道说敌人真的那么天真,就让出这条路,叫我们回北平而置之不理?所以军座一再考虑,情况没探明之前,决不轻举妄动。"

王经堂默然了,他背着手叼着纸烟在地上踱来踱去。沿河城一带崇山峻岭、深沟幽谷的景象,霎时间在他的脑海里浮现出来,"是啊!如果敌人在那里埋伏上千军万马,那就不堪设想了!……"王经堂想到这里,面色如土,血管暴涨,他忽然转身问道:"烽火台换了谁的部队?"

"保安团的一个连。"

"不行!叫四十八师去一个连,突围时由他断后,保安团我要亲自带着,快去！给我换下来。"

"是！马上就执行。"韩明奎敬礼后转身走了。

此时,天色渐暗,雪影模糊,沙土城沉没于夜幕之中。

二六

大雪从天黑下到天亮,从天亮又下到天黑,内长城的山川里远近都是白茫茫的。

半夜时分,烽火台高地悄悄地被我军包围了,四周除去风雪的呼啸声外,一切都是静寂的。烽火台上,敌人的哨兵在壕沟里警惕地溜达着,树林的呼啸声,风吹铁丝网上的铃铛声,使他心惊胆战,不时地停下来向山下的树林里谛听一阵,向朦胧的黑影里探视一阵,然后又放心地走去。他万没有想到就在这时被拖到山下去了,糊里糊涂地当了俘虏。

"把他押到一边去！"乔震山把胳膊一挥,"马上爆破——机关枪,准备射击！"

"走！"三个爆破组把爆破筒往身前一端,一闪就不见了。

攻击前的一分钟,比平时熬过一点钟还难受,表针走得比什么都慢,战士等得不耐烦了,从自己的位置爬到另一个人的身旁,后面的雪划了一道弯弯曲曲的深沟,低声地说:"现在能吸口烟就好啦！"

"你活够啦！离敌人不到二百米吸烟啊？"

"我不过是这样说一说。"

"捞不着吸,说一说顶啥用。"正说着,突然火光一闪,身子跳动了一下。烽火台西端连续冒起了三个粗大的光柱,照红了半个天,接着响起震天的轰隆声。爆炸成功了！乔震山向重机枪射手喊了一声:"射击!"

"哒哒哒!哒……"重机枪吐出了银白色的曳光弹,穿透夜空,射向烽火台。"哒哒——的的的"军号声和杂乱无章的射击声,混杂在一起,这声音几十里以外都能听到。

每一个战士都知道,这不是我军的冲锋信号,而是根据连长的作战计划,把敌人从碉堡里引出来,调动炮火消灭他们的假冲锋。因此,他们卧在原地一动也没动。

烽火台上,人声嘈杂,骂声不绝。敌人的步兵从碉堡里冲出来,占领了露天工事,向四周拼命射击,投掷手榴弹。

突然,一颗炮弹带着震耳欲聋的轰声在烽火台高地上爆炸了。这爆炸声很快就被成群的轰隆声吞没。大地簌簌地跳动着。

炮火轰击开始了,暴风雨般地袭击着突兀的烽火台。人声沸腾的高地,霎时变成一片灼热的火海,有一种特别沉重的爆炸声,把泥土、树枝、碎木头……带着嗡嗡的啸音,从高地上抛了起来,打落了树上的积雪,纷纷落在人们的身旁。这是师部的"一〇七"迫击炮在射击。

烽火台被浓烟覆盖了,树木开始燃烧,占据阵地的敌人,在炮弹的黑烟里嚎叫着,身体随着爆炸的气浪飞了起来,又摔在地上,他们在遭受着大快人心的惩罚。

"老乔,看,你的计划生效了。"郝平碰碰乔震山说,"敌人在上面和炮弹扭秧歌舞呢。"

"这是名副其实的烽火台。"乔震山眯缝着眼睛,注视着浓烟冲天的烽火台,心里暗暗地计算着炮火袭击的时间,准备冲锋。

"我该到三排去了,看看老王那里布置得怎么样,有事就到山下那个小树林里找我。"郝平站了起来。

"好吧,告诉老王,叫他注意西北方向。"乔震山的眼睛没有移开烽火台,"估计敌人的增援部队很快就要来的。"

十分钟后,我军的炮火,像凶猛的飙风一样,滚滚腾腾地又移向沙土城敌人的炮兵阵地轰击,只有重迫击炮还在烽火台的主峰上进行效力射,掩护主攻连冲锋。

乔震山一分钟也没停,挺起胸脯,把驳壳枪向前一指,"跟我来!"带着一二排一口气冲了上去,没有遇到任何抵抗就占领了三个小碉堡。他跳进了壕沟,扶着壕沟沿向主峰上用眼睛飞快地一扫,见被炮弹轰击过的山梁已经是弹坑累累、一片灰黑了。主峰上的大碉堡仿佛被炮弹轰昏了,在烟雾的覆盖中默然无声,我军的迫击炮弹在顶上接二连三地爆炸着,将浓烟撕裂,闪着耀目的火光。他的脑子里立即闪出一个念头:"一秒钟也不能停!趁敌人的火力在昏厥状态时,炸开大碉堡!"他喊道:"一排长,立即爆破!快!"

一排的爆破组一跃而起,向大碉堡的大门冲去。说时迟那时快,大碉堡敌人的火力突然复活了,所有的射孔开始了疯狂的射击:枪弹、手榴弹冰雹似的把爆破组按倒在半路上不能前进。

"机关枪,加强火力!"乔震山的喊声立即被机枪的射击声淹没了。他卧在壕沟沿上,两肘支着身子,全神贯注地盯着爆破手的动作。在他的想像中,根据作战计划,爆破组在这样优势火力的掩护下,成功地炸开第一道门没有问题,然后趁炸药的气浪把敌人冲昏的刹那间,接着去炸开第二道门。应该说,这一切都是合理的。可是不然,夜间,尤其这大风雪的夜间,射击的命中率很低,况且射手们才从山下冲上来,呼吸急促,风雪迷眼,看不清,瞄不准,仓促射击其效果更低,因而第一组对第一道门的爆破没有成功,战士们运动到距离目标二十米后就伤亡在那里,再也起不来了。

"第二组上去!"一排长赵文江把拳头一挥又喊了一声。

温明顺带着一个战士一跃而起,他把二十多斤的炸药包,往怀里一抱,跑在头里,动作是那样灵巧,勇敢。可是,跑出五六十步,也一头栽倒不能前进了。双方枪战十分激烈,烽火台上荧光乱飞,火星闪烁。

乔震山的心扑扑地跳着,全身绷紧,上牙咬着下嘴唇,锋利的目光围着大碉堡乱转。敌人仍然在疯狂地射击,手榴弹成堆地爆炸着,火光里现出躺在敌火下的战士。连长的心焦急得灼痛!赵文江刚想命令第三组前进,忽听连长厉声喊道:"暂停!"

乔震山耸身一跳来到一排长跟前,"老赵,不能蛮干,马上检查火力,重新组织射击,要把敌人每一个射孔都封锁起来,我们要为同志们的生命负责。快去!"

"是!"赵文江向机枪阵地跑去。

乔震山在壕沟里走着,检查着各种火器。

烽火台东面,五连的攻击方向上,枪声正紧,闪闪的火光在战士们的脸上爬动。但是不久枪声也渐渐地停了,那里的攻击也发生了困难。

这时,山脚下响起了稠密的机枪声,乔震山转头一看,火舌在野地的黑影里闪动,从沙土城增援来的敌人和六连的部队打上了。他准备回指挥所。跟郝平的通讯员从山下爬上来,报告说:六连侧翼蹿过一股敌人,已接近烽火台,副连长带着三排把他们打回去了,现在正和敌人对峙着。这情况使乔震山意识到,烽火台上的战斗必须争取时间,尽早结束,抽出部队支援副连长。

他快步来到重机枪跟前,伏身看了看,说:"把荧光点对准碉堡的射孔——马上修正,别胡打乱敲!"

"是!"射手转动着机枪的转螺。枪口很快移动了一下。

乔震山检查完火力,回到指挥所。

对烽火台的强攻立即又开始了。经过检查后的火力又准又猛,敌人正面的射击果然减弱了。"好机会!"温明顺推了推身旁的战士,他早已僵硬了。"同志,我给你报仇!"温明顺伸手抓过牺牲同志的炸药包,霍地跳了起来,向前冲去。动作十分敏捷,但跳跃了两下就不见了。

乔震山担心地瞅着,"怪呀!难道他能钻地?"他用手擦擦眼,借着曳光弹的磷光仔细一瞅。原来,通大碉堡的盖沟上被炮弹炸开了许多口子,温明顺弯着腰,两手提着炸药包从一个坑跳到另一个坑,躲闪着敌人的火力。就这样跳来跃去的,接近碉堡门,安上炸药,拉着了导火索,导火索哧哧地喷着火苗。

"好样的!"乔震山一阵兴奋,把袖子挽了挽,情不自禁地命令道,"二排爆破组准备!炸药一响你们就上!"

温明顺连蹦带跳地往回跑,就地一滚进了壕沟,还没站稳脚,碉堡的大门上发出了巨响,敌人的火力突然停止。硝烟里,灰白色的大门不见了,变成一个黑洞洞的大口子。乔震山急忙挥动胳膊命令道:"二排,上啊!把第二道门炸掉就是胜利,快!"

"第一组,冲!"二排长胳膊一甩。

二排的第一爆破组向前冲去,当接近碉堡门时,突然,大碉堡从黑洞洞的口子里,喷出了成群的子弹和手榴弹,像一道火墙把爆破组挡在门外,进不去!接着第二组又冲了上去,轰的一声炸药包被击中爆炸了,响起震人心弦的轰隆声,在夜空里滚动着。大风雪之夜,浓烟滚滚,更加天昏地暗了。

战士的牺牲激怒了指挥员的心,二排长一蹦跳了出来。

"连长,我去!"他撕破嗓子喊了一声,喊声里充满了悲愤和复仇的决心。

"我去!"一排长也跳了起来,"给我一百斤!"

"不,不行!"乔震山把手一伸,脸绷得铁紧,挡住了气呼呼的两员虎将。眼瞅着牺牲了的同志,连长的心焦急万分、沉痛之至,恨不得自己冲进去把敌人抓出来撕成碎片,为同志们报仇雪恨!但是目前的情况告诉他:"冷静,战斗越在困难时越要冷静。"敌人碉堡内部的射击,使我们的火力无能为力,就是铁人上去也是白费。第一次爆破的经验证明,必须把攻击暂时停下来。他转动着眼珠,死盯着那个黑洞洞的碉堡门,忽然一个念头闪过。

"小李,告诉六〇炮在碉堡上空打三发照明弹,快去!"他决心要看看里面到底是些什么名堂。

"是!"小李转身跑了下去。

不一会儿,树林的深处立即啪、啪、啪的响了三声,三颗明晃晃的火球,低低地划过烽火台的主峰,像是三盏游动的小电灯吊在大碉堡的上空。光亮照在乔震山严峻的面孔上,太阳穴上的血管鼓涨着、跳动着,眼睛布满了血丝,直勾勾地盯着碉堡的大门。大门里显出一堵石砌的挡墙,上面排列着黑洞洞的三个射击孔。照明弹熄灭了,一切又都是黑沉沉的。

乔震山沉默了。周围几百只眼睛在望着他。他的心在翻腾,大冬天急得满头是汗。"鬼东西!你是天门阵还是妖魔洞?"

"连长,干吧!我只要剩一口气,保证把它炸掉!"赵文江笔直地站着。

"慢着、慢着!"乔震山把手一伸按倒一排长,"光急不行,想想看,打不掉它才见鬼呢!"他不眨眼地盯着大碉堡,好像他的两只眼能放射出粗大的火柱喷进碉堡门把它烧掉似的。可是碉堡门还在喷着火舌,打得地上雪雾乱飞,火星四射。"炸药必须放到里面,不然一切都是白搭!不,不行!进不去人,炸药自己不能走啊!投手榴弹?不行,火力太小……"乔震山苦苦地寻思着。忽然一颗炮弹在他前面不远爆炸了,身旁两个战士受了伤。

危险随着时间走着,乔震山觉得责任越来越重,作战计划是他亲手制定的,他要为这次战斗负责,要为战士们的生命负责。他脑子里迅速地转着圈,雪花落在他的头上化成无数的水滴,顺着前额流下来。乔震山由于长期战争磨炼,越是在焦急中越能保持头脑的清醒,他极为仔细地琢磨着如何让炸药能在碉堡内部爆炸。

"对!有啦!"他猛一抬头,捶了赵文江一下。赵文江以为连长答应了,心里刚一高兴,但是连长却说的另一回事,"老赵,你快去,把九二步兵炮调来,就在这里用炮轰!快,快去。"他的声音很坚决,对碉堡门实行"抵近射击",使炮弹钻进去,在内部爆炸,他相信这个决定是正确的。

战士们活跃了,各人抄起了武器,等待冲锋。

沙土城方向的战场上到处都响着枪声,看来,全团的部队正在以火力行动,牵制敌人的注意力,支援烽火台的战斗。在烽火台的山脚下,枪炮声响得更加稠密、激烈,迷蒙的风雪里闪着射击的火光。乔震山正在担心郝平和王德的作战情况。这时,赵文江带着步兵炮班上来了。

"连长!"他急促地呼吸着,"敌人有一个营的兵力向六连进攻,指导员和副连长带着三排配合六连部队已经把敌人打回三次了,他叫我告诉你,他们那里没有问题……"

"赶快架炮!"乔震山迫不及待地说,"炮弹带了多少?"

"三十发,都是延期引信。"炮兵班长边指挥架炮边回答。

炮兵战士们紧张地架着炮,弄得叮当乱响,天很冷,但是满脸是汗。大碉堡向这里扫射着机关枪,有几个战士受伤了。炮很快架好。当的一声装上了炮弹,关上炮栓,扯紧了拉火绳。

"连长,架好了,打吧?"

"打!"

"目标——碉堡大门——放!"

"轰——轰!"炮身跳动了一下,炮弹在黑色的碉堡门里腾起一团火球,这火球烧红了四周的墙壁,喷出磷光闪闪的溅沫。敌人的射击立即停了,炮弹又接二连三地怒吼着,飞出去。十余发过后,门里的射击挡墙终于轰垮了。炮弹的爆炸,在碉堡内部发出沉闷的轰隆声。接着传来了敌人的号叫声,阵地上所有的人充满了胜利的喜悦:

"还打不打,连长?第二道门已经轰开了。"

"揍!揍这些混蛋!不投降打到明天,他妈的,孙悟空借火扇,一物降一物!"

炮身继续地跳动着,炮弹在碉堡里隆隆乱响,射孔里、碉堡的大门里,喷出了浓烟。忽然一面白旗在冒着烟的射孔里飘动了。

"停止射击!"乔震山喊了一声。挥着拳头,对着碉堡怒冲冲地命令道,"出来!缴枪投降!"

二十多个敌人从烟雾里钻了出来,高举着双手,咳嗽着,呻吟着,惊慌地站在碉堡门前。

"到这里来!"乔震山又喊了一声。

"是……是,是……"敌人从山坡上走下来。

乔震山用仇恨的眼睛盯着丢魂失魄的俘虏们,他把所有的愤怒、仇恨都集中在他们身上,霎时心里燃起一股不可遏止的怒火,"烧光了山区的村庄,侮辱和屠杀人民,轰炸杨家营杀死了言老大娘,负隅顽抗,拒不投降,杀死我们阶级兄弟的就是眼前这些家伙!"

乔震山越看越气,牙根咬得吱吱乱响,他挽了挽袖子,提着驳壳枪走到俘虏跟前,把驳壳枪递在左手里,腾出右手准备上去给他们每人一记耳光子。要是在过去,乔震山完全可能这样做。可是现在,他经过革命的长期锻炼、党的教育,已经能够以党的政策控制自己了;再说一记耳光管什么用,他们造下的罪恶,就是杀了他们也还不清啊!战场纪律使他很快清醒了,他趁势用手点着俘虏,厉声问道:"你们为什么不投降?!"

"我们连……连长不让……"俘虏点头哈腰。

"哪是你们连长?"

"他……死啦。"

赵文江忽然过来伏在连长的耳边,低声说:"连长,是不是把他们赶快送走,我们得趁早打扫战场,整理工事,六连和增援的敌人打得正急呢。"

"对!你们派一个班把他们送到营部去吧。"乔震山回头看了看山脚下,命令道:"二排长,带两个班、一挺重机枪到副连长那里去,其余的立即修整工事,打扫战场。"说完,向大碉堡走去。

副连长王德和郝平带着第三排,在六连的右翼——烽火台的西北,借着地坎、坟丘的掩蔽,阻击沙土城来援的敌人。战斗一开始就十分激烈,烽火台是敌人的命根子,战斗队形一展开就像发了疯一样地冲来。王德集中力量指挥两挺重机枪和三挺轻机枪,郝平专门指挥六门迫击炮和步兵炮,三排长指挥全排的步枪和投弹手,三个人协调得像一盘大机器。

敌人头顶上一明一暗地亮着照明弹,炮弹在敌人堆里爆炸着。光亮里溅出雨点般的火星,这是郝平在给重机枪指示目标。激烈的战斗持续了两三个小时,敌人冲着喊着,打退了一群,立刻又拥来一群,退回去的敌人被督战队又赶回来……他们成堆地躺下去,尸堆里蠕动着活人,爬过尸体向前冲来。

王德紧咬着牙,怒目注视着敌人。机关枪在他身旁和他的心脏合着节拍嘟嘟跳动着,他多么想带着队伍冲上去杀个痛快!可是,他忍住了,因为那样,经过周密计划的火力体系就会受到破坏,敌人则可乘隙冲过来,威胁烽火台。他恨恨地想:"来吧!鳖犊子们,你是铁人,也给你穿上几个洞,要想增援烽火台比登天还难!"忽然旁边的重机枪不响了,像是他的心脏停止了跳动。

"打呀!"

"是!"一个姑娘的声音。

重机枪又嘟嘟地叫起来,听声音,不像个老练的射手,没有根据敌情的变化而改变射击方法,只是一味地连续扫射,弹道的散布非常之大。可是敌人被打退了,重机枪也骤然停止了,不一会儿又响了起来。

"秀珍?!"王德扭头一看,闪闪的火光照出了秀珍腮上亮晶晶的泪珠,他恼怒地说:"你在这里干什么?快下去!"

"不,敌人又冲上来了!"秀珍两手紧握着机枪的握把,拇指像冻僵在击发机上,子弹一连串地飞出去,穿透墙壁般的浓烟,构成一条光亮夺目的虚点线。

敌人往后跑了,有的躺在雪地上。

秀珍,肩上帽子上全是斑斑点点的血印,她已经从火线上到连的绷带所来回背过五六次伤员了。有一次她背着一个四肢瘫痪的重伤员,在雪地跑着,敌人进攻正急,由于她体小力薄,不时地跌倒又爬起来,为了保护伤员的安全,她驮着伤员一直爬行了一百多米,子弹在她身旁啾啾着,喷起阵阵的雪雾,她紧贴着地皮爬着,爬得慢极啦。她用手抹抹脸,拢一下溜下前额的头发,伤员在背上呻吟一声,就使秀珍的心抖动一下,仿佛谁在她心上刺了一刀。她觉得她身上背的不是什么别人,是自己的亲人。是啊,在这样的情况下,亲人和同志是分不开的。她觉得她和他们的血液和痛苦在一起交流着。她想:"快走啊!难道你被这凶恶的战斗吓住了?不然为什么使自己的亲人同志这么痛苦呢?况且,说不定还有很多这样的亲人同志在火线上没人背呢!"想到这里,秀珍咬着下嘴唇站了起来,踉跄着跑去了。

好啦,终于来到了包扎所。女宣传员跪坐在地上给伤员包扎,在她的身后平躺着一个纹丝不动的人。分队长和卫生员在忙着分配担架,担架一副一副地被老乡抬走了。秀珍放下伤员,伏身看看那个躺着纹丝不动的人,惊叫了一声:"他!"

她摇摇他的肩头。他一声不吭,仍然是那样纹丝不动地躺着,他的脸像是在笑,然而冰冷而湿润。"啊!"秀珍懂了,他死了!这是和她一同来的那个男宣传员。

"别动他。"女伴说,"叫他休息吧,他背的伤员在路上也牺牲了,心里难受呢!"她的声音颤抖着。

秀珍什么也没说,抹抹眼睛回头走了,朝着炮火激烈的地方走去。

"你到哪去?"女宣传员问了一声,"你疯了?停会儿再去!"

秀珍没答应,走得更快了,最后大步跑起来。

秀珍,虽然在家里参加过民兵,也作过战,可是像这样激烈的战斗还是第一次,在她的眼里这是名副其实的枪林弹雨炮火连天的战斗。过去她慰问过伤员,也见过血,但是她从来没在火线上背过伤员,身上更没沾到过血,也没真正的嗅过这样浓厚的火药味。现在这一切她在经历着,硝烟呛得她喘不过气来。同志们的流血牺牲,使她不胜悲痛。多好的同志啊!几分钟前还是个生龙活虎的小伙子,现在他却那么僵硬地躺着。未参军前,秀珍常听到前方主力军打胜仗的消息,那时她只知道高兴得不得了,好像那些胜利是现成摆在那里一样,只要一想就可以随手拿来。现在,现在她真正地意识到胜利的内容和胜利的伟大含意了,"没种过地的人不知粮米来之不易,没打过仗的人不懂得胜利之伟大和可贵!多少的生命、多少的鲜血才换来的啊!可是,同志们为了子孙万代的幸福,为了全人类的解放,他们是这样心甘情愿地流尽最后的一滴血。"

秀珍往火线上走着,摸摸肩上湿漉漉的血,她一点也没有感到害怕:这是同志的、亲人的血啊!他们为了革命事业把血洒到这里,又像渗透在她的心田里。她低声说:"啊!同志,安息吧,我接过你的担子。"她走得更快了,不!她是在跑,向着火线快步跑去!

秀珍来到王德跟前,已经筋疲力尽了,她见机枪射手正是上午教她射击的同志,静静地躺在机枪跟前,她轻轻地喊了一声"同志",走到他身边,"哦!牺牲了。"那还冒着油烟气味的重机枪,弹夹在枪身旁边伸垂着,发着金色的光芒,垂在那儿没人管了。眼看着敌人又凶恶地冲了上来,她不由得趴到重机枪旁边。这时听到王德的喊声,于是她答应了一声,就毫不犹豫地摸起了机枪,哗哗地打起来。

忽然机枪不响了,她摸摸灼热的枪身,子弹打完了,她急忙找到子弹夹,左按右按,格登一下到底又装上了子弹……

王德惊讶地瞧着她,"好个丫头,没想到你还有这一手!"王德本来想赶她下去,可是他被这姑娘的勇敢感动了,两眼瞧着被秀珍打得乱七八糟的敌人,不放声了。

机枪又哈哈地笑了,子弹像一串美丽的彩链向前飞去。秀珍的身子随着机枪的跳动而颤抖。正面敌人被打回去了,她停止射击,瞧瞧王德,抿了一下溜在前额上的头发,姑娘的脸严肃而紧张。忽然,右后方响起一阵喊杀声,她惊异地用手一指,"副连长你看!"

王德扭头一看,自言自语地说:"不好!鬼东西从侧翼迂回过来了。"他把冲锋枪一提,喊道:"八班跟我来!"但是,他忽然又停下了,回头对秀珍命令道:"秀珍,叫三排长来!快!"

秀珍一跃而起,向左面跑去。不一会儿和三排长又一块跑来了。

"你听见了吧?"王德沉着地对三排长说,"你带着八班马上把他打回去,这里由我指挥,快去!"

三排长带起八班向喊杀声的方向扑去,稠密的枪声和手榴弹的爆炸声,立即在那个方向响起来。

这次王德为什么不亲自去呢?王德打仗再蛮,再任性,他想起杨家营守备战时连长的沉着。他想到,这里是主要方向,离烽火台最近,要是他带着一个班走了,而且打上被缠住以后,这里可能会发生情况,被敌人攻破,这就不但直接使六连阵地遭到侧翼打击,而最最重要的是敌人会通过这里直接扑向烽火台,那么连长的作战计划就吹啦!王德想到这里,把三排长打发走了以后,他立即从七九班抽出一个战斗组,补上了八班所留下的空隙。

果然不出所料,正面敌人又开始冲锋了。

"机关枪——射击!"王德喊了一声,同时抓起喇叭吹了"三长两短",这是请示郝平开炮的信号。

"哒——哒哒——哒……"秀珍的机枪响了,阵地上所有的机枪一齐响了。

后面指导员的方向一阵轰鸣。头顶上飞出成群的炮弹,嗡嗡地响着,在敌人的纵深里炸开,升起黑黑的烟柱,向四面飞撒着。照明弹又亮了,敌人的冲锋队形,活像些满地爬的蚂蚁。

王德迅速端起冲锋枪向冲来的敌人猛扫,嘴里喊着:"同志们打呀!"突然身子一晃跌倒了,血从头上胸脯上流出来。

"副连长!"秀珍丢下机关枪把王德扶起来。

"射击!快——射击——!"王德抬头喊道,"嘿!该死,天生是个姑娘。"说着他向机枪跟前爬了两下,不动了。

秀珍马上又去射击,可是机枪发生了故障,怎么摆弄也不响,越急两手越打颤。她向两侧看看,想找个人给她排除故障,但是战士们都离她六七步远,他们也在忙着射击、投手榴弹。眼看敌人冲上来了。怎么办?秀珍急得要哭了。她抓起手榴弹扔了出去,但是没炸,原来忘了拉弦。正在这时,身后响起一个粗壮的声音:"副连长在哪里?"原来是二排长,他带着两个班跑来了。

"在这里!"秀珍赶紧应道。

二排长一边指挥两个班投入战斗,一边伏身看了看副连长。

王德已经奄奄一息,不省人事了。

"秀珍!快把副连长背下去。"

秀珍再没说什么,背起王德就跑了。她一会儿卧倒一会儿又起来跑,躲着敌人的火力,向连包扎所跑去。王德的头耷拉在秀珍的肩上,他呻吟了一声,梦语似的说:"嘿!天生是个姑娘!快射……射击!"

"没关系,副连长,二排长来了,他带了很多的人。"

秀珍说着,眼泪夺眶而出,脚步更快了。她转头望望烽火台,上面传来了胜利的喧哗声。

二七

周国华放下电话走出团指挥所。他从昨天晚上到现在没休息,一夜的忙碌使他头昏脑涨。现在已经天亮,风息了,稠密的雪花静静地落在他身上、脸上,觉得一阵清爽;他站在原四连的阵地上,从望远镜里向烽火台上瞭望,大雪把彻夜战斗的痕迹严密地封盖起来,一切都是宁静的,好像这里从来没有发生过什么事。

警卫员小张和二宝给团长送来大衣和香烟。

周国华吸着烟,目不转睛地望着正前方,忽见从树林里走出十几副担架来。

"慢点,慢点,小心别碰到树上。"这人边说边给伤员整理被子。

担架走近了,周国华认出这人是秀珍,她半放着的帽耳随着脚步搧动,军大衣又肥又大,和她那细小的身材不大相称。更近了,周国华问道:"抬的谁?"

"副连长!"

周国华、二宝、小张急忙走向担架。周国华掀开被子,俯身叫道:"王德,王德,怎么样,不要紧?"

王德面色苍白,微启眼皮,嘴唇轻轻一动,又闭上眼睛。

周国华急忙抓起王德的手腕,脉搏十分微弱,他把手一挥,说:"快抬着走,送到卫生队急救!"忽见秀珍胸前也到处是血,急忙把她的大衣前襟一掀,惊问道,"怎么,你也受伤了?"

"不,我背伤员背的。"她说着,看了二宝一眼,刚好和二宝那惊异的目光相遇,秀珍脸一红,赶紧把头低下了。

周国华倒背着手紧闭嘴唇站在旁边,目送着一副副的担架走过去,心里翻起一种不可抑制的感情。担架走完了,他回头对警卫

员小张说:

"把马牵来。"

"到哪去?"

"上烽火台。"

"二宝也去?"

"不,他留下。告诉杨股长,有事到烽火台找我。"

"是!"二宝和小张同时跑了。

烽火台上四连的战士们不顾彻夜的战斗劳累在抢修工事、打扫战场。雪地上响着锹镐声、喧哗声,他们把新翻起的土,盖上一层厚厚的雪,然后浇上水,结成冰,既滑又硬,子弹穿不透。

乔震山和战士们在一起,向打扫战场的战士们吩咐着什么,手里不停地拣拾着敌人遗弃的枪支弹药。

"怎么样,同志们,打扮完了好吃饭,说不定今天还要热热闹闹地迎接他们哩。"乔震山说着走了过去。

"好啦,连长,光等客人来了。"一个头上包着绷带的战士答道。他举目向山下环视一周,不禁被这大雪盖地的景象触动,想起他的故乡来了,"这里蛮不坏啊,像是在老家里一样。要是在我们老家,这时候比这里美得多,坐上雪橇把鞭子一摇,'喔——嗨!'那肥肥的小马甩着尾巴,四只小蹄子像飞一样就刷刷地跑起来,那味道……嘿,真美啊!"

"我看你呀,瞧瞧你的工作吧,修工事可不能骗自己。你瞧见了没有?"温明顺直起腰向沙土城一努嘴,"多清楚啊,等子弹穿过胸墙,把你的脑袋嗖的一家伙带到黑龙江去,到那时候你就知道在这里美还是在家里美了。"

头上包绷带的战士没放声,把铁锹往旁边一丢,蹲在战壕里用纸卷着烟,赌气地吸起来。

"你生气了,伙计?"温明顺紧挨着他蹲下了。

"狗才生气哩!"

"那么把烟给我吸一口吧,等全国解放了,我还你两盒大象烟。"说着伸手接过了半截烟,用力地吸了两口,"嗯,这还像回事。不过,可不知你信不信,人在哪里长大的就喜欢哪里,尤其我们干庄稼活出身的人,抓把家乡的土闻闻也比别的地方的土香。可是全国没解放,你叨念它有啥用?等解放了北平嘛,那就差不多了……"

"什么差不多?差远了,还有半个地球在等着我们……"

"对,就算是半个地球吧,反正不彻底消灭蒋介石,你的家再美也是白搭。不信你问问连长。"

周国华带着警卫员小张来到了烽火台,他边走边听着温明顺的话。

"敬礼!"温明顺见团长来了,往壕沟旁一站敬了个礼。

周国华把温明顺的手拿下来笑眯眯地端详着他,"温明顺,你刚才发表什么议论?"

"嘿……"温明顺笑了笑,把头一低,"闲聊呗。"

"这次战斗你们连伤亡大吗?"

"单看怎么说啦,团长,不算随队的才伤亡十多名,要是再看看敌人的伤亡,那我们就等于没有什么伤亡了。"

"对!你说得对,温明顺同志。"周国华转向其他的战士们,"以小的代价攻克了敌人一个这样坚固的据点,还消灭了敌人三百多,这是个了不起的胜利。同志们,把工事好好地修一下,敌人要是还敢反扑,那我们就认真地教训他们一顿。叫沙土城敌人知道,人民解放军的英雄们是无坚不摧、无攻不克的,他们要是不缴枪投降,烽火台就是例子。你们说对吧?"

"对!"战士们齐声答道。

乔震山、郝平来到团长跟前。乔震山说:"团长同志,到大碉堡里看看吧,刚打扫干净。"

周国华跨过被炸坍的碉堡门,俯身走了进去,他环顾着四周说:"嗬!可真够复杂的,像魔洞一样。看来你们拿下这个碉堡是费了劲的。"

"打这个碉堡,阻击敌人增援,王德同志打得很好,可是……"乔震山说到这里哽住了。

"我见过他,伤得较重。"周国华吸着烟,面色严峻。

走出了碉堡,进了壕沟。周国华说:"看来,我们的攻击计划很正确,不然,他会拿出很多的兵力向你们反击。但是这样就不同了,敌人的大部兵力在露天地里被我们的炮火消灭了,这就给攻克这个据点制造了条件。你说是不是,乔震山?"

"是!"乔震山补充说,"敌人这个加强连,只捉了二十来个活的,其余的都报销了。"

他们边说边走,有时都沉默着。

"我看你那个弟弟就挺好,既有技术又有战术,他一个人可以消灭敌人一个排。比你好!"

"还有秀珍。"郝平插口说,"昨天晚上还打重机枪,这姑娘真能干。"

"好什么,傻里傻气的。"乔震山笑呵呵地说。

"比你还傻啊?咄!"周国华笑了笑。

"他们读了四五年书呢。"乔震山说。

"咄!不是理由。"周国华回头瞧了瞧乔震山,"你那狭隘的报复情绪也怨文化低?有点伤亡你就沉不住气,这个碉堡总共才这么大,你竟赌气打了那么多炮弹,还不是在蛮干!"

乔震山嘿嘿地笑了,没吭声。

他们来到烽火台的西端,忽听阵地前敌人遗弃的尸体里传来一阵呻吟声和嚎叫声。

"你们为什么不去把他们拖来?"周国华问道。

"不能去拖,敌人打枪。"

"迫击炮有没有宣传弹?"

"有!"

"把迫击炮扛上来,带两发宣传弹。"周国华拿出钢笔,向警卫员小张要了一沓子办公纸,在工事的胸墙上写起来了:

……你们的伤兵快冻死了,马上派人拖回去治疗,挽救他们的生命,我们保证不向你们拖伤兵的人开枪。

中国人民解放军

周国华一口气写了二十来张。乔震山带着迫击炮来到阵地上,卸开宣传弹把信装了进去。

"用最大射程,向沙土城发射一发。"周国华命令道。

宣传弹打出去了,在沙土城的上空炸开,二十几张白色纸片飘然下落。

不一会儿,从沙土城出来十几个人,成一路队形,没带武器,走走停停,像怕遭到火力袭击。后来,见我们没打枪,才放心地走起来;随后又出来一百多人,扛着担架来到伤兵跟前。周国华在望远镜里看得清清楚楚。

他一直看到敌人把尸体和伤兵抬走了,才装起了望远镜,刚要转身下山,哨兵报告说,从沙土城方向出来一个打白旗的向我们这里走来。战士们齐声喊道:"敌人准是派代表来谈判投降了。"

"别瞎说!"乔震山把手一伸,"都隐蔽好,注意沙土城方向的情况。"

周国华用望远镜看了看,见来人瘦高个哈着腰,一只手拿着白旗,一只手拿着封信,一步三荡地走来。周国华向乔震山说:"下去看看,不要叫他上山,有信拿上来。快去!"

乔震山把衣服整理了一下,纵身跳出壕沟,下了山坡。喊道:"干什么的?站下!"

"啊!我是城防司令的代表,来送信的。见你们长官有重要事。"

"转过脸去,举起手来!"

"是!"

乔震山走到那人跟前,搜过全身,接过信来,用眼一扫,觉得这人好面熟啊!像在哪里见过。

"你姓什么?"

"嘿嘿……"那人干笑了一声,把腰一哈自我介绍说:"姓鲁,我叫鲁青,是城防司令的副官。我们司令为了表示诚意,叫我亲自来送信,关于双方停火谈判问题,今后也由兄弟我负责。详细情况信上都有,嗯,都有。请长官代为转达。"

乔震山一听,一股仇恨的烈火直冲头顶,觉得头上好像重重地挨了一下。他睁大眼睛,盯视着对方,但是,眼睛忽然模糊不清了,眼前的一切都雾蒙蒙地旋转起来,耳朵里响起杂乱的嗡嗡声,胸口闷得要爆炸。鲁青!没有弄错吧?这就是十多年以前骗走了姐姐、逼死了二叔、杀害了父亲的帮凶二地主鲁青吗?可惜啊!要不是在这样的情况下见面,他真想一下子把这个狗撕成碎片,可是,他为了党的政策,为了人民的事业,忍住了。他面色铁青,没有表情,呆滞的目光直勾勾地瞧着对方,看起来令人胆战心寒。

鲁青还认为是他说漏了话使对方生气了,急忙说:"真的,长官,我们司令是抱着一片诚意派我来的,如有半点虚诈,你把我枪毙!"

"住口!"乔震山喝道,"在这里等着!"

"是,是!"鲁青一哈腰说,"你可要快点,长官,大冷的天,要不……啊,最好快点,这是大事啊!"

乔震山拿着信回到阵地上,呈给团长后,自己一声不吭地站在一旁,好像和谁在怄气。两眼死盯着鲁青。

周国华接过信,立即拆开:

解放军司令官阁下:

顷接贵军来函,所述解戒投诚之事,敝人诚欲从愿。但此事涉及全军生命财产,不宜仓促决定。望贵军司令官,念百姓之安宁,惜士兵之生灵,请责令贵部,从目前起停火二十四小时,以容从长计议,是为至盼。请复,顺致绥安。

驻沙土城国军城防司令官　王经堂

周国华看完信迟疑了一会儿,觉得此事关系重大,不管真假应立即报告师长,他急忙到大碉堡里给师长打了电话。师长指示,把信留下,口头答应他,限今晚十二点作出答复,否则一切后果完全由他负责。并立即通知我军部队,随时准备行动,严密监视敌人。

周国华回到阵地上,命令乔震山按着师长的指示告诉鲁青。

乔震山从心眼里不愿意再去见他,他觉得和这个杀死了亲人的刽子手鲁青说话是莫大屈辱,再说,叫他这样走了真不甘心。因而他说:"团长,我有个建议。"

"你说吧。"

"我看王经堂不会投降,是在搞缓兵计,不如把这家伙扣起来作为人质,再用宣传弹告诉他,不投降就……"乔震山下句没说出口,面色已怒不可遏了。

"嘀!"周国华严厉地瞪了乔震山一眼,"私仇不能代表党的政策,同——志,王经堂再坏,他现在是我们作战的对手。两方交战不斩来使,你懂吧?同志,说你狭隘你不信,我们革命的对象,全中国不止一个王经堂,你扣下他一个人就能解决平津战役问题?笑话,马上去!就照师长的指示告诉他。"

"是!"乔震山下了烽火台来到鲁青跟前,没好气地说,"回去吧!告诉你们司令,限夜间十二点缴枪投降!不然,一个不留都消灭你们。"

"我说,长官,没有回信啊?"

"少废话!"乔震山把驳壳枪盒一按,喝道。

"是,是是。"鲁青一躬到地,走了,走得那么轻快。

乔震山回到阵地时,团长周国华把敌人的信已经做了详细分析,并嘱咐他们说:"要很好地监视敌人,应当把敌人这封信看成是假谈判。我们一切都要从敌人逃窜做打算,当然他能真的投降更好了。乔震山同志的看法是对的,缴枪投降王经堂做不到,一〇四军目前也做不到,因为他们还抱着回北平的幻想,还抱着蒋介石能来援救他们的幻想。所以,你们如果发现敌人逃跑,可以不待命令一面报告一面追击,这是你们的首要任务;其次,部队要抓紧时间休息,说不定晚上就有战斗任务。"周国华说完,急急地回团部去了。

二宝本想跟团长一块到烽火台去看看,可是团长却没让他去。他站在工事的胸墙上,目送团长走远以后,自己一个人踏开积雪,蹲在地上呆呆地向烽火台上望着。没想到秀珍也能参加这样的战斗。"真棒!"想起秀珍,二宝虽然在上次行军中见过一次面,可总觉得好像隔了很久一样,尤其这几天来,他参加过激烈的战斗,受过一次伤,当了特等射手,记过两次大功,心里更加想看看秀珍。也许,他认为有了这许多的光荣事迹,想听听秀珍对他的夸奖——受到爱人的夸奖,心里总是感到无限高兴的。今天虽见了面,但没有说话,因此他想到卫生队去找秀珍,又想:"不,那里有许多人,多不好意思啊!兴许她会来找我,也许她也在等我去找她。"二宝正在胡思乱想,忽然身后传来一阵脚步声,接着一个声音,"原来是你啊!二宝,我以为谁一个人在这里呢。"秀珍笑眯眯地走过来和二宝握手。

"瞧你,"二宝端详着秀珍身上说,"团长没问你以前,我可真的以为你受了伤,把我吓了一跳。"

"即便受了伤也不用吓一跳,还不是这么回事。"秀珍说着,回头望了望,"走,咱们到那边坐。"于是两个人向南上了个山坡,在一棵大杨树下站下了。

"要是真受了伤啊!"二宝说,"你还不哭一顿。那才叫同志们笑呢！"

"别胡说，受伤我也不能哭，我还……我还打重机枪来着，不信你问问王副连长……不，你问问三排的同志。"

"真的？"

"真的！"秀珍自豪地说，"就是不会排除故障，把我急得呀……扔个手榴弹连弦都忘了拉。"

"哈哈！"二宝仰面大笑了，"明是吓慌了，还说忘了呢。"

"胡说，才不是呢！"秀珍委屈地把眼一瞪，"你们哥俩一个样，老看不起人。那时我心里恨的，真想把敌人抓过来咬他几口，还顾得怕呢！"秀珍说到这里不放声了。她不由得想起昨夜作战的情景。

二宝很羡慕秀珍能参加烽火台的战斗。她那苹果似的脸上挂上了一溜两行的汗珠，帽檐下压着两绺黑发，显得更加英武而可爱了。

秀珍姑娘气得把头发向帽子里一拢说："说真的，二宝！昨天晚上要是你也在那里那才好哩，你一定会打得很痛快。二宝，坐下来！瞧你，老站着。——听说你在杨家营战斗时受伤了？你为什么不写信告诉我？"

"嗯，不告诉你。我等着……以后再告诉你。"

二宝黑油油的脸上带着腼腆的表情笑了笑，把裤腿一提坐了下来。

"为什么要等着，等什么？你说呀！"秀珍挑衅似的问道。

"嘿嘿！这不告诉你。"二宝笑了笑，羞怯地低下头不吭声了。

"瞧你——傻样！什么秘密事还不告诉我？"

"这事你猜也能猜着嘛，我写了申请书请求入党。我想等批准以后一块告诉你。前天晚上我完成了任务回去时，团首长亲自叫了我去，又给我记了一大功。入党的事嘛……政委说以后再说吧，就这么着，吹啦。"二宝把手一摊，泄气地低下头，用手抓起地下的雪,用力地往地上一次又一次地摔着。

"那么为什么不批准呢?"秀珍问道。

"还不是为了我站岗睡觉丢了一次枪。"二宝脱口答道。

"哈哈!哈哈!到底说出来了。"秀珍格格地笑着,吸着尖溜溜的喉音,"还不好意思的呢!小李早就告诉我啦,你不说我也知道,他什么都告诉我了。还有和哥哥顶嘴,偷着到前面去打枪……"她正说得高兴,忽见二宝低着头,脸上红一阵白一阵地一声不响,她察觉她这种大笑可能使二宝生气了,急忙收起笑声,一本正经地说:"其实,着什么急,才参军就立了两次大功,还不够光荣吗?要是妈知道了,她老人家该多高兴啊!说真的,二宝,你是很有希望的。像我呢,又捞不着打仗,到啥时候才能入上党啊,唉!我要是个男人就好了。"

"傻丫头!"二宝学着乔震山以前对他说话的口气,"只有打仗才能入党啊?思想进步工作好在哪里都可以。"

"哟!……你叫我傻丫头是不是?"秀珍把脸一板,"我看你是个傻小子。"

二宝一点也不生气、不辩白,只是低着头平静地用手轻轻地抚摸他那受伤的胳膊。他了解秀珍是个嘴硬心软的姑娘。果然,二宝出奇的沉默使秀珍沉不住气了,她以为二宝在生她的气,便向二宝靠近了一点说:

"二宝,你生气啦?我是在和你开玩笑呢。别生气,你听我说,咱们一定好好地努力,争取入党,我常常这样想,世界上哪有一点缺点没有的人?有了缺点光后悔是不够的,必须下决心去改正。最重要的是,要虚心,很好地听领导和革命老前辈的话,能这样做,我想我们一定会成为一个光荣的共产党员。你说对吧?"二宝点点头,朝着秀珍报以幸福而天真的微笑。他才要张口说话,忽然一扭头见团长和警卫员小张骑着马在前面走了过来,二宝说:"团长回来了,恐怕有事,我得回去,再见。"二宝起身跑了。

"再见!"秀珍一招手,也向村里走去。

下午两点,二宝随杨股长来到了烽火台高地。

杨股长是来烽火台布置团的前进指挥所,军司令部指示今晚准备将敌人四面包围进行强攻。按作战计划,团的进攻指挥所就设在烽火台。杨股长是来这里了解情况,做攻击前准备工作的。

二宝自己一个人站在壕沟里正向沙土城观察,忽然有人在身后一下子把他的两眼捂住了。

"谁?"二宝忙握住那人的两只手,"小李!我知道是你。放开我,干吗你?"

小李放开手,大声地笑了,"我早就瞧着你了,你小子光向前看,没有发觉我老在跟着你。"老朋友见面特别亲热。小李见了二宝心里十分高兴。

"二宝,你来干什么?"小李笑着说。

"跟股长来的呗。"

"嘿!你不早来,要是你早上来啊,那才打个过瘾的呢!"

"你打了没有?"

"打啦!"小李摇摇头,"不行,距离太远打不准。你看就在那里。"小李指指前面说:"敌人有一个多营,走到那里,我们就开火啦,把他们打得屁滚尿流,连死带伤一大片,老鼻子啦!"

"尸首呢?"二宝问。

"打了个宣传弹叫他们拖回去了。"

"敌人拖尸首时我们没打吗?"

"嘿!这回你可错啦。"小李自作聪明地说,"写信叫人家来拖还能打啊,那就失掉我们解放军的信用啦。"

二宝没放声,他想,为什么对敌人还要讲信用呢?他不明白这个道理。他认为不管怎么样,不管用什么方式,只要能多打死几个敌人就好,因此他说:"干吗还跟敌人讲信用?敌人压根就和我们要滑头,见了面打就是了呗。"

"那怎么能行？"小李说，"打仗也有个政策，可不能胡打乱敲。"

"什么政策？"

"反正是政策呗，谁违反了谁就犯错误。"小李想给二宝讲套道理表明他是个老兵。可是他对这些问题，又是只知其然而不知其所以然，只好自圆其说地说，"反正这些事有上级掌握，咱们坚决地执行就对了。告诉你，王经堂写信派人来谈判投降了。"

"真的？"

"嗯，我们连长下去见的那个代表，连长把脸都气青了。后来团长走了，我们连长说：'同志们，不用听兔子叫，狗嘴里长不出象牙来。王经堂不会投降，准备打吧！'我看连长说得对，敌人跑不了愁得耍花招，投个屁降！你说是不是？"

"你说王经堂真的投降了怎么办？"

"投降了好嘛，不用打了，省着炮弹到北平去打。"

"不过，投降了我也不能轻饶他，叫他还我姐姐，还要给我爹偿命！"

两个小战友正一问一答地说着话，忽然通讯员小张出来说："二宝，杨股长叫你。"

二宝转身向大碉堡走去。

二八

黄昏前，天空里传来飞机的轰隆声。敌人三架战斗机在沙土城上空盘旋之后，在铁路上盲目地扫射了一阵，向东南飞去，不久又飞了回来。敌人的飞机有三四天没出现了，今天突然出现，又在黄昏，这是异乎寻常的。

乔震山、郝平和杨股长从大碉堡里急急地走出来。部队迅速进入阵地。他们来到瞭望所,看到阵地前的敌人没有任何异样行动,西天边轻飘飘的云层下,雾沉沉的沙土城死一般寂静。

乔震山根据眼前的情况,细致地分析敌人:投书谈降,飞机出动,不会毫无作为,这种现象可以做两种解释:一,沙土城敌人已决心投降,北平不同意,派飞机威胁;二,敌人根本不想投降,投书谈降是"缓兵之计",乘我不备,用飞机掩护逃窜。乔震山肯定了后者。他从杨股长手里拿过望远镜,向沙土城的四郊观察了一阵。由于接近黄昏,沙土城一片雾霭,模糊不清。他重新把视度调整了一下,一个墙脚、一棵树根地仔细观察。忽然,在雾气沉沉的南门外,那些枝条模糊的树林里发现了敌人的队伍,像一群爬动的蚂蚁向南运动,前卫部队已经被起伏的山峦遮蔽不见了。乔震山心里一紧,喊道:"跑啦!敌人向南山里逃窜了!"他赶紧命令道,"全连,马上到山下集合,准备追击,快!"

烽火台阵地上一阵紧张,第四连的部队呼啦一声站了起来,在一阵口令声中,各排向山下开去。

"有多少人,老乔?"杨股长急忙接过望远镜,边看边问。

"多着呢!这些混蛋,到底跑啦!"乔震山跑进大碉堡,走向电话机,急速地转动摇把,"喂,团长吗?敌人向南逃窜了!后尾还没出城,……嗯,看得很清楚,追吧?……好……好……好,我们现在已经集合了……好!"他放下听筒,一转脸见杨股长站在跟前,"团长说,他一会儿就来。"

"连长,重机枪和迫击炮带不带?"赵文江匆匆地走进来请示。

"都带上,告诉部队全部轻装,多带弹药。"

"是!"赵文江刚出去,三排长又进来请示,"连长,不能走的轻伤员怎么办?"

"留下,在这里看背包,和连部担文件的一块。"

乔震山说完,急忙吩咐几个通讯员把弹药箱搬到山下,交各排带上,然后,来到杨股长跟前想说什么,可是杨股长在和各营打电话,乔震山一转头见三排长还在那里站着没走。

"你怎么还没走?"

"连长,全连只有六个轻伤员,有两个我已经说服了,可是有两个高低不干,非跟着去不可。"

"嘻!你不会告诉他,这是追敌人!一小时要跑十八里,他们跟不上!把伤口跑坏了,谁负责?好吧,干脆我去说吧,你把这箱子弹扛上。"乔震山说完,匆匆地走了。

四连部队很快集合了。战士们在紧张地整理装备:有的在打绑腿,整理鞋子;有的往子弹带里装子弹;有的已经整理好,在原地踏着脚光等走了……看样子,只要命令一下,他们将像脱了缰的骏马一样,向逃跑的敌人猛追疾赶。乔震山刚一下山,见团长、政委带着团部机关和直属队急急忙忙地走来。

"情况怎么样,乔震山?"团长脸色严肃地问。

"敌人后卫才出城,总共有两三万人,队形很乱,向南逃跑。我们走吧,团长?"

"走吧。你们指导员呢?"

"在和小组长们谈话。"正说着,郝平和杨股长后面跟着三四个战士一块从山上走下来。杨股长报告说:

"刚才和师部报告情况时,师司令部指示,北平今天下午敌人一个军向门头沟方向运动。军部估计是来接应沙土城敌人,命令我追击部队注意。各师部队也在准备出发。"

"好!"周国华转身向乔震山说,"你们连立即出发,等全团集合好,随后追你。你们的任务是想尽一切办法追上敌人,拖住敌人,迟滞敌人的逃窜,争取时间等全军主力赶到,全部消灭敌人。"

"是!"

"马上出发!"

乔震山来到部队跟前把驳壳枪一挥,带起部队跑去。

战士们脚底下卡哧卡哧地踏着雪,边走边议论着:

"敌人可真滑头,说要投降,结果偷偷地跑了。"

"往哪跑,讲爬山走路,老子是祖宗辈!"

"跑上天去,也得把它拖下来消灭掉!"

"沙土城敌人逃窜了!"这消息像风一样地传遍了所有的部队。在八达岭外作战的我军司令部命令所属师、团立即出发,向逃窜的敌人追击。命令是:"不让敌人跑回北平去,坚决追上全部消灭!一个不留!"于是,夜幕初临的山野里,上千带万的军队漫山遍岭,猛不可当,向逃窜的敌人追去。八达岭山区,一场激烈的追歼战即将展开。

敌人自从烽火台高地失守以后,切实尝到了人民军队不可抵御的打击力量。他们深深感到,被歼的暗影已经笼罩在他们的头上,他们企图以假投降来争取时间,乘机逃窜。他们像垂死前绝望的野兽,洗劫了沙土城的人民以后,把车站上的机车、车厢、站房、仓库……放火焚烧了,然后像一群亡命的魔鬼出了南门,顺着通沿河城的公路向南逃去。他们决定从这里逃回北平。开始为了表示沉着还是成三路行军纵队向前开进,后来忽然后屁股上不知从哪里打来了两枪,于是,敌人的队伍马上变成了乌合之众,几百辆美国汽车、驮着山炮的骡子和乘马逃窜的骑兵,争先恐后地冲进了乱成一团的步兵队伍里。马匹把步兵撞倒,铁蹄踏着人的脑袋、肚子、胸膛……不管什么地方,他们只要能跑得了就行。美国造的汽车把人当成了公路,碾成肉酱,开了过去。当兵的拥挤着、互相冲撞着、咒骂着、厮打着,甚至,开枪向骑兵和司机射击……国民党的军官用大衣包着脖子,头吊在胸膛上,只要他们那美式吉普车不停下,他们一声都不响,坐在车上装聋作哑。有时汽车实在开不动了,他们就瞪着凶恶的眼骂,用手枪枪毙挡路的士兵。他们跑呀逃呀,扔掉了嚎叫的伤兵和翻到沟里的汽车,亡命地跑去。平津地区国民党匪徒的主力之一——〇四军就这样乱七八糟地狼狈逃窜着。

伤兵们惊慌地哭丧着脸,望着逃远了的部队,望着岩石嶙峋的大山,在公路上扭动着沉重的身体,瞪着两只愤怒的眼睛像牛一样吼着:"你八辈的,你他妈的,祖宗三代的!……老子为你们流过血……拼过命……你八辈的,去你妈的,中央军,全是些饭桶、野兽!……你妈的……"

黑暗充满了山谷,像条无尽头的黑胡同,两侧是悬崖峭壁,顶上耸立着成群的剑峰峻岭,乌黑的岩石鬼怪似的排列着。伤兵的嚎叫声、咒骂声、铁器的碰撞声,汽车的嗡嗡声,在山谷的岩石间回荡着。前面没有公路了,他们扔掉了汽车、大炮,像深山里的野猪一样,一群一群地爬上山口,越过山岭,钻进了另一道山谷。

王经堂坐在吉普车上,看着这乱得不像话的军队,气鼓鼓地闭上了眼睛。今天上午他和一〇四军军长本来已经谈好,下午五点由他带着保安团和督战队为前卫,开始突围。可是当他出了沙土城的南门时,一〇四军早已绕着沙土城从西南面,沿着桑干河西岸的树林,向南先走一个小时了。他——自认为聪明绝顶的王经堂现在倒和四十八师一块成了一〇四军的后卫了。这就是说,人民解放军一旦追上来,那么倒霉的首先是王经堂了。他的两只死羊似的眼暗淡无光,前面是黑压压的挤不透的军队,后面也是一望无尽的惊慌失措的脑袋,人群从车子旁边挤过去,像流水一样。现在吉普车已经不成其为汽车了,像是蚂蚁群里的屎壳螂,既臭且笨。王经堂恨不得把汽车从人身上开过去,可是他现在却没有这种胆量,周围那些凶恶的大兵,每人只需一拳头就能把他砸成肉酱,失掉指挥的军队比狼还凶。

"你们是哪部分的?"他瞪着凶光闪闪的眼咆哮道。

"哪一部分的都有!"

王经堂才要掏手枪,答话的早被人群挤着走了。一个矮胖子又挤了过来,敬礼说:"少将先生,我看你还是下来走吧。"王经堂定睛一看,原来是韩明奎上校,他已经换上了士兵的服装,伏在王经堂的耳朵上,说,"军座已经带着一个骑兵连头里跑了,指挥权交给了参谋长……"

"这条老狐狸,到北平再算账!"王经堂咬牙切齿地骂了一声,又问道,"督战队和保安团呢?"

"在前面。"

王经堂缩回车里,一会儿,身上穿着士兵的服装钻了出来,和韩明奎向前面晃着膀子挤去。

天黑了,山谷里刮着阴森森的朔风,王经堂开始感觉出凛冽的寒气。他紧裹着棉大衣,心里充满着惊慌与愤怒。身旁走着韩明奎、顾贞熊和鲁青。他相信,督战队决不会出卖他,这是一支顶顶可靠的队伍,只是这条路……

第四连的部队抄小路翻山越岭,一口气跑了十华里。天一黑,乔震山把队伍整理了一下,编成行军纵队,加强了前卫排的武器。一小时后,乔震山、郝平带着队伍通过一段荒地和密密层层的灌木林,来到了公路上。这里已经空无一人了,剩下的全是汽油味和乱七八糟的脚印。

"敌人已经过去了,追!"乔震山向公路上瞧了瞧,把驳壳枪一挥,带着队伍向南追了下去。

他急急地走着,瞅着这空荡荡的公路,脑子里琢磨着逃跑的敌人。他相信,敌人可能就在他的前面不远。但是,忽然一个难以解决的念头在他的思潮里浮动着,"追上又怎么办?在敌人后屁股上,越打他跑得越凶,那还不是白费?团长给的任务是拖住敌人,争取时间等待主力的到达。不行!不行!这样追法是完不成任务的。"他抬头向前面望望,想找个捷径插到敌人头里去,但是,四周全是黑压压的山林和漫无边际的积雪,哪里也没有路。忽然,前面林子里开了一枪,子弹从头顶上飞过。

一排长刚想带着队伍冲上去,乔震山一把拉住,"不要慌,准是敌人的后卫部队。你带一排从东面顺着林子转过去,从敌人后面攻击,一个也不要叫他跑了,捉活的好了解情况,快去!"

赵文江带着队伍,很快地钻进了树林。

乔震山和郝平各带一个排从公路两侧搜索前进。大约走了十几分钟,忽听前面打了一梭子冲锋枪,接着是一阵严厉的吆喝声:"不准动!缴枪不杀!"其中一个粗壮的声音,这是赵文江在喊。

乔震山回头把手一挥,"跑步!跟我来。"

当他们来到跟前时,见公路上站了二三十个人,都举着手一动不动。旁边一排的队伍持枪监视。乔震山走到跟前,命令他们把枪放下。一排长赵文江从一旁走过来,后面跟着一个俘虏军官,见赵文江给乔震山敬礼,他也跟着敬了个礼,毫不惊慌,一声不响地立在旁边。

"这是敌人四十八师的一个排,刚才一打枪他们就投降了。"赵文江说着指了指那个俘虏,"他是排长,带领着投降的。"

"是的,"俘虏又敬礼说,"我们早就等着你们来啦。"

"前面的队伍走了有多久?"

"半个多小时。"

"你们为什么不跟着跑?"

"往哪跑,再跑还不是一样?"俘虏把手一摊,"我曾被贵军俘虏过,我想这是最后一次啦。刚才我还和弟兄们商议,他们也都同意,所以我们就干脆不跑了。"

"你们今晚上的战斗口令是什么?"乔震山眼珠一转又问道。

"顺风。"

"是真的吗?"

"真的,我要说假话叫我舌头生疗。"

"这倒不错!"乔震山心里一动,脑海里闪出一个大胆的办法来。他想带着队伍,冒充敌人的后卫部队,钻到敌人行军队形里去,来一个"腹内开花",以截断或拖住敌人。可是,这决不是轻而易举的事情。敌人两三万,我们这么一个连,一旦被发觉,那是不堪设想的。但是,他一看到站在身旁的那些苗壮的精神抖擞的战士们,和委靡不振、垂头丧气的俘虏,马上信心百倍,"没有问题!就凭我们这些英雄,对付他们那些惊弓之鸟似的窝囊兵,一个也打他十个百个的;再说,团的主力、全军的主力,也正在急追猛进,只要枪一响,敌人就会很快受到四面包围……"乔震山在几秒钟里,分析了敌我情况。他急忙把郝平和各排长召集在公路旁,低声地谈了一阵。决定由炊事班押着俘虏在后面走,等团主力上来把俘虏交到团部,并向团长做报告。

第四连像支脱了弦的利箭,射向了逃窜的敌人。每个人的脑子里充满了兴奋和紧张。公路上响起一片急促的脚步声。

山区越走越近。黑黝黝的大山遮住了半个天。

两小时过去了。大冷的天,战士们跑得满头是汗。

乔震山一声不响,迈着大步向前猛赶,突然前面有人喊道:

"干什么的?站下!"

"后卫勤务,回来的。"乔震山故作生气地说,"站下干什么,共军追上来啦。后面跟上,他妈的!再磨蹭都枪毙你们!"他边说着边放快了步伐。

"口令!"

"顺风!"乔震山答出口令时,心里特别紧张,生怕俘虏骗了他。

幸好,对方没有说什么,看样子是满意了。当乔震山带着队伍超过敌人的后尾一直向前面走去时,敌人队伍里有人不耐烦地说:"在后面跟着走吧,往前钻什么!"

"你知道什么!"乔震山也不耐烦地说,"我见营长有重要情况报告。"

山谷里黑得伸手不见掌,连积雪都变成灰色。谁也看不清谁的模样。乔震山带着全连一个劲地往敌人头里钻。身前身后全是漫无边际的敌人,他心里开始惴惴不安了,生怕这时被敌人发觉打响。如果被这少数的敌人缠住,大部分敌人跑了,那才糟呢。脚步走得更快了。可是,插到哪里算完呢?他把心一横:"管他娘的,只要敌人不发觉,插到哪算哪,最好插到整个敌人头里去。钉在那里,挡住他!"乔震山贪婪地向前面望,前面,全是黑色的敌人和山岭。他恨不得全连生上翅膀飞过去。

第四连一直超越着敌人前进。一百来号人,每人一颗心,心与心之间扯得绷紧,形成一个强固的整体,每一个人只有一个想法:"前进,插到敌人头里,堵住!消灭!"山谷里黑得使人发闷,人多路窄,挤得喘不过气来,这山谷像是填满了炸药,只要擦根火柴,就会发生剧烈的爆炸。

乔震山用警惕的目光向身旁并排走着的敌人瞧瞧,枪、人、马全是黑的,像些活动的僵尸,没有说话声,只有呼啦呼啦的脚步声,机械地板着铅色的脸,低垂着头,等待着死亡。浩荡的人群肩挨着肩拥挤着、流动着,黑压压的没边没沿,向黑暗的山谷里流去。两侧,黑色的岩壁上响着杂乱的回音。

山谷忽然拐了弯,前面不远传来了汽车的马达声,灯光照得山谷通亮,所有的物体都赤裸裸地显了出来。"不好!"他全身的肌肉一阵紧张,"要马上干,不然被发觉了,敌人先开枪就糟啦!"于是,他把驳壳枪在手里一掂,轻轻地碰了一下赵文江。赵文江把冲锋枪掂了掂,咳嗽了一声,这是开始的信号。后面所有的战士都一个接着一个轻轻咳嗽起来。这声音听起来十分不自然。

"你他妈咳嗽什么?"敌人队伍里,看样子是个当官的,不耐烦地骂道。

乔震山没吱声,把枪对着那个家伙勾了一下。

"谁打枪?他妈的打死人了,想造反啊!"敌人的骂声被冲锋枪的"得得……"声打断了,赵文江在连长身旁开了火。接着,全连的各种火器向着黑压压的敌人开始了猛不可当的射击。

意外的打击使敌人一阵慌乱、拥挤,人压着人在地上乱爬,踏着野地里的积雪呼噜呼噜地乱响,活像些老鼠。郝平率领着二三排,趁机将公路截断,占领了有利地形,向后面被截断的敌人猛扫急射。当重机枪开火时,敌人像洪水碰到岩壁上一样地卷了回去。开始,敌人还认为是自己的人哗变了,有人大声喊道:

"弟兄们,有怨有仇不能在这时候捣乱,后面共军追上来谁也活不成。"

"解放军优待俘虏,缴枪不杀,你们已经被包围了!"郝平高声喊着口号。

"哎?!……从天上来的?……"敌人乱七八糟地惊叫着。

"冲过去——冲过去啊弟兄们!"喊声之后,当官的向乱得一塌糊涂的士兵开枪射击,逼迫冲锋,敌人像潮水一样扑上来了。于是,山谷里的阻击战猛烈地开始了……

"打!有种的来吧!"郝平平时虽然斯文、稳重,说起话来净挑节骨眼,可是打起仗来却像个凶猛的老虎。他挥动着驳壳枪,向扑来的敌人边喊边射击。

乔震山带着一排紧跟着向前逃跑的敌人攻了一程,他满以为敌人决不会丢下这半截队伍不管而继续逃窜。但是当他把一小股阻击的敌人消灭以后,敌人的主力早已跑远了。

看来,以"中间开花"的办法,把整个敌人拖住的计划是不能成功了。现在只有把后面郝平阻击的那一股先消灭了再说。乔震山紧张地思索着,狠狠地咬着牙根,向前面望了望,"他妈的,跑不了你!"

郝平那里打得正凶,远远地闪着一团团的火光,照得山谷闪闪发亮。喊杀声波浪式地在山沟里回荡着。

"老赵,派一个组押着俘虏,其他的赶快到指导员那里去,快!跟我来。"

当他找到郝平时,敌人凶猛的反冲锋又开始了。乔震山什么话没说,带着一排投入了战斗。敌人想死里逃生,不要命地一次再次地反扑。战斗十分激烈,硝烟把山谷填满,向天空里弥漫,天空像一口大黑锅,扣在人们的头顶上,伸手不见五指。数九寒天,这山沟里却热得人连气也喘不过来。第四连像座拦河坝横跨着山谷死拼硬杀,任凭敌人如何冲锋都纹丝不动,勇不可当。战火照红了战士们的脸,汗水湿透了衣裳,眼睛里喷射着杀敌的怒火,杀声冲天,枪炮齐鸣,第四连把火力发扬到登峰造极的程度。射击!射击!机关枪打红了筒子,迫击炮打得冒了烟,炮弹装进炮筒,没等到底就飞了出去。最后,手榴弹打光了,炮弹打完了,各排的排长来报告乔震山。

"怎么办,连长,子弹不多了,拼刺刀吧!"

"拼!把敌人杀回去。枪支弹药敌人死尸上有的是,怕什么,打!"乔震山的回答给了战士们无限的力量,战士们一边捡拾敌人的武器弹药,一边作战。

战斗在灼热地进行着。独胆英雄乔震山率领着他这一百来名战士,一口气打退了敌人十余次冲锋。没有弹药,光靠刺刀,要战胜这一万来名的敌人,可不是那么容易的。乔震山和郝平心里十分着急,恨不得一刺刀把敌人杀回去。乔震山心里急,而敌人逃命的心比乔震山更急,他们像发了疯的野兽,死尸成堆、血流成河也在所不惜,一次再次地驱赶着士兵卖命冲锋。火力越是弱,敌人冲上来的人数就越多,眼看着这潮水似的敌人快把第四连冲开了。在这千钧一发的紧急关头,忽然,敌人的后屁股上响起了轻重机枪的射击声,炮弹在人群里、公路上、灌木林里不断地爆炸着。远远地听到我军夜间作战指挥喇叭的声音,像山羊叫似的响着,一听就知道,这是团主力赶来了。霎时,战局有了好转,敌人一阵慌乱,反扑减弱了。

"同志们,主力来啦,冲啊!……"郝平把驳壳枪一挥,喊道。

第四连的英雄们,端起了寒光闪烁的刺刀,喊杀声震得山摇地动,像山洪暴发一样向敌人冲了过去。

王经堂带着督战队和保安团,倚仗人多势众,向郝平、乔震山猛扑急袭,企图冲过去,可是一次再次地被打回来,后来他又收集了四十八师的队伍,又冲了一阵,仍然毫无结果。他这才觉得事情不妙了,可是最使他心惊胆裂的是后屁股上发现了解放军的主力部队,攻击之猛势如破竹,四十八师的队伍像潮水一般地退了下来。王经堂环视一周,南面是通不过打不动的火墙;东面北面共军的部队攻击甚猛;西面是黑糊糊的陡崖峭壁,成群的子弹碰在上面爆裂出闪闪的火星。霎时间,喊声四起,震天动地。王经堂瞪着一双惊惧的眼睛,脚步踉跄着,踏着积雪和灌木丛一步一跌地向后退。

"完了,这算完了!"他想,"跑!把队伍丢掉想一切办法跑出去!"但是,如何跑,往哪里跑,他暂时还来不及仔细考虑,只是一个劲地向西——向那些黑糊糊的岩石陡壁根下,一步一步地退着,虽然在他的感觉中那里可能没有路,但是起码没有敌人。意识,本能地支配着他向没有敌人的方向退去。督战队、保安团和四十八师的部队,开始成群地跪地缴枪了,霍乱病菌似的迅速地蔓延开来,渐渐地离他很近了。

"督战队!——督战队!——枪毙他们!……"他歇斯底里地咆哮了一声。可是这声音比起四周的喊杀声和激烈的枪声来,几乎等于没有。

他急转身,迎着峭壁跌跌撞撞地跑去,伸着颤抖着的双手摸索着冰凉的岩石。仰头一看,呀!大石头连天都遮得乌黑了,要上去比登天还难,他恨不得对着岩石一头钻进去,可是岩石上没有缝,连一丝儿裂缝都找不到。

"解放军优待俘虏,缴枪不杀!"

阵阵的喊声使他全身发抖,手脚乱颤。

"不!"他喃喃地自语道,"不能缴枪,更不能当俘虏……"是的,因为他自己明白,像他这样穷凶极恶的杀人犯,人民是不会轻饶他的。在冀东烧过八十三个村镇,杀过成千上万的无辜的人民;在北平杀害过爱国青年,镇压过抗日大游行;在战场上枪毙过无数的士兵;人民在他的眼里是奴隶,是他天生的屠宰对象。他知道:他王经堂有朝一日落在人民的手里,必将粉身碎骨。

王经堂想到这里,全身像过了电似的抽动了一下。

"解放军优待俘虏,缴枪不杀!"又是一阵喊声。

"完了……这算完了!"他双手颤抖地试探着,摸着岩石向侧面走去。忽然,真的"天无绝人之路",在身前出现了一个黑洞洞的大石缝,"谢天谢地";他惊慌地瞧了瞧,不顾三七二十一,一头钻了进去,顺着乱石堆向上爬去。忽然一个软绵绵的东西绊了他一下。

"哼……"那个东西呻吟了一声,王经堂仔细一看,原来是韩明奎,他伸出两只血手,抓住了王经堂的腿,"少将先生……救救我,我……肚子上受伤了!"

"起来走!"

"不,不行!你……你是我的上司,我……忠诚为……你,你……架,架着我走吧。"

王经堂目光一闪,掏出了手枪,但是又装了进去,"好,你等一等,我马上就背你。可是,顾贞熊和鲁青呢?"他一边摸石头一边问道。

"朝……上面走了,这些流氓,他们怕我拖累他!"

王经堂搬起一块大石头,朝着韩明奎的脑袋砸了下去。

山高坡陡,乱石重叠。王经堂四脚爬行了一个多钟头,黑色的山谷里早已枪声稀薄,人声悄然了。他在山顶上遇着了顾贞熊和鲁青,他真想枪毙他们,因为他们是战场上的逃跑者,几乎把他给出卖了,可是他没有这样做,因为现在非常需要逃跑的伙伴。三个人喘息定神,休息了片刻,顺着山梁走了。

"我们必须快走。"王经堂喘着气说,"天亮后共军会搜山的。"

"我们失败了,他妈的,彻底地失败了!"顾贞熊丧气地把手枪装进枪套。

"不,"王经堂说,"这还不算失败,尽管放心,你跟着我王经堂不会错,我答应过你,将来升你少校。还有鲁青老弟,等我们回到北平,无论如何也要弄个队伍带着,说不定蒋总统把江南的四百万军队整顿好,很快就会回来;再说美国人也不能就这样袖手旁观,那时候我们会阔起来的。"

忽然左前方那些齿状的山峰后面,传来了激烈的机枪声,炮弹闪着火光,在岩石缝里炸开,溅起耀目的火星,照明弹一颗跟着一颗地放射着白光在夜空里游来游去。

"他妈的!"王经堂幸灾乐祸地骂了一句,"一〇四军也并不轻松些!"

"现在我们往哪走,少将先生?"

王经堂取出夜光指南针,看了看,"向西南,绕过那个战场,再向东南走。"

"那要爬多少大山?"鲁青伸着细长的脖子,看着面前那些漫无边际的山岭。

"走吧!"王经堂回头看了看战火弥漫的方向,"比被穷八路捉去枪毙了好受得多呢。"

二九

追歼战第一个战斗打了不到两个小时就结束了。山沟里,俘虏乱嚷嚷地坐了一大片,有的吸烟,有的说话,有的在有气无力地呻吟。据初步统计,枪炮、弹药、车辆不算,光能说话的,一共一万一千五。赵文江高兴地说:"连长,不小的胜利咧!"

"什么不小,一〇四军带着两个师逃跑了! 要赶紧报告团长,快追!"乔震山刚要去找团长,又回头说,"老赵,你去查一查,俘虏里有没有王经堂。"

乔震山向团长把敌人的情况做了简单报告。周国华命令乔震山把俘虏交给团部警卫连看管,回二营归还建制,然后立即率领全团向敌一〇四军逃跑的方向疾进猛追。

公路上和两旁的荒地里,到处是敌人遗弃的尸体、伤兵、弹药和七扭八歪的汽车大炮。部队穿过人群,踏着乱七八糟的破东西哗哗地前进了。"跟上!不要拉距离!"口令从前面传过来,又向后面传下去,行军队形里响起铁器的碰撞声,这声音随着急促的步伐时大时小。

行进的前方,耸起一排黑色的大山,齿状的山峰上,蜿蜒着古老的长城,那些垛口、城堡,黑黢黢地遮着阴暗的天空,以致这山更显得峥嵘险峻了。

队伍爬上一个山口时,遇到敌人警戒部队的阻击,但刚一接触,很快就把敌人打了下去。周国华站在山口上,向千山万壑的深谷里瞧着,他根据敌人警戒部队的位置,完全肯定了敌人的主力部队就隐匿在这条张着大口的山谷里。只要部队再前进一步,那么这寂静的山谷立即就会发出惊天动地的吼声。"追上了!"他长长地呼了一口气,然后急转身,向正在跟踪前进的部队命令道:"前卫营跑步前进!"

"刷、刷、刷!"部队向山下开进了,不一会儿消失在深山幽谷之中。

按时间推算,敌一〇四军此时完全可以摆脱周国华这个团的追击,逃脱被消灭的命运。但是,由于乔震山的突然袭击,他们就地迟滞了一下,使我军在八达岭外一带作战的主力以雷霆万钧之势,越过八达岭山区,先敌一步,到达沿河城东北,布下了天罗地网,严阵以待了。

敌人察知情况后,一时吓得惊慌失措,神智模糊,在原地打起算盘来了:是向前冲击夺路逃窜,还是掉头回去另打主意? 是就地抵抗坚持待援,还是另选逃路绕道前进? 可是,两侧全是嵯峨峥嵘的大山,真是"华山一条路",绝境天险啊!"兵临绝境"自古军家所忌。正在犹豫不决之际,北面响起一阵心惊胆裂的机枪声,警戒部队被打回来了。他们这才惊慌失措地布置兵力准备迎击。

步兵团沿着山谷疾进,前卫部队端枪实弹搜索前进。炮兵战士扛着六〇迫击炮,射手拿着炮弹随时准备射击。忽然,前面黑暗里有人喊了一声:"干什么的?"话音未落,前卫部队就用猛烈的火力回答了敌人。

"缴枪!"

"哒!哒!哒!……"

"咕!咕!咕!……"

一阵轻机枪和冲锋枪连续射击过后,指挥员发出坚决的口令:"向左展开!——冲啊!"于是激烈的战斗在整个山谷里展开。山谷的两侧到处都喷着火舌,轰隆声带来了闪闪的火光,像暴风雨中的闪电。

第一营的前卫连,在山谷里和敌人展开了激战,流弹在头顶上像夏天夜晚的蠓虫,到处乱碰。前面已经走不动了,后面的队伍仍然在一个劲地往前拥,山沟里所有能站人的地方到处都挤满了队伍。乍一看,多乱啊! 班不成班,排不成排。但是,作战总归不是在阅兵场上阅兵,外表虽乱,内部却有一股扯不断、拉不乱的组织体系,后兵跟着前兵,前兵紧跟着干部,只要前面一动,后面就跟着行,灵活敏捷,行动起来,方向不差,队形不乱。不一会儿,班、排、连都按着作战序列、作战位置,进入阵地,投入战斗。霎时间,拥挤的部队不见了,战场却随着拥挤现象的消失而扩大了。

敌人占领了山谷两侧的大山,向山谷里倾泻着枪弹和炮弹,第一营受到侧射而不能前进。

周国华、李治中在前卫营后面的山坡上站着,观察着一营的战况,寒风掀起两个人的军大衣,飘然摆动,显得特别威武。他们凭着战斗经验,夜间可以根据枪声、火光、地形、地貌看出哪里是敌人、哪里是我军,尤其是这种遭遇性的战斗,就根据这些,把手里的兵力不断地正确地投入战斗。

"怎么样?老李,你看叫二营上西山还是上东山?"

战斗中往往把言语压缩得很简练,有很多内容都是只用意会,而不以言传。李治中用眼飞快地扫视了一下战场,立即理解了周国华的意思。他没有回头,答道:"看来敌人的主力已占领了东山,我看叫二营就到那里去;西山全是悬崖,敌人上不去,为了防止少数敌人逃窜,叫三营去个连就可以。"

"好!就这么办。"周国华立即同意了,转身问杨股长,"东面有敌人的那个大山叫什么名字?"

杨股长正在忙着布置指挥所,命令炮兵进入阵地,他急忙看了看地图说:"那山叫九顶菊花山,标高一一〇二。"

"嗬!听名字就够二营忙活的。叫二营长来吧!"

"到!"二营长早在一旁等着了,由于团长政委在说话,他一直没吭声。

"你看见了吧?"周国华沉着地向东山上指了指,"敌人已占领了东山要点,这个山不拿下来,沟底下的团主力就无法前进,这样,我们被阻挡在这里,歼灭敌人也就无从谈起。现在你们全营部队立即向东山进攻。"周国华说到这里,伸出一个指头指着二营长的肩膀,一句一顿地说:"打响以后,火力要猛,动作要快,穿插包围,迂回前进,千万不能和敌人作逐个山头的争夺。"

"是!"二营长挺胸答道。

乔震山在一旁悄悄地听着,一声不响,见营长刚要走又被团长叫住:"记住!你们一定要比沟底下的部队发展得快,保证全团对敌人的包围形势。进攻中要注意和南面兄弟部队联系。完了,去吧!"周国华说完,又命令作战股长,"命令三营派一个连立即沿西山向南攻击前进!"

这时两个炮兵连长跑了过来请示道:"报告团长,我们就在后面山坡上占领阵地,行不行?"

"可以,进入阵地后立即支援二营作战!"

"是!"

周国华布置完毕,两手叉腰挺立在一块岩石上,转动着目光,根据那些闪烁的火舌,借着照明弹的光亮,观察着部队的运动。忽然听见在东边一块大石头后面,团政委正和师司令部在报话机上报告情况:"敌人已占领阵地,我们正向敌人包围中。"

"看见了——看见了。"报话机的扩音器嘶嘶地响着,"我们已到达指定地点,位置是3475—8233。友邻部队在3485—8244,请即查看,随时报告。完了!"师司令部的作战参谋根据地图坐标,在说明师部和兄弟部队的位置。

周国华走了过去。李治中展开地图用手电筒照着,在上面找了找,"在这里。"他兴奋地说,"完全包围了,敌人跑不了啦! 老周,这会儿打吧,我们要快点前进,不然友邻部队一上来,要和我们平分秋色了!"说着他兴致勃勃地笑了。

炮声隆隆,火光闪闪,一场大战在凶山恶岭里展开。二营部队上山以后,分两路沿着两道山梁向敌人展开攻击。乔震山这个连是营的右翼主攻连。他们一发起攻击就遇到敌人在山顶上、石头缝里、大块的岩石堆里的火力阻击。部队成班成排地前进很困难,必须单个地从这块石头跃进到另一块石头。敌人的子弹带着挣脱了枪口的叭叭声射了过来,碰在石头上乒乒乱响,然后又跳起来,拖着嗡嗡的声音飞向另外的石头上或者空中去。

乔震山、郝平带着部队和敌人一块石头一块石头地争夺着,冲上去、反下来,打了半天,进展不大。乔震山低头看下手表,已经是深夜两点了。

"通讯员! 命令各排的特等射手,专打敌人的火力点,部队组成小组冲锋。"

命令很快地传到了各排,敌人的火力果然稀薄了,但是成束的手榴弹又从敌人隐蔽的石头后面投了出来,满山都是轰隆轰隆的爆炸声,部队冲了两三次还是上不去,冲锋又停了下来。

乔震山伏在一块大石头后面,眼睛虎彪彪地盯着敌人。这山上全是犬牙交错的大岩石,每堆岩石的缝隙里、根底下都有敌人在射击,岩石与岩石之间互相侧射,彼此策应,形成一片自然的火力网,使部队寸步难进,即使冲上去也无立足之地。特等射手虽然可以把暴露的火力点消灭,但是对那些更多的、一时发现不了的大岩石却无能为力。

乔震山有心请示炮火支援,又想:"不行,新阵地新目标,夜间作战,没有测定好的射击,不但无济于事,反而会误伤自己。"不过他自己倒要试试看。于是,他把全连九门六〇炮组织起来,用两门发射照明弹,七门掩护部队冲锋,再加上轻重机枪一打……他把计划和郝平研究了一下,郝平说:

"行!我去组织炮兵,你指挥一二排攻击。"

攻击又开始了。照明弹一发跟着一发在山顶上转悠,六〇炮弹随着照明弹的光亮,成群地在岩石堆里爆炸,大山顶上一时硝烟滚滚、火光四溅。乔震山从烟雾里钻出来往前一站,把驳壳枪向空中一挥,带着部队向上冲去。战士们边冲锋边和隐蔽在石头缝里的敌人进行肉搏,刺刀碰得石头喀喀乱响,混战了半小时才占领了一个小山顶,而且这个山顶上到处还有敌人的零星部队在隐蔽着抵抗,而前面两侧的山头上,敌人又不断地利用那些嶙峋的岩石反冲锋。乔震山不得不和郝平分工,一面阻击敌人的反击,一面率领三排肃清阵地内的敌人。他来到一二排占领的阵地往前一看,"呀!"这个山是如此奇怪!原来这个山头是由无数个小山顶所形成的,每一个山顶都是由奇形怪状的岩石组成,活像朵大菊花。"九顶菊花山"真乃名副其实。现在攻下这个山顶并不等于占领了这个山。就这样,乔震山和郝平带着全连攻一阵停一阵,时间很快地前进着,可是第四连的攻击却十分缓慢。

团司令部一次再次地来询问情况,看样子,团首长也在为第四连的进攻缓慢而焦急。

焦急、烦恼袭击着乔震山,他火冒三尺,面色凶猛而严峻。郝平是一个比较沉着老练的指导员,现在他也着急起来了,到处跑着看地形,询问战士情况。这大山摆在第四连的面前,像个大刺猬,他们就在这毒刺般的岩石林里和敌人拼杀,既展不开兵力,也展不开火力,干着急!当然,现在敌人是瓮中之鳖、囊中之物,他们顽强抵抗的结果终归是全部被歼。可是,第四连从来也没打过这样的仗,全团的阵地由于他们的进攻缓慢而不能很快地发展。如果打到天亮,费了九牛二虎之力,伤一大堆,一〇四军结果还是全被兄弟部队解决了,第四连却两手空空,那才窝火呢!不,这还是小事,完不成战斗任务,才是莫大的耻辱!

这时,营部通讯员从后面跑过来,对乔震山大声地报告说:"连长!营长命令你赶快夺下这个山头,团部告诉,一营现在被这个山头上的火力压在沟底下不能前进。"

"知道啦!"乔震山火辣辣地说,"你回去和营长说,我们很快就拿下它来……"他的话还没说完,敌人又是一排手榴弹,打得尘土乱飞、石头乱跳。通讯员答应了一声转身跑了。

乔震山借着闪闪的火光,仔细地观察地形和敌人的位置,神经紧张到快要崩裂的程度,额角上的汗珠顺着鬓发流了下来,不断地在长满青苔的石头上擦去手心里的汗。一双发怒的眼睛闪着光,骨碌碌地乱转,忽然一种声音在他耳朵里响起来:"……火力要猛,动作要快,穿插包围,迂回前进,千万不能和敌人作逐个山头的争夺……你们一定要比沟底下的部队发展得快……"这是团长的命令。他的眼睛向大山的两侧闪了两闪,下着决心,"对!从敌人侧面迂回。"可是,这山右面被敌人占领,左侧是悬崖陡壁,要从那里过,困难不小,不一定过得去,但是,他为了全部解决这山上的敌人,决定冒险一试。

"老郝,你带着二排大量的发扬火力吸引敌人;我带一三排从左面偷偷地转到敌人侧后去攻击,我们就不用和他零打碎敲啦!"

"嗯!我也这么想,刚才我去侦察过,那里是悬崖,要过去必须从峭壁上攀着岩石过,一不小心就会掉下去。右面不行?"

"不行!"乔震山肯定地说,"右面全是敌人,一直到沟底,过不去。就这样吧,险路出奇兵,要克服困难!"

"我去!"郝平站起来要走。

"开什么玩笑!老郝。"乔震山双手把郝平一按,"这会儿你得听我的,就这样,三发信号弹,一发现你就带着二排冲,给他个前后夹击!准行。"

郝平、乔震山急忙把一三排班以上的干部召集起来布置了一番,乔震山带起来出发了。

"我走了,老郝,你把这情况报告营长吧。"

乔震山走后,郝平带着二排在正面积极进攻,一块石头一块石头地和敌人争夺,有时用六〇炮猛烈轰击,有时用机枪猛扫。

乔震山带着一三排来到山的左侧,这里全是立陡的悬崖,队伍不能离开敌人的火力范围运动。他们下了一个小坡,在悬崖的边上用手扶着岩石,抓着横生的松树,一个跟一个大背着枪静悄悄地向前攀登,下面是深不可测的山涧,黑不见底,头顶上是立陡的岩石,岩石上面那些齿状的岩峰上敌人在射击,透过星斗满布的夜空,轮廓显得清清楚楚。发亮的曳光弹从黑色的岩石上空成群地飞了过去……"兔崽子!你们做梦也没想到,老子会从鸟儿都飞不过去的地方上来,捶到你们屁股上。"乔震山兴奋地想着,加快了爬行的速度,沿着悬崖的边沿一直向东南方爬去。乔震山在头里领着,后面是赵文江,再后面紧跟着一三排的战士们,他们攀石跳涧,身轻如猿,有时抓着一棵松树的枝干,把身子悬空一悠,跳过一块断层,松树根下的沙土受到摇动,刷啦刷啦地落下山涧,战士们大背着枪一个跟着一个跳过去,最后一个战士刚跳过,那棵松树就连根滚下去了。"这下行了,回去?不用打算!"战士咕噜着跟着走了。时间在前进,乔震山领着战士们也在一分一秒地往前摸。忽然,前面没有路了,全是一片断壁石坡,下面就是万丈深渊。乔震山左看右看哪里也过不去。赵文江着急地说:"连长,这块石坡挺危险,我先过,要是我摔死了,你们就别过!"说着用手去一摸,哪个石缝也插不下脚,急得直抓脑袋。

乔震山蹲下来瞪起眼睛仔细察看,这山坡真是要多险有多险。通讯员小李从人的胳膊底下钻过来,瞪起一双机灵的眼睛一看,回头对乔震山说:"连长,我身子轻,带着绳子在石坡上攀过去,然后大家扯着绳子再过,好不好?"

乔震山真想对着小李发顿火,他想:"什么节骨眼呀!你还出来说俏皮话,小头小脑的,跌到悬崖下去你哭都来不及,不把你摔扁了才怪呢!"他瞪了小李一眼,"去,站远点!"

"我看行,连长。"赵文江不紧不慢地说,"小李爬树比猫还灵活,叫他试试吧。我用绳子拴着他的腰,即便有危险也能把他拉上来,准轻快。"

乔震山一听有道理,不过他却不舍得叫小李冒险,他想把靴子脱了自己试试。可是小李在旁边又说:"连长,行吧,唉?不然待在这里走不了也回不去,时间长了,指导员在等我们,营长、团长也在等我们。试试看,就照排长说的,要是不行,就算我没说,好不好?你看,我把鞋都脱了。"

小李的话让乔震山心里一阵激动,感到全身有一股热流涌过。他用一种特别的目光端详着眼前的小战士。人小心不小,为了党的事业,为了战争的整体,他竟是这样的慷慨、豪迈、奋不顾身。现在为了完成战斗任务,乔震山再也不忍辜负这个聪明的青年战士的赤胆忠心了。他要给小李为人民立功的机会。

"小李,你可要小心啊,这可不是闹着玩的!"乔震山的脸几乎和小李亲到一块去了。

"放心吧,连长。"小李脱了袜子,赤着脚踏在冰冷的石头上,他边往腰里捆绳子边说,"我准能过去,不信你瞧着,要是摔下去,连长,回来你怎么处分都行!"

乔震山和赵文江扯着绳子,好多战士瞪着眼瞧着小李。

小李张开四肢,伏在大石坡上,连抓带蹬,在立陡的大石坡上慢慢地攀去。乔震山、赵文江放着绳子,吃惊地瞧着小李,谁都为他捏着一把汗。果然,小李真有两下子,他的身子小压力轻,在黑乌乌的岩石上张着四肢交替地运动着,活像个大壁虎。他的手脚是那样灵活、轻巧,身体又是那样轻捷,随着四肢利索地挪动。

小李的身影渐渐地缩小了、模糊了,最后消失在山峡的黑影里了,只见绳子动不见人影。

"小李——"乔震山担心地把口对着岩壁低低地喊了一声,然后把耳朵侧起来听听,一直等到小李的应声在石壁上传过来,才放心地直起腰。

小李轻捷地、吃力地爬着,手脚交替地摸索着,寻找着可以攀登的石缝,哪怕有一指宽的石坎、缝隙,他也可以抓住蹬牢。有时,他摸着一条像蛇一样的树根,用手抓住,两脚跐着岩壁,直起身来休息一会儿。看看下面黑不见底的深渊,真怕人啊!从下面卷上来的朔风,钻进裤腿里、衣服里,身上一阵冰凉;仰起头向上看,上面是兀立着的岩石,遮得黑咕隆咚地不见天;岩石上面是激烈的枪声,和被子弹碰起的火星子。"呀!战斗任务在等着我们呢,要快走。"小李心里一慌,一只脚突然蹬空了,要不是手抓得牢,差一点就下去了。小李全身是汗,活像从河里捞上来的,衣服湿透了,贴在身上,寒风一吹冰冷冰冷的,真冷啊!小李摸着、移动着四肢,约莫过了十几分钟,忽然前面出现了一个小陡坡,哈!有路了。他爬上小坡站在岩石上,往前一看,好了,前面就是山坡了。他赶紧找了棵松树把绳子拴上,又用力拉了三下,这算是他登上"新大陆"的信号,悄声喊道:"连长——好啦——过吧!"

乔震山听见小李的喊声,像在大瓮里一样,急忙命令赵文江把绳子拴在岩石缝里的树根上。他才要把住绳子过,赵文江把手一伸,说:"连长,我的身子重,只要我能过去,别人就没有问题。"他说完,两手把绳子一握,身子往下一顺,脚趾岩壁,向前移去。很快,毫无危险,过去了。后面乔震山,率领着战士们也一个一个地过去了。乔震山脚踏实地后,一看小李在穿鞋,他一句话没说就把小李抱了起来,向空中丢了两下,说:"小家伙,谢谢你,战斗结束给你立一大功!"

小李没吱声,领着连长和一排长向前面摸去。这时激烈的枪声已在他们的右后方了。他们走走停停,等着后面的战士们。当乔震山接到后面都过来的报告时,才从一条长长的、黑得看不见人的大石头缝里钻了过去;然后小心地攀登着,在黑影里爬行着,摸索着,不时在岩石缝里寻找着道路,一阶一阶地向上爬去。最后,来到了山顶的南面——敌人的后方,在乱石堆里展开了战斗队形。伏在地下的战士们,观察着自己的冲锋道路和射击目标。各种火器静静地张着口,等待射击和冲锋的命令。战士们急不可耐地瞧着敌人。敌人在惊慌失措地射击。"快干吧,天哪,多好的机会啊!"战士们默默地叨念着。忽然,连长亮开嗓子喊了声:"同志们,冲啊!"

好啦!战士们像是跳下悬崖的猛虎一样,端着枪,大吼一声冲了上去,放手干了起来。机枪、刺刀、手榴弹、枪托子……所有能打击敌人的东西全都用上了。沉重的打击,在敌人的后屁股上像火山爆发一样展开了,喊杀声震撼天地……

郝平一面指挥二排积极射击,吸引敌人的注意力;一面等连长打响后发起冲锋。他不时地看表,乔震山走了已将近一个小时了。突然,听到敌人背后响起了稠密的机枪声。郝平兴奋得把拳头往岩石上一捶,喊道:"漂亮啊！连长真行!"他接着回头大声地对二排命令道:"同志们,冲啊!"

郝平带着二排像潮水一样向山顶上冲去。几分钟前,这座峦石满布的大山顶是敌人垂死挣扎的惟一制高点,现在被攻克了。敌人大部分缴枪投降,一小部分正在向另外的山头逃窜,郝平带着二排跟踪逃跑的敌人,向前面的山头继续发起攻击。

乔震山来到山顶时,见俘虏成群地坐在石头上,满山都是敌人丢的武器、烂装备、死尸和伤兵。他马上对一三排命令道:

"三排靠近二排右翼继续前进,一排马上派人把俘虏押到营部去。其余的跟我来!"

乔震山追上郝平,指挥着全连继续作战。战斗在激烈地进行着。他们用左右穿插的动作连续攻下了三四个山头,使全团的战线顺利地向前推进着。当他们攻下最后一个山头时,突然遭到敌人的反扑。乔震山、郝平带着全连向反扑的敌人展开了一场混乱的肉搏战,第四连除去送俘虏的,每一个人都投入了战斗。

乔震山挥着驳壳枪转动着身子向扑来的敌人射击,有时刚打倒前面的,又转身射击右面的、左面的,援助着相邻的战士。敌人后退了,第四连步步逼进,寸步不让!

黎明前的黑暗,比深夜更黑,但是星光显得更亮了。敌人的尸体歪斜着横陈于岩石上,伤兵亡命地嚎叫着。但敌人在即将灭亡的关头,凶恶如狼,成群地反扑过来。

通讯员小李正跟着连长,边打枪边和敌人搏斗,他刚想端枪射击,忽然一个敌人从侧面向他扑来,还没等小李掉过枪口就被那家伙给按倒了,小李连踢带咬,但终究是身小力气薄,这一切都是白费。小李的脖子被敌人掐住了,霎时间气短心闷,眼睛发黑,渐渐地一切都模糊了。

当他苏醒过来时,眨了眨眼觉得脖子生痛,他用手摸了摸,摇了摇头,一翻身爬了起来。又不慌不忙准确地发射着子弹,敌人在他的枪声中一个个倒下了。当他把岩石缝里一挺射击中的机枪消灭了时,忽然,一转头不见了连长。他以为连长随部队向前冲去了,拔腿就跑,刚跑两步,不知被什么东西绊了一跤。刚想爬起来,后面一个人抓住他的腰带把他提了起来。

"小李,你受伤了?"

小李回头一看,原来是一排长,他横挎着冲锋枪,满身是硝烟气味,枪筒子上的油泥,吱吱啦啦地乱响。

"没事儿,绊倒了。"他问道,"你没见连长?"

"没见,小家伙把连长看丢了。"赵文江打着哈哈说,"走吧,大概在前面呢!"

这时,山顶上成团的敌人举手投降了,本连部队和兄弟团队就在那里会师了。此刻,响起了一片震动天地的欢呼声。山坡上燃烧着熊熊的大火,照亮了半个山岭。

但是,乔震山不见了,小李急得到处乱钻,寻找连长。

三〇

追歼战整整打了一夜,拂晓前才全部结束了。东方出现乳白色时,成千上万的俘虏从山上和山谷里一群群地押了出来,越过两峰的鞍部押向了后方。在雾沉沉的群山里,有时还响着零星的枪声,不知哪一部分还在搜索夜间藏在乱石缝里的敌人。后勤人员在整理着堆积如山的胜利品。有的部队在山谷的空地上休息。战马也在安闲地吃着草料。

团司令部接到二营在电话上的报告说,四连长乔震山在夜战中失踪了。他们在山上找了好久也没找到。

周国华心情沉重地放下听筒,走到岩石上,皱起浓眉向二营作战那一带重叠的高山上望了好久,心里翻起了各种各样不祥的念头,他竭力忍着内心的悲痛,面色庄严地站在那里,一动不动。

"牺牲了?乔震山牺牲了?!……"周国华悲痛地想着,转身走了下来,"不,他决不会……"

"遗体抬下来了没有?"李治中惊异地问。

"哼!遗体……从夜间四点就不见了。"

"他们没找吗?"

"找不着才报告呢!"

指挥所里,一片沉默。战斗环境,"牺牲"这个字眼在谁身上都有出现的可能,自古以来就没有不死人的战斗。因为这样想,人心里就可以轻松些?不!战争生活把人们团结得比亲骨肉还亲,一旦哪个同志牺牲了,人们的悲痛往往是刻骨难忘的,因为牺牲的是同患难共生死的阶级弟兄。

"不,他不一定牺牲,有可能受了重伤躺在哪个地方还没有找到,这在战争中也是常有的事。"李治中望着高山上空飞翔着的鹞鹰,带着极大的信心说。

周围所有的人,被他这充满了信心的推测所鼓舞。周国华转过身来说:"当然我非常愿意这样,可是为什么找不到他呢?"

"那是因为他们在夜间,还不可能找遍,再说这么大的山,找一个不能动也没力气说话的人,那简直是到大海里捞秤砣。"

"现在这样吧!"周国华对作战股长说,"马上命令二营,派四连全体再去找一遍。告诉他们不管是死的还是活的,一定把乔连长找回来!"

杨股长快步走向了电话机。

郝平带着四连的部队在满布着岩石的高山上走着,他们什么地方都找遍了,什么都看见过:死尸,半死不活的,破衣服,乱七八糟的脏东西……就是没有乔震山,就是没有他们渴望要找到的人。

战士们争先恐后地回答郝平的问话:

"我们整个山上都找遍了!"

"每一个石头缝里都看过啦!"

"是不是在夜间和其他的伤员一块送走啦?"

"没有,"卫生员摇了摇头,"我们连里一共伤亡了二十四名,所有的伤员都经过我的手才转走的。"

"牺牲的同志都仔细看过了吧?"

"都看过了,一个不少,错不了的。"

郝平仔细回想了一下夜间每个战斗过程……他霍然抬起头向战士们发脾气地说:"再找,仔细地找,找不到才怪呢!"

太阳升到了半天空,照亮了整个群山。郝平来到昨晚最后一个进攻出发线,问小李道:"夜间你是不是就在这里……"

"是的!"小李没精打采地答道。

"后来呢?"

"后来我醒过来,就再没见他。"

"你怎么会没见呢?"

"天那么黑,人又乱,再说我那时……"他说着摸了摸脖子,咽了一口唾沫。

郝平就地转了几圈,地上什么痕迹也没有。他顺着山坡往下走了几步,下面就是大石坡,再往下就是悬崖。这块大石坡上面根本站不住人,谁也不能往下走,郝平站在边上向前看了老半天,皱着眉毛,摇了摇头又走了回来。

"连——长——"小李站在石头上,用手捂着嘴,亮开嗓子叫了一声。泪汪汪地侧着耳朵听了一会儿,又叫了一声。他那清脆而颤抖的童音,在山谷里滚动着,那些齿状的岩石、山峰、山峡,把他的喊声按次传到了远方渐渐消失了,但是没有人答应。他这时真想放开喉咙痛痛快快地哭一顿,他用力往肚子里咽着唾沫,举起胳膊,用袄袖子擦掉眼泪,仍然和大家一块到处寻找。

郝平和全连同志找遍了所有的山顶,可是乔震山像是沉在大海里似的毫无踪影,急坏了所有的同志。山下吹起了集合号,这号音从各个山谷里传上来,郝平无可奈何地命令说:"一排长,集合了,把部队整理一下,回去吧。"

往山下走的时候,郝平、赵文江边低声地推测着乔震山的下落,边向山下走去。全连所有的人都怀着无限的追念,不断地向山上回顾着。

杨股长打完了电话,来到团长、政委跟前,报告了师作战指挥所的紧急指示:

"军司令部,接平津前线总指挥部命令,我们将沙土城逃窜的敌人歼灭后,全军立即向南口一带前进,准备向北平逼近,并防止北平敌人向西逃窜。师指挥所指示,要我们马上集合,随师部后尾跟进,所有战利品移交军后勤处理。"杨股长报告完毕,笑了笑说,"看来,这一次打北平恐怕没有问题了。"

"嗯,老周啊,你不是想北平想得头痛吗?这回该高兴了吧?"

周国华没说什么,他向大山上望了望,把眉头一皱,长长地呼了一口气,坚定而痛苦地说:"马上集合!"

山头上立即响起军号声。

周国华和李治中就地摊开地图看着,用手摸着下巴颏:"嗯,要出发了,怎么办?还找不找他?"

"找是要找……"李治中思考了一下,"这样吧,部队集合后,派侦察班长带二宝和两个侦察员留在这里。请附近的老乡们协助,继续寻找到明天,找到找不到,他们都回去。"

"就这样决定吧!"周国华点头同意。

二宝和老林离开团指挥所以后,在山谷里遇到小李。

"二宝!你知道你哥哥……"

"知道了,"二宝悲痛地说,"我们现在就要去找呢。"

"那好极啦,我告诉你。"小李拉着二宝的胳膊,用手指着一个最高的山头,"连长就在那个有两块像塔一样的大石头的山顶上失踪的,你们可以在那里多找他一会儿。二宝!不要难过,一定能找到。给你,这是连长的干粮袋,找着后他好吃,再见。"小李说完一招手就跑了。

二宝和老林还有两个侦察员,向小李所指的那个山头走去,山势很陡,乱石颇多。他们爬了一阵,坐在一块石头上,回头向山谷里望着。

山沟里到处都在集合队伍,回荡着战士们的喧哗声和亲热的骂声;马甩着大尾巴,踏着谷底的乱石头,哼嗒哼嗒地乱响。

在远远的山口里出现了四五匹马,风驰电掣地跑了过来,为首的一匹栗色细腿的大洋马,师长骑着。他来到团指挥所,翻身下马,边走边和战士们打着招呼。

"你们搞得不坏啊,哎!"师长和周国华握手,当他攀登着一块大石头时,周国华把他扶了上去。

"队伍集合了,请首长讲一讲吧。"

"嗯,"师长好像没听见周国华的话,回头向李治中问道,"乔震山找到了没有?"

"没找到,现在又派人找去了。"

师长收起笑脸向高出云霄的山上望了望,脸上充满了严肃、悼念的神色。

"首长,队伍都来了,你指示一下吧。"周国华又重复说。

师长向前跨了一步,用亲切、满意的目光看着这些英勇的战士们。

"同志们!"师长操着浓厚的湖北口音喊了一声,队伍里的喧笑声马上平息了。"战役开始以来,在短短的时间里,我们消灭了敌人一个军部,三个整师,一个整营,还有一个保安团。我们打响了进关的第一炮!这是毛主席军事思想的伟大胜利。我代表师党委向同志们致以亲切的祝贺!"

队伍响起了震天动地的欢呼声,在黑黑的燧石质的陡坡上回荡着,又在远远的齿状的山峰上消失了。师长闪动着炯炯发光的眼睛,喜悦地看着欢腾的部队,等声音平静下来,他继续说:"在党和毛主席的英明领导下,我们用伟大的胜利展开了有历史意义的平津战役。现在天津、北平、新保安和张家口的敌人,还有几十万军队正在我军主力的包围分割之中,平津战役还在激烈地进行着。今后我们还要和所有的兄弟部队一起,在平津的各个战场上作战。敌人不投降,我们就坚决、彻底、干净地消灭他们!同志们!我们前进,高举着毛主席军事思想伟大红旗,前进吧!"

  向前!向前!向前!
  我们的队伍向太阳……

部队拉成长长的行列,唱起雄壮的进行曲,沿着山谷,跨过古老的长城,向露出蓝色天空的谷口上开去。后勤人员在往汽车上装载着战利品。

二宝和林班长仍然坐在那块石头上,他们听完了师长的讲话,等到部队被谷口上的岩石遮没,就站起来向山上爬去。他们在山上转了多半天,一无所获。

太阳落山的时候,晚霞放射着耀目的光芒,穿过了山峡和石缝,把那些塔形的山峰、齿状的岩石都镶上了金边,而山谷、山涧、山峡、垂直的悬崖……凡是背着夕阳的地方都是雾沉沉的。轻飘飘的远山变成了紫色,渐渐地模糊起来。此刻的山区什么声音都没有,是那样宁静。忽然,不知在哪个山涧里或者是山谷里,响了三枪,这声音短促而沉闷,然后又是死一般的寂静。

"到哪儿去找?这山区像大海一样。"二宝第一次皱着眉头,面带愁容,向四周漫无目标地看着。一块边缘破碎的乌云遮住了夕阳,乌云的边缘溢出了暗红的色彩。二宝的脸罩上了浓浓的阴影,他的心是那么沉重悲痛!然后,抽泣着哭了。

"哥哥是死了！连尸体也找不着呀！"二宝眼里充满了泪水,大地、一切都像浸在水里,模糊零乱了。

"走吧二宝,别哭了,下山找个村庄住下,明天再说。"老林无可奈何地说。

"今天还没吃饭呢!"侦察员提醒了一句。

"要是能找到,就是三天不吃也行。"老林说着话,向山下走去。

他们来到山下,夜幕把山区遮没了,到处是黑洞洞的,山和岩石变得黑而高大,山涧里传来了一声猫头鹰的叫声:"咕咕……喵儿——"

"你刚才听见枪声没有?"老林回头问二宝,"可能这山里还有敌人呢!"

"能捉几个俘虏,比空手回去好!"

大约走了有一个多钟头的光景,在前面山坡上隐隐约约透出了灯光,他们朝着灯亮的方向走去。爬上一个山坡,来到一个不大的村庄里,在村头上一家独立房屋的门上敲了两下,不多时从里面出来一个五十多岁的老头,留着花白胡子,看样子挺和善。他一开门,上下打量了一下站在门外的老林。

"找谁呀?"

"老大爷,我们是解放军,走到这里天黑了,想到你家暖和一下借个宿。"

"里面坐吧。"老头又看了看后面的二宝和两个侦察员,领着他们往屋里走。

老头的房子是三大间,房门上挂着陈旧的门帘,明间里地中央放着一张长方形的小桌子,墙角上放一个猪皮袋,里面装着凿子和铁锤等打石头的工具,这个老头是个石匠。西间里关着门,有人在低声说话。

老头一进屋让老林他们在桌子旁边的小凳子上坐下,到东间里端出一盆火,放在桌子上,盆下面垫上两块砖。

"烤火吧,天挺冷的。"

从这老头不慌不忙的动作和说话上看,是一个纯朴的老头。他做完了他认为应当做的事情后,就坐在老林和二宝的对面。他不慌不忙地从腰里拿出烟袋,把黄烟装到烟斗里,又弯下腰把烟斗伸在火盆上,叭嗒叭嗒地吸着,不时地用他那被烟熏得发黄的粗大的拇指,在烟斗上按按,有时用烟袋嘴蹭一蹭胡子。他专心地吸着烟,一声不吭,好像专门让客人来好好把自己看个够似的。

"老大爷。"老林终于开口了,"你家几口人?"

"四口,儿子、儿媳妇、小孙子。"老头子不慌不忙地答道。

"你儿子呢?"

"从昨天出去抬担架,到现在也没回来。"

"你家靠什么生活?"

"那不是吗!"老头子用烟袋指了指墙角上,"干石头活。"

林班长和二宝本来肚子很饿了,想告诉老头做点饭吃,但是被他这种冷静单调的表情拦阻得不好开口,二宝用手碰了碰老林,"班长,你饿不饿?"

"你们大概没有吃饭吧?"老头听二宝这样说,转头来问道。

"是啊,老大爷。"老林乘机说,"麻烦你给我们弄点饭吃好不好? 我们给你钱。"

"要是给我钱,我家里就没有值钱的饭。"老头说着把烟袋用力地往地上磕了磕烟灰,然后又转头对着西间房子说,"出来给他们做点饭吧。"老头的声音听起来很严肃。

"就来。"屋里答应了一声,见门帘一撩,走出一个二十七八岁的女人,那女人还没走到锅台,屋里有个小孩子就吵着直叫妈妈。女人马上又回到屋里抱出一个一两岁浑身赤条条的小孩,孩子冻得手脚蜷曲着,见着老头张着湿漉漉的小嘴直哈哈,老头急忙打开袄襟把小孩揣在怀里,小孩才一声不响地瞪着两只乌黑的小眼睛,疑惧地望着老林他们。

"老大爷,这是你孙子啊?"侦察员上前问。

"是啊。"老头满意地笑了笑。

"你几岁啦?叫叔叔看。"侦察员看这小孩很好玩,用指头碰了碰他的小嘴唇,笑嘻嘻地说。

小孩把小脸蛋一扭藏在老头怀里,但不一会又笑眯眯地转过脸来,好奇地端详着侦察员。

"喂!这个你要不要,好吃啊。"侦察员在干粮袋里摸了半天,才拿出惟一的一块馒头干,在小孩脸前晃了晃说。小孩才要伸手去拿,侦察员往回一收,"叫叔叔,叫叔叔给你。"

"雏雏。"小孩把叔叔叫成雏雏了,引得大家都笑了,连坐在锅台下烧火的那个女人也笑了。同时不断地转过脸来,老端详侦察员和二宝。

侦察员高兴地答应了一声,把馒头干给了小孩。

老头笑着,嘴里露出一排坚实的黄牙,他转过脸来向林班长、二宝又打量了一番说:"说真的,你们到底是哪一部分?"

"解放军嘛。"林班长奇怪地说,"怎么,你看我们不像啊?老大爷。"

"嗯,看样子应该像,比前一帮不同,不过你们的穿戴开始吓了我一跳,我以为又是那些玩意儿呢。"老头神态自然,不紧不慢地说道。

林班长听老头话里有文章,忙问道:"老大爷,我们没来以前,你家里还有什么人来过?"

"有哇!"老头又吸着黄烟说,"在你们来以前不久,他们才走了。那四个家伙开始说是解放军,挺客气,可也挺慌张。后来向我要便衣,我没给他,一个看样子是当官的,马上就火啦。他一噘嘴,那些家伙就跑到屋里乱翻了一气,把我和儿子留着过年过节做客要穿的衣裳全都拿走,还骂我不识抬举,哼!"

"他们穿什么衣服?"老林和二宝互相看了看。

"嗯,和你们这位小同志差不多,就是颜色浅多啦。帽子是黑皮子的。"老大爷指了指二宝的军装,"所以,你们刚一进来,见又是穿便衣的,就他一个人穿军装,我心里就想,来吧,反正都抢光了……"

"那是国民党的军队被我们打散了的。"二宝拿起枪来说,"他们走了多长时间了?"

"嗯,约莫有顿饭的时候。"老头看看二宝,"现在你们赶也赶不上了,他们一出门就往东山跑了。"

谈话之间,老头的儿媳妇已经把饭做好,端了上来。抬头瞧着二宝说:"趁热吃吧,同志,没有好吃的。"声音听来甜蜜亲切。

老林他们正饿得发慌,见了饭觉得特别香甜,就贪婪地吃起来。

外门开了,走进一个三十上下的人,身上穿着一件单小褂,冻得下巴颏直哆嗦,慌里慌张地来到屋里。才想和老头说什么,忽见老林他们在吃饭,又把话憋了回去。

"说吧,他们不是外人,你怎么弄成这个样子。"老头一字一句地有点生气地看着儿子。

"我刚从东山老宿家跑回来。"那人看了看老林和二宝,"他家今晚进去四个人,说是解放军,后来就急着要便衣。老宿家没有,我才想走就被他们堵住了,说我形迹可疑,要搜查我,什么搜查呀,解开扣把我的衣服剥了去,还说暂借一借,把老宿的衣服也剥了。他们用枪逼着叫做饭给他们吃。老宿媳妇正在给他们做饭,我说出来提水,借这机会跑回来了。"

"现在还在不在?"老林放下饭碗站起来。

"还在,他们还等着吃饭呢!"那人说。

"走,我们看看去!"老林边说边把自己的大衣脱下来,递给老头的儿子,"你先穿着,领我们去,快走!"

"吃完了再去嘛。"老头不过意地说。

林班长拉着老头的儿子,什么也没说就走了出来,后面紧跟着二宝和两个侦察员。

老头把他们送出门以后,自己抱着孙子回来了。看着桌子上没吃完的饭和老林几个人的背包,激动地和儿媳妇说:

"把饭给他们收拾起来放到锅里热着吧,等他们回来好吃。嗯!这才是真正的解放军呢!"

一个多小时以后,老头放下孙子,到门外去等老林他们。见从东山上走下一帮人,黑影里看不清是谁,有人吆喝说:"快走!再磨蹭放你的石炮。"意思是把手脚捆起来往悬崖底下扔。

"谁呀!"老大爷向前走了几步问道。

"我呀,大伯。"

答话的是东山村的几个小伙子,押着一个俘虏向村里走来。

"东西找回来没有?"老头披着衣裳,又追上几步问道。

"找到了,一点没丢,都在凤鸣大哥那里。"小伙子们说着就走了。老头回到家里,高兴得和儿媳妇说:"东西丢不了啦,一会儿就回来了。"

一顿饭的工夫,凤鸣和老林等五个人从外面说着话走进来。凤鸣背着两大包袱东西,放在屋里炕上,用手巾擦着头上的汗,让老林、二宝等坐下,同时,催着老婆拿饭吃。

"他妈的,那三个家伙真滑头,到底叫他跑了。"侦察员边坐下边遗憾地说。

"行啊!东西找回来了,人又都平安,跑就跑了吧。"老头吸着烟,看样子,他老人家是心满意足了。

可是,二宝和老林心里却非常后悔!因为,据俘虏供称,跑的那三个家伙就是王经堂、顾贞熊和鲁青。他们三个怎么会来到这里呢?原来,王经堂打算爬大山向西南,绕过这个战场。他们费了九牛二虎之力,来到山下一看,呀!山底下、村庄里,到处都有解放军。三个人吓得一声没吭,一缩脖子又爬回山上来。累得筋疲力

335

尽,浑身溜软,一骨碌躺在石头上,再也起不来了。等他们休息过来时,天已大亮,战斗也结束了。天亮了,三个人哪里也不敢走了,只得找个石头缝隐匿起来。"听天由命吧,兴许八路不会搜山的。"王经堂提心吊胆地瞅着群山深谷里的变化。

果然,当太阳冒红时,山下的军队,满山遍野地向北开走了,只剩一些零星人员在收拾东西装汽车。到下午两点多钟,汽车也一辆跟着一辆地开走了。

群山深谷间一片宁静,山村上空缭绕着炊烟,间或传来几声鸡啼、犬吠。王经堂肚子里咕咕乱响,饿得眼前一阵发黑,他们这才改变了打算,抄近路向东走,下山找吃的,换便衣。来到山半腰时,在一个大石缝里又遇着督战队的一个士兵,四个人,这才一块来到韩凤鸣家里……

二宝、老林和两个侦察员,吃过饭以后,天已经大半夜了,老林和二宝开始想在外间地上铺上铺草睡觉,老头说什么也不同意,一定要他们到里屋和他一块睡。临睡觉以前,老林把请他儿子帮着到山上去找人的事情和老头商议了一下。老头满口答应,还答应在村里多找几个年轻人一起帮助找。

第二天早上,天不亮老头就把儿子招呼起来,到村里约了二十来个小伙子,各人带上干粮,分成两队,沿着两条山岭去搜索。老林、二宝和两个侦察员带着七八个人,从东面这条山岭侦察;韩凤鸣带着十几个人从西面那条山岭搜索,临走时老林和老乡们说,不管是伤员或是牺牲的,只要是自己的人一律带回来,送到康家集去。大家带上担架分头出发了。

老林、二宝和两个侦察员带着老乡们,在山上搜索得相当仔细。从山半腰到山顶所有的石缝里、山峡里,能够上去的地方和能够钻进的地方都找遍了。他们一上午爬了十多个山头,都没有乔震山的影子。见到的是敌人僵硬的尸体,散布在满山遍野。老乡们嫌弄污了山峰,把这些尸体就手扔到悬崖下了。他们这里对罪大恶极的敌人都是这样处理,叫做"放石炮"。

这一带老百姓对国民党的军队恨之入骨。解放前铁路上的反动派军队,经常来"扫荡"他们,每次进山,都抢得乱七八糟。捉着青年就送到北平去当兵。他们的掉队人员,要是被老百姓捉到,没有二话说,就偷偷地送到山上去"放石炮"。这次战斗以后,他们对待敌人也是照例处理。

天已晌午,老林这一队爬了许多山,实在累得不行,大家坐在山头上休息,顺便吃点干粮。他们环顾下四周,除了这一带山是他们的作战地区外,其他都是友邻部队作战的地区,乔震山不可能跑到那里去。团长临走时嘱咐过,在今天天黑以前要他们一定赶回康家集。他们在山上吃过午饭后,就归队去了。

二宝因为没有找着哥哥,心里很难过,什么时候都想哭一顿。但是二宝有个怪脾气,再难过也不愿守着别人哭脸。所以他在搜索当中老是皱着眉头,东看西望,心里想:"怪呀!别人牺牲了,无论如何还有个尸首,为什么他连个尸首都没有留下啊?也许哥哥还活着,早晚他会从什么地方回来。"

三一

中午的太阳照射着寂静的山峦,也照射着臭气熏人的敌人尸体。

阳光照不到的发着霉味的大山峡里,显得特别阴森森的。笔直而潮湿的峭壁上,岩石缝里长出了茂密的马尾松,像伞一样在山峡的上空遮蔽着,使两崖之间更加阴暗了。

峡底,枯草丛里厚厚的雪堆上躺着两个半死不活的人。这个窄窄的山缝似的山峡,黑漆漆的,像无底的深渊一样在等待着人的死亡。

乔震山夜里和一个敌人搏斗中,就是滚进了这个深渊。

当时,他在混战中,正想往枪里压子弹,刚压上两三发,突然一抬头见小李被一个敌人按在地上,他急忙取下子弹夹,把枪往腰里一插,跳起来扑过去,抓起那个家伙,大吼一声,举过头顶,一扭身把他抛到山下去了。他回头看看小李,小李躺在那里一动也不动,才想弯身去拉他,忽然身后有人把他的脖子捏住。在这千钧一发之际,他没等那家伙捏紧就猛一回身给了他一拳,正打在那人的颧骨上。那家伙受到沉重的打击,不由自主地倒退了几步,恰巧被身后的石头一绊,四肢朝天地跌倒了。乔震山乘机跳上去骑在他的肚子上,但用力过猛又被他趁势一滚,把乔震山压在身底下,就这样两个人滚来滚去地厮打着,最后乔震山用尽全身力气,从那个家伙的身底下往上一翻,忽然觉得两个人的身子一沉,耳边的空气呼的一声,乔震山就失去了知觉。

在意料中他们是粉身碎骨了,但是由于那些伞一样的松树,大巴掌似的把他们托住,减轻了坠力,而后又落在厚厚的雪堆上,这使他们侥幸免于死亡。即便是这样,他们还是因为受到不可避免的震荡而昏过去了。

不知过了多久,乔震山苏醒过来了,到处都是静静的,没有枪声也没有呐喊声,战斗是结束了。他两只颤抖的手支撑着身体慢慢地坐起来。四周是那样模糊,像没对好光度的望远镜,看什么东西都模糊不清。他不清楚自己是在什么地方,辨不出方向。峡谷里刺骨的冷风吹到他的身上、脸上……头顶上的松树、黑漆漆的石缝里发出了惊人的啸声。蔚蓝的天空从针状的叶子间、枝丫间透了下来。山峡里全是黑黑的发着亮光的岩石。在山峡的一端重重叠叠的山峦后面,露出清洁而明亮的天空。

他神志模糊,头晕目眩,两耳轰鸣,心里发闷。用手摸了摸头上,帽子不在了,军大衣到处是破洞。遍体鳞伤,满脸是血,头发被血浆胶硬了。使他最感到痛苦的还是右腿。在绑腿上碰开了一道口子,绑腿被血黏得也是硬硬的。他用军大衣擦了擦脸,解开了绑腿,伸手在大衣口袋里摸出了裹伤包,小心地把伤口包起来,再从大衣上的破洞里,一块一块地往外撕着棉花,在手上脸上擦着血,然后把棉花丢在身旁。棉花被风吹着满地乱滚,一直滚到挂在枯草上才停了下来。

乔震山扶着崖壁,吃力地站起来。他想离开这个地方,困难地拖着沉重而发抖的脚,移了几步,好像什么东西把他绊了一下似的跌倒了。他想重新站起来,但是怎么也起不来。下半个身子像是钉在地上,他对自己这种无能为力很生气。当他举目四顾时,忽然发现在离他五米以外的地方躺着一个人,手脚正在动弹着。

"呀!就是他,这个恶鬼!把老子带到深渊里来了。"乔震山瞪着一双仇恨的眼睛,直勾勾地瞧着他。但是,忽然一切又都在飘动了,像是坐在大风浪里的小船上一样,山峡、岩壁、枯草、大地从身子底下往上涌,翻起了,旋转了!乔震山尽力地坚持着,两手支着地把头抬起来,看着那家伙。他还活着,这是个莫大的危险!但是乔震山终于又失去了知觉,头扎在地上,两手伸了出去。

黄昏,暮色苍茫。

乔震山第二次醒过来时,他重新抬起头来,忽见那个家伙像恶鬼一样坐了起来,并且在腰里摸着什么。乔震山忽然想起了他的驳壳枪,他侧起身子,摸了摸,但是枪不见了!他心里很焦急,急促地呼吸着,全身乱摸。枪!枪啊!没有枪就会马上死在这个恶鬼的手里!忽然他在身前的皮带上摸着了那支黑黑的、发着钢铁光亮的枪,他高兴极啦!打开了保险机。没等那个恶鬼来得及把手枪伸出来,乔震山就对着他开了三枪。子弹打完了,那个家伙躺下了,但是还在呼呼地喘着气。乔震山眼睛发红,脸上流血,死盯着那个不肯断气的家伙。他越看越生气,越看越冒火,他想:"你这条毒蛇!流氓!咱们不死不散,在这块小天地里,不是你死就是我活,只要你还有一口气,老子就不饶你!"

乔震山从身后摸过子弹带,取出一条子弹,费了很大的力气才压进了弹槽。他想爬得近一些,但是爬了好久,还不到一米。他眼前发黑,头发昏,疲倦得趴下来,把头放在胳膊上休息了一会儿。当他再抬起头来时,四周全是黑的,什么都浸在黑暗里,松树上透下了闪烁的星光,乔震山这才明白过来,天又黑了。他摸索着向前爬去,忽然他摸着了一个人的脑袋,呼呼地喘着气,于是,他把枪对准着喘气的那个脑袋开了三枪。好啦,呼呼的喘气声没有了。乔震山放心地舒了一口气,把枪关上了保险机插进皮带里,颤抖着身子费力地坐起来,身子靠在岩壁上,头向一边歪斜着,又忽忽悠悠地睡去了。

深夜,重山深谷里的黑夜,把什么都吞没了。它给人带来了恐怖。可是恐怖征服不了英雄的心,乔震山在和死亡做着不屈的斗争,在最艰苦的环境里,他会刚毅地站起来,战胜这虚无而恐怖的黑夜。

不知在哪个方向上,豺狼在嚎叫,猫头鹰在悲鸣!随着阵阵的寒风惊醒了昏迷中的人。乔震山一觉醒来,展眼四顾,到处都是黑黝黝的。他想离开这个地狱般的山峡,找个有人的地方:村庄、大道、半山腰的孤家……不管什么地方,总比这黑暗的山峡好得多。可是,饥饿袭击着他。他下意识地不去想,想也是白费,这山峡里什么吃的也没有,但是这恶作剧的肚子却饿得难受,咕噜咕噜地直叫,像故意和他作对似的使他怎么也丢不开。他静静地平下心来想:是啊!从前天吃过午饭以后,到现在已经将近两昼夜没有吃东西了。乔震山在岩石根下抓了一把雪往口里塞着,雪把牙冰得发痛,可心里却清凉了许多。于是他又扶着石头站了起来,一步一步困难地走去。两条腿好像不是他的一样,走了不几步又跌倒了,昏迷了过去。

黑黑的山峡,像是走不完的死胡同,要是在平时,乔震山用不了几分钟就可以跑出去,现在他必须付出很大的力气!

乔震山一次又一次地昏迷过去,一次又一次地清醒过来。他望着那井口儿似的峡谷,心里翻起了无限的悲痛。许多熟悉而亲切的面孔在脑子里闪过:首长、同志们、年轻的弟弟和年老的妈妈……他想:"这些同志不知道怎样在挂念着我呢!可是,现在我却陷在这兔子不拉屎的地方,在和死亡做斗争。嗐!难道我乔震山就这样和他们永别了?"想到这里不禁皱起了眉头,长长地喘了一口气。"不!乔震山绝不能死在这里!要活下去,全国还没有解放,革命还没有胜利。共产党员是用伟大理想所铸成的,为革命而生,为革命而死,没有克服不了的困难!现在这点困难就想到生死问题,未免可笑。对,不能白死在这儿,只要还有一口气,一定要出去。"想到这里他全身产生了力量。站不起来爬着走,他拖着沉重的身子,向着光明的地方爬去。但是身体,这受尽了折磨的身体却不听他的支配,他又昏迷了。

第二天的拂晓,乔震山醒了过来,头昏沉沉的,像是压上了千斤重量;两脚冻僵了、麻木了,眼前几千朵金花乱飞,全身湿漉漉的。他勉强抬起了头,睁眼一看,忽然高兴起来,峡口就在眼前不远。好啦!渴望已久的峡口到了,可是他伸起脖子往下一看,呀!一幅使他心惊胆裂的景象映进他的眼帘。这峡口以外就是十余米深的悬崖,下去悬崖才是山坡。别说他现在这个身体已经被折磨得不成样子,即便是身强力壮的人也跳不下去。乔震山把头伏在地上,闭上了眼睛,一动也不动了。

不一会儿,他又困难地抬起了头,挣扎着坐起来,身子依在峡口旁的岩石上。他疲倦不堪,全身无力,两眼贪婪地看着山下的一切:浓厚的、乳白色的晨雾把山谷、村庄、道路全都淹没了,只有黑色的山峰露在上面。多好的河山啊!冬天过去就是春天,人民的战争将赢得和平。人民将用自己的双手来建设一个崭新的没有压迫、没有剥削、没有不合理制度的新社会,并用自己的生命来保卫它,不允许任何人再来侵犯它。忽然一阵清风在山谷里呼啸,吹散了晨雾,露出可爱的村庄、田地和弯弯曲曲的道路。那一簇簇的茅屋上悠然地冒着袅袅的炊烟,人们在做早饭了……乔震山再低头看看这眼前的悬崖,啊!立陡的悬崖,黑森森的,令人目眩。他幻想着生出翅膀飞下去,可是他懂得,人终归是人,生不出翅膀,现在面对的,是下不去的悬崖。他大失所望地又紧闭双目,头靠在石头上,思索着这上天无路、入地无门的绝境。

高尚的理想,会产生无限的斗争力量。懦夫遇到困难,他就会把这悬崖绝壁看成是死路一条,垂头丧气,坐以待毙。可是像乔震山这样一个受过长期革命熏陶的共产党人,他对于"死"这个字眼,只要是一种伟大事业所需要,他是无所畏惧的,并且会毫不吝啬地把自己的生命拿出来,贡献给这个伟大事业。但是现在,此时此地,他觉得这样死去未免太窝囊了。"人不能无谓地活着,也不能轻率地死去。"理想告诉他:现在不能坐以待毙,要和死亡做斗争。一种强烈的希望在吸引着他,这就是:平津战役的胜利,全国的解放,中国无产阶级革命的成功,人类解放事业在全世界的胜利。这希望,使他产生了无限的斗争力量。这种力量会使任何困难让路,死亡也会退避三舍。

乔震山坐在那里,越想眼睛睁得越大,他看见峭壁上的石头缝里长出的那棵松树,在冰冷的岩石上长得那么茂盛而茁壮,细长的根儿从上面顺着石缝一直垂下来,又扎到地上的石缝里去。由此他联想到用绳子拴到松树上,人拉着绳子从悬崖上溜下去。可是没有绳子,身前什么绳子也没有。他低下了头,下颏抵在膝盖上。忽然他看到自己腿上的绑腿,这一发现,驱散了他心头的阴云,高兴得笑了。他笑得那么奇怪,两昼夜来饱受饥饿寒冷的摧残,坠下悬崖遍体鳞伤的折磨,满脸又是一溜两行的血污,他两腮消瘦,颧骨突起,眉毛底下两只眼睛变成了黑黑的两个大窟窿,只有一对眼珠在闪闪发亮。笑起来眼角上、腮上、额上全是深深的皱纹。此时,即便和他最熟悉的人偶然相遇,也会觉得陌生。

乔震山很快地解下绑腿,但是只有左腿上的两只了,右腿上的昨天晚上解下来包扎伤口,不知道丢到哪去了。两只绑腿接起来只有九米长;不但长度不够,而且这单股绑腿决吃不住一个人的重量。他想:"现在惟一的办法,是回去把绑腿找来,把那个死家伙的也解来。别看是个坏家伙,在这一点他倒可以给帮个大忙。"

于是,他一分钟也不耽误地向后爬去。"真糟糕,早知道这样昨晚一块带来多好。"他不断地埋怨着自己,但是,他的右腿痛得直往心里钻,膝盖肿得像小孩肚子。现在的乔震山要再爬个来回,可不是那么轻而易举的事,但是,他爬得蛮快,眼前一阵阵地发黑。这一切他都能忍受。他咬紧了牙,满脸流着黄豆大的汗珠,叭嗒叭嗒地滴在地上。他在忍受着人所不能忍受的痛苦。

上午十一点左右,乔震山又爬回来了。脖子上绕满了绑腿,连那个死家伙的腰带子,带手枪的皮带都拿来了。但是他全身瘫痪了,他真想躺到地上睡一会儿。但是他明白:不行,一分钟也不能耽误,在这小山峡里多耽误一会儿,死亡就会靠近他一步。他紧张地把绑腿、皮带和腰带接在一起,一共有三十多米长,双股并起来,足有十六米。他把一端拴上一块石头,带着绑腿往松树上扔,扔了四次才挂到树上。然后慢慢地向树上松去,石头拉着绑腿的一端垂了下来。他接过来解下石头,打了一个活结,把绳子死死扣在树上。他两手把着绑腿用力拉了两下,觉得蛮牢实。准备工作结束了,这才喘了口粗气,靠在岩石上,合上了眼睛。不知是昏迷了过去,还是睡着了,他又一动不动地瘫痪在那里了。

三小时以后,乔震山睁开了眼睛,把绑腿的一端拴在腰里,以防意外,然后两手握着绑腿坐在悬崖边上,向下望着叫着自己的名字:"乔震山哪,这是最后的斗争。半路上无论如何可不能晕过去啊!"

他回头看了看那个永远使他忘不了的黑洞洞的山峡,就把身子往下一沉两脚悬空。全身的力量都用在手上,用力地握着绑腿,身子在上面晃荡着,一把一把地倒换着向下滑去。他浑身打颤,眼睛发黑。几次都要昏厥过去,但是他咬紧牙坚持着。离地面还有一米多高时,他忽然觉得耳朵嗡的一声,就什么也不知道了。

乔震山跌倒在山坡上滚了两下,被绑腿从腰间拉住了。

韩凤鸣和村里的小伙子们,顺着山岭分组分队地搜索了一上午,没发现有解放军的伤员和尸首。但是他们的收获可不少。带上了三副担架,有一副上面装满了子弹、子弹壳、手榴弹、步枪、手枪,还有带血的军装、大衣、皮帽子、毛衣、鞋子,总而言之,他们发了"洋财"了。一共十三个人,每人都背上了枪。他们高兴得唱着小调,满山跑着、打着,在山上搜索。

"凤鸣大哥!"有人大声地说,"算了吧,咱们回去吧,反正找不着了。"

"天还早呢!回去干什么?出来这么一阵,就想回去,真没出息!"另外一个接口说,"找不着活的,也要找着死的嘛。"

凤鸣再没开口,在山半坡这里看看,那里望望,走一会儿找一会儿。忽然后面有人喊道:"喂!你们来看啊,这里还有一个呢!"

凤鸣和大家被喊声所惊动,一齐跑了过来。见一个人穿着破烂的军大衣,浑身是血迹,腰里吊着根破布绳子躺在悬崖底下。

"哎呀,这家伙还活着呢。"一个小伙子上去摸了摸,惊叫了一声。

"来吧,把他放了炮算了,"另外一个小伙子两手搬起一块大石头,高举在头顶上,刚要向躺着的人的脑袋上砸,被凤鸣很快地阻止了,说:"哎——!哎!你看明白了没有?你知道他是哪面的?我们是来找人的呀!怎么能不看清就乱来呢!"

"我们的人还会是这样的呀!"小伙子不服气地说着,把石头扔到一边。

"要是能爬能跑,好好的,还要我们找呀!"是谁插了一句。

"好吧!那就检查一下再说。"那小伙子也觉得自己太莽撞了,他把乔震山翻一个身,"嘿!还有个匣子枪呢!"说着他把枪拿在手里,摘下保险带就往怀里揣。

"你干什么?"韩凤鸣把枪夺了过来,"放到你腰里算怎么回事!"

"留着将来成立民兵时好用嘛!像人家老解放区那样。"

原来这个地区以前是游击区,人民对共产党的军队有相当的认识。沙土城国民党军队经常来"扫荡"这一块地方,把老百姓糟蹋得很惨。当时这一带也组织过几次民兵,但是由于靠城太近,经常受到袭击,所以搞垮了,后来就没有再组织。今天来参加搜山的青年里面,有不少是当年的民兵,韩凤鸣就是其中之一。

"不行,今天所有捡来的枪都要交解放军,要是人家送我们,那时再说。"凤鸣说完就解开乔震山的大衣扣子,翻开里子一看,见上面有个印子,里面写着:"人民解放军第四野战军总后勤"的字样。他马上捞起乔震山的手,摸了摸脉搏,微微地有些跳动。

"快!拿水来,这是咱们的人。"凤鸣脸上又严肃又紧张。

那个要用石头砸的小伙子,立即拿来一个小瓦罐子,把木塞头拔下来,扶起乔震山慢慢地往他嘴里灌水。

"拿担架来!马上抬走送到我家去,这人眼看要不行了。叫我爸爸给他做点米汤喝,也许能好过来。来!快啊!"凤鸣摸着乔震山的手腕子,扭着头对大家说。

他们七手八脚地把乔震山抬到担架上,给他又盖上了两件大衣,几个人抬着,往山下急急走去。其余的人还在继续搜山。

三二

早饭后,太阳从长城后面升起来,照得大地暖洋洋的。妫水河里的冰,迎着阳光闪闪发亮。河岸柳树的枝条上,挂满了白色的敷料和所有包扎伤口用的东西。

随军医院第三分所,昨晚接到军部指示说,部队向南口方向开进,准备截击从北平可能向北逃窜的敌人。命令他们就在现地不动,准备接收新的伤员。

秀珍、言素华还有其他一些姑娘们,在河岸的石头上砸开冰凌,紧张地洗着绷带。河水在冰凌底下淙淙地流着,寒风吹着枯柳枝条摆动着。她们不时喃喃地说着话;有时亮开圆溜溜的嗓门,格格地笑起来,笑得那么清脆而响亮。

"今天多暖和啊!像春天一样,宣传队的同志不好唱支歌听听?"一个护士提议说。

"秀珍唱吧,她的嗓子又圆又亮。"

"别听她瞎说,叫小苏唱,她唱得比我好。"

"秀珍唱,欢迎,欢迎!"大家笑着劈里啪啦地一齐鼓掌。

秀珍推托不过,只得答应,她清了清嗓子站在河岸上,边往柳条上挂着敷料边唱:

> 飞雪迎春来,
> 早春花盛开,
> 开遍了美丽的原野,
> 开遍了新的世界。
> ············

蔚蓝色的天空中,鹞鹰盘旋地飞翔着。秀珍那洪亮而豪迈的歌声,荡漾在八达岭外的山野里,响起奔腾澎湃的声浪。她的歌声刚落,引来姑娘们一阵欢乐的掌声。

"哎呀!真好,真好,再来一个……"

秀珍和小苏是在烽火台战斗以后,随着伤员一块来的,因卫生分所里工作忙,请示军政治部批准,才把她们留下来临时帮助工作。她们被分配在病房里做护理工作。她们的工作细致、热情,对伤员的照顾无微不至。伤员们十分满意,常常向她们投着感谢的目光,说着感谢的话。尤其是秀珍,她在空闲时间还给伤病员们读报、唱歌、讲故事。她为了受伤同志很快地恢复健康,什么都愿意去做。

今天听说洗敷料准备迎接新的任务,她本来还有许多事情要做,但是,她也和大家一起来到河边上。

"秀珍啊,我看你还是回去休息吧。你不是昨晚一夜没有睡吗?"小苏用力搓着绷带,转过脸来用胳膊拢着溜在前额的头发。

"不用啊,大家还不都是一样,反正今天我也没有事。"秀珍说着转头瞧着素华,"素华,现在见了重伤员还怕不怕啊?"

"不太怕了,不过有的时候,尤其在晚上病人说胡话,我还有点害怕。"

乔震山把言素华从火里救出来,被送在这个医院里治疗。到医院不久,就恢复了健康。但她每想起自己的不幸遭遇,经常想哭。秀珍来到这里,她们一见面说起乔连长来,很快就熟悉了。素华对秀珍感到特别亲近。一方面,秀珍这个姑娘热情、活泼、待人诚恳,和她在一起感到快乐;另一方面,乔震山的弟弟是秀珍的未婚夫,而乔震山又两次从死亡里把她救了出来,这使她对乔震山非常感激。在秀珍没来以前,医院里见这姑娘无家可归,又是个初中毕业的学生,就吸收她入伍了。

从她正式参加工作以来,由于过去曾读过中学,懂得一些卫生基本知识,所以进步很快。有时候还能帮助老卫生员做些治疗工作。她动作斯文,态度平静,不多说话,干起工作来也很细致。因此,不管同志们或是伤员,对她都很满意。但是,因为她才入伍,从来没见过这么多的伤员,所以每逢重伤员在她面前呻吟和说胡话时,她就吓得两手捂着脸,抽泣着哭。

"素华,你怎么的,害怕吗?你先去休息吧。"别的卫生员经常这样安慰她。

"不,我只是看到他们这么痛苦,心里觉得不好受。"素华并不去休息,用衣袖擦擦眼泪仍然去工作。她一面耐心地照顾伤员,一面偷着擦眼泪。秀珍来了以后,因为这事,经常劝说她:"你可不能这样哭了,素华。我们军队里可不能和老百姓一样,你要是再哭啊,人家同志可要笑话你。"

"我也不知道我是怎么的,一见到他们伤得那么重,我心里就不是滋味,老控制不住。有的伤员牺牲了,我更想哭。"素华说话间马上眼圈发红,泪水包着眼珠。

"看你!说不哭了又要哭,你可不能这样了!"秀珍假意不高兴地瞪着两只活泼的眼睛瞧着素华,抿着嘴笑了。

素华经她这么一说,羞怯地赶紧擦着眼泪,把脸扭在一边,哧的一声也笑了。

"我告诉你素华,你知道吧,你的父母是怎么死的,你的家是怎么倾家荡产的,你知道全中国有多少人像你这样,多着呢!所以同志们为了给全中国的穷哥们报仇,就必须和敌人作战。作战还有不流血的?同志们为了革命,为了咱们穷人翻身,为了彻底推翻蒋介石反动派,建立一个美好的新社会,受伤、牺牲都是无限光荣的。我们来看护他们也是光荣的。我们虽然是女人,但也是光荣的人民战士。可不能像在家里一样,动不动就哭。当然,同志受了伤或者牺牲了,谁心里都不好受。可是,不能哭,尤其我们做看护工作的,更不能在伤员面前愁眉苦脸的,因为我们既然也是革命者,'革命'这个字眼包含着坚强、勇敢、愉快、豪爽和乐观,为什么要哭呢?有人说姑娘家就好哭,天生的脆弱,我才不信呢!你说是不是,素华?"

素华仰着满月似的脸瞧着秀珍,点了点头。这些话在素华听来非常新颖,她觉得秀珍这个人很理智、很坚强。从此,她对她更加敬慕了。

今天在一起洗敷料,秀珍又问起素华来。她低着头,面带羞色地和秀珍说着话。

这时从河南大路上,走来一个老头,后面跟着一抬担架。他们很快地过了河,向洗敷料的姑娘们走来。

"喂!同志,这个村是不是住的医院?"老头来到秀珍跟前,打着招呼问道。

"你有什么事?老大爷。"秀珍扭头端详了一下老头,又看看后面那抬担架,"你们从哪里来,是送伤员的?"

"这还用说。"老头从腰里抽出烟袋吸着烟,"不是送病号的还能找医院。"

秀珍领着老头和担架,向村里走去。

她把病人送到病房交给大夫后,就领着老乡们到伙房吃饭,然后很快找到了护士长,把大夫的嘱咐告诉了他。护士长决定叫言素华看护这个重伤员。

当她和素华又来到病房时,见炕上的病人头上脸上除去留着眼睛和嘴而外,全身都缠满了绷带,活像个雕刻的石膏像,大家正忙着给病人输液。外科大夫忙得满头是汗,她把口罩摘下来,坐在窗台上休息,两眼一动不动地瞅着病人。

"他衣服上什么标志都没有,怎么登记啊?"所部的文书手里拿着伤员登记簿,为难地向外科大夫问道。

"看样子,起码是个连干部。"大夫看了看迎门桌上放的棉军衣和驳壳枪、子弹带、皮带等东西说,"你现在光把伤员入院日期、携带物品记下来就行了,其他以后再记吧。"

文书按照大夫的意见记上以后,拿起桌子上的东西就走了。

乔震山经过换药、打针、输液以后,渐渐地恢复了知觉。嘴唇痉挛地轻轻地动了一下,眼睛微微张开,从绷带缝里把屋里的人扫视了一下。当他看到秀珍和素华时,眼睛一下睁大了,在她两个人的脸上转动了两下,然后嘴唇一哆嗦又闭上了。秀珍见病人看她,她才想伸过头去和他说话,就被大夫制止了。

"现在不要和他说话。"

大家见病人有了转机,就渐渐地走了,大夫临走时对秀珍说:"这个病号由素华看护,你还是去看护王副连长吧。"说完又转头对素华说,"要是有什么变化,马上来告诉我。"

大夫走后,素华给病人轻轻地盖了盖被子,然后把外间的火炉子捅了捅,添上煤,把屋子里打扫了一下,坐在桌子旁边看书,有时抬起头来,向炕上看着。见病人的呼吸很均匀,她才放心地不再去看他了。半点钟以后,素华忽然觉得病人的脚动了一下。她抬头一看,见病人醒了,瞪着两只眼睛老看着她。她急忙走到跟前,低声地说:"同志,你好些了吗?"

病人的眼睛还是一动不动地看着她,嘴唇哆嗦着张了一下。

"你要水喝吗?"素华低声地问道。

病人把眼睛闭上了,长长地喘了一口气。素华急忙倒了一碗水来,用小勺子一口一口地喂他喝。病人还是不断地翻起眼皮看着她,这使她很奇怪。他要干什么呢?她盯着他瞧了一会儿,想从他的眼睛里知道他的要求,忽然她觉得这两只眼睛,竟是这样熟悉,好像在什么地方见过。但是,搜空脑袋也想不起来,她又仔细地看了一下。病人的眼睛闭上了。

晚上,素华披着军大衣,坐在煤油灯下卷绷带。病人的呼吸声显得那么清楚。对门的病房里,伤员在低声地呻吟着。她站起来想去看看,刚要往外走,忽然听见有人用一种低沉而极不清楚的口音叫了她一声。开始她还以为是门外有人叫呢,她出去看了一下,外面黑洞洞的,什么动静也没有,不禁使她更加惊异了。她以为对门的病号叫她,但病号从来就不叫她的名字。素华回到屋里,在灯影下模模糊糊见病人睁着眼睛又在看她,她走到炕边,见他嘴唇微微地启动了一下,"素——华。"

素华清清楚楚地听那病人叫了她一声。她惊奇地拿起灯在乔震山脸上照着,"你是谁?同志,认识我吗?"

病人睁开了眼又点了点头,素华心里既害怕又奇怪,她手里的煤油灯颤颤发抖。

素华一声没响,急忙放下灯,转身向外面走去。她想赶快去告诉大夫。她一路走一路想:"他是谁?为什么他能知道我的名字呢?难道是在我家住过的那个连长?不!乔连长的脸是圆圆的,黑黝黝的,没有这样苍白,也没有这样瘦。他决不会是这样难看,他是一个很漂亮而又勇敢的人。"素华不知为什么,心里不希望乔震山有这样的遭遇。但是这时在她脑子里出现了乔震山那长睫毛、双眼皮的大眼睛,使她心里怦怦直跳。她又急忙跑了回去,拿起灯在他脸上仔细地看了一下,乔震山忽然睁开了眼,虽然眉毛给绷带遮着,可是这双眼睛使言素华大为惊讶,她不禁愕然问道:"乔连长,是你吗?!"

乔震山点点头,嘴紧紧地闭着,看着素华一声不响。因为他心里很明白,只是嘴里说不出话来。

素华见他点头,忽然觉得像是一块沉重的石头压在脑袋上似的,马上眼泪汪汪地想哭。可是当她见到乔震山把眼睛闭上,并且转过脸去不看她时,她才意识到病人见她要哭而生气了。她就马上收起眼泪放下灯。刚想往外走,一转身见秀珍从外面轻手轻脚地走了进来。

"素华,你是不是又在害怕呀?"秀珍低声地说。

"秀珍,他是⋯⋯"素华见秀珍进来,一句话没说上来,就扒到

351

她肩上,哭着说,"没想到他到底是乔连长……"

"你怎么啦,别胡说,瞧你,怎么搞的,好好地说嘛!"秀珍为她这突如其来的表现而惊讶。她急转头去看炕上的病人,病人早已瞪着眼瞧着她了。她这才撒开素华急忙拿起灯来,仔细端详着说:"是你吗?大哥,你在什么地方弄成这个样子?"

乔震山主要是惦记着部队的同志,怕他们找不着他心里焦急。现在他见秀珍、素华都已经知道了,他就放心地把眼闭着想睡觉。但是,秀珍老在一旁叨念着问。他说话又很困难,心里一阵着急,把眉头一皱瞪了秀珍一眼。秀珍再也不说什么,放下灯坐在炕沿上呆了老半天,才下来和素华说:"素华,你可不能马虎啊,要好好地照顾他,千万不要害怕,要是害怕就去找我来和你做伴。"

"不,我一点也不害怕。"素华说,"他是我的救命恩人,我一定很好地看护他,一直到他最后恢复健康。"

"好吧,我去把这情况告诉大夫。"秀珍说完转身就出去了。

素华为了看护便利,第二天经过领导上的允许,她就在外间地上打了个铺,没有事好在那里休息。这样,两个房间的病员有什么动静都能听见。她正在整理铺,忽见秀珍扶着王德从外面蹒跚着走来。

"哎呀!副连长,你怎么来啦,不是大夫不允许你出来吗?"素华惊讶地说。

"我来看看连长,昨晚秀珍告诉我,因为是在夜间没有来,今天可无论如何也得看看他。"王德头上缠着绷带,像是戴了个白帽子;左胳膊用三角巾吊在胸前,手扶着秀珍的肩膀迎着素华走了过来。

"不行啊,副连长。大夫说他的危险期没有过,谁也不准看他呀。"

"……不许别人看也不许我看?"王德说着就往里走。

"不要紧啊,素华,副连长看看就走,不然他也不放心。我保证他不和他说话。"秀珍扶着王德走了进去。素华跟在后面再没说什么。

王德悄悄地坐在炕沿上看着乔震山满是绷带的脸,摇摇头说:"认不得了,怎么搞到这个程度?"

"不要说话,叫他睡吧。"素华马上摆了摆手。

秀珍见素华这样关心,心里很高兴,于是,她轻声说:"副连长,我们回去吧,反正他也不能和你说话,等他好了再扶你来。"

"好吧,"王德同意了,用手扶着秀珍的膀子,才要往外走,见从对门病室里走出一个伤员,两手扶着门框粗声粗气地说:"你这个看护的真糟糕,从昨天我们连长来了,你不先告诉我,一直到现在我才偷着听见。"

王德抬头一看,见是刘吉瑞,拄着拐从对门屋里出来,不高兴地对着素华发脾气。

"刘吉瑞,你好些了吧? 连长在睡觉,你好不好小声点啊!"王德边往外走边说。

"是! 副连长,我一定小声点。"刘吉瑞严肃地说,"副连长你走啊?"

"嗯。你好好地休息吧,可不能对护士调皮啊。"

刘吉瑞见副连长走了,他轻轻地走到素华面前,低声地央求说:"看护的,你叫我看看连长吧,我保证不说话。"

"你老叫我看护的,我就不叫你去看。再说你的伤很重,不叫你下来,老不听话……"素华把嘴一噘,不高兴了。

"好,好! 那么护士同志,你叫我看看吧,看一眼我就回去,一定老老实实地躺着,好不好?"

"不行。"素华又说,"大夫说,谁也不让看,要等他的病好了,能说话,能吃饭,才能看呢。"

"唉! 你这看护的啊,你知道我多想他啊,你叫我看他一眼也好嘛!"

"好吧,你在门口看看就行了。"素华被他缠得没办法,这才允许了。

刘吉瑞站在门口,两手扶着门框,伸着脖子,张着口,向炕上望着,眼里好像有点泪汪汪的,不时用手擦一擦再看。

素华见他们这个亲热劲,心里也有些发酸,但是她马上想起秀珍说的话,她就拉着刘吉瑞说:"行了,回去休息去吧,同志。你不能在下面站的时间太久了。"

"好吧,我这就回去。"刘吉瑞这才拄着拐向对门屋里走去。

素华把刘吉瑞扶回去后,又来到乔震山屋里。她坐在炕沿下的凳子上,侧身依着桌子,用手托着腮,默默地望着乔震山,他的呼吸十分均匀而安静。素华的面容浮现着深思的表情,似乎在寻思着很多值得她深思的事情。

生活像水一样地流着,人也随着生活洪流的洗练而不断地前进着。

这才几天的光景,素华在生活上的变化竟是这样突然。她回忆起初见到乔震山的情形;也想起那天送鸡蛋给他吃的事情;又想起她被乔震山从火里救出来的那一刹那。现在这个苦难重重的普通姑娘,竟是一个穿着新军装的女战士了。她心里是那么高兴。国民党反动派使她家破人亡,只剩她一个孤独的、没有亲人的姑娘了。自从来到医院里,这种感觉渐渐地淡薄起来,在她的眼前展开了这么一个充满了温暖和友谊的大家庭。这一切都是新颖奇妙的。她觉得周围的人们都是真挚无间,亲密之至,他们的生活里充满了热情和愉快,而且都是那么勇敢、坚强,为了解救别人奋不顾身。现在,她不理解这些人为什么这样好,她开始探讨这些问题。

素华那平静的脸上浮现着一丝微笑,但她那两只多睫毛的大眼睛里却含着湿润的泪水。当她微眨眼帘时,像春雨后的桃花一样,晶莹的泪珠立即滴在了白中透红的两腮上。

"祝福你乔连长。"她默默地想,"祝你早日恢复健康!"

乔震山呻吟了一声,翻了一个身。

素华轻轻地站起来,小心翼翼地给他盖了盖被子,伸手在被窝底下摸了摸,炕有些凉了,她急忙在炕洞里生上火烧炕,又把外间的炉子添上煤,然后拿起了扫把,里里外外地打扫屋子。她把屋子打扫得是那么清清爽爽。窗户上传来一阵沙沙声,素华到门口一看,雪花在夜空里飞舞着,她不禁想起秀珍唱的那支歌来了。她把门关好,坐在外间的铺上守着火炉,披着大衣,轻声地唱了起来:

飞雪迎春来……

三三

一九四八年最后的一天,八达岭下一个不大的车站上显得特别热闹。铁路职工有的在搬东西,有的在打扫站台,有的在聊天。

"真了不起,十来万人一下子就消灭了,据说一个也没剩。"铁路职工们边工作边议论着张家口战斗的胜利。

"新保安更干脆,一个军连根人毛也没跑掉。"

"当然啰,你没见打沙土城时,好家伙!两炮就把一个城干掉了一半。"

"谁说的?那是叫国民党反动军烧掉的。解放军的炮弹都守纪律,光打敌人,不打老百姓,我亲眼见的。"

张家口战斗是二十号那天结束的,敌人的十一兵团经过一昼夜的战斗,全部被歼。这个消息很快传遍了整个华北,而后传到了全国。

这天,车站上听说在张家口作战的一部分军队回来了,并且要去解放北平,他们兴致勃勃地准备迎接列车进站。在站台的旁边有几个军人,穿着军大衣,放着帽耳朵,围着一堆冒着火的碎木头在烤火。青烟漫过人的身体,随着寒风飘荡着。烤火的人被烟呛得咳嗽起来。

"喂,同志,车快进站了,你们到屋里烤火多好,那里有火炉。"铁路职工拿着扫帚,走到烧火的战士跟前说。

"我们在这里等车,到屋里去,要是车开过去你负责啊?"一个青年战士转过脸来看了看,又调弄了一下木柴,火着得更旺了。

"好,我负责。"职工有意思地笑了笑,"火车没有命令,它不会在站上不停就开过去。要是不在这个站上停,你在这儿等也是白费。你们进去吧,这一列车一定在这里停。这是解放后第一列列车,我们想把这里打扫一下。虽然是战争时期,总得弄得像个样子嘛。"

烤火的人笑着互相看了看,他们没说什么,各人提着背包就往屋里走去,这是才出院的伤员。

不一会儿,传来了火车的汽笛声,机车大口地喷着浓烟,转动着庞大的轮子,发出粗壮的吼声,呼哧呼哧地进站了,靠着站台慢慢地停下来。后面被煤烟熏黑的敞口车厢里,装满了军队、大炮、胶轮大车和战马……马伸着脖子、竖起耳朵向站台上望着,它的胡子上挂满了霜气。

李治中和团部的几个参谋从一辆破旧的客车上走下来,在站台上伸了伸懒腰,回身敲着挂满霜气的车窗大声喊道:"老周,下来走一走吧,离开车时间还有四十分钟。"

周国华答应了一声从车上走下来,和李治中并肩在站台上散步。五个战士来到他们跟前敬礼说:

"首长,你们这车是不是开往南口的?我们跟着去可不可以?"

"你们是干什么的?"李治中打量了一下战士,问道。

"我们才从医院里出来,打康家集受的伤。"那个战士说着,看了看站房的砖墙上那些密密麻麻的弹痕,说,"就是攻这个车站受的伤。"

"你们在哪个医院休养,那里有没有我们团的伤员?"周国华接着问道。

"有,还有你们团的乔连长,他们都在那里。"

"在哪里住?"

"不远,就在北面,离这里二十多里的那村叫妫水河。"

"好,你们上车吧。"

"哎——对啦。"李治中忽然拍了一下周国华,"今天是新年,我们借这机会派几个人去慰问一下好不好?"

"对哇!"周国华马上同意,"写封信带上点胜利品。马上组织,还有三十分钟开车了。"他们说着一块向车上走去。

机车用力地喷着白色的气体,长长地毫不拘束地吼叫了一声,列车的庞大躯体,威风凛凛地开出了车站,渐渐地加快了速度。一会儿,机车的嗒嗒声消失在八达岭的山谷里。

站台上很快地清静下来,团部的管理股长、二宝和小李跟前放着一个麻袋包,站在月台上朝着开走的火车望了一会儿,二宝和小李抬着麻袋,向铁路北走了。

乔震山在医院里经过大夫的积极治疗和素华的悉心看护,身体很快地好了起来。

这天吃过早饭,太阳照得满院子暖烘烘的。他来到院子里,坐在凳子上。取出一本《论共产党员的修养》,一心一意地读着。

素华在旁边站着,一声不响瞅着乔震山手里的书。他翻一页,素华也看一页,素华像着了迷,渐渐地向书上伏去,几乎压在乔震山的肩膀上。

"嗨!你怎么搞的。"乔震山把身子往旁边一闪,"人家看书你就迷了,你那本看完了?"

"才看了半本,你这本比那本还好。"素华说着,从口袋里掏出一本《新人生观》,在手里翻了翻。

"带着书还看别人的,到那边看你自己的去,别在这里凑

357

热闹。"

素华把嘴一抿,脸红红地笑了笑,拿着书坐在门口看起来。

"你这姑娘,活像个傻瓜。"乔震山转过头去笑着说,"一晚上看半本书,能看出个啥名堂来。"

素华没放声,全部精神早被摄在书上了!

院子里一阵寂静,除去素华的翻书声外,只有麻雀在窗前的石榴树上用嘴弹着翅膀安闲地啾啾着。素华忽然把书一合,抬头瞧着身前沉思了一会儿,说:"乔连长,你说每个人都有人生观吗?"

"嗯,都有。"乔震山漫不经意地答道。眼睛仍然盯在书上。

"我觉得我没有。"

"你没有?"乔震山抬头笑了,"奇怪,那么你为什么活着?"

"爹妈既然生了我,我当然就得活着啦。他们省吃俭用供我上学,满打算我好奉养他们,可是现在他们死了呀!"说到这里,素华的眼睛水汪汪的了。

"对,这就算是你的人生观。"乔震山笑了笑,"不过你的人生观太狭窄了,狭窄得可怜。"

"我觉得我这不算什么人生观,因为它和书上说的不一样。"

"当然不一样啦。"乔震山把腰一直,认真地说,"每个人都有他自己的人生观,不过总的分两种:一种是资产阶级个人主义人生观;一种是无产阶级共产主义人生观。前者因为它是个人主义的,所以它是狭隘的、脆弱的,在道德品质上它是自私的;而后者就不同啦。一个人树立了正确的人生观以后,他的学习目的、工作态度、生活方式、斗争方法、精神面貌一切都会变了样。他乐观、勇敢、坚定、严肃、不怕困难、舍己为人。因为他这一生有一个伟大的理想,一切都为了这个伟大的理想而生活,如果这种伟大的理想需要他拿出生命时,他可以毫不犹豫地赴汤蹈火。"乔震山说到这里,把手从空中往下一劈,又继续地讲下去。他从生活讲到斗争,从具体讲到原则,总而言之,他现在活像个人生哲学的讲师。他为了唤醒素华这个受尽了旧社会折磨的善良姑娘,他把他所能讲出来的都讲了。最后他说:"一个人在革命斗争的道路上必须不断地学习,不断地锻炼,而这种学习锻炼惟一的目的,是为了解放全人类,为了无产阶级革命!离开这,一切都是庸俗的。"

素华两手支着腮,聚精会神地听着。乔震山的话仿佛一股高山上的泉水,清澈而明亮地在她身上流动着。现在的乔震山在她眼里显得特别高大,两只眼睛炯炯有神,在太阳光下闪耀着光辉。他的脸虽然还有几处伤疤,也没有破坏了他的英俊。素华低下头,看了看她穿的这套军装,觉得那么自豪,她初步理解了"人民战士"这个名词的含义。姑娘的心像春天里怒放的桃花,她高兴地笑了。

"连长,你是什么大学毕业的?"

"嗬,还大学呢。要讲上学那就成问题了。"乔震山摇摇头,"我现在写封信都困难。"

"我才不信呢!不上学就能懂这么多的事?"

"不信你问问秀珍。庄稼人,一天书也没念。"

言素华再没吱声。院子里又是一阵寂静。她在默默地思量:人人都说解放军好,果然是这样的。这支军队人人有理想,个个有才能。正因为是这样,中国人民解放军,才是一支有纪律、有素养、能打善战的军队啊!而且它还是一个最高尚、最能培养人才的大学。像乔连长这样一个一天书没读过的农民,在长期的军队生活中,竟锻炼成一个知识丰富、品质优良的革命家了。他那动人的言词、纯洁朴实的心性,不正显示了这个"大学"的光辉吗?不过为什么,为什么这个"大学"会有这样伟大的力量呢?噢!是了,秀珍和同志们都说,是共产党毛主席,发挥了马克思列宁主义,缔造了这支世界上最文明、最有战斗力的军队啊……素华的思路被乔震山的问话打断了,"素华同志,你在北平上过中学?"

"嗯。"

"除你爹娘而外,你在北平还有没有亲人?"

"没有了。"素华摇摇头,想了想,又说,"要说亲人,我还有个干姐姐。"

"噢?她是干什么的?"

提起干姐姐来,素华的眼立即红了,她长叹一声慢悠悠地说起干姐姐的故事来了:

言素华八岁那年,爹夜里从车站上拉完客回来,走到菜市口大街,才要拐弯,忽见马路旁躺着一个人,急忙停下一看,见是个姑娘,头发散乱,嘴里出血,看样子像是被汽车碰死的。伸手一摸,呀!还活着。老头子为难了,救不救她?救吧,又不知怎么一回事,惹来官司怎么办?不救吧,眼看这姑娘快不行了,想来想去还是救人要紧。于是,他把那姑娘抱上了车子,拉到了医院。经医生检查是脑震荡,要住医院。住就住吧,可是,要先交二十元的押金。这回可把老头子难坏了,他哀求说:"您就行行好吧,先生,我个穷拉车的,眼前到哪儿去拿这多钱啊!"

"去去去!"医生老爷和护士小姐,掏出雪白的手绢,厌恶地把嘴一捂。老头子被轰出来了。

他抱着姑娘站在医院门口,向空荡荡的马路上瞧瞧,满心的火气没处发泄,嘴里没说心里在骂:"你妈的,见死不救!叫你养个儿子不长屁股眼,憋死那王八羔!"他决定把这姑娘带回家去,拉着车子边走边生气。"姑娘啊,要是你的命大,在我家你就活下去,要是你死了,可别怨我老头子没救你,你就骂那些没长人心的王八蛋吧。你没见吗?他们嫌咱人穷,见了我们从心眼里讨厌啊!用眼角瞧我们,还用手巾捂着嘴,怕我们身上的穷气熏着他们,嗐——呸!他妈的!"老头子长叹一声,向地上吐了口唾沫,车子拉得更快了。来到天桥,抱起姑娘,进了家门。

"哟!你这是抱的谁?"老婆子惊叫了一声。

"在街上拣的,这姑娘快不行了。"

"不送医院,你怎么往家里抱?啊!"

"少废话！快把被窝掀开，给她弄点汤喝。"

素华的妈再没敢放声，赶紧把姑娘的外衣脱了，盖上被，又用温水给她擦了擦脸，拢了拢头发，然后去煮了一碗小米糊糊给她喝了。姑娘的脸显出了红润的气色。多俊的姑娘呀！看样子不过十七八。谁家的姑娘半夜三更的，一个人在街上走，看，好端端的叫汽车撞坏了，多可怜啊！素华的妈端详着姑娘的脸，既可怜又爱慕。

第二天早晨，姑娘呻吟了一声，慢慢地睁开了眼。素华的妈赶紧伏在她脸上问道："姑娘，你好点了，你是哪里人，叫什么名？说说吧，我送你回去。"

姑娘的眼闪着凶恶的光，转动了两下，忽然大声说道："我叫孙桢英，山东人，别装傻！快送我回去。王经堂，你这畜生，不然我和你拼了！"

"王经堂?!"老头子心里一怔，"这不是警察局长吗？是他家的人？糟啦！这官司吃定了。"老头正在害怕，忽然孙桢英歇斯底里地喊叫起来："啊——爹呀！娘啊！闺女见不着你了，啊——啊……我的弟弟呀……"

言老大娘见桢英精神失常，哭得可怜，不禁擦着眼泪哄着说："姑娘，好孩子，娘在这儿，你看，你看，娘这不是在这儿吗？你就叫我娘吧。"桢英突然不哭了，瞪着眼直勾勾地瞅着言老大娘，瞧着，瞧着，格格地笑了，笑得那么突然、可怕。

"不!"她又突然收起笑脸，发怒了，"你不是好人，骗我，要把我送到坏地方去。我揍死你，快送我回去!"说着又大声地哭起来。

老两口好不容易劝着、说着、拍打着，桢英才平静了，渐渐地又睡了。

"嗐！疯了，可怎么办啊！"素华的爹难过得直打转。

正在睡觉的素华被哭声惊醒了，"妈，她是谁?"

"你姐姐。"

361

"怎么我没见过?"

"你姨家的姐姐。"

"我没有姨。"

"是你干姐姐。"

"没有姨就是干姐姐啊?"

"哎呀!这丫头问起来没个完!"素华的妈不耐烦了。

从此,素华有个干姐姐了。虽然是个疯子,可是她很喜欢素华,也很尊敬爸爸妈妈,整天价光知道干活,一句话也不说,没有一丝儿笑容,脸像木头刻的一样。有时犯了病就大哭大闹,骂王经堂,要打架。尤其看见警察,不问三七二十一举手就打,抬脚就踢。为了这事,素华爹吃了好几次官司。可是,她是个疯子啊!疯子打了人也不犯什么大法。因此时间长了大家都躲着她。

就这么着,桢英在素华家里住了五六年。素华妈白天黑夜地看着她,生怕她出去惹是生非。有一天妈妈出去了,桢英去送素华上学,不知怎么碰着了鲁青,桢英把他打得鼻子口里冒血,幸亏邻居家的人,把她架着钻着胡同跑了回来。这回可把乱子闹大了,王经堂到处派人找这个疯姑娘,非惩办不可;报纸上也登着"疯姑娘怒打鲁副官"的消息,日本兵就说:"女八路的,通通枪毙!"

言老大爷领着桢英这里藏那里躲,提心吊胆。最后实在没办法了,忽然想起他在西郊有个打石头的朋友,一天夜晚,趁着夜深人静,悄悄地把桢英送走了……

乔震山听着素华说干姐姐的故事,开始他有心无意地听着,后来听到姐姐的名字,又听到骂王经堂,疯了。再也忍不住了,脸色刷的一下变了,既愤怒又悲痛,呼的一下站了起来,心里不禁叫着,"姐姐!你还活着啊!"瞪着两只泪花花的眼,一直望着正前方。

"怎么,你伤口痛,连长?"素华抬头问道。

"不,你说下去,这个疯姑娘以后怎么样了?"乔震山强忍着性子又坐下了。

素华擦擦眼泪问道:"连长,这次解放了北平,你可要给我找找她呀,兴许她还在我爹的朋友家里呢。"

"放心吧素华,解放了北平,不仅是干姐姐,谁的姐姐也能找到。"

正说着,远远地传来一阵脚步声,还轻声地哼着歌子,声音越来越近。乔震山抬头看看,见秀珍从门外一纵身跳了进来。

"连长,前方来人啦!"她的声音那么响亮。

石榴树上的麻雀轰的一声飞上了屋檐,瞪着乌黑的小眼瞧着她。

"瞧你!"言素华哆嗦了一下,"都是谁来啦,高兴得这样?"

"有管理股长、小李,还有……"秀珍说到这里顿住了。

"还有谁啊?"素华合上书站起来。

"还有不少东西呢。"秀珍把脸一红说,"他们是来慰问伤员的,正在和指导员说话。"

"走,秀珍领我看看去。"乔震山马上站起来。

"你甭去啦,他们马上就来。"

说着,外面响起一阵喧笑声,乔震山向门外一看,见卫生所指导员领着团部管理股长,后面跟着小李、二宝,还有一大群将出院的病号。刘吉瑞紧跟在小李后面问长问短地说着话。管理股长他们一进门,笑嘻嘻地伸开两手,向乔震山跑来。

"乔连长,你好啦!"管理股长激动地握着乔震山的手,"哎呀——真没想到你还能活着。自从你失踪了,大家以为你没有了。把团首长急得什么似的,到处派人去找——怎么样,好些了吧?"

"没什么。"乔震山笑着说,"钢打铁铸的,看样子一半会儿还死不了。"

他们说着向屋里走去。

小李还没进门以前,心里就急着想很快看见连长,可是医院里的指导员和管理股长在前面老是慢腾腾地说着话,也不快走,心里真着急呀!他想:"这会儿见了面,可要好好地给连长敬个礼。"他整理了一下衣襟,扯了扯帽檐,一进大门,连长早被管理股长拉在手里滔滔不绝地说着话,他和二宝站在一旁干着急插不上口,只是咧着嘴,随着大家一块笑。二宝闪动着一双激动的眼睛端详着哥哥乔震山,见他什么地方都和从前一样,就是瘦了点。进了房门以后,小李一伸手在衣袋里摸着指导员的信,这会可有了插话的理由了。

"报告连长!你好?"他分开众人钻了进去,规规矩矩地敬了个礼,然后双手把信呈上,"给,这是指导员和全连同志给你的信,他叫我代表他向你问好。"

"叫你代表啊?"乔震山见了小李从心里往外高兴。他逗趣地说,"人不大口气可不小,谁代表你啊?——最近没调皮?"

"没!从那次打枪的事以后再没有。"小李摇摇头,又瞧了瞧二宝,然后站在连长身旁目不转睛地端详着乔震山,好像从来不认识似的。

二宝见小李说完了,他这才走了过来,敬礼说:"哥,你好了?团长叫我告诉你,不用挂着家里,好好地养伤……"二宝守着这么多的人和哥哥说话,觉得挺别扭,话没说完,脸早红得像个紫茄子。秀珍见二宝那个腼腆样,心里早就憋不住了,终于喊的一下,失声笑了,可又赶紧把嘴一捂,躲到素华身后去了。二宝羞怯地瞧了一下秀珍,心里一阵恼火,脸更红了,可是守着这么多人又不好发作,只好忍气吞声地站在小李的后面,低着头一声不吭。

素华到现在才明白这就是秀珍的对象二宝,她右手搭在秀珍的肩上站在房门旁边,瞪起一双乌黑的大眼睛,偷偷地端详着二宝。

刘吉瑞看看连长、指导员和管理股长说得挺热闹,他也插不上嘴,回头拉了拉小李就出去了。后面二宝、秀珍、素华还有许多的

伤员也跟了出来。刘吉瑞说:

"小李,你来和我们说一说张家口战斗的情况,好不好?"

"对,小李说说给我们听吧。"其他的伤员也附和着乱哄哄地说着。没等小李再说话,就把他连拖带拉地拥进了对面屋里。

大家一进屋,轰的一家伙就把小李围起来。七嘴八舌各种各样的问题,都朝着小李问起来:捉了多少俘虏、缴了多少武器、张家口什么样、山大不大、部队什么时候回来的、在哪里住、什么时候解放北平。嚄!这一大堆问题,把小李问得恨不得脑袋上长出一百张嘴来,应付同志们的各种问题。

"哎!哎——"刘吉瑞蹲在炕上,伸出两手摇摆着说,"这样问,谁的问题也得不到答复。咱们都上炕来坐着,叫小李从头到尾讲给我们听。"他说着忽然发现秀珍和素华两个人搂着膀子在喊喊格格地笑。"喂,看护的也上来听,别避在门口,像是准备要跑的架势。"

"去你的吧!"秀珍撇着嘴把头一仰,"才不去和你们挤呢。"她说着看了看素华。素华把头一扭藏在她身子后面,偷偷地笑了。

大家一窝蜂地都往炕上挤。不知谁,不小心把窗台上的煤油灯,用屁股坐倒了,屋里充满了煤油气味。

"哎呀!这是谁弄倒煤油灯啦,这味!"有人转动着头哧着鼻子。

"嘿!在这里。"坐在窗台上的那个大个子战士,回头看了看,用手拿出一盏坐破了的煤油灯说,"给你,快拿走吧。"他把破煤油灯递给了炕边上的人。

"好家伙!你这屁股真硬,把灯都坐破啦!"那个人接过灯来又递给素华。他的话刚说完就引起了一阵哄然大笑,把所有的说话声都掩盖了。

"好啦,别说话。"另一个战士张罗着说,"小李你说吧。"

小李把衣襟扯了扯,"我可说不好,大家原谅着点。"

"说吧,别啰嗦啦。"

"我们从南口,用了三天三夜的急行军到了张家口。好家伙,那次真把我累熊了。"

"你没哭啊?"坐在窗台上的那个高个子插了一句。

"哭还像话!我们连里没一个掉队的。"小李接着说,"一到那里,接着上山挖阵地、看地形、准备攻击。一点没休息,一个劲地干了两天两夜。同志们把眼熬得通红,脸上像煤矿工人一样。第二天晚上,心想,这会儿可要好好地休息一下了,忽然又接到命令出发。离开铁路一直往东走,爬了一夜大山。把我都走糊涂了,也不知走到哪里去了。那山啊,可真高,哪一个山尖也顶着天。"

"你没上去摸摸天什么样啊?"又一个战士笑着打趣地说。

"行军嘛,在山沟里走还能摸天?"看小李说话的意思,好像真能摸着天似的。他这神气,逗得大家格格直笑。

"后来天亮啦。"小李又说,"我认为天亮了一定能住下,吃点饭再走。谁知道,队伍下了山口,向右一拐弯,顺着山沟一直走去,后来,我们走到一个小堡子,叫什么名来着?……这名挺怪!"小李用手抓抓脑袋,忽然一抬头,"哎——对啦!叫乌拉巴尔。我们在那里坐下休息了一会儿,才要起来走,忽然西北山上机枪响了。这一下,像吹了起床号,同志们也都不困了,每个人的眼睛瞪得有这么大。"小李用手指捏成一个圈儿,比画着。

"嚆,像牛眼一样啊?"坐在炕沿上的一个战士调皮地说。

"虽然不像牛眼,反正是有了精神了呗。你净抬杠!"小李认真地望了望他。

"好!好。"刘吉瑞说,"你说吧,后来怎么样了?"

"后来,忽然从前面跑来一个干部。看样子是个参谋,他来到我们团长跟前敬了个礼说:'您是不是团长同志啊?'我们团长说:'是啊,你有什么事?'那个干部在团长的耳朵上低声地说了几句话。团长把头一点,就转过身来把我们营长叫去了。他那脸,板得像铁铸的一样,大声说:'二营长,张家口敌人突围逃窜。你先带着机枪连马上爬西北山,接下友邻部队的阵地。其余的步兵,扛点子弹和炮弹马上跟上去。一定不要让敌人反上来。快去!'团长说完了,带着二三营和团直就爬了西山。"

"这时候大概你的眼瞪得更大了吧?"刘吉瑞伸着脖子问道。

"我还顾得瞪眼呢,跟着我们指导员,在营长后面就往山上跑。机枪连的同志,在我们右面扛着重机枪和迫击炮,一个劲地往上爬。那山啊,真他妈的陡啊!一棵树也没有,净石头。我们爬呀,爬呀,天那么冷,累得我们脸上的汗像下雨一样。"

"下刀也得快爬啊,爬慢了敌人占了山,你们就麻烦了!"大个子战士坐在窗台上着急地说。

"那当然啦,谁不拼命地爬啊。爬了老半天,抬头看了看还有那么老高。心里真着急啊!那山上的石头一直钻在云彩里。我们正爬着,忽然一抬头见上面石头上趴着七八个人,往下看着我们。"

"糟啦!山叫敌人占去啦。"刘吉瑞着急地把大腿一拍。这时大家都瞪着眼,一声不响地看着小李。

"不是。"小李说,"我们上去一看,原来是华北部队的团长和政委带着一个通讯班,在那里等我们。阵地还在前面呢。他见了我们营长高兴得拉着手说,敌人有两个师的兵力从这里突围,已被他们打下去三次了,现在他们另有任务要走,叫我们快占领阵地。我们营长一听急了,他回头上气不接下气地喊道:'机枪连的同志,马上到前面占领阵地,准备射击;迫击炮就在这里架好。'后来我们这个连也很快地占领了阵地。往山下一看,你猜怎么样?敌人在山底下、半山腰上,成千上万地向我们冲了上来。这时候,重机枪才进入阵地,射手累得上气不接下气。他们一进阵地,一面向山下望着,一面说:'快!……快!……架枪!……拿子弹!'他们边说边把枪架好,装好了子弹定了定表尺,射手就一下子趴在那里呼呼地直喘气。眼看敌人离我们五六百米了,要是叫敌人冲上来,一个打

367

三十个也打不过来。可是营长就是不下命令开火,把人急得要命。这时华北部队的一个营长跑过来和我们营长说:'同志,阵地已交接好,再见。'说完人家带起队伍就走啦。我们机枪连长着急地说:'营长,打吧?'我们营长说:'急什么?三百米以内再打也来得及。现在一方面太远;另一方面射手们累得不行,叫他们喘喘气,打得更准一些。'眼看敌人一步逼近一步,敌人端着枪直喊:'冲呀!杀呀!……'"

"冲个屁!还不打这狗日的。"有个战士把袖子一扯,看样子真像在战场上一样。

"这时,"小李说,"我们营长把拳头举起来,喊道:'所有的武器对准敌人的密集队形,开火!'这一声不要紧,阵地上所有的轻重机枪、迫击炮,一下子就打起来了。简直响得不分个啦,把我的耳朵震得嗡嗡直叫。"

"好啊,打得痛快啊!后来怎么样啦?"有人手舞足蹈地问道。

"后来敌人前面的往后跑,后面的往前赶,把人一下子挤成堆啦。这时候,我们的机关枪'突!突……'一个劲地扫射!子弹带着火星子往人堆里钻。敌人像刀儿削的一样,一片一片地倒下了。正在这时,我们师的炮兵营也在山下开了火,连阵地都没占领,在大路上把炮口一转就打开了,一炮接着一炮,打得真准呀!炮弹冒着黑烟就在敌人堆里开了花,把敌人都扔多高。我们的迫击炮也一个劲地打。敌人这时候,简直像戳了窝的蚂蚁一样,没地方藏,没地方躲的。"

"这回敌人可吃饱了吧?"刘吉瑞把手往大腿上又一拍,兴奋地说。

"是嘛,敌人这时把枪举起来,嚷嚷着说:'解放军同志,不要打了,够啦。我们投降啦,饶命吧……'"小李说着举起两只手,在地上转了一圈,学着敌人投降的动作,引得大家哈哈大笑起来。

"行!"坐在窗台上的那个大个子战士站起来了,"你行,小李,我看说山东快书不用化妆。"他说完,大家笑得更加厉害了。有的笑着直捶别人的脊背;有的笑得捂着肚子直"哎呀",几乎把笑脸变成了哭脸。

笑声渐渐地停了。

"后来怎么样啦?"

"后来敌人缴了枪呗,光我们营就捉了有三千多。"

"缴了多少枪啊?"

"老鼻子啦!像烧火棍一样,扔得满山遍野都是。谁能数得清啊。"

"多少马啊?"

"四百多匹马,还有骆驼呢!我头一次看见,那玩意真怪,你一拍它,它就卧下,等人上去骑好,一拉缰绳它就站起走啦。那天晚上行军,我还骑了一路骆驼。真舒服,你在上面骑着睡觉都行。"

"后来呢?"

"后来就坐火车回来了。"

"你说完了吗?"

"完啦!"小李把手一摊。

屋里又是掌声又是笑声,大家从炕上一哄而起,跳下炕来,把小李举在空中,像扔皮球一样地扔了好几下。

"放下我,放下我,我还有好消息没说呢。"小李被扔得受不了了。

大家听说还有好消息,就把他放下来。

"你们知道吧?"小李满脸精神地说,"昨天我们队伍才从康家集过去,要去解放北平。到那时候,大炮、坦克、百来万人打仗,那才热闹呢!那时,对不起,"他指着自己的鼻子,"我小李要先进北平瞧上一鼻子啦!"

"到那时候,我们也去。"秀珍忽然在后面高兴地说。

"姑娘家去干啥,到北平要打大仗,你当是去看大戏?"

369

"姑娘家怎么的?"秀珍不高兴了,"姑娘也是人民战士,我看你这脑袋瓜,早晚得另换换。"

"好!"刘吉瑞调皮地说,"反正明天我就出院,看看谁先到北平,光嘴硬不行。"

秀珍守着这么多的人,被他说得有点抹不开了。把素华的手一拉,分开众人就往外走。刚一出门,见对门站着乔震山、王德、指导员还有管理股长,他们正在笑着往这里看。这一下弄得秀珍更沉不住气了,她脸羞得通红,把头一低,拉着素华向外面跑去。

秀珍跑到门外,听到屋里还在吵吵嚷嚷地大笑。她和素华说:"刘吉瑞顶调皮啦,他就是看不起我们姑娘家。再不要理他!"

晚上,月色皎洁。二宝背着小马枪,来到秀珍的宿舍。正和秀珍谈着话,突然门开了,小李轻手轻脚地走了进来。

"哈!怪不得找不到你,原来你在这里,走吧,连长叫你呢。"

"叫我干啥?"二宝瞧了瞧秀珍,犹豫了一下问道。

"我告诉你。"小李伏在二宝的耳朵上低声嚓嚓着说,"管理股长告诉连长,说准备批准你入党哩,连长要和你谈谈。你可别说我告诉你的,哎?"

二宝点头,什么没说,背起枪就和小李一同走了。

他来到乔震山屋里,见哥哥正在收拾行李捆背包,惊异地问道:"哥,怎么的,你要走吗?"

"走,咱们一块,人家都在忙着打北平了,还待在这儿干啥?"

"你的伤不是还没好利落吗?"

"到前方再慢慢地好吧。"乔震山没抬头,忽然问道,"二宝,上次追击战捉的俘虏里,有没有王经堂和鲁青?"

"早跑啦!"

"哎?"乔震山一怔,"你怎么知道?"

二宝这才把那天晚上在韩凤鸣家借宿的事一五一十地说了一遍,最后他说:"黑影里我打了一枪,谁知道没打着他,反正没

370

找着。"

"你呀!"乔震山埋怨地说,"天生的笨猫,死老鼠也捉不到。"

二宝低着头一声不吭。他心里真有点纳闷,小李告诉他哥哥要和他谈他入党的事,可现在老问王经堂的事,莫非小李骗他?他瞧瞧哥哥那不高兴的样子,又不敢问。二宝眨巴着眼想了半天,才说:"哥,管理股长没和你说我的事?"

"什么事?"

"比方……我的进步情况啦,或是别的什么的?"

乔震山把脸一板,转过头来,端详着二宝。

"小家伙,"他指着二宝的鼻子说,"这次解放北平可要给我好好儿的表现。不然,我可不饶你。"

二宝刷的一下,从脸红到脖子,瞪起一双明亮的大眼睛,瞧着哥哥:"哥!我一定听你的话,以前我和你顶过嘴,我,我错了。"

"嗯,以前给你的书你看了没有?"

"看了,还没看完。"

"要好好地抓紧学习哩。"

"是!"二宝转身走了。心想,"好你个小李,老拿我开心。"

三四

周国华、李治中和全团的战士们,在南口刚下了火车,就踏着元月的雪向北平近郊兼程前进,经过半夜的急行军来到了清河镇附近。这里一片战争气氛,砭肤的寒风里夹杂着硝烟,传来了此起彼落的机枪声。野地里到处有军队在行动,担架队急急忙忙地走过,电话员在黑影里用手电筒照着在检查线路。

半夜十二点他们接下了兄弟部队的阵地,准备向据守清河镇一带的敌人发起攻击,直逼北平城下。团指挥所里,参谋们在忙着打电话。

"喂!什么?……敌人反击?见鬼!……要和兄弟部队一块把敌人打回去,阵地要快点接,是……这是团长的指示……对!"

"二支队吗?……喂!喂……怎么搞的,电话不通了!"作战参谋把听筒使劲地吹了两下,回头喊道,"电话员,查线去,快!"

周国华和李治中蹲在摊开的地图前,聚精会神地研究攻击路线。身旁烛影摇曳,随着阵阵的炮声,闪动在他们紧张、严肃的面孔上。

"团长同志,师长请你说话。"作战股长说完,指着排列的许多电话中的一部,"这个,这个。"

周国华急忙拿起电话听筒。

"喂!"

"准备好了没有?"师长粗壮的声音在电话里特别清晰。

"好了,师长同志。"

"今天是几号啊?"

"问得怪呀!"周国华惊异地想,可是他立即答道:"今天是一九四九年一月一号了。"

"对,请转告你们全体同志,师党委预祝同志们在新的一年中,以新的胜利向党中央、毛主席献礼。"师长的口气既愉快又激动,大概他也因为能参加解放北平的战斗感到光荣而情不自禁了。他接着说:"野战军主力,昨天攻克了天津外围的不少据点,现在已将天津敌人重重包围。上级为了防止北平敌人逃窜,命令在拂晓前把眼前的敌人驱逐,然后再把北平包围起来。光荣啊!同志。你们的攻击路线清楚了吧?"

"清楚了!"周国华由于内心激动,手里的听筒有点发抖了。

"好,现在是下一点,开始吧!"师长挂上了电话。周国华在电话里听师长喊道:"挂左翼团!……"

弹群在空中嘶叫着;军部的远射程炮轰击着;机关枪划破了新年的夜空,此起彼落地嗒嗒着。霜冻的大地,由于炮声齐鸣而簌簌地跳动。战线迅速地向前推进。

早晨,步兵团按照作战计划攻克了清河镇,进到德胜门外的土城,奉命停止进攻了。太阳从地平线上升起来,照着浓雾弥漫的古城——正值隆冬的北平,显得那么阴暗而死气沉沉。

郝平和一排长赵文江,带着满身霜雪,口里喷着热气,伏在土城豁口的东侧向前望去。只见土城前面是一条土质公路。向南就是德胜门外大街。再往前顺着大街望去,迎面被房屋挡住。街道从房屋的两侧穿过,直通德胜门。屋顶上远远地露出德胜门的箭楼。沿街房屋后的地坎上,敌人在抢修工事。不少敌人正从民房里拆门板、搬箱子、扛草席、桌子、板凳……看来敌人是以修工事为名,在挨家挨户地抢劫。他们在忙着往停在大柳树下的胶轮马车上装东西,柳条上结满霜雪,白皑皑地低垂着。远远传来女人的喊叫声:"救命——呀!……杀人喽!……"

"哇——啊!……"一个孩子的哭嚎声突然中断了。

狗在狂吠,一声闷声闷气的枪响后,狗惨叫了几声沉寂下来了。

郝平侧耳谛听着,心好像停止了跳动。他用愤怒的目光,望着正前方,突然把拳头一捶,"这些土匪!"咬牙切齿地骂了一声,然后目不转睛地喊道:"一排长,打!"

"嗒嗒嗒……"

"轰——咣!"

大车附近立即炸起了浓烟,滚滚腾腾地把大街淹没了。大柳树上的霜雪纷纷落地。硝烟散去,大车和牲口都躺在街道上一动不动了,街道上静悄悄的。不一会儿,从门里跑出两个敌人,鬼鬼祟祟地在破碎的大车底下往外拖人。

又是一阵机枪声,那两个人一个跑了,另一个躺下了,以后再没有人走动。

"这些混蛋,非用这办法治他们不行。"赵文江愤愤地说,"见影就打,一个不饶!反正子弹是对付敌人的,有的是。"

团长周国华和杨股长跨着大步,满脸兴奋地朝土城上走来。

"怎么样?郝平,你们打得不坏啊!"他一面和郝平打招呼,夸奖着他们一夜的战绩,一面弯着腰爬上土城。

"团长,前面就是北平城。"郝平报告说,"敌人都躲在民房里。"

"是啊,要好好地看看这个北平。"周国华说着,伏在土城上用望远镜观察,一片古老的建筑物立即收进周国华的望远镜里。

那些锯齿般的城垛口,高入云霄的城楼,塔尖和景山上的万春亭,这一切都历历在目。北平,作为封建帝王、军阀官僚和帝国主义统治中国人民的堡垒,即将结束它的历史使命了。今天,人民的军队把它围得水泄不通,敌人的所有军事设施,反动党、政、军的统治中心……都在我军的炮兵射程以内。

北平在周国华的眼里是那么熟悉而亲切,这是他的第二故乡,他在这里度过了中学时代。在这个时代里生活是这样的不平凡,"三·一八"和"一二·九"爱国运动给了他新的生命,使他走上新的征途。一九三六年冬天他离开了这个城市,跑到延安,成了一个真正的人民战士。十三年如一日,今天又和他的第二故乡见面了。但是,今非昔比,时代在前进,在摧毁着腐朽的反动统治。今天,人民要用强大的武装力量,将八百年来劳动人民所艰辛缔造的古城,从苦难中解救出来,使她返老还童、重度青春。北平,她将永远属于人民,属于中国共产党所领导的无产阶级……

周国华心情激动地看了多时,才放下望远镜,翻身坐在土城的半坡上。他吸着烟,瞧了瞧身旁的战士们。他觉得战士们一个个是那么英武雄壮,从心眼里喜爱这些布满了汗污的脸膛,因为他们才是真正的英雄,是为党的事业冲锋陷阵、赴汤蹈火的人。周国华才想说什么,一转脸见身材高大的一排长,站在土城的半坡上,一手叉腰一手握枪,盯着正前方,盯着古老的城市——北平。

"赵文江啊。"他平心静气地叫道。

"到!"一排长走了过来。

"你看这城墙,我们能不能进去?"

"能!"赵文江举目瞧了瞧黑沉沉的城墙,毫不含糊地说,"城墙虽高,可是抗不了我们的黄色炸药和榴弹炮。没有问题,团长,命令一下,我们一轰就进去了。"

"嗬!一轰啊?"周国华蛮有意思地笑了笑,"一轰可进不去啊,同志。这个城可不是一般的城。"团长把烟头往地下一扔。这时郝平、杨股长都凑了过来,听他说,"她是一座有八百年建都历史的古城,自古有政治、文化中心,是中国文化古迹最多最珍贵的地方。我们要从敌人手里把她解放出来,这个任务具有重大的历史意义。在战斗中,既要消灭敌人,又要保护古城的完整,因此就必须靠我们严密的战斗组织,机动灵活的战术,准确的兵种协同和严格的一丝不苟的组织纪律性,来完成这次攻城任务。不靠人,光靠黄色炸药、榴弹炮那么一轰可不行啊。同志,这和别的城不同,别的城毁灭了可以再建新的,这个城市有些文物古迹要是毁了,那就等于毁了一部祖先们用血汗缔造的遗留下来的历史。所以上级指示我们,为了很好地做准备,从今天起,部队一方面包围监视敌人,一方面进行攻城训练。"阵地上响起一阵机枪声,周国华扭头向右面冒起硝烟的方向看了看,接着说:"在这期间我们虽然不做大的进攻行动,但小的接触是不可避免的。你们要很好地组织特等射手监视敌人,不准他们活动和向我们靠近。等我们准备好了,那就敞开儿干吧!同志们,'解放北平'这个名词将永远记在中国的历史上!"周国华一面说着,一面站起来,顺着土城向二营指挥所走去。

郝平送走团长以后,正想到炮兵阵地上去看看,突然听见三排的机枪开火了。他紧跑慢跑,来到三排的阵地上。

"为什么射击啊?"郝平大口地喘着气,问三排长。

"敌人有一个排的兵力,从黄寺的后门出来,现在已经进了那块高粱地。"

郝平仔细地看了看,在德胜门外大街东面,从民房里有不少的敌人三三两两地往那块没有穗的高粱地里运动。正南方,黄寺的后门外,还站着三四个人,向这面指手画脚地望着。这块高粱地,大约二百多平方米。是秋收后敌人特意留下来的,以应他们军事上的需要。

现在,敌人有三十多个隐蔽在里面,离土城三百多米。

"三排长,"郝平看了多时说,"你在这里用机枪监视着,我们组织炮兵把高粱地消灭!"他说着,回头喊了一声:"通讯员,把炮兵连长和六〇炮班长请来。快去!"

一会儿,炮兵连长和六〇炮班长来到土城上。

"我的意见,"郝平说,"每炮十五发,用十分之一的燃烧弹,你看怎么样?"

"我看用不了那么多的炮弹。"炮兵连长眼睛望着高粱地说,"每门打五发,就是三十发炮弹。那么点地方,保证叫他吃得饱饱的。"

"好吧,快,别让他跑了。"

炮兵连长回到炮阵地,把小红旗一举,嘴里一连串地下达着口令。炮手们根据他的口令,迅速而准确地动作着。炮兵连长看看大家都准备好了,他把小红旗往下一甩,喊了一声:"放!"霎时间,震天动地地响了一阵,接着就是炮弹飞过空中的啸声。当这种声音消失以后,那块不大的高粱地里,连续地响起了轰隆声。烟团卷着尘土从里面滚滚腾腾地喷射出来。高粱地马上变成一团大火,卷着浓烟燃烧起来。

半小时以后,火很快地熄灭了,灰烬盖在尸体上,一堆堆的冒着各种颜色的烟,随着寒风飘去。

这一整天,敌人再没轻举妄动。

兵临城下,平津敌人四面楚歌,插翅难逃了。北平近郊我军一面监视敌人,一面做着攻城的各种准备工作;晚上小部队袭击,掩护干部看地形,选择突破口;白天则开会座谈,训练战术动作。

工作越紧张,时间过得越快,眨眼间过了五六天。一天上午,周国华看地形回来,他披着军大衣,站在北平街市图的跟前。一边吸着烟,一边仔细地看着地图。一缕缕的青烟,从他头顶上升了起来,然后,袅袅地蔓延到全屋子里,渐渐地消失了。他在回忆着几天来的作战情况,思考着即将进行的规模庞大的攻城作战。他那平静而深思的面孔,不时地闪着亮光,两道黑眉毛,有时紧皱,有时伸展。但他的目光一时也没离开地图。

门忽然开了,团政委李治中满面悦色地走了进来。

"嚇!你这房子像冰窖一样,干吗连炉子也不生啊?"他一进门就嚷嚷着冷。

"嗯……"周国华慢慢地转过身来,望着李治中眨了眨眼睛,微微地笑了笑,似乎要说什么,但又没开口。显然他的思路,还没有被进来的团政委打断。

"怎么?"李治中看了看挂在墙上的地图,"你在想什么?这几天来站在野地里还没把你冻僵啊!"

"是啊,"周国华把烟头丢在地上用脚踩灭以后,两手插在裤袋里耸了耸肩膀,"暂时冻一点吧,同志。等打开北平,咱们一块暖和。我看你屋里也不见得有炉子生,大家不都在冻着么。说真的老李,我看过地形以后,觉得我们还有很多的工作要做。比如:在战术上,过护城壕、爬城墙、队形运用、火力组织。城里的街道这样复杂,人口又这样密,部队进了城,总而言之这还是个极为艰巨的任务。所以,攻城的准备时间短了一点。"

"时间来得及,蛮来得及。"李治中精神奕奕地向周国华靠拢了一点,"今天上午师长从军部开会回来说,对北平的攻击时间,上级准备放在解放天津以后。这样,算来总要十多天的时间,这还不够啊?"

"是吗?——好哇!"周国华凭着作战经验,马上就理解了团政委传达的这个消息,"解放天津以后,再集中兵力解放北平。这就不但最后断绝了敌人的后路,而且将有更多的炮兵和特种兵参加战斗。集中优势兵力打歼灭战,英明啊!同志。"

"是啊。"李治中沉思片刻,"老周,我经常这样想,有时候我们这些人真笨得可笑,每天手里拿的、眼里看的、耳朵听的,到处都是真理。这些真理当我们真正领会了一点时,就向前迈一小步,领会得多时,就向前迈一大步,可是这些真理在我们身上溶化成自己的东西有多少?实在不多。看来理论变成实践不易,而把实践上升到理论,成为一次思想的大飞跃更是不易啊。就说这次战役吧,上级的每一个步骤都按照毛主席的军事思想行动的。可是我们呢,每天光知道开会、讲话、命令、擦枪、行军、打仗。总而言之两个字:'瞎忙'。到现在我们才算弄明白,战役开始时,毛主席用一个兵团十来万人的兵力,昼夜行军,奔袭平绥路的战役意图。"

此时,作战股长在门口出现了,他敬礼后报告说,师部指示,抽调一部分连营干部,到天津兄弟部队去见习攻城战术。

"怎么样,老李。"周国华把黑眉毛一抬,精神焕发地说,"我们的猜测是对了。"他又转向作战股长,"你通知了没有?"

"通知了。就是四连只郝平一个人在家,抽不出来。"

"嗯,这个连不去人可不大好,"周国华自言自语地在地上转了一圈,"你看怎么办?老李,要不叫他一排长去?"

李治中还没来得及回答,电话铃响了,他伸手拿起听筒,"喂?……唔,你回来了,看得怎么样?……什么?……啊,两个都回来了?怎么样?啊……啊,好。这样吧,叫王德去卫生队换药,暂时休息,一会儿再找他;叫乔震山马上到团长这里来。"李治中放下听筒,"行啦,就叫他去吧。"

"他的伤,能不能去哟?"周国华把手一背,摇了摇头。他回想起上次才进关时,乔震山伤不好就出院了。去完成了一趟任务,回来差一点没病死。这次周国华也觉得不放心了。

"他来了再说吧。"

"报告!"一个雄壮的声音之后,风门哗的一下开了,乔震山那魁梧的身影出现在门口,雄赳赳地敬了个礼,"报告首长,四连长乔震山伤好出院!"

团长和政委,互相瞧了瞧,默默一笑。仿佛在说,看,战争的折磨,使我们的英雄倒更加强壮了。

"来来来!乔震山同志,这边坐,我们要好好地看看你。"团政委拉着乔震山的手,和他肩并肩地坐下。作战股长倒了一碗水,政委接过来,递给了乔震山。

首长的关怀和接待,使乔震山觉得有些不自然了,他接过碗,手有点发颤,"不,政委,我在管理股那里已经喝过了。"

"喝一口吧,同志,你在悬崖下躺着那阵,想个人给你送水也没有。你说说,乔震山,你是怎么摔下去的?"

"没啥,"乔震山羞怯地笑了笑,"打仗嘛,谁还不遇着点危险,现在全好了。政委,啥时攻击啊?我想请示当尖刀连。"

"嗬!想打仗了?!"李治中笑了,瞧了瞧周国华,"不用慌,同志,想打仗还不容易。不过现在我们打算先派你去学习一下。"

"首长!"乔震山哗的一下站了起来,把胸脯一挺,"我,我提个意见,学习我不反对,好不好打完了北平我再……"

乔震山的话没说完,大家轰的一声笑了。

"你的意见和我们的意见一样,同——志,"周国华边笑边说,"先到天津去向兄弟部队好好学习一番,然后回来解放北平。就这样决定吧,详细情况由杨股长告诉你。至于连里,你放心,郝平和王德在家,准备工作一切由他们负责了。"

乔震山心里一阵高兴,这倒不错,既能看看天津战斗,又能参加解放北平。他兴高采烈地给首长敬礼,然后和作战股长一同走了。

北平的近郊区一片紧张的备战气氛。步兵在演习架桥、过壕沟、爬城墙;炮兵在挖阵地、架炮、测定射向;运输部队则策马往各阵地上送弹药。阵地上不断传来隆隆的炮声和稀稀落落的机枪声。

王德带着刘吉瑞、小李,还有本连出院的伤员,向大雪覆盖的野地里望望,这紧张的备战气氛不禁使他们加快了步伐,向连部驻地走去。

王德,帽檐底下压着一溜雪白的绷带,全身装束得特别整齐。才出院,要和连队的同志见面了,当然要打扮得整齐点了,说不定他为了这还照过镜子呢,而且不止照过一遍。过去尽管乔震山常说他:"打仗嘛,又不是去找对象,尽照镜子干啥。"可是他总是改不了。不管干什么,凡是到个新地方去,他还是不知不觉地照上一番,脸上哪怕有针尖那么点灰也存不住。

他迈着方步在头里走着,望着这振奋人心的北平城郊,嗬!多么热闹!工人、学生,有男有女,来来往往。要不是那隆隆的炮声和在野地里演习的战士们,谁能说这是一个孕育着一场恶战的战场啊!忽然,脑子里响起团长在他离开团部时叮嘱的话:

"……目前天津围得正紧,最近几天就要解决问题。那里解决了,这里就好开始了。连长不在家,你要抓紧时间,训练部队,准备器材,侦察地形。北平这几天出入的人很多,工人、学生、教授,还有外国人、商人和逃兵,来来往往挺复杂,你们在前面要很好地注意政策和党的影响,绝对不能有人身搜查的举动。这些问题只许做好不许做坏,我们在这里不仅要打好军事仗,也要打好政治仗,还要提高警惕,防止特务的破坏活动。"

王德回到连部时,郝平和连部人员正在吃午饭,一见王德进来,急忙放下饭碗,抢着和他握手。郝平拉着王德说:"你回来太好了,这几天部队可热闹啦,又要打仗,还要练兵。大家早就盼着你回来了。连长怎么样,多咱才能回来?"

"他和我一块回来的,一进门就被团长派到天津见习去了。"

同志们热情、亲切的欢迎,使王德的心里十分兴奋,他转动着激动的目光望着大家,一句话也说不出来,只顾嘿嘿地笑。

"副连长,先吃饭吧。"小李手里端着满满一碗饺子从外面走进来。

"可真是,只顾说话了。"郝平恍然说道,"快吃吧,今天赶上吃饺子,算是对你的欢迎。"

午饭后,太阳照在北平古老的建筑物上,反射着耀目的光亮。郝平和王德来到阵地上察看敌人的防御部署、行动规律。忽然,德胜门外的西面,响起一阵机枪声,王德借着阳光望去:见有两个敌人的士兵,沿着起伏的地形向这面跑来,边跑边回头,十分惊慌。两人的后面一百米处,有四五个人一面开枪射击,一面追。王德急忙命令道:"轻机枪对准后面追的人,射击!"

轻机枪马上开火了,一下子撂倒了两三个,其余的趴在地坎上一动也不敢动了。两个士兵在机枪的掩护下,面色发黄气喘吁吁地跑到土城下,张开两手嚷道:"解放军同志,救命吧!……"

小李把小马枪往下一伸,把他们拉了上来,郝平和王德带着他们下了土城。看他们惊心稍定,问道:"你们为什么往这面跑啊?"

"官长!"一个三十岁上下的说,"我们在那面活不下去了,每天吃不饱不说,还挨揍。早就想跑没有机会,昨天晚上跑出来又被捉回去,说今天晚上就要枪毙我们,幸亏二排的卞路修放哨,他把我们放……"

"叫什么?"郝平没听清他说的名字。

"卞路修,他是察哈尔人,把我们偷着放了。他看我们跑出来以后,才在后面假张罗,这才出来人追,多谢你们掩护……"

"你们怎么还不攻啊!"另一个河北口音的说,"弟兄们都背后嘀咕,要是你们一攻我们就缴枪,不少的人想跑就是不敢跑。"

"你们是哪一部分?"王德问道。

"特务团工兵营二连。"

"是这样,官长。"那个三十岁上下的说,"这个团是才编起来的,大部分是沙土城战役跑回来的,军官是从别的部分派来的。"

"你们营长是谁?"王德问。

"顾贞熊,我们背后都叫他顾秃子。才来不几天,这小子杀人不眨眼!"

"好啦。"郝平拍了拍他的肩膀笑着说,"大概你们还没吃饭吧。先去吃饭,休息一下,要是你们愿意回家我们就发证明;愿意当兵,就在我们这干,保证你们不受气,每天高高兴兴的。"郝平回头又对小李说:"小李,你领他们吃饭去吧。"

"是!"小李答应了一声,回头对那两个投降的说,"走吧伙计,进门吃饺子,这会你们算走运了,吃饱了,要回老家种地就种地,要当兵就当兵。"

小李这么一说,不知为什么两个人走出三两步,忽然又回头跑到郝平跟前,扑通跪下了,磕头作揖地说:"官长饶命吧,你救了我们两个,就不能再杀我们了。我们家里有老母亲,有老婆、孩子,都在挨着饿,你行行好,放我们的活命吧……"说完了,就趴在地上哭起来。

这一下把郝平和王德弄得丈二和尚摸不着头脑,急忙把两个人拉起来问道:"你们两个疯了?我们解放军从来也没杀过俘虏,再说你们还是冒着生命危险投降来的……怎么搞的,小李?"

原来他们队伍里,"吃饺子"就是把人捆起来,"种地"就是活埋了,"回老家"就是枪毙。他们要杀害逃跑的士兵或者杀害老百姓都是这么说。碰巧小李的话里都有这些字眼,这就把这两个像惊弓之鸟的国民党士兵吓呆了。听他俩这么一说,把大家弄得啼笑皆非。郝平批评小李说:"你这小李啊!嘴皮真薄,少说点不行吗!"说完又对这两个人说,"他说的全是真心话,我们今天是吃饺子,你们放心地跟他吃去吧!"

王德回到连部,转眼过了七八天。他白天掌握部队训练,晚上带着排长们,到城根看地形。

这天晚上,王德到阵地上走了一趟,回来时已经十一点了,一进门见大家正和房东的孩子听收音机。郝平见王德进来,招了招手说:"你听,老王,国民党反动派又在吹牛了。"

王德走了过去,收音机嗡嗡地响着,一个女人的声音尖溜溜地说:"……我平津前线国军士气旺盛,击退共军数次进攻……"

"他妈的! 瞪着眼说瞎话,今天下午还跑过两个来,旺盛个屁!"小李在旁边指着收音机生气地说,"等打进城去捉住这个家伙,非问问她不可,要是再不说真实话,哼! 瞧着吧,豁着挨批评我也得狠狠地揍她一顿!"他把拳头对着收音机又晃了晃。

"嗨! 小李,你才是个小傻瓜呢。"一排长逗趣地说,"蒋介石的广播电台多会说过真话来。一百年也是这样,可当你捉到她时,她就会客气地说:'你可别生气呀,小同志,长官给了稿子,俺就得念。要不,他就会杀俺的脑袋,杀脑袋不要紧,世界上也不过又少了一个混蛋。可我还要留着它吃饭呢。'"

大家轰的一声笑了。

"报告!"一个粗壮的声音。屋里的笑声立即停止了。团部通讯员手里拿着一份文件挺直地站在门外。

王德迎出来,接过文件,是团司令部的通知:

> 天津敌人陈长捷兵团,不顾天津城市及二百万人民生命财产遭受损失,竟敢拒绝我军和平解决的劝告,拒不投降。我平津前线司令部,已命令天津前线我军,于今晚十时发起总攻击。为防止北平敌人乘机突围,北平前线围城部队从今日起,奉命停止操课,准备随时投入战斗,并将所有道路严密封锁,不准任何人出入……

王德一口气看完,回头对一排长命令道:"一排长,马上命令部队进入阵地!"

"是!"赵文江答应一声,转身向外跑去。

小李不知发生了什么情况,忙着捆行李收拾东西,"副连长,报纸和文件箱子送给运输员同志吧?"

"送那干吗?"

"不是准备行动吗?"

"谁说的? 跟我来吧!"王德带着小李走了。

第四连的部队,一整夜都在阵地上。

第二天早晨,旭日东升,光芒四射。

郝平看看没有什么动静,就离开阵地回连部去了,王德一个人在阵地指挥所里值班。早饭前后,有不少学生和老百姓要求进城,都被哨兵堵回去了,有一部分嚷嚷着不肯走。

王德来到跟前一看,见是一群男女学生有二十几个,还有外国人。每人推着一辆脚踏车要求通过哨口进城,其中一个穿皮夹克的青年见王德来了,走上来说:"同志,我们这些人都是清华和燕大的学生,还有教授,要进城去有要紧的事,你们这位同志高低不许我们走……"

"不是不许你们走,"王德解释说,"前面随时都有发生战斗的可能,所以暂时谁也不能过。"

"昨天还让走,为什么今天就不让走啊?"另一个学生问道,"我们有要紧的事要进城啊。"

"战争时期随时都有变化,再要紧也没有作战要紧,我们要对你们的生命负责啊!"

"人家说得对,再要紧也没有作战要紧,不能去就等两天再说吧。"他们说着,有的推着自行车向后走了,有的闪在路旁还在犹豫。这时上来一个姑娘,二十二三岁,身上穿一件浅咖啡色呢大衣,车把上挂着个小提包,学生不像学生,教授不像教授。身后跟着两个外国人,一男一女。

"同志!"姑娘走到王德跟前,她面色平静而骄傲,"不让他们过去也应该让我们过去吧?"

这时其他的学生又慢慢地凑了上来。

"噢?"王德寻思地端详着她说,"为什么?"

"因为他们两个是美国人,是在我国清华大学的留学生,不管什么地方他们都有权利通行。"

"你是哪国人啊?"王德把手一背,用研究的目光瞧着她问道,"是谁给他们这种权利的?"

"我是中国人,给他们当翻译的。"她难为情地笑了笑,回头对两个外国人嘟嘟噜噜地说了一阵,又回过头来说,"他们原来就有这种权利的。"

"哼!"王德冷笑一声,"'原来'!你转告他们,他们以前根据不平等条约所持有的一切特殊权利,现在我们一概不承认。不准过就是不准过,哪国人都是一样。"

那个姑娘听王德这么一说,又见他那严肃的面容,畏惧地退了一步,那个美国男人却上来用不大准确的中国话说:"我们是美国人,你一定得让我们过去。"他那既斯文又傲慢的态度使王德很生气,他上下打量了他一下,把脸一板,用鄙视的目光瞪了他一眼,说:"你不要忘了,这是在中国地方。我代表中国人民正式警告你,你现在马上向后转,否则,在这里我们对你的生命不负任何责任。"

那个美国人见王德这样坚决,说出的话竟是他在中国从来没有听到的话,气得面色青白,想要发作,但一看两边解放军的士兵一个个冷眼看着他,不觉一颗心猛烈地跳起来,只好把两手一摊,无可奈何地耸耸肩、摇摇头,对后面那个女的说了几句,就向后走了。

他们走了以后,那些站在旁边看热闹的学生轰的一声就把王德围起来,和他握手说:"同志,你们真行!这都是叫国民党惯的他们,他们还认为你们像国民党军队那样脓包呢。"

学生们渐渐地散去了,王德背着手,望着走远了的那两个外国人和那个女翻译,愤愤地想:"哼!美国人,今后就请你老实点吧。今天叫你明白,中国人不是那么可欺的。最可耻的是那个败类,学会了两句洋话,站在美国人的身旁甘当奴才,竟然还那么神气十足,真叫我替你害臊!"

王德回身向连部走去。女翻译的奴才相,使他心中愤愤不宁。忽然一个姑娘的形象在他脑海里浮荡起来:要是那个女翻译,去掉了长长的鬈发,再换上一件蓝色的旗袍,这不是他四年没见面的未婚妻满丽英吗?是她!王德急回身,向北望望,那个女翻译和两个美国人边说着话边朝王德这边指手画脚地笑着慢慢走远了。"不,"他想,"天底下相似的人多着呢,为什么是她呀,笑话!"

一颗炮弹在那个女翻译消失的方向爆炸了,接着弹音从北平飞过了王德的头顶:一发、两发、三发。然后突然停了,一切又恢复平静。敌人的炮兵在试射呢!

三五

寒风吹过八达岭的群山,发出惊人的呼啸声。

王经堂、顾贞熊和鲁青,在这迷魂阵似的群山里,像游魂一样摸索了六七天。经常走过去又转回来,每夜至多不过走二十来里,老围着几架大山转悠。这黑沉沉的大山幽谷,神秘的树林——在白天看好的方向,夜间一走就使他们转得迷迷糊糊。指北针既不指南也不指北,倒是一会儿指东一会儿指西,指针老在分划盘上乱晃荡。王经堂气坏了,用力向石头上一碰,指针歪斜了,躺在一边动也不动了。

"他妈的!"他把指北针丢到山沟去了。后来他想:哪里是指北针坏了,明明是夜间由于他自己心慌意乱看马虎眼了。想到这里,他无可奈何地站了起来,"走!顺着山沟走吧。"王经堂晃荡了两下。顾贞熊、鲁青急忙上去搀着他。

这几天来,他们白天上山隐蔽,夜间下山走路找吃的,像野兽一样。山路石头多,走得满脚是大血泡,腰痛腿酸,像挨了二百下军棍,走一步扭三扭。在王经堂来说,恐怕是生平第一次,这滋味比睡在沙发床上,走在地毯上难受得多,回想起那天夜里在东山村被几个八路的便衣侦察员追击的情形,真是心惊胆裂,那一枪,差一点没把脑袋打飞了。黑灯瞎火的在荒山野岭里窜着逃命,全身被石头、荆条碰得有皮没毛,现在总算逃出来了。留得青山在,不怕没柴烧。王经堂因为他这次没丢了脑袋,吃点苦倒觉得没有什么。

天快亮了,照例上山隐蔽。王经堂仰面躺在一块大石头上,再也不想起来了。沉甸甸的乌云在天上懒洋洋地飘动着。仿佛这大地也在随着旋转。他闭上眼睛,真想睡一会儿,但是不知什么地方轰隆隆地响了一阵,这声音像暴风雨前的滚雷,在遥远的天边上滚动。"炮响?"他翻身坐起来,侧耳细听,又是一阵隆隆声。"这是在什么地方?新保安?也许是张家口,不,"他很快推翻了他的猜测,"那里远着呢,听不到!可是这声音是在西北方向呀!"真糟糕!就在这时,在炮响的方向,乌云缝隙里,露出了火红的太阳。

要不是由于天刚亮他才爬上山来的话,他真的认为这是晚霞呢。现在他明白了,那是东方,大炮就在那里轰隆着,"北平发生战斗了!"这念头,使他全身的血管慢慢地给冰流充满了,心也凉了。他咬着牙关,克制着内心的恐怖,回头望了望,他的身后边,也像他的前面和两侧一样,净是耸立的岩石,发出呼呼的风声,没有任何迹象足以证明这里也有人向他冲锋。可是恐怖的心情仍然震撼着整个的身子,使它索索发抖。

"鲁青。"他向瞭望哨轻喊了一声,"你发现了什么没有?"

"啊,少将先生。北平方向炮响!您听。"鲁青从石头缝里钻过来,伏在王经堂身前报告说。

正在睡着的顾贞熊也被炮声惊醒了。

"看来北平我们是去不成啦。"他瞪起凶光闪闪的眼向东方一瞥,"哼!他妈的,倒霉。"

"这还不算倒霉,老弟。要是北平天津都被共军围住了,撤不走,那才算真霉气呢。"王经堂喃喃地说,"我们得想办法快走,无论如何要先到北平,如果剿总司令部已经撤走了,我们就打电话要飞机去天津。不过就目前看,剿总起码也不会在西郊了。"

两架战斗机嗡嗡着掠空而过,向西北方向飞去。过了不到一刻钟又回来了,飞得很低,连机翼上的徽记都看得清清楚楚。三个人仰着脸,贪婪地望着,这飞机好像连看都没看他们一眼就飞过去了。

"不要紧,二位老弟。根据这飞机的行动判定,北平还在我们手里,机场还没失守;飞机是从北平起落的,起码崇文门里的临时机场已经修好了。我们要在今晚赶回去,至迟明天,再不能晚了。"

说着,三个人站了起来,可是,这是白天啊,下得山去被共军碰上可不是玩的。于是,三个人又泄气地坐下了。

"我们要想法很好地化装一下,像现在这样是骗不过共军的。"三个人互相瞧了瞧,他们那极不合体的破烂不堪的穿戴,蓬松着的头发,满脸胡楂,军不军民不民,活像些越狱的罪犯。

"哎!"鲁青忽然想起了什么似的报告说:"少将先生,刚才我放哨时,见山下有个村庄,那是河沿村,这里到石景山只有十多里路。宪兵营王营副的老家就在这里。我们从北平出发时,他的太太没有去天津,就送在这里。"

王经堂、顾贞熊精神为之一振,他们一块来到石头后面,向山下望去。果然,在远远的山谷尽头,有一个不小的村庄。

"你看。"鲁青用手一指,"村东头那个独立房屋——三间新瓦房就是。"

"你怎么知道?"

"前年我和部队从这里去沙土城,还在他家住过一夜,没错。要是到他家,换换衣服,吃顿饱饭没有问题,说不定还可以了解一些北平的情况。"

王经堂高兴极啦,立即决定今晚去河沿村。

这一天,总算是太太平平地过去了。在朔风怒号中开始觉得凛冽砭肤,下雪了,三个人扶着石头向山下走去。一天没吃饭,肚皮贴在脊梁骨上,他们勒紧裤带不止一次了,肚子还是在咕噜咕噜乱响,弄得全身发虚,腿发颤。

"鲁青,到了没有?"

"到了,到了,前面就是。"

"去侦察一下,该不会住着……"王经堂急忙回头看看,好像"共军"这两个字一说,解放军就会出现在眼前似的。幸好,四下里黑沉沉的没有任何可疑的动静。

"我,一个人?"鲁青手脚哆嗦起来。

"去!他妈的。"王经堂把手插进了裤袋。

"是!我,我这就去。"鲁青转身,扭着溜轻的屁股跑了。

一个多小时以后鲁青回来了,带来的消息很好,村里没有解放军,街上连个人影也没有。

王经堂既冷又饿,急不可耐地向前走去,跟着鲁青来到一个瓦门楼跟前。他掂着手枪向鲁青一努嘴,鲁青上前轻轻地敲了一下门,没有动静,又敲了两下。

"谁呀?"一个女人的声音。

"我,大嫂,开门吧。"鲁青轻声应道。门开了,一个披散着鬓发的女人头伸了出来。

"嘿嘿。"鲁青一躬腰干笑了笑,"王太太,我是鲁青。"

389

"哟,你……"

她的话被鲁青的手势截断了。接着向后一招手,王经堂、顾贞熊跟着鲁青走了进去,那女人关上门也跟着进了屋。王经堂借着灯影向那女人打量了一番:她三十多岁,披着一件蓝缎子小袄,里面紧贴身露出火红色的毛线衣。她那被胭脂粉刺激过的面皮,描着的眉毛,涂了口红的嘴唇,官太太是无可怀疑的。

"王太太,是不是先弄点吃的?嘿嘿。"鲁青讨好地笑了笑。

"那里有窝窝头还有地瓜,自己拿着吃呗。"女人两肘往胸前一抱,向碗柜上的篓子一努嘴,站在房门旁一动没动。

"噢!大概你还不认识吧。这是少将先生,请你弄点……"鲁青的话没说完,这位太太火了,"什么少将老将的,全是些废物,把局面搞得乱七八糟,然后坐飞机的坐飞机,坐轮船的坐轮船,把自己的太太送到保险柜里,谁也碰不着她们,剩下我们这些不值钱的小喽啰,往穷山沟子里一送。哪有好的吃。"王太太说着,恶狠狠地瞟了王经堂一眼。

"我说,太太,"鲁青又赔笑地打了一躬,"这事可不能怨我们啊!"

"不怨,不怨,都说不怨,难道怨我?"王太太把鬈发一甩,一溜旋风似的到里屋去了。

顾贞熊瞪着一对牛眼,凶恶地转动了两下。猛地掏出手枪,才要进屋,王经堂把手一伸,挡住了他。

"吃吧,老弟,这是顶好的夜餐哩。"

饿极糠如蜜,他们狼吞虎咽地吃起来,一篓子窝窝头眨眼就吃光了。又到盆里盛了碗凉开水,喝了,漱漱口,然后把嘴一抹,站起来了。鲁青走到房门前,哈着腰,低声说:"太太,我们走了,谢谢你的一顿饱饭。进城,你还有什么事吗?"

"没有。去吧。"王太太在屋里说,"今天丰台被共军占领了,小心往城里走,别把脑袋丢了。"

"啊,城周围没有什么情况?"

"没有。进城后告诉王营副,叫老太爷早回来。"

"是!"

王经堂看看表,正半夜十二点。外面大雪纷飞,狂风怒号。他坐在凳子上一动没动,两眼瞪着顾贞熊向屋里一摆头,悄悄地说:"去吧,不要弄出动静来。"

顾贞熊把袖子挽了挽,轻手轻脚地进了西间房门。

"哎呀!你要干吗?啊——救……"屋里,桌子、板凳劈里扑隆响了一阵,然后什么声音也没有了。只剩下屋外的风声和大雪扑窗的沙沙声。

王经堂和鲁青互相瞧了瞧。

"快干!"前者转身进了东房门。

鲁青进了西间。两个房间里响起一阵翻箱倒柜声。

半小时过去了,三个人同时从东西两个房间里走出来;但是,他们的装束完全变了样,王经堂头戴礼帽,身穿皮袍马褂,手里还提着一根手杖;鲁青头戴瓜皮缎子帽,身穿青色长棉袍;顾贞熊就头戴黑狗皮三大扇帽子,身穿藏青色半截棉袄。王经堂看了看,满意地笑了。

"这次嘛我是钱庄的经理,鲁青是账房先生,顾老弟嘛……"

"他像个宰牛的。"鲁青插口说。

"对对对。"王经堂狞笑一声,"走吧,趁天没亮我们多赶点路。"

正要迈步,忽然"砰砰砰"有人叫门:

"老大爷,开门啊。"

三个人不约而同地面色变得煞白发青,惊惧地互相对看着:怎么办?

顾贞熊,扑的一口把灯吹灭了。

"我们是解放军,不要害怕。"又是一阵敲门声,"打听个路啊。"

"解放军!"鲁青身上像过了电,哆嗦成一堆了。王经堂呆若木鸡,"怎么办? 堵到屋里了。"忽然,鲁青凑到跟前说:"少将先,先生,我……出去开,开门。把他们应付走,好,好,不好?"

王经堂眼珠转了转,点了点头。鲁青这才颤颤抖抖地向外走去。

"哎,哎,来啦,来啦。"响起了开门声。

"老乡,到石景山从哪儿走啊?"

"不远,顺这儿往东南爬过岭就到,十多里地。"

"那里有国民党吧?"

"哎——这,这我不知道。"

"请你领个路好不好?"

"啊……我,我有病啊,同志,请你另找,找人吧,哎呀! 天这么冷,同志可真辛苦啊!"

这时,忽然远处有人喊道:"班长,找到人了,走吧。"

"好,麻烦你,老乡,快家去睡吧。"

鲁青赶紧把门关上,走了进来。山谷里传来马叫声,接着就是劈里啪啦的马蹄响,而后渐渐地远了。一切都平静下来,王经堂这才取出手巾擦了擦前额上的冷汗。

"这会儿走吧,你们两个干得漂亮极啦,老弟,我王经堂将来慢待不了你们。"

两天以后,王经堂终于回到了北平。他痛痛快快地洗了个澡,刚穿好衣服,鲁青两手捧着张请帖走了进来。他接过一看,原来今天是"圣诞节",美国人晚上在北京饭店举办宴会。他用手拍了拍脑袋,真该死,十余天来的霉气生活连这么个重要的"节日"都忘了,这可一定要参加。可是,喝两杯酒倒无所谓,要是跳舞可就难了,因为他才洗过澡,身上疲惫不堪不说,脚上那些大血泡已经洗破了,痛得像撒了盐。不过,为了在宴会上听听美国人对时局的看法,这宴会可非参加不可。他急忙换上一套崭新的将军服,把所有的勋章都戴上,然后驱车前往了。

北平的马路上,雪花横飞,行人稀少,路灯暗淡。城郊隆隆的炮声,使这圣诞节之夜,特别惶忧不安。王经堂一出电梯门,宴会厅里传来了哭咧咧的音乐声。宴会早已开始了。他悄悄地掀开门帐看了看,一股烟酒气里夹杂着化妆品的气味,立即冲了出来。大厅里分两大部分,北半部,乐队的前面,暗蓝色的灯光下,成群的男女,在捉对儿地扭着屁股跳舞,人影缭乱,怪声邪气。南半部,靠大厅门的两边,东西各摆着一排西餐桌,桌上铺着海蓝色的台布,上面堆满了五光十色的食品、餐具和玻璃器皿。东排的餐桌后面在看不清人的灯光下,有一个胖得像猪一样的军官,没去跳舞,在陪着两个女人昏天黑地地喝着酒。

"喝了！不喝我不饶你——格格……"女人发出娇滴滴的笑声。

门西面的餐桌后面也有两个军官,并膀儿坐着,安静地对杯闲聊,不时发出长叹之声。

王经堂轻手轻脚地溜过去,在餐桌的一端,找了个空位子坐下。十余天的饥寒交迫,一下见了目前这些丰餐美味,不禁食欲大作。他不用叉,也不用勺,伸手抓起一条鸡腿就大口地吃起来,然后倒了一杯红酒,一仰脖子灌了下去。要不是杯子是玻璃的,几乎一块吞了进去。他贪婪地吃着,静听着那两个军官的谈话。由于跳舞的吵闹,谈话声不禁也提高了,"……晚了,一切都晚了,老兄。塘沽、天津被围,朝不保夕,这里也四面楚歌,孤城一座,唉！哪里也跑不了啰！"

"你放心吧,天津有十三万国军防守,又有现代化的工事,粮弹充足,最少也守它一年,到那时第三次世界大战爆发,转危为安,重整兵马,收复国土了。"

"向谁收复国土？哼！"那个高个子军官不以为然地说,"东北共军将近百万,现已大举进关,其装备战术,远非昔比,这次平绥路上的战斗就是明证,一○四军,十六军,新保安,张家口,没费吹灰之力就一扫而光,天津,嘻——"他长叹一声,喝了一口酒,"天津如果不保,而北平又何以持久?"

"总统的空投信上不是说过,那就成功成仁嘛。"

"这样成仁下去,不到一年,共产党就能控制了全中国。"

说到这里,两个人默然了。大厅里充满了悲惨的音乐声,在这些杂乱的声音里,不知是郊区传来的炮声呢,还是乐队的鼓声,一阵阵地叩击着人们的心弦。

"唉——"又是一声长叹,"失败嘛,当然不等于共军的厉害,而是我们那些将领们,奢侈腐化,迷于酒色,纪律败坏所致。"说着,那个高个子军官向舞池里和东边餐桌后面那个醉得不像话的胖军官,恶狠狠地瞥了一眼。

"他妈的!前天南苑机场被共军占领,派九十二军去反攻,你猜怎么样?他只派一个连去应付了一下,就跑回来了。"

"这样的就应依法惩办!"

"办不到啊,老兄,要把他惩以国法,恐怕该枪毙的人就多啦,现在竟有人在活动着讲什么和平呢!"

"谁?"

"你大概不记得了吧,抗战前,山东省有个教育厅长,后来当过鲁北专员,山东主席。他竟想趁机出点风头。"大个子军官说到这里,突然压低了声音,"听说南京保密局已派人来了。大概不久就叫他去当和平使者了!"他伸出手掌在胸前削砍了一下。说到这里向四周瞧了瞧,然后把声音更压低了说,"听说还有傅长官的令爱在清华大学和共产党打得火热,私下里在给她老子穿针引线,这一着很厉害,看来作用不小。"

"何不把她一块干掉,以除心腹之患?"

"这就无须老兄多虑了,恐怕南京还不知道,而在这里谁敢啊?!"

王经堂停止咀嚼,侧耳细听,没想到无意中听到这样一些绝密的新闻,尤其最后这条消息不免使他心里大吃一惊,这个刽子手为了向南京讨功请赏竟使他产生了冒险一试的念头。

音乐骤然停了,灯光豁然大亮,跳舞的人,男拥女挤,人声鼎沸,一拥而来。王经堂赶紧把雪白的衬巾披在领前,挺身直坐,两目正视,俨然像个尊贵的宾客。

"啊——王老弟,辛苦了。"

一位身材不高、操着满口浙江口音的中将,小圆脸上戴着金丝腿眼镜,挽着一位小姐走了过来。这位小姐瓜子脸,乱七八糟的鬈发披在脖子后面,穿着一件红条大花纹的旗袍,身材细小匀称,个头和那位中将高矮差不多。要不是这些大红条缠满了她全身的话,乍一看,真会误认为她是全身一丝不挂呢。

中将就是陈老师,那位小姐是谁呀?

"来,给你们介绍一下。"中将的金丝腿眼镜闪了闪,"这位是满洒丽小姐,将来是你的秘书。这位是王经堂少将。"

"久仰,久仰,见到您很荣幸。"满小姐轻跨一步和王经堂握手。

"秘书!"王经堂半信半疑地想,"莫非我要高升了?"

"不明白吧?"中将大概已经看出他的部下在猜测,"来吧,咱们到里面谈谈情况吧。"

三个人一块出了宴会厅,进了一个休息室。大约谈了有半小时之久,又出来了。刚出门中将停步说:"不管情况如何变化,你都这样办。"

"是!"王经堂立正,"即便肝脑涂地,卑职也愿为党国效忠!"

他们又回到宴会厅,刚一入座,满洒丽举杯在手,"来,少将先生,为了我们的相见干一杯。"

"对——对,对,"中将仰面一笑,"一定要干一杯。"

王经堂执杯在手一饮而尽。不料想这位小姐,竟是一个老练的交际家,一杯下肚,接着又为他压惊洗尘干杯,又是为他们将来的胜利而干杯。中将也举杯相陪,王经堂顺从地一一干了。就在这时,中将回身一招手,走来五六位小姐,各持酒杯一拥而上,寻词干杯,有的一个人干两杯甚至三杯。喧闹声引来了不少的观众,连美国小姐也参加敬酒。王经堂喝得晕头转向,不知如何应付才好,最后到底瘫痪地躺下去,迷迷糊糊地鼾声大作了。

王经堂一觉醒来时,已经是第二天的早上了。勤务兵戚逢春站在床前,手捧茶杯。太太埋怨地说:

"瞧你这个狼狈相,快起来吧,共军的大炮已经打到广安门了。"

"哎!"王经堂才要起来,可是头昏目眩天转地旋,伏到床沿上大口地吐起来。从此,他由于惊吓疲劳,酗酒过度而病倒了,一躺就是半月多。在这期间,他仔细研究了在宴会厅,中将所给予他的任务:北平如有不测,他就隐蔽地留下来,报务员当然是所谓秘书满洒丽了。他对这任务既荣幸又恼火,荣幸的是,能得到上司如此器重,给予他这么大的责任,将来真的成功了,他的前程是不可限量的;恼火的是,如果一旦失败了,掉脑袋的是他王经堂,而他们——那些所谓黄埔系的将领们,却可以跑到南京、台湾甚至出国去保险。想到这里,他不禁全身战栗了,不过他还是希望平津地区真的能支持到第三次世界大战爆发,他就可以不担这么大的风险了。可是,事与愿违,这几天来噩耗频频传来:

"张家口、新保安同时失陷。"

"共军已围到城关厢!"

"天津失陷。陈长捷兵团一月十五日全部被歼!"

"淮海战场,杜聿明兵团于一月十六日全部被歼!"

"共军大部队沿平津公路向北平运动,北平近郊共军调动频繁!"

最后这个消息,使王经堂再也躺不住了,他估计共军集中兵力向北平发起总攻的时间即将到来了。王经堂吓得出了一阵冷汗,他赶紧起来,披上大衣,走出屋去。

院子里,雪花乱飘,寒风刺骨,他用手扶着树,雪落到他滚烫的脸上,立即融化了,像眼泪似的往下流。他把从战斗开始到现在的情况,全面权衡了一下,恍惚意识到,共军的战斗力并不是他以前所想的那样:"穷八路也不过是游击战而已。"而是这样的神奇奥妙,出其不意地,一大口一大口地,把他的敌人吃掉了,并且他想吃掉你时,叫你跑都跑不了啊!王经堂用绝望的目光,向雾蒙蒙的天空望着,喃喃自语:"共产党!——你,要叫你的敌人,都给你跪下啊!"

这时鲁青从外院走了进来,报告说:"少将先生,刚才满小姐从城外打了个电话来……"

"啊!怎么样?"

"她说这几天城外共军封锁得很严密,老进不来。她有件事要请示您,在德胜门外,共军那个干部,现在是否可以和他联系?"

"以后再说吧,告诉她,叫她想一切办法进来一次,我需要城外的情况。"王经堂刚说完,电话响了。他转身来到屋里。"喂!啊,是我……是……是,我马上照办。"他放下听筒,呆立了一会儿,他想:"计划执行了!"立即对鲁青命令道,"马上和太太、勤务兵,把主要行李带上,我们一块到陈老师那里去,他今天下午就要和几个军长还有一部分师长,坐飞机到南京去。"

"其他的东西怎么办啊?"太太着急地问了一句。

"其他的不动,将来有人来住。"

三六

天津解放的第二天,乔震山和见习的干部们乘车回清河镇。公路上挤满了军队,像决堤的洪水一样向北平涌进。他站在汽车上顺公路前后看去,这望不到头尾的巨流里,那些威武的各种口径的大炮,辚辚奔驰的坦克和阔步前进的战士,组成强大的铁的洪流,使人惊心动魄,而他就是其中的一员,心里感到无限自豪,对解放北平信心百倍。四年前,抗战胜利,日本人投降了,乔震山曾随部队围过北平,命令日伪军缴枪投降。这时,蒋介石却用美国飞机运来了大量军队,阻挠人民受降,强占了北平,霸占了人民的抗战果实,并向解放区大举进犯。那时乔震山从北平近郊撤走时,他曾愤怒地发誓说:"他妈的,真欺负人!等着吧,老子总有一天回来揍你!"现在,嗨!岂止要解放北平?我们要叫他们彻底完蛋,解放中国所有的土地。

汽车来到了通县城,正要休息,从拖着大炮的汽车上下来一个干部,跑过来招呼说:

"同志,到清河镇这路对吧?"

"对,就跟我们走吧。"乔震山答道,"你们是哪部分的?"

"总部炮兵团,到清河镇配合你们解放北平的。"

"欢迎,欢迎!"全车一齐鼓掌。

乔震山手扶着车厢板,挺胸昂首望着正前方,寒风吹过他的脸,放下的帽耳朵不停地飘动着,越显得他英姿风发。身后,拖着大炮的汽车一辆接着一辆,蔓延几十里,像条钢铁的巨龙,向清河镇飞驰而去。

上午十点,汽车到了清河镇。乔震山老远就发现,在师部门口站了许多人,其中一个是团部的作战股长。

"老乔!"他向汽车上笑容满面地打着招呼。

乔震山没等汽车停稳就飞身跳下车来。紧跑几步来到作战股长跟前。

"怎么样?"杨股长咧开嘴笑着,边和乔震山握手边说,"天津打得热闹吧?"

"热闹极啦。我们这里呢,准备好了没有?"

"一切都妥当了,光等你们回来了。今天师部召集连以上干部进行战斗动员,正好,你们一块参加吧。走,先里面坐。"刚一进门,郝平、王德还有小李,从里面走出来。

"老乔,老乔!哎呀——你可回来了,把同志们都等急了。"郝平一只手紧握着乔震山的手,另一只用拳头直捶乔震山的肩膀。两只热情的眼睛盯着乔震山的脸,"你这家伙,从医院回来连面都没见就到天津去了。"

"还说呢,像火燎毛一样,没等喘过气来杨股长就催着走。"

杨股长站在旁边嘻嘻地笑着说:"这一点你要谢谢我才对,不然你能捞着到天津看看?"

"真的,这次天津战斗,兄弟部队对攻击大城市可真创造了些好经验。"

正说着,一个粗壮亲切的声音从门口传来了,"那你就介绍一下吧。"

大家回头一看,见老师长背着手站在门口,满脸笑容地望着乔震山。他向师长面前跨了一步,规规矩矩地敬了个礼,"首长,您好!"

乔震山的手没等放下就被师长握住了。瞪起一对和蔼的眼向乔震山脸上端详着,慢悠悠地说:"嗯,还是那样。你这调皮鬼啊,这回要把你学的经验在会上好好地介绍一番。不然总是搞得悬天悬地的,不是吊着胳膊,就是摔到悬崖下去,叫人找都找不到你。勇敢问题是解决了,还要把这玩意开动一下。"师长指指乔震山的脑门,"这玩意不是光吃饭的,还要用它想想战术问题。"

乔震山的脸一阵通红。周围的人嘻嘻地笑了。

"这次打北平嘛,"师长向四周笑着瞧了瞧,"嗯,你得给我好好地打,我们师是军的第一梯队,尖刀连嘛……嗯,准备给你们。老杨啊,是不是这样,哎?"

"是!"

"我们保证完成任务!"乔震山把胸脯一挺,瞪着一对激动的大眼睛瞅了瞅郝平和王德,他们都会意地微笑了。

"瞧你高兴的,听见打仗就疯了。"师长拉着乔震山的手,看样子,生怕他跑了似的,"走吧,到里面开会去。"

大家一窝蜂随着师长向里面走去。不一会儿,里面传来一阵雷鸣般的掌声,开会了。

通讯员小李,在门口坐着,觉得很无聊,从衣袋里掏出一本搓得不像样的小本本,在上面写起来。写一会儿抓一抓脑袋,挺困难,不知什么字把他难住了,瞪着眼瞅着天。

"小李!"二宝背着马枪从街上走了过来,"你写什么,我看看好不好?"

"不叫你看,写的秘密事。"小李赶紧把小本装到衣袋里。

"净秘密,你请我看我也不看。"二宝神秘地笑了笑,"我也有个秘密事,你不叫我看,我也不告诉你。"

"看就看呗,可不能笑话人。"小李想听听二宝的秘密事,把日记本又掏了出来。

"不看了,告诉你吧。"二宝伏在小李的耳朵上,喳喳了两句。

"是吗?"小李一抬头,两眼瞪得溜圆,"走,看看去。"

两个人一溜烟地跑了。来到村东头向东方看去,嗬!那么多的大炮在野地里排列着,像些粗大的树干一样,一门挨着一门,向远方伸展开去,一直被地平线上的树林遮没才看不见了。这些大炮有的张着炮口对着北平,有的捆着树枝伸向空中,有的正用汽车拖着进入阵地。炮兵战士扛着沉重的炮弹箱,来往奔忙。

"这下行了,二宝。"小李高兴得用手指画着说,"北平的城墙两炮就给它轰开个口子,连汽车都能开进去。"

"嗯,大概是这样。"二宝答道。他兴趣盎然地睃着那些硕大无比的钢铁炮身。

"干吗大概?一定能,这叫'十五榴',这家伙可厉害着呢,不信你瞧着。"

"那长筒的大概是高射炮。"

"净大概,就是高射炮嘛。"小李自作聪明地说,"在东北我看见过,一炮能打两架飞机!"

二宝咻的一声笑了,"真能吹牛,再说我也不信。"

"是这样嘛。"小李可真没法再瞎聊啦,他伸开两手说,"比方两个飞机并排着飞,离得不远,你知道么?不远,那炮弹正在两架飞机当中间炸了,炮弹皮子一飞,正好打两个,你不信,我说可能。"

"唔,那也只是可能……"二宝有心无意地答道。他已经被那些大炮把全部精神摄取了,真想去亲手摸摸。

两个人正看得出神,忽见一个女学生,穿得挺朴素,胳膊肘上挂着个手提包,在前面高地上一棵柳树下站着看书。小李正想和二宝说,炮兵团连个哨兵也不设,怎么可以让她在那里看书?还没开口,从坟地里走出一个战士,来到女学生跟前,说了几句话,女学生满不在乎地转身走了,走得很慢,边走边看书,还从衣袋里掏出东西吃着,从小李、二宝身前走过去了。小李想,真是个书呆子,走着路还看书,也不怕绊倒。才想告诉二宝,只见女学生从大衣兜里掏手帕,带出两张钞票掉在地上。小李碰了碰二宝,"看,女学生丢钱了。"

二宝顺着小李指的方向看去,果然有两张钞票在地上躺着。

"走,我们给她送去。"

两个人紧走几步,拾起钞票,边追着女学生边喊:"喂!你丢钱了。"

女学生没听见,仍然向前走,连头也没回。

"喂!你——丢——钱了——"两个人一齐放开嗓子又喊。

女学生这才转过身来,瞧瞧小李,又急忙掏掏兜。

"噢!谢谢你小同志。"女学生伸手接钱。

"你数数对吧?"小李说。

"啊,不用数,错不了。谢谢你。"一口东北口音。她接着问道,"你是东北人吧?"

小李没放声,笑着瞧了瞧二宝。

"他是,我是冀东人。"二宝答道。

"多有意思。"女学生笑了笑,"咱们是老乡,我是东北抚顺人,你呢,小同志?"

"我也是抚顺人,我怎么不认识你?"小李顺口答道。其实,小李是鞍山人,从小在家里拾煤球,卖烟卷,有时跟父亲当搬运工,干个零活,心眼蛮多的。

"你怎么能认识我啊?"女学生斯文地笑笑,"我在家时,恐怕你还很小呢。啊!我打听个人你知不知道?你们这部分有个叫王德的没有?"

小李摇摇头,才想说没有。可是二宝却抢先答道:"有,他的副连长就是。你认识他?"

"认得。他是我从小的同学,我们很要好。"女学生高兴得眉飞色舞了。

"你打听他干啥?"小李把脸一板问道。

"瞧你这小同志,要说干啥,现在还不能告诉你,"女学生格格地笑着,像话剧演员在舞台上笑得一样。"麻烦你,给我捎个口信吧,我叫满丽英,现在燕京大学读书。等你们进了城请他到绒线胡同四十二号去找我。你们多咱能进城啊?"

"不知道。"小李待理不理地答道。

"命令一来我们就攻击,反正快了。"二宝补充了一句,"要找现在就去找他吧,他在马甸子住。"

"唔,"女学生向那些大炮若有所思地望着,然后告别说,"好吧,再见小同志,请你费心了。"

小李心里很不高兴。二宝过去嘴懒得要命,可他这次倒勤快起来了,那个女学生问什么他答什么,一点保密观念也没有。小李望望走远了的女学生,也没叫二宝一声,一个人转身就走了。

"小李,你怎么走啊?"

"不走,在这里干啥!"小李用脚踢着小石头,低着头尽管走,连头也不回。

"你干吗不高兴啊?"二宝追上小李,和他并肩走着。

小李仍然不放声,低着头一下一下地踢着石头,走了一阵,说:"我真对你有意见,二宝。"

"有意见就提呗,还用不理人?"二宝也有点生气了。

"当然要提啦,"小李把嘴一噘,"你又不认识她,为什么要和她说实话? 好家伙,连住村都告诉了。"

"她是王副连长的乡亲嘛。"

"你怎么知道?"

"她说的。"

"她说你就信了?"小李几乎要和二宝吵架了,"乡亲! 就算是吧,那么王经堂倒是你的乡亲,你也和他说实话? 你呀,嘿! 真是个傻瓜……"小李说着把手一甩,又走了。

二宝惊异地望着走去的小李,看来他是真动气了。二宝还是第一次看见小李发这么大的脾气,过去两个人从来没红过脸,这次因为和一个不认识的人多说了几句话,这些话想来也许是泄密的。要是从此小李不理他了,那才难受呢!

"小李同志,"二宝又追上了小李,承认错误了,"我是错了,我对不起你,你……"

"对不起我? 好家伙!"小李把自己的鼻子一指,"要是这样,我才不生气呢。你没见那个家伙老斜着眼看我们的大炮? 如果她是个坏蛋,这一下算行了,什么都侦察去了。将来攻击一开始,敌人的炮就先把我们的炮轰得稀巴烂,到那时,打不开城墙,部队攻不上去,那才叫真对不起呢!"

小李的话使二宝心里直发毛,他万没想到会有这么严重的后果,"要真那样我就是人民的罪人了!"想到这里难过得要哭了,于是。他问:"小李,你说该怎么办啊?"

"怎么办,班务会上做检讨呗。其实我也错了。"小李摸摸脑袋,"那时我该把钱给了她就走,什么事也没有。可我,也像个傻瓜似的,倒和她说起话来了,后来,光瞪着眼生你的气。唉!但愿她不是个坏蛋就好了。"小李说着,一抬头见太阳已经快落了,"呀!我得快回去。说不定会已经开完了,再见。"

乔震山、郝平、王德,在师部开完战斗动员会,带着小李向连部住村走去。边走边议论,小李一声不响地跟在后面走着,瞅机会偷偷地拉了拉副连长的袖子。王德不知小李拉他有什么事,他放慢了步伐和小李在连长、指导员的后面,"啥事?"

"副连长,今天下午我和二宝在村东头碰着个女学生,她说她认识你。"小李笑嘻嘻地低声说。

"噢!她怎么说?"

"她说她叫满丽英,和你是从小的同学,现在燕京大学念书,说我们要是进了城叫你去找她玩。"

"啊,到哪去找?"

"嗯……"小李想了老半天才说,"在什么绒花胡同二十四号,大概是这地方吧。"

"这人烫着发是不是?"

"不,剪着短头,穿得挺朴素。"

"你告诉她我在这里?"王德问。

"我倒没告诉,可……可,二宝他……"

王德瞪了小李一眼,嘴唇动了动没说什么。王德在靠山镇时曾想:到北平能见着满丽英。可是现在倒觉得不愿见她了。那女翻译的影子,使他恶心。小李说的这个满丽英好像不是那个女翻译,兴许上次是看错了。这样,假定真的进了城,去找不找她?不,几年来她一直在敌占区住着,家里虽不是什么资本家,可是满金城,当铺的掌柜的,反正他不能叫他的独生女干革命。再说,这位娇生惯养的小姐,生就的喜美爱漂亮,喜洋爱时髦,满脑子向上爬的思想,谁知她这几年干了些什么,变成一个什么样的人?王德想到这里,忽然记起一九四六年国民党占领了沈阳后,听说把原奉天大学全部移到北平,同时还搜罗了不少男女青年学生,用飞机运到北平,国民党要这些人干什么!那是不言而喻的。"可她怎么会知道我在这里呢?"王德忽然想起那个女翻译,"嗯,可能是她,女人的眼有时比剃头刀还利。"

鬼变的女人一定口利貌美,心恶的人外表不一定丑,突然对你甜蜜的人,一定别有用心。满丽英的出现,使王德意识到,将来真的命令我们进城,不管怎么进去,打进去或是和平解放进去,斗争情况是相当复杂的。"进城"这个字眼,标志着对一个共产党员的考验,为什么要去找她?不,不能去找她,看她到底是人还是鬼!王德低头迈着方步走着。忽然一阵喧哗声打断他的思路,抬头一看,见战士们从前面一拥而来。

"连长回来了!你好了,连长?"

"连长到天津去来。"

"对,说说天津战斗的经验吧。"

"指导员,我们多咱干呀,今晚还是明天?"

"一切都准备好了,只等东风了。"

"现在是西北风,鹅毛大雪。"

嚛!十五口过日子,七嘴八舌,说什么的都有。乔震山往高处一站,两手向空伸了伸,提高嗓门说道:"同志们,听我说,我完全好了,还参加了天津攻坚战,谢谢大家对我的关怀。"

战士们渐渐地静下来了,每个人都仰着喜悦的脸听连长讲。

"关于天津战斗,"乔震山接着说,"兄弟部队打得漂亮极啦,敌人十多万,我们两天两夜一家伙就消灭得干干净净。开始,命令他放下武器投降,他不干,还说什么'武器是军人的第二生命,放下武器是军人的耻辱……'可是,你猜怎么样,大炮一响,全部当了俘虏,他倒干了。属兔子的,不按着不拉屎。"

战士中响起一片喧笑声。

"同志们,"乔震山把手一伸,别人笑,他一点也不笑,接着说,"天津战斗的胜利,是我们的榜样;敌人的失败,也是北平敌人的样子。敌人不缴枪,我们就像兄弟部队那样,干脆消灭他!北平和天津所不同的是:城市大,人口多,是个文明古城,有道城墙挡着,这不要紧,同志们,我们神勇的炮兵部队下了决心,保证把城墙轰开个口子,送我们进城。进去后我们既要消灭敌人,又要保护古迹,这要看我们准备得怎么样啦……"

乔震山的话没说完就被战士们的回答声掩盖了:

"没有问题,连长,什么都准备好了,保证完成任务!"

"上级指到哪里,我们就打到哪里!"

"连长,听说敌人派代表出来谈判了,是不是有这么回事?请上级告诉敌人的代表,不投降我们这玩意不答应。"一个战士把枪举在空中晃了晃。

"有是有这么回事,同志们。"乔震山瞧瞧郝平,郝平会意地笑了笑,意思是说,你告诉大家吧。乔震山接着说,"同志们,师首长说,北平敌人昨天表示:愿意接受我们党中央毛主席的八项和平条件了。他们自己说是为了挽救北平二百万生命财产,保护中国这个文化古城才接受的,你们信不信?"

"不信!"战士们齐声答道,"打败了仗才投降呢,这谁不知道。"

"对,同志们,这事三岁小孩子也看得出来。国民党反动派,蒋介石集团,从来是与人民为敌,任意残杀中国人民的,现在怎么会一下子对人民的生命财产又关心起来了?不!他们是在军事上遭受了惨败之后,人民的刀按在他们的脖子上,枪口对在他们的胸膛上,跑又跑不了,打也打不赢,在无可奈何的情况下才这样做的。这就是我们常说的,对付掌握着武装的阶级敌人,必须以革命的武装消灭他的反革命武装之后,才有和平可谈,不然,他既不能放下屠刀,也不可能立地成佛。你们说对不对?"

"对!"

"嘿,别看连长是个大老粗,分析个问题可真透彻哩。"

"同志们,"乔震山等战士们平静后,接着说,"北平和平解放,只是有了希望。现在我们作为党的武装部队,还是要做打的准备工作,做得越好,希望才越有可能实现。武装力量就是谈判胜利的基础。至于谈成谈不成有上级掌握,上级说不打啦,咱们就准备进城接管;上级说打,那咱们就把准备好的本事拿出来干吧。在师部开会时,师首长已经把尖刀连的任务交给了我们。我和指导员、副连长向师首长做了保证。我们一定把红旗首先插上北平城!"

"坚决拥护!"

"用实际行动来感谢上级对我们的信任!"

乔震山用激动、信任的目光,向雄赳赳的战士们扫视了一周。他很长时间没见到他的战士们了,现在齐刷刷地站在他的面前。这些结实可爱的脸庞,使他从心眼里喜欢。他走进了队伍里和每一个人握手,问长问短,一阵交谈。

晚上,北平城的天空阴得对面不见人。古城沉没在寂静的夜幕中,城郊区有的人家还亮着闪闪的灯火,最后连这些稀稀零零的灯光也熄灭了。大地沉睡着,那些高大的建筑物却静静地兀立着,仿佛在警惕地窥伺着什么。在这万籁无声的夜里,中国人民解放军围城部队,在秘密地调动了;有的向后撤去,有的向侧翼运动。周国华这个团从德胜门外移到了西直门外的几个村庄里住下了。

天亮后,北平和平解放的消息在报纸上、广播电台上公布以后,城里城外的交通立即恢复。大路上人来人往络绎不绝。部队在这里一住就是六七天,每天忙着开会座谈,学习城市政策,拆洗军装,编队和准备粮草……各级干部加倍忙碌,有时通夜不眠,忙着整理进城后的警备计划,掌握思想教育。

一九四九年的一月很快地过去了。北平,春季将临,但是寒冷不亚严冬。

一月三十一日,是一个难忘的日子,是一个具有历史意义的日子。这天拂晓,东方放射出橙红色的霞光,映现出古城的剪影。古城,安谧而喜悦地兀立在晨曦中。这时,到处是一片寂静,只有古老的建筑物上的角钟,在阵阵的晨风里安详地叮当着。也许,人们还在沉睡?不!古城的人民和准备入城的人民军队,都怀着激动的心情,彻夜未眠,准备着迎接这个不平凡的日子。在天坛,在陶然亭,在南苑,集结着千千万万的机械化部队——坦克、大炮、摩托化步兵,静静地排列着,待命进发;在西直门外的田野里、大路上,也集结着一望无际的军队。所有的人们,都用严肃的目光,一声不响地瞧着北平,瞧着天空,等待着红日东升。只要一声令下,北平就会突然沸腾起来,充满欢腾若狂的声浪。人民军队将用庄严整齐的步伐,从前门,从西直门,从四面八方,用机械化部队行进的轰隆声,把古城带进一个崭新的时代。

"东方红,太阳升……"一阵悠扬而安详的歌声,忽然荡漾在古城的上空。

团司令部的作战室里,军用电话铃急促地响了起来。值班参谋急忙拿起电话听筒,"哎?……几点?……是,马上就派!"他放下听筒,急忙翻开作战值班簿,写道:

> 一月三十一日上午七时半,师作战科命令我团派一个加强排,于上午八点半,接收敌人西直门的全部警戒,保证部队安全进城。

写完,马上送给了正在谈话的团长和政委。

周国华接在手里看了看,又递给了李治中。李治中思考一下说:"叫谁去?"

"我看就叫王德带着四连一排去,怎么样?"

"嗯,可以。"李治中点了点头,命令值班参谋把王德叫来。

王德跟着通讯员来到了团部。他皮带扎得绷紧,绑腿打得溜直,一进门行了个举手礼,显得特别英俊。

"王德同志,"周国华说,"你马上带一个排去西直门,把敌人的全部警戒接下来。要注意三点:第一,不准和敌人冲突起来,影响部队进城;第二,一定叫敌人离开西直门;第三,要保证部队安全通过城门。没有友邻部队去接你,就一直在那里执行到底。明白了吧?"

"明白啦!"

"带上两挺重机枪,一门六〇迫击炮。"政委说,"最重要的问题是,敌人再凶,他不开枪你不能开枪,你要想办法叫他不敢开枪,老老实实地离开城门。接替完毕后,以红旗为信号。见到你的红旗,我们就整队进城。入城的队伍如在大街上和敌人冲突起来,你就作为我们的火力点,掩护部队展开巷战。这种情况,目前看来不会出现,为了预防万一,不得不做此准备,因为他们手里现在还有武器。另外,要注意贯彻城市政策。"

王德带着第一排出发了,来到西直门外。那里有敌人两个岗。他命令部队在护城河这面停下来。他站在队列前,腰板挺得溜直,大声喊道:"立正!上刺刀!枪上肩!向右——转!齐步——走!"

部队紧跟着他的口令,发出清脆而有节奏的声音。

王德带着队伍,阔步挺胸,气势威武,向城门走去。刺刀在头上随着步伐的节奏,闪动着雪白的亮光。

这时,在瓮城门外站岗的两个敌人的哨兵,见王德带着队伍来了,很快地跑到城门两旁站得笔直。队伍通过时,他们还持枪敬礼。王德面色严肃地还了个举手礼,进了城门。过了瓮城,在城门里的耳房门前停了下来。他跑去看了看登城的马道,回来低声地对赵文江说:"马道就在南面,现在跑步上去……"

"副连长,是不是先派个人上去,给他们打个招呼,不然会引起误会的。"

"哪来那么些客套。他不主动下来接我们,倒要我们去招呼他?不管他,上去!"王德说着,来到队列前喊道:"向右——转!持枪跑步——跟我来!"

王德和赵文江肩并肩地带着部队"咵、咵、咵"顺着马道上了城墙,在城楼的前面站好。王德用眼向四周飞快地一扫,宽阔的城墙上,静悄悄地连个人影也没有。他奇怪地到城楼里看了看,里面空荡荡的,地上满是铺草、破被子、烂水壶、臭袜子,看样子是有队伍住过。他走出来和赵文江互相看了看,谁也没说什么。他想:"是不是我们来以前他们撤走了?"

于是他向瓮城方向走了两步,大声喊道:"喂!这里有人没有?"

"你他妈咋呼什么?"有一个军官模样的人,提着手枪,从瓮城的小墙后面,慢慢地站起来,撇着个大嘴,瞪着两只三角眼,恶狠狠地瞧着王德。

"嗬!这像话吗?我们来接警戒,你们倒藏藏躲躲的,非常不礼貌!"王德满不在乎地说。

"你接谁的警戒?"那家伙满怀敌意,慢慢地向王德这边挪着步。

王德一转眼,见瓮城的小墙后面满是队伍,把枪都架在墙上做射击准备。王德心里想:"这些家伙还敢打呀!"他回头看了看赵文江和三个机枪射手,他们也手握着冲锋枪和轻机枪,目不转睛地盯着瓮城的小墙。于是,他面色平静地说:"我们奉平津前线指挥部命令,今天八点以前接收西直门警戒。现在请你们带着队伍,马上离开这里,把警戒交出来!"

"我们鲁营副说,没接到城防司令部的命令,不能交!你一定要交,请看吧,就这样!"说着,他把手向瓮城小墙方向一伸。

"哪是你们的鲁营副？出来见见嘛。"

鲁青从小墙后面站了起来，恶狠狠地说："见见怎的？不交就是不交！"

王德看他那副流里流气的凶样，心里一阵怒火直冲头顶，真想命令部队冲上去给他两刺刀。但是他想起临走时团长、政委交代的任务，只好把怒火压到肚子里，冷静地说："哼！这一套，在我们来说是家常便饭，要动打还等到这时候？现在我正式警告你：你要是故意捣乱，使和平解放北平受到阻碍，这全部责任要你来负。没接到命令你可以请示。现在城外的部队在等着进城，我给你五分钟的考虑时间。"王德说完，用眼斜了他一下，就背着手在队列面前来回踱着，驳壳枪的保险带随着脚步摆动，显得特别悠闲。但他的脑子里却十分紧张。他在考虑：万一他一个劲地蛮干下去怎么办？打，倒是无所谓的，影响部队进城可是大事。正在这时，鲁青忽然说："好吧。"他匆匆地走进了城楼，听他在里面急促地摇着电话。

王德盯着那个军官站在门外。他准备着，要是他不交，就先把这个家伙和鲁青收拾了，然后再叫赵文江去解决小墙后面那伙子。

"喂，他们来接警戒了，交不交？……是！是……是是！"

鲁青把听筒一丢，什么话没说就出来了，一直向瓮城的小墙方向走去。他用脚踢着士兵，嘴里不三不四地骂着："起来！起来！他妈的饭桶，起来集合，滚蛋啦！"

小墙后面的士兵们站起来了，有五六十个人，有的提着枪，有的背着枪，顺瓮城南边的城墙向马道下走去。

鲁青带着队伍，穿小胡同回到特务团团部。一进门，把大檐帽往床上一丢，"他妈的，土八路神气起来了。"

"怎么样，老弟？"顾贞熊龇着满嘴金牙说，"委屈几天吧，等整编完，他们一走，又是我们的天下了。"

"整编，哼！走着瞧吧！"

王德见敌人走了，赶紧命令赵文江把红旗挂上，又命令一班长把城门岗接下来。

一面鲜红的大旗插在城头上,在古城的碧空里射出一片鲜艳夺目的红光,驱散了浓重的晨雾,迎着东升的太阳随风招展。战士们面前呈现出光彩夺目的城市。城下,马路上忽然掌声如雷、欢腾若狂。大家俯首望去,原来部队进城了!为首的是连长乔震山和指导员郝平。乔震山举着一面大红旗,迎风飘扬,遮住了半条街。后面是全军的部队,一师跟着一师,一团跟着一团,成三路行军纵队,沿西直门大街向城里行进了。再后面就是军部的炮兵团,汽车牵引着长筒大炮,在宽敞的柏油路上,隆隆而过。

古城,充满了生气,充满了欢乐。马路两侧,人山人海,挤得水泄不通。到处都是掌声、口号声、锣鼓声。欢迎的队伍,一群接着一群,一队接着一队。有人把鲜花投在坦克上;有人给大炮戴上花环;有的就干脆跳上坦克,爬上汽车,和战士们握手拥抱。啊!中国人民解放军入城了。北平解放了,北平回到人民手里来了。长期在帝国主义、封建主义、官僚资本主义压迫下的北平人民,一直过着屈辱和饥寒交迫生活的北平人民,今天见到了他们自己的军队,真正中国式的新型军队,共产党、毛主席缔造的革命的军队。这支军队,战无不胜,攻无不克。人民有了这样的军队,生活就充满光明和希望;有了这样的军队,中国将不再处于半封建、半殖民地的地位。中国将是独立、自主、繁荣、富强的中国了;中国人民将再也不是受屈辱的人民,而是站起来、挺胸阔步、深受尊敬的人民了。

"这队伍多棒,多年轻,多精神!无怪乎打胜仗!"

人民在夸奖着自己的军队,发表着自己的见解。尤其是有外国人站的地方,他们说话的声音就更大:

"有这样的军队,哪个帝国主义也不敢再欺负我们了。"

于是,那些一贯站在中国人民头上的外国人,钻着人空子,像夹尾巴狗一样溜走了。

工人、学生、店员和市民，他们看到了北平的解放，憧憬着美好的将来。他们欢腾若狂，扭着秧歌舞，唱着过去不敢公开唱的歌子，和庄严行进的军队一起，组成了强大的洪流，把宽阔的马路塞得满满当。他们骑着自行车，到处奔跑着，欢呼着，"解放啦！解放军进城啦！"举臂一挥，传单缤纷。在公共汽车上、电车上、古老的建筑物上，到处张贴着五颜六色的标语；他们还用粉笔把标语写到大炮上、坦克上：

"中国共产党万岁！"

"毛主席万岁！"

"中国人民解放军万岁！"

"打到南京去，活捉蒋介石！"

乔震山、郝平和二宝、小李，被这振人心弦的场面激动得泪花花的。夹杂在这欢乐的人群里，也还有一支不大的欢迎队伍，有的穿军装，有的穿便衣，有男也有女，手里拿着小旗，无精打采地喊着含糊不清的口号。这是国民党反动派"剿总司令部"和伪政府的人员，为了表示受编的诚意，也在装模作样地出来欢迎呢。

乔震山昂首阔步地走着，见路旁的人群里，还零零散散地夹杂着奇装异服的怪人：歪戴帽子的、穿西服的、穿没有任何标志的黄军装的……这些人皮笑肉不笑，脸上浮现着异样的表情。他们和那些海一样欢腾的人们，恰成鲜明的对比。他想：北平，和平解放了，北平的人民从心眼里喜悦，有多少人含着激动的眼泪，在庆幸他们的解放啊！可是，还有一小撮人在黑影里不服气呢。这就是：地主、恶霸、特务、汉奸，和那些五毒俱全的家伙们，他们还原封没动地留在北平。也还有几十万拿着武器的敌人，在等候我们去整编。这一切，说明新的斗争又开始了！

一群女学生纵声高唱着，从队伍旁边拥了过去。她们健壮的颜面上，表露着内心的欢欣和青春的丰采。

周国华和李治中骑在马上，并肩在队列里走着。马仰着头，雄姿昂然,迈着大步。周国华望着这人海奔腾的北平大街,像开满鲜花的原野一样,一望无尽,翻腾着此起彼伏的彩色浪涛。古城在欢笑了!过去,北平的学生有过多少次的游行,只有这一次的心情是欢乐的。过去,为了反暴力,为了抗日,为了抗议特务的恐怖手段,为了抗议美国兵强奸我们的姐妹,曾经愤怒地游行过多少次啊!在压迫、威胁、暴力之下,多少同学坐了牢,牺牲了。可是,暴君究竟抗不过人民的力量,他们终于可耻地倒下了。我们终于胜利了,胜利了!

　　下午两点,部队已经都走完了。而在古城的每一个角落里,却仍然由近而远、由远而近地响着锣鼓声、口号声和此起彼落的歌声……

　　王德和赵文江,伏在城墙上,聚精会神地望着马路上的行人。王德正看得出神,一转眼,见一个女学生在马路旁边站着,一手提着个旧提包,一手拿着面小红旗,像是游行才回来。她留着短发,脸色黝黑,围着条灰围巾,身穿蓝旗袍,外套黑色呢大衣,看来大方雅致。王德仔细端详了一下她的脸,她的脸,又被小红旗挡着,看不太清,但脑子里翻起这样一个念头:"莫非是她?"王德转身走开了,来到马道口,向哨兵温明顺嘱咐道:"注意!任何人不准到城上来!如果有人找我,就说不知道!"

(第一部完)